③ 登高拖虚舟

◎ 烽火戏诸侯 著

001　第一章　太上宗主

024　第二章　夜游京城

050　第三章　旧人旧事

077　第四章　文圣请你落座

106　第五章　好似拖曳虚舟

130 第六章 十四

152 第七章 互为苦手

174 第八章 家乡

205 第九章 新剑修

232 第十章 共斩蛮荒

第一章
太上宗主

一条名为翻墨的龙舟渡船,在正阳山边缘地界,撤去障眼法,缓缓北归。

渡船这边,落魄山众人纷纷落下身形。

唯独隋右边没有登船,她选择独自御剑远游。

泓下和沛湘依旧站在一起,一个走江成功的化蛟水裔,一位狐国之主,都是山泽精怪出身,如今又都在莲藕福地修行,而且每次霁色峰议事,总觉得与众人格格不入,所以显得双方相依为命,哪怕没什么可聊的,也会不由自主站在一起。至于先前沛湘的那份破境契机,谁都看在眼里,谁也没当回事,甚至连沛湘自己都不觉得有什么值得说道的,毕竟就算她明儿就跻身了玉璞境,又能如何呢?

朱敛身形佝偻,双手负后,正与夫子种秋谈笑风生。

小米粒手持行山杖,围绕着裴钱叽叽喳喳,说着自己那会儿陪着小师兄一起御风悬停,她跟在田地里安营扎寨的一根萝卜差不多,纹丝不动,稳当得很,从头到尾,连毛毛雨大小的紧张,都是绝对没有的。

陈灵均又开始发挥某种玄之又玄的本命神通,与那个化名于倒悬的玉璞境老剑修称兄道弟,双方聊得极其投缘。

一个说自己在北岳地界和北俱芦洲,都很吃得开,报他的名号,喝酒不用花钱。

一个说自己在流霞洲和皑皑洲,也算薄有名声,只是比起景清老弟,难免逊色。

至于那位尚未被自家老爷娶过门的山主夫人,陈灵均在宁姚登船时,离着距离稍远,就几个行云流水的滑步,如一尾游鱼穿过人群,双手抱拳,毕恭毕敬,一揖到底,屁股撅得老高,正要开口言语,结果挨了崔东山一脚,当场摔了个狗吃屎,陈灵均趴在地上干脆就不起身了,大声喊道:"景清拜见山主夫人。"

宁姚无奈道:"起来说话。"

陈灵均脱口而出:"回山主夫人的话,地上凉快。"

男儿膝下有黄金,越跪越有。

早年有裴钱在剑气长城宁府门口的珠玉在前,宁姚勉强还算适应落魄山的门风。

其实在陈平安那边,她听过不少关于这个青衣小童的事迹。

每当说起陈灵均的时候,宁姚甚至能从陈平安的脸色和眼神中,看到一座不缺好酒的江湖。

可能陈灵均自己都不知道,他走过的江湖,弥补了年轻山主心中不少的缺憾。好像在陈平安只是擦肩路过的别处江湖里,虽然没有亲身走过,但是总算看见过,那里有高朋满座,觥筹交错,大碗喝酒,大块吃肉,快意恩仇。

青衣小童刚刚起身,那只大白鹅作势抬脚又要踢。

陈灵均摆出一个守势的双手拳架,崔东山收脚转身,蓦然再转身又要出拳,陈灵均立即一个蹦跳挪步,双掌行云流水划出一个拳桩。最后两人对视一眼,各自点头,同时站定,抬起袖子,气沉丹田。高手过招,如此文斗,比武斗更凶险,杀人于无形,学问比天大。

姜尚真独自站在一旁,凭栏而立,崔东山来到他身边,踮起脚尖,趴在栏杆上,问道:"打算回了?"

姜尚真点头道:"韦滢当宗主没问题,却未必懂得挣大钱,再者他也不宜对我的云窟福地指手画脚,所以需要我亲自出面,按着很多人的脑袋,手把手教他们如何弯腰捡钱。在这之后,等到落魄山下宗选址完毕,我打算走一趟剑气长城遗址,有些旧账得算一算。"

当下这条龙舟渡船,唯独少了一位落魄山山主。

姜尚真转头瞥了眼正阳山的轮廓,道:"山主还是太客气了。搁我,就把那本账簿公之于众,再让竹皇摆事实讲道理,好好说清楚,为何要将护山供奉除名。"

崔东山嘿嘿笑道:"算是咱们这位搬山老祖自己凭本事挣来的下场。比起夏远翠这拨喜欢当缩头乌龟的老剑仙,还是要更加有英雄气概,输就输,死就死,堂堂正正,光明磊落。"

姜尚真扯了扯嘴角:"在一洲山河横行无忌,造孽千年,明里暗里,山上山下,手上至少几千条人命,偏偏有人视而不见、听而不闻,只瞧见了今天死得轰轰烈烈,便竖起大拇指,将其视为豪杰了。如果我没有记错,观礼仙家当中,早年在袁真页手上吃过闷亏和大苦头的,可不止一两个门派。"

崔东山还是嬉皮笑脸:"周首席,你这么聊可就没劲了啊,什么叫看热闹,就是琼枝峰那些不得不委身于达官显贵的年轻女修,熬不过去,只能等死,熬过去了,就要眼巴巴等着看别人的热闹。"

姜尚真懒洋洋道:"帮人夜中打灯笼,雨中撑伞,到头来只被嫌弃灯火不亮堂,埋怨雨水湿了鞋。"

崔东山双手笼袖:"你得这么想,没有这些人心,强者何必奋起?"

人生路上,真正的过失,错过和失去的,不是擦肩而过的机缘,不是失之交臂的贵人,而是那些原本有机会改正的错误。

姜尚真笑着点头:"这个道理,说得足可让我这种老人的心境,枯木逢春,重返美少年。"

崔东山随口说道:"除了先生家乡,槐黄县城之外,其实还有两个好地方,堪称神仙窟、金玉丛林。"

姜尚真好奇道:"还有这么个说法?"

崔东山说道:"青冥天下,一个大王朝的京畿之地,涌现了一大拨号称五陵少年的修道天才,其中最著名的,就有被白玉京视为米贼的王原箓,另外那个同样跻身年轻候补十人之一的,其实也是出自那边。至于蛮荒天下,刘叉的开山大弟子背篓,还有两个托月山百剑仙,以及几个年轻更小的,虽不是剑修,但修行资质都很好,都是从一个小地方走出来的。"

姜尚真问道:"是有人在幕后篡改天时,有意为之?"

崔东山摇摇头:"这种容易遭天谴的事情,人力不可为,至多是从旁牵引几分,顺势添油,裁剪灯芯,谁都休想凭空造就这等局面。"

姜尚真问道:"咱们山主,走了又回去,打算做什么?"

崔东山眨眨眼,姜尚真转过身,开始在手心写字,崔东山亦是如此作为,等到两人摊开手掌,握在一起,两人哈哈大笑,心有灵犀一点通,英雄所见略同。

两人都写了四个字:太上宗主。

剑顶祖师堂荡然一空,一座仙人背剑峰尽碎,雨脚峰换了一座山顶,几座新旧诸峰的藩属小山头被连根拔掉,一宗千里私家山河,山水气数混乱不堪。

秋令山的消暑湖,此刻水位矮如溪涧,满月峰被开出了一条山洞道路,琼枝峰既挨了曹峻三剑,又像被米裕霞光剑气冲洗了一遍,水龙峰精心饲养的水裔,被那只龙王篓镇压得当下还在瑟瑟发抖,拨云峰那把镇山之宝的古镜先前被人随意拨转,就像孩子手里边的一只拨浪鼓,云聚云散,使得一座拨云峰,时而是昏暗夜幕,时而是明亮白昼……

正阳山诸峰剑修，拦阻刘羡阳登山问剑，死人不多，但是受伤之人多达数十人，心气坠落谷底。

供奉元白叛出对雪峰，转投中岳山君晋青，公然乘船重回故里。

被视为"宝瓶洲小魏晋""李抟景第二"的吴提京不知所终，据说茱萸峰田婉那边收到了一封信，吴提京这个逆徒，在信上对师父竹皇破口大骂，骂其不配剑修身份，以后师徒二人再有相逢，还是师徒名分，不过由他吴提京来当师父，竹皇当弟子。

大骊京城礼部侍郎董湖，反正都不用纠结什么登山不登山了，提笔书写一封密信，轻轻吹了吹墨汁，他这一手楷体既规矩，又别有几分写意风采，故而早年在大骊官场和文坛有那"神似绣虎笔锋"美誉，确实是怎么看都赏心悦目，董湖与礼部衙门尚书大人禀明情况后，老侍郎无事一身轻，下令渡船北去，人与渡船皆悠哉白云中。

魏晋即将离开渡船之际，余蕙亭问道："魏师叔是要去见那位年轻隐官？"

魏晋摇摇头："不见，这人酒品太差，见他没什么好事。"

当年在剑气长城，酒铺卖酒，就他魏晋买酒被坑钱最多。

余蕙亭却心知肚明，心高气傲的魏师叔如果没有把那位隐官当朋友，是绝不会说这种话的。

一场原本恭贺搬山老祖跻身上五境的庆典，就这么惨淡收场，宗主竹皇依旧是亲自收拾残局，再烂的摊子，好歹还是个摊子，还是个即将开创下宗的"宗"字头仙家。

竹皇抱拳，礼敬四方天地和诸峰观礼客人，洒然笑道："庆典取消，今天让诸位白跑一趟，正阳山事后必有回礼和补偿。"

琼枝峰峰主冷绮得了宗主授意，让那些花容失色的花木坊女修，赶紧撤掉了所有案几。

竹皇收起视线，以心声与一众峰主言语道："就此离开正阳山的客人，谁都不要阻拦，不可有任何不满情绪，不能有半句冒犯言语，就是装，也要给我装出一份笑脸来。晏掌律，你派人去诸峰山头，盯着所有送客之人，一经发现，违者一律当场剔除金玉谱牒，如果有客人愿意留在正阳山，你们就派人好好款待，牢记这份香火情，患难之交，不过如此，必须珍惜。"

竹皇施展望气术神通，看着一线峰之外的群山气象，虽是潦草不堪、元气大伤，但竹皇依旧没有心灰意冷，反而犹有心情与身边几位各怀心思的老剑仙打趣道："可惜庆典还没有开始，就被陈山主和刘剑仙各自登山问剑。不然咱们收取的贺礼，多少能够补上些窟窿，之后缝补山水，不至于拆东墙补西墙，太过焦头烂额，不得不从下宗选址的款项中挪用钱财。"

夏远翠喟然长叹一声，这个师侄，确实心性了得，事到如今，言语还能如此云淡风轻，这位正阳山辈分最高的满月峰老祖，一时间竟然收敛了几分阴幽心思，大敌已去，若是那落魄山当真能够就此收手作罢,那满月峰是不是要与竹皇的一线峰摒弃前嫌、精诚合作?

财神爷陶烟波欲言又止。

晏础满脸遮掩不住的惊喜,因为竹皇这句话,是与自己对视笑言,而不是与那秋令山的陶财神爷。

显而易见,原本风光无限的秋令山,是注定要江河日下了。

树倒猢狲散,人走茶凉。

留下的客人,寥寥无几。

一条条观礼渡船如山中飞雀,纷纷掠空远游,正阳山这处是非之地,不可久留。

竹皇正色道:"刚好借此机会,趁着这会儿供奉客卿都人齐,我们进行第二场议事。"

晏础立即以掌律祖师的身份,板着脸挥手道:"闲杂人等,都赶紧下山去,就留在停剑阁那边,不要随意走动,回头听候祖师堂命令。"

竹皇笑道:"既然袁真页已经被除名,那么正阳山的护山供奉一职,就暂时空悬好了,陶烟波,你意下如何?"

关于护山千年的袁真页,竹皇依旧只说除名,不谈生死。

陶烟波惨然道:"宗主,遭此劫难,秋令山难辞其咎,我自愿卸任职务,闭门思过一甲子。"

大势已去,此时挣扎只会犯众怒,连累整座秋令山被枭雄心性的宗主竹皇大为记恨。

竹皇盯着陶烟波,缓缓道:"那就由晏掌律转任此职。秋令山从今天起封山百年,以后秋令山一脉剑修的下山历练,都要听从一线峰祖师堂安排,不可有异议,劳烦陶剑仙回山之后,好好安抚人心。夏师伯德高望重,在此危难之际,只好劳烦师伯出山,暂缓练剑修行一事,担任祖师堂掌律。"

夏远翠抚须沉吟道:"只好如此了。"

晏础虽然心有不舍,本以为能够以掌律祖师身份兼任财神爷,不过能够管着未来上下两宗的钱财,还是有赚。

陶烟波闻言勃然大怒,封山百年,一线峰全盘接管所有秋令山剑修?!你竹皇是要以钝刀子割肉的法子,对秋令山剑修一脉数峰势力赶尽杀绝吗?

一旦封禁秋令山长达百年,本脉剑修,尤其是年轻两辈弟子,不都得一个个人心思变,学那青雾峰,一个个去往别峰修行?

添砖加瓦,你推我搡,各有苦衷为难,墙倒众人推,傻子都会。

竹皇说道:"陶烟波,你有异议?"

陶烟波脸色阴晴不定,瞥了眼竹皇腰间悬挂的那枚玉牌,最终还是摇摇头。

虽然是一场祖师堂议事,但是竹皇分明根本不给任何人说个"不"字的机会,没有了祖师堂的剑顶,竹皇今天就是一言堂。

竹皇转头笑望向那个茱萸峰女祖师,说道:"田婉,你职责不变,依旧管着三块:镜花水月、山水邸报、山门情报。"

田婉神色慌张,颤声道:"宗主,正因为茱萸峰谍报有误,才使得咱们对那两位年轻人掉以轻心,田婉百死难赎此罪,愿意与陶祖师一样,就此闭门思过。"

竹皇笑了笑,摇摇头,拒绝了田婉的请辞。

他当然知道这个娘们很不对劲。

竹皇甚至笃定她与落魄山,要么极有渊源,要么达成了某个盟约,但是没办法,这是正阳山必须付出的代价,是一线峰和他竹皇,不得不向那个陈山主双手奉上的一份诚意。

晏础瞬间心弦紧绷起来,再不敢计较什么兼任不兼任了。毕竟水龙峰才是一直手握谍报大权的山头。

田婉这个臭婆娘,哪壶不开提哪壶。

至于那茱萸峰,别说什么嫡传,平时连个杂役弟子都没有,历来只有田婉一人在那边幽居修行,这不明摆着是往水龙峰泼脏水?

竹皇心情复杂,这位宗主的心境,远远没有表面上那么气定神闲,事实上早已疲惫不堪,再有半点风吹草动,饶是竹皇,都要觉得独木难支了。

水落石出,人心显露,一览无余。都不用去看停剑阁那边各峰嫡传的茫然失措,惶恐不安,只说剑顶这边,不是蠢笨的酒囊饭袋,就是聪明人的各怀鬼胎,再不然就是袖手旁观、选择明哲保身的墙头草。竹皇心中没来由苦笑不已,莫不是老话说得好,不是一家人不进一家门?

竹皇视野快速掠过各处,试图找出那人的踪迹。

竹皇敢断言,那个人此刻一定就在山中某处。

满月峰那处临崖而建的观景亭内,云林姜氏兄妹二人,依旧留下。

匾额是黑底金字的孤云亭,两侧亭柱悬楹联,内容颇长。

晨起开门雪满山,目送鹤唳松风里,岁月抛身外,心月本来圆。

暮归醉梦落樵声,君语白日飞升法,花木供真赏,焚香听雨中。

亭内姜笙疑惑道:"如此一来,正阳山还有脸开创下宗?"

那个当宗主的竹皇,简直就是个脸皮厚如城墙的主儿,算是让姜笙大开眼界了。

东宝瓶洲一洲山上修士,山下各大世族豪阀,可都瞧见了这一幕,毕竟镜花水月关得太迟。

何况听说文庙已经解禁山水邸报，正阳山至多在今天管得住别人的眼睛，可管不住别人的嘴。

有儒家君子身份的姜山点头道："当然。"

竹皇其实是一个极有城府和韧性的宗主，这种人无论在哪里修行，都会如鱼得水，好像只要不被人打杀，给他抓住了一两根稻草，就能重新登顶。

听到大哥这两个字，姜笙此刻震惊不已，好像比亲眼看见刘羡阳一场场问剑、一路登顶，更觉荒诞不经。

姜山说道："下宗的建立毫无悬念，连同正阳山上宗，无非是一同重蹈覆辙，变成之前数百年的光景，仿佛被李抟景一人踩在头上，压得死活喘不过气来。当然，正阳山这次形势更加险峻，因为落魄山不是风雷园，不止一个剑仙，何况两位山主，陈平安和李抟景都是剑仙，可是行事风格大不一样。"

姜山放眼望去，一座正阳山的人心，云雨聚散琉璃脆，散若飘絮脆脆碎，几场问剑之后，确实不堪一击。

韦谅所谓的拆解，其实精髓就是"切割"二字。

姜山笑道："通过巡狩使曹枰，与大骊朝廷和大骊边军做出一定区分，意义重大。再通过极有可能会转去书简湖修行的元白，让中岳晋青和真境宗围困选址旧朱荧境内的正阳山下宗。南岳储君采芝山，雍江水神，咱们家附近的那条钱塘江风水洞老蛟，都各自做出了选择。要想做成这些，需要落魄山那位年轻山主耗费很多的山上香火情，动用暗中培养起来的人脉，还有货真价实的利益交换。

"这只是第一步。"

姜山娓娓道来："第二步，是针对正阳山内部的，将拨云峰、翩跹峰这些剑修，所有之前经常在一线峰祖师堂率先表明立场的剑仙，与永远一屁股坐到议事结束的同门分开来，让一盘散沙更散，最重要的还是藏在这其中的后手，比如让正阳山上宗和未来的下宗，从今天起就开始产生不可弥合的分裂。

"如果换成我是那个落魄山年轻隐官，问剑结束，离开之后，就有第四步，表面上看似放任正阳山不管，等于给了大骊朝廷一个面子，为双方各自留下台阶。只在暗处联手中岳和真境宗，全力针对正阳山那座下宗，很简单，除了拨云峰这几处山头的剑修，都别想有好日子过，甚至让他们无人胆敢出门历练。"

姜笙疑惑道："表面上？第四步？"

姜山笑道："白鹭渡和青雾峰之流，早已不成气候，满月峰夏远翠最是识时务，琼枝峰冷绮最擅长攀附强者，晏础喜欢钻营，唯利是图。秋令山少了一个几乎等于是自家护山供奉的袁真页，最为元气大伤，不然陶烟波其实是最适合也最有希望担任下宗宗主的人选。不管缘由为何,正阳山沦落至此,与李抟景当年一人力压正阳山,截然不同。

"虽然李抟景可以随便问剑正阳山,打杀任何一位剑修,但是那三百年的正阳山,所有人同仇敌忾,因为人人都不觉得一座风雷园,一个李抟景,当真可以覆灭正阳山,可是落魄山此次联袂观礼不一样。这场观礼,就是年轻隐官的第三步,让正阳山所有人,从老祖师到所有最年轻一辈弟子都在心中明白一件事,别跟落魄山硬碰硬了,寻仇都是痴人说梦,年纪大的打不过,年轻一辈最出类拔萃的,庾檩输得难堪至极,吴提京都已经走了,人心散乱至此。拼计谋,拼不过,相差悬殊。硬碰硬,掰手腕,就更别谈。既然如此,姜笙,我问你,如果你是正阳山嫡传,山中修行还需继续,你能做什么?"

姜笙试探性问道:"内讧?"

姜山点点头,却又摇摇头:"是也不是。"

姜笙怒道:"还来?!"

极少喝酒的姜山,掏出一壶酒,抿了一口,斜靠亭柱,遥遥望向一线峰那边:"在外人看来,是内讧。可在正阳山自己人看来,是理所当然的各有所争,外门争亲传名分,嫡传争各峰座椅名次,争天材地宝,名利不分家,修行路行走不易,登高更难,处处都是要争的。

"而且只会比之前,争得更厉害,因为他们猛然发现,原来心目中一洲无敌手的正阳山,根本不是什么有望顶替神诰宗的存在,一线峰祖师堂哪怕重建了,也好像每天都岌岌可危,担心哪天说没就没了。"

姜山拎着酒壶,抬起手臂,画了一个大圈,道:"以前的正阳山,可以通过不断扩张,暂时无视许多藏在深处的隐患,甚至有机会一直无视。"

然后姜山画了一个巴掌大小的小圆:"如今好像缩减为这么点地盘。"

最后姜山在大圈小圆之间,用手中酒壶又画出一个圆圈:"虽然事实上有这么大,可是人心不会如此乐观。他们走了极端,从曾经的盲目乐观,眼高于顶,感觉一洲山河皆是正阳山修士的自家山门,变成了如今的盲目悲观,再无半点心气,所以只好盯着脚尖几步远的一亩三分地。"

姜笙皱眉不已:"光是听你说,就已经这么复杂了,那么落魄山做起来,岂不是更夸张?"

姜山笑道:"做起来复不复杂,我一个外人,不好随便评论,可只是嘴上说起来,真心不复杂吧?"

简而言之,陈平安的这场问剑,非但并未就此结束,反而才刚刚开始。

接下来的第一场问剑,姜山猜测落魄山那位青衫剑仙的落剑处,就是正阳山的下宗宗主人选。

姜笙抱怨不已:"只是听着,就烦死个人啊。"

"居高临下,提纲挈领,迎刃而解,水到渠成。"

姜山指了指山崖外大地上一条名为胭脂溪的蜿蜒流水,笑道:"既然落魄山帮着正阳山凿出了一条河床,那么此后人心似流水,自然而然会流泻其中,行走之人,步入其中,浑然不觉。"

姜山突然起身,与凉亭台阶那边作揖再起身,笑问道:"陈山主,不知我这点浅见,有无说错的地方?"

去而复还的陈平安微笑道:"都对,没有什么大的纰漏。不过远没有姜君子所说那么玄妙高远,在我看来,天下学问之根本,不过'耐烦'二字。"

姜山思量片刻,微笑点头:"陈山主见解独到,确实比我所说要更加简明扼要,一语中的。"

陈平安知道他是在等自己,那就来见一见这位云林姜氏的未来家主。

姜笙心中惊骇,猛然转头,瞧见了一个去而复还的不速之客。

正阳山真是倒了八辈子血霉,摊上了这么个阴魂不散的难缠鬼。

只见陈平安面带笑意,缓缓走上台阶,这位落魄山的年轻山主,剑气长城的末代隐官,更换了一身装束,头戴一顶僭越道统的莲花冠,外罩一袭青纱道袍,脚踩云履,手捧一支白玉灵芝,道气缥缈云水身,山下志怪神异小说上所谓的仙风道骨,也不过如此。

分别落座凉亭内,姜山笑问道:"陈山主,如果不杀袁真页,会不会更好?"

陈平安说道:"只说结果,会更好,但是做事情,不能因为最终那个结果是对的,就在许多环节上不择手段,操控人心与玩弄人心,哪怕结果一样,可两者过程却是有些区别的。于己本心,更是天壤之别,姜君子以为呢?"

不杀袁真页,留给正阳山一个极大的意外,其实陈平安确实可以做到此事,甚至可以做到神不知鬼不觉,当时在背剑峰那边,祭出一把笼中雀即可。

姜山点头沉声道:"极是。"

陈平安笑着递过去一壶自家酒铺酿造的青神山酒水,道:"不是什么好酒,价格也不贵,只不过我这边库存不多,喝一壶少一壶。"

姜山道了一声谢,接过酒壶,抿了一口,又喝了一口,最终说道:"好像滋味一般。"

陈平安一本正经道:"那一定是姜君子喝得少了。"

姜山转移了话题:"陈山主,为何不将袁真页行事暴虐、滥杀无辜的过往在今天昭告一洲?如此一来,总归是能少去些不明真相的山上骂名。哪怕只是拣选最粗浅的一事,比如袁真页当年搬迁三座破碎山岳,懒得让当地朝廷通知百姓,致使那些凡俗樵子最终枉死山中。"

陈平安摇头笑道:"哪怕知道真相的,该骂还是会骂,更何况是那些不明真相的山上修士,拦不住的。落魄山太好说话,处处讲理,恪守规矩,被骂得少了,某些人就会有恃无恐；落魄山不好说话，背地里被骂得多，那些人反而不敢招惹我们。既然难以两全其美，就务实些，捞些实实在在的好处。"

姜山想了想，道："有理。"

这位儒家君子，放下手中酒壶，正襟危坐，面朝这位年轻山主，微笑道："如果让正阳山一步步崛起，最终成为我们东宝瓶洲的剑道第一宗门，至少在我看来，会是个天大的笑话。"

姜笙神色尴尬，她到底是脸皮薄，大哥是不是喝酒忘事了，是咱们云林姜氏帮着正阳山在文庙通过了下宗建立一事。

陈平安看了眼这个"身材臃肿"的老龙城苻家儿媳，有些奇怪，姜山、姜韫都很聪明，好像唯独这个女子，不是特别聪明？

支持正阳山创建下宗一事，云林姜氏的私心，自然是有几分的，可也谈不上太过偏袒，因为正阳山当下还不清楚，文庙即将大举攻伐蛮荒天下，作为条件，正阳山这边是必须派出相当数量的一拨"额外"剑修赶赴蛮荒天下，再加上大骊宋氏那边的定额，如此一来，两拨人马各自下山后，正阳山诸峰剑修其实不会剩下几个了，而且这一次远游出剑绝非儿戏，到了蛮荒天下那些渡口，连大骊铁骑都需要听令行事，正阳山再想破财消灾，难了。

所以姜山如此直言不讳表露出对正阳山的不顺眼，是没有什么问题的，这个姜笙犯不着心虚。

不过如果没有今天这场问剑，以正阳山那几位老剑仙的保命能耐，大可以故伎重施，用拨云、翩跹诸峰剑修的出剑和性命，帮着一线峰攫取名利。

姜山要比已经远嫁老龙城的姜笙，知道更多关于剑气长城的真相。

那场城下之战，陈平安顶替宁姚，剑斩离真。

一场甲申帐精心设置的围杀之局。背篓、离真、雨四、浔滩、流白，这五位师承、机缘、资质都不缺的天才剑修，皆在托月山百剑仙之列。结果陈平安不但成功脱困，而且反杀流白。

南绶臣北隐官。

陈平安领衔隐官一脉，坐镇避暑行宫，等于为浩然天下多赢取了约莫三年时间，最大程度保留了飞升城剑修种子，使得飞升城在五彩天下一枝独秀，率先开疆拓土，远远胜过其余势力。

听说如今的托月山新主人，名义上的蛮荒天下共主斐然，还曾在战场上专门针对过陈平安。

陈平安独自一人枯守城头多年，与一位王座大妖龙君对峙。

以至于那场文庙议事，家主回家乡后笑言，当时两座天下对峙，开口调侃陈平安的大妖有很多。

　　传闻那个身居高位的周清高，身为文海周密的关门弟子，却一直希望能够与陈平安复盘棋局，可惜求而不得。

　　姜山自认自己远远不如眼前同龄人多矣。

　　除了年轻隐官当年境界不够，未能在战场上亲手斩杀一只飞升境大妖，刻字城头。

　　这个同样出身东宝瓶洲的年轻人，好像做成了此外一切事情。

　　可事实上，姜山很清楚，未来东宝瓶洲山上，一样会有那么一小撮人，哪怕知道了这些消息和内幕，依旧会觉得陈平安当年都不是玉璞境剑修，也配当那隐官？也配让浩然剑修礼敬几分？

　　有人觉得强者都是对的，哪怕是被强者践踏之人。

　　有人觉得强者都是错的，哪怕是被强者庇护之人。

　　陈平安双手笼袖望向外边，好像风波过后，青山依旧在，云水更无恙，沉默片刻，转头笑道："姜山，你们云林姜氏，或者说你本人，有没有兴趣当正阳山幕后的太上宗主？"

　　姜山有些遗憾，摇头道："终究非君子所为。"

　　陈平安站起身，笑着点头道："还好，我连书院贤人都不是。"

　　姜山跟着起身，问道："陈山主是要亲力亲为？文庙那边会不会有意见？"

　　陈平安摇头道："怎么可能，我可是正儿八经的读书人，做不来这种事情。"

　　姜山试探性问道："正阳山的下宗宗主人选，是那山水谱牒尚未正式勾销名字的元白？"

　　陈平安笑道："我原本要与竹皇宗主举荐一人，由真境宗的首席供奉刘志茂，更换门庭，担任下宗宗主，当然会很难，说不定就要跟竹皇撕破脸，大打出手一场，显然姜君子的提议更好。"

　　姜山一脸错愕，无奈摇头道："陈山主，这样就不厚道了。"

　　陈平安抱拳道："姜山，你这个朋友，我交定了！肯定是一位诤友。"

　　姜笙反正也说不上话，只是坐在一旁听着两人的对话。先前自己只是手欠，接了那把飞剑传信，大哥你更厉害，早知道这家伙是什么人了，这会儿还是和他又喝酒，又聊天的。

　　姜山环顾四周，有些意外，因为竹皇并没有如预想之中在凉亭附近现身。看来这位年轻隐官，还算厚道。

　　陈平安笑道："姜君子这么想就不厚道了。"

　　姜山抱拳告辞，不再多说一句，只是没忘记拎走那壶酒。走出孤云亭很远，姜山才回头望一眼，凉亭内已无身影，这就很厚道了，好像对方现身就只是与自己随便扯几句题外话。

青雾峰外，白鹭渡旁，过云楼中，刚刚失魂落魄返回客栈的倪月蓉尚未完全缓过神，就又呆滞无言，她怔怔看着那个头顶莲花冠的"年轻道人"，又来?!

陈平安重新要了那间甲字房，然后安安静静等着竹皇议事结束，再闻讯赶来。

他躺在藤椅上闭目养神，晒着日头，睁眼转头望去，好像看见了一个傻子，竟然真在夏天堆出了个雪人。

陈平安起身来到栏杆旁，朝白鹭渡那边一人，轻轻挥动手中的白玉灵芝。

返回白鹭渡的截江真君刘志茂定睛一看，瞧见了那个昔年自家青峡岛的账房先生，着一身大有僭越嫌疑的道门装束，不过估计神诰宗祁天君亲眼瞧见了，如今也只会睁只眼闭只眼。

刘志茂大笑一声，御风来到过云楼，飘然而落，抱拳道："陈山主此次问剑，让人心神往之。"

陈平安收起那支白玉灵芝入袖，笑着抱拳还礼："见过刘真君。"

原来先前一线峰的传信飞剑，如百花缭乱开遍诸峰，刘志茂就得了陈平安的一封密信，说是等到问剑结束后，让他赶赴白鹭渡，有事相商。

陈平安递过去一壶青神山酒水，开门见山道："先前打算与正阳山建言，举荐刘真君担任正阳山下宗宗主，只是人算不如天算，中途事情有变，只好让刘真君白跑一趟了。"

刘志茂接过酒壶，不着急揭开泥封喝酒，天晓得是敬酒罚酒？况且听得如坠云雾，这都什么跟什么？我一个真境宗首席供奉，在玉圭宗祖师堂供奉的那部金玉谱牒上边，名字都是很靠前的，让我担任正阳山下宗之主？这个账房先生，打得一手好算盘。

可要说真让刘志茂自己选择，或者说有的选择，比如在姜尚真和韦滢都不记恨此事的前提下，刘志茂还真不介意顺水推舟答应了，毕竟就刘老成那老当益壮的身板，如今已是仙人境，刘老儿修道资质又好，只要无灾无恙无意外，随便再多活个千八百年，毫无问题。再者宗主与首席供奉，按照山上不成文的规矩，看似一步之隔，实则万里之遥，刘老成当初能够破例从供奉升任宗主，那是与荀渊的香火情使然，加上姜尚真念这份旧情，韦滢当时忙着返回桐叶洲，接任上宗宗主职务，才没有从中作梗，或者说是不愿落了姜尚真的面子。故而真境宗第四任宗主，十之八九，将来会是玉圭宗派人过来接任，反正绝对不会是他刘志茂，这点粗浅的官场规矩，刘志茂门儿清。

韦滢是不太瞧得起自己的，以至于如今的玉圭宗祖师堂，虽然空了那么多把椅子，刘志茂作为下宗首席供奉，依旧没能捞到一个位置，如此于礼不合，刘志茂又能说什么？私底下抱怨几句都不敢，既然朝中无人，无山可靠，乖乖认命就好。

刘志茂到底是山泽野修出身的玉璞境，在陈平安这边，毫不掩饰自己的遗憾，感慨道："此事不成,可惜了。"

借助书简湖,成为一宗谱牒供奉,若能再借助真境宗,担任别家一宗之主,这就叫树挪死人挪活。一个习惯了野狗刨食四处捡漏的山泽野修,没什么不敢想的,也没什么不敢做的。

刘志茂举起酒壶,爽朗笑道："不管如何,陈山主的好意心领了,以后再有类似好事,还是要第一个想起我刘志茂。"

陈平安提起酒壶,轻轻磕碰,点头笑道："不敢保证什么,不过可以期待。"

刘志茂听得眼睛一亮,虽然明知可能是这家伙的胡说八道,可到底有些盼头,总好过在真境宗每天消磨光阴,瞧不见半点曙光。

刘志茂喝了口酒水,听陈平安说这是他铺子出产的青神山酒水。

一般山上酒水,什么仙家酒酿,喝了就喝了,还能喝出个什么滋味不成?

刘志茂今儿只喝一口,便回味一番,微皱眉头,以表敬意,再轻轻点头,以示好酒。

陈平安趴在栏杆上,拎着酒壶轻轻摇晃。

刘志茂也不是喝酒而来,他看了眼身边男子,一时间恍若隔世,不敢相信当年那个身若一叶浮萍、人生只能一路随水打旋儿的陋巷少年,真的能够一步步走到这里,给旁人酒,旁人不敢不接,还不敢说不好喝。青峡岛山门口那边,至今还留着那几间账房,那个不成材的大弟子田湖君,每次去青峡岛觐见师尊,参与议事,都不敢多瞧一眼,视线都会有意无意绕开账房。

相信以后的正阳山年轻人,不管是御剑还是御风,只要路过那座仙人背剑峰的废墟遗址,差不多也会如此光景,愤懑挂在脸上,敬畏刻在心头。

刘志茂喝酒很快,喝完收起了空酒壶入袖,看陈平安今天架势,不像是翻旧账来的,刘志茂就心情多了几分闲适,再没有来时路上的惴惴,担心这位莫名其妙就成了剑仙的账房先生,觉得收拾完了正阳山犹不过瘾,要与青峡岛再好好合计合计。毕竟刘志茂很清楚,陈平安当年离开书简湖的时候,其实很多事未能做成,比如移风易俗。

刘志茂没来由感叹道："今儿吃得下穿得暖睡得着,明儿起得来,就是修行路上好光景。再有一壶好酒水,两个无事人,聊几句闲话。"

陈平安笑道："莫道闲话是闲话,往往事从闲话来。"

刘志茂点头道："确实是个千金难买的老理儿。"

陈平安转身说道："竹皇马上赶来此地,那我就不送刘真君了,以后有机会去春庭府做客,再与刘真君喝酒叙旧。"

刘志茂笑着点头,御风离去,原本轻松几分的心境,再次提心吊胆,当下心中所想,是赶紧翻检这些年田湖君在内几位弟子的所作所为,总之绝不能让这个账房先生,算账算到自己头上。

陈平安瞥了眼一线峰方向，议事结束了，诸峰剑仙和供奉客卿们打道回府，各回各家。

再看了眼那个截江真君的远游身形，陈平安抿了一口酒，清风拂面，举目眺望，白云从山中起，水绕过青山去。

山上祖例，官场规矩，行伍条令，江湖道义，乡约习俗。

不管是谁，只要置身其中，就要循规蹈矩，比如以前的书简湖，宫柳岛刘老成、青峡岛刘志茂，就是翻手为云覆手为雨的老天爷，这些书简湖地仙修士，就是唯一的规矩所在，等到真境宗接管书简湖，绝大多数山泽野修摇身一变成了谱牒仙师，就要遵循玉圭宗的律例，连刘老成和刘志茂在内，整个书简湖野修，都仿佛蒙学稚童走入一座学塾，重新翻书识字学道理，只不过有人学得快，有人学得慢。

身后屋外廊道，有轻柔的敲门声响起，是客栈掌柜倪月蓉，说是宗主来了，要与陈山主一见。

陈平安转头笑道："请进。"

宗主竹皇与青雾峰出身的倪月蓉联袂跨过门槛，后者怀捧一支白玉轴头的画轴，到了观景台后，倪月蓉搬来一张几案和两张蒲团，跪坐在地，在几案上摊开那幅卷轴，是一幅仙家手笔的雅集画卷。她抬起头，看了眼宗主，竹皇轻轻点头，倪月蓉这才抬起右手，左手跟着虚扶袖口，从绢布画卷中"拈出"一只香炉，几案上顿时紫烟袅袅，再取出一套洁白如玉的白瓷茶具，将两只茶杯搁放在几案两边，最后捧出一盆仙家瓜果，居中而放。

做完这一切杂事庶务，倪月蓉跪坐原地，双手叠放在膝盖上，眼观鼻鼻观心，目不斜视，她既不敢看宗主竹皇，也不敢多看一眼那位头顶莲花冠的山主剑仙。

落魄山和正阳山，两位结下死仇的山主，各自落座一边。

哪有半点剑拔弩张的氛围，更像是两位故友在此饮茶怡情。

山上恩怨，不是山下两拨市井少年斗殴落幕后，各自扬言，等着，回头就砍死你。

而是江水滔滔的中流砥柱，水过千年石还在。

竹皇笑道："倪月蓉，你先离开，有事再喊你。"

半点不担心她会偷偷传信水龙峰晏础，因为这无异于找死。

倪月蓉立即起身，一言不发，敛衽为礼，姗姗离去。

竹皇提起茶杯，笑道："以茶代酒，待客不周，陈山主不要见怪。"

陈平安伸出双指，按住茶杯，笑道："不着急喝茶。"

竹皇点点头，果真放下茶杯。

陈平安笑问道："不知道竹宗主来此过云楼，是找我有什么事情吗？"

若是晏础之流在此，估计就要在心中破口大骂一句：竖子猖狂欺人太甚了。

竹皇却神色如常,说道:"趁着陈山主尚未返回落魄山,就想确定一事,如何才能彻底了结这笔旧账,从此落魄山走阳关道,正阳山走独木桥,互不相犯,各不打搅。我相信陈山主的为人,都不用订立什么山水契约,落魄山必然言出必行。"

陈平安环顾四周,收回视线后,缓缓道:"正阳山能够有今天的这份家业,竹宗主功莫大焉。作为一家之主、一宗领袖,既要不耽误自家修行,又要处理千头万绪的杂乱庶务,此中辛苦,掌律也好,财神爷也罢,哪怕在旁看在眼里,也未必能够体会,更别提那些身在祖辈凉荫之中却不知福的嫡传再传了。"

竹皇直接挑明对方的言下之意,微笑道:"陈山主是想说今天这场风波,得怪我竹皇约束不力,其实与袁真页关系不大?"

陈平安笑道:"年少时翻书,看到两句金玉良言、圣贤教诲,放之四海而皆准。黎明即起,洒扫庭除,要内外整洁。既昏便息,关锁门户,必亲自检点。山下门户一家一姓,尚且如此,更何况是山上遍地神仙的一宗之主?"

竹皇笑道:"那就是没得聊了?"

陈平安说道:"你说没得聊,未必没得聊,我说有的聊,就一定有的聊。如果只是好心白送竹皇一个书上的圣贤道理就没得聊,我得是多无聊,才愿意捏着鼻子故地重游过云楼?"

竹皇沉声道:"那就请陈山主不要拐弯抹角,大可以有话直说。行,竹皇照做,不行,正阳山诸峰只能是破罐子破摔,劳驾落魄山观礼客人,乘船返回,只管打烂新旧诸峰,断绝我正阳山祖师堂香火,从今往后……"

这才刚刚开了个头,就已经耐心耗尽,开始撂狠话了?

陈平安笑而不言。

遥想当年自己在那书简湖,与刘志茂同桌喝酒,耐心可比你竹皇好多了。

至于要论形势的凶险程度,自己去宫柳岛找刘老成,也比你竹皇来过云楼找我,更加生死难测。

但是竹皇很快就收起话头,因为来了个不速之客,如飞鸟落枝头。她现身后,抖了抖两只袖子,与那陈平安作揖,喊了声先生,然后这个荼蘼峰的女祖师田婉一屁股坐地,笑意盈盈望向竹皇,甚至像个走火入魔的疯婆子,从袖中摸出梳妆镜、脂粉盒,开始往脸上涂抹,摇头晃脑说道:"不讲道理的人,才会烦道理,就是要用道理烦死你,能奈我何?"

竹皇懒得多看这个神神道道的田婉,只是提起腰间悬挂的那枚玉牌,搁放在几案上,那位仙人之前在剑顶至多支撑一炷香,现在又有新的一炷香光阴了。

陈平安一脸为难道:"礼重了。"

那田婉捧腹大笑,后仰倒去,满地打滚,花枝乱颤得恶心人至极。

竹皇瞥了眼田婉,问道:"陈山主,这算怎么回事?"

陈平安突然站起身，笑道："怎么来了？我很快就会跟上渡船的。"

下一刻，竹皇就发现田婉对面的几案那边，出现了一个背剑匣的女子，她手持剑鞘，底端抵住几案上的玉牌，问道："怎么个破罐子破摔？"

她轻轻一按剑鞘，玉牌当场崩碎。

竹皇心中惊骇万分，只得赶紧一卷袖子，试图竭力收拢那份流散剑意，不承想那女子以剑鞘轻敲几案一下，那一团复杂交错的剑意竟是如获赦令，完全无视竹皇的心意驾驭，反而如修士谨遵祖师法旨一般，瞬间四散，一条条剑道自行剥落出来，几案之上，就像开了朵花，脉络分明。

"田婉"立即起身作揖道："见过师娘。"

宁姚轻轻点头，忍不住说道："换副面孔。"

"得令！"崔东山立即施展障眼法，变成白衣少年的容貌。

田婉早已被他神魂剥离开来，等于走了一条崔东山当年亲身走过的老路，然后田婉的一半魂魄被崔东山抹掉全部记忆，在那少女姿容的瓷人当中，一方水土养育一方人，如花生长。

宁姚对陈平安说道："你们继续聊。"

陈平安笑道："好，不用几句话就能聊完。"

宁姚去往栏杆那边，崔东山重新落座，这次正襟危坐，再无半点嬉戏打闹。

竹皇纹丝不动，甚至没敢继续收拢剑意，眼角余光中的那些玉牌碎片，让这位宗主心碎。

幸好来时行踪隐秘，又将此处观景台隔绝天地，不至于泄露他与陈平安的见面一事，不然被师伯夏远翠瞧见了这一幕，说不定立即就有了篡位的心思。

正阳山历任宗主不管心性、境界如何，都能够坐稳位置，靠的就是这枚玉牌。

陈平安重新坐下，笑道："来这边等着你找上门来，就一件事，还是让竹皇你做个选择。"

先前在一线峰祖师堂喝茶，是让竹皇在正阳山和袁真页之间做出选择。

竹皇说道："洗耳恭听。"

陈平安说道："正阳山的下宗宗主人选，你可以从三人当中选一个，陶烟波、刘志茂、元白。"

一个即将被迫封禁秋令山百年的上任财神爷，一位书简湖野修出身的真境宗首席供奉，一个尚未被正式除名的对雪峰剑修。

竹皇哑然失笑，不敢确定道："刘志茂？真境宗那位截江真君？"

崔东山伸手拍打心口，自言自语道："一听说还能创建下宗，我这茱萸峰修士，心里边乐开了花。"

竹皇置若罔闻，说道："刚才祖师堂议事，我已经拿掉了陶烟波的财政大权，秋令山需要封山百年。"

竹皇苦笑道："至于元白，中岳晋山君那边岂肯放人？何况元白心性坚定，为人处世极有主见，既然他公然宣称离开正阳山，恐怕就再难回心转意了吧？"

崔东山啧啧道："哎哟喂，竹宗主真是妄自菲薄了，既然当年都能够动之以情，晓之以理，说服元白一个外乡人，当了自家客卿再当供奉，让元白不计生死，不惜违背剑心，也要去与黄河问剑一场，怎么这会儿就开始念叨元白极有主见了？还是说竹宗主年纪大了，就跟着忘性大了？"

陈平安将茶杯推给崔东山，笑着训斥道："怎么跟竹宗主说话呢。"

崔东山双手接过茶杯，仰头一饮而尽。

竹皇心中有了决断，问了最后一个问题："就这样？陈山主还有什么要吩咐的？"

陈平安笑道："就这样。"

竹皇叹了口气，说道："劳烦陈山主有话就说，直言不讳，给我一句痛快话。"

陈平安说道："就只是这样。"

竹皇摇摇头，显然不信，犹豫了一下，抬起袖子，只是刚有这个动作，那个眉心一粒红痣的俊美少年，就双手撑地，满脸神色慌张地往后挪动，嚷嚷道："先生小心，竹皇这厮翻脸不认人了，打算以暗器行凶！不然就是学那摔杯为号，想要号令诸峰群雄，仗着人多势众，在自家地盘围殴咱们……"

陈平安说道："闭嘴。"

崔东山哦了一声，重新挪回原位。

竹皇从袖中掏出一摞封禅玉册，顿时宝光流转，说道："这是竹皇与落魄山的赔罪礼，七道禅地玉册，分别来自东宝瓶洲诸多古山岳，原本是打算炼化了用作下宗选址诸多藩属山头的奠基之物、镇山之宝，帮忙凝聚归拢山水气运。如果不够，我可以带着陈山主亲自走一趟宝库，任凭挑选。"

陈平安摆摆手："免了。"

竹皇默不作声，只是死死盯住这个落魄山的年轻剑仙，如此兴师动众，问剑正阳山，除了报仇，你陈平安总得别有所求吧？难不成就只是大闹一场，留给整个东宝瓶洲山上一个耀武扬威、强势跋扈的印象？天下人心，看热闹不嫌事大，可看完了热闹，总是喜欢指手画脚，说三道四。

陈平安站起身，双手笼袖，眯眼笑道："只说一事，琼枝峰那边，你以后多管管，总不能幸运登山、侥幸修行了，就是奔着给山中各峰祖师没名没分暖床，或是被送去山下给将相公卿当小妾。当然，自己愿意如此的，两说，各有姻缘。不愿意这般的，你们正阳山，好歹给她们一个摇头拒绝的机会，还不用担心被峰主记恨，从此修行处处是门槛，日日是年关。"

竹皇跟着站起身,点头道:"我以后会亲自盯着琼枝峰,还有呢?"

峰主冷绮,她以后就可以安心修道了,至于琼枝峰一切大小事务,就别再管了。

至于峰主人选,柳玉似乎不错?因为刘羡阳当时那么多场问剑,就只有对她比较客气。柳玉如今只是龙门境瓶颈剑修,不合规矩?大不了将峰主位置空悬几年,等她跻身金丹境就是了。柳玉的修道资质,其实极好,只是与吴提京和庾檩相比,她才显得没那么出类拔萃。一位甲子之内有望跻身金丹境的剑修,当个琼枝峰峰主绰绰有余。而且冷绮这个娘们年轻时,本就与师伯夏远翠有过一段见不得光的露水姻缘,所以这么多年来,琼枝峰剑修一脉也是处处紧跟着满月峰的脚步。

陈平安微笑道:"没了,其实先前你说得很对,我跟你们正阳山,确实没什么好聊的。"

竹皇说道:"那我就当与陈山主谈妥了?"

整座正阳山,只有竹皇最清楚眼前这个年轻人的难缠所在。

如果只是问剑,任你是飞升境剑仙,砍死一大拨,打碎诸多山头,又能如何?

竹皇还怕这个?只会心疼钱财而已。

怕就怕,一个剑仙不依不饶的纠缠不休,使得正阳山好像每天都被人记着过夜仇。

崔东山揉着下巴,啧啧笑道:"可惜整座琼枝峰仙子们,估计这会儿还在大骂先生仗势欺人,坏了她们正阳山的千秋大业,害得她们人人抬不起头来。"

竹皇笑道:"你先生是不会在意这些的,陈山主真正在意的,是未来那些琼枝峰女修敢不敢摇头说个'不'字。不过陈山主放心就是了,未来琼枝峰的风气,也不至于会让她们如此为难了。"

崔东山大为赞叹道:"果然只有敌人才是真正的知己。竹宗主寥寥几句话,就抵过正阳山诸峰修士的几大缸唾沫星子。"

崔东山一步跨出,身形流光溢彩,最终将田婉那副皮囊留在原地,白衣少年转头,抬起两根手指,指了指自己眼睛,示意这个神魂对半分的婆娘,你之所见所想,便是我之所见所想。如果不信邪,咱俩就拿你的这副体魄,作为一处问道之地,各显神通,钩心斗角。

竹皇看了眼白衣少年,再看了眼那个好像恢复原貌的田婉。

饶是竹皇都要惊惧不已,这个性情乖张、言行荒诞的白衣少年,当然是术法通天,可是手段真脏。

陈平安走出数步,突然停下脚步。

竹皇瞬间心弦紧绷。

陈平安转头说道:"记起一件小事,还得劳烦竹宗主。"

竹皇说道:"但说无妨。"

陈平安问道:"不知道这正阳山,距离落魄山有多远?"

竹皇想了想,答道:"我辈修士御风而行,约莫隔着二十万里路。陈山主为何有此问?"

陈平安眯眼笑道:"那就有请竹宗主在正阳山北边地界,立起一碑,上边就刻一句话,北去落魄山二十万里。"

竹皇脸色阴晴不定,连那宗门禁制的宝库都可以带陈平安去游览一遍,任由其挑选天材地宝带走,可是一块花不了几枚雪花钱的界碑,反而是登天之难。

陈平安提醒道:"竹皇,我不是在跟你商量事情。"

竹皇沉默片刻,笑了起来,点头道:"小事一桩。"

陈平安撤去障眼法后,缩地山河,与宁姚联袂御风北游,去追赶那条龙舟渡船。

崔东山一个蹦跳起身,施展山下江湖上的绝学梯云纵,一边蹦跶升高一边嬉皮笑脸道:"竹宗主,我可是分毫未取,空手而去,不许记仇啊。田姐姐,青山不改绿水长流,姐弟二人,就此别过。"

暂时获得自由身的田婉冷笑一声,什么别过,双方朝夕相处才对。

白衣少年大袖翻转,身形拧转,化作一道雪白虹光,划破长空,仙人逍遥游。

竹皇在那三人离去后,轻声问道:"如何着了他的道?"

田婉再无半点以往的谄媚神色,眼神凌厉,盯着这个正阳山的废物,脸色冷漠,语气生硬道:"竹皇,劝你管好自己的烂摊子,落魄山不是风雷园,陈平安也不是李抟景,别觉得风波落定了。至于我,只要你识趣点,私底下别再胡乱探究,我依旧会是茱萸峰的女祖师,跟一线峰井水不犯河水。"

竹皇今天熬过了一连串的天大意外,也不在乎多个心性大变的田婉,笑道:"苏稼和那枚养剑葫,以及我那关门弟子吴提京,反正都是你带上山的,具体如何处置,你说了算。"

田婉神色淡然说道:"立即恢复苏稼的祖师堂嫡传身份,她还有继续练剑的资质,我会暗中帮她,那枚养剑葫放入宝库,名义上依旧归属正阳山,什么时候要用了,我去自取。至于已经离山的吴提京,你就别管了,你们的师徒缘分已尽,强求不得。不去管他,说不定还能帮着正阳山在将来多出一位风雪庙神仙台的魏晋。"

竹皇问道:"那么宗门谍报、山水邸报和镜花水月三事?"

田婉冷笑道:"自然是有劳宗主另请高明了。"

其实竹皇当下最想要一巴掌打死的,是水龙峰晏础的那个得意弟子。

田婉转过头,看着这个昨天还志得意满、谋划一洲的宗主,讥笑道:"是不是到现在,还不知道问剑之人,到底是谁?"

竹皇落座后，伸出一掌，笑道："不如坐下喝茶慢慢聊？"

田婉直接御风返回那座鸟不站的茱萸峰，竹皇自嘲一笑，收起了那些剑意，小心翼翼藏入袖中，再出声将那掌柜倪月蓉喊来，陪着自己喝茶。

倪月蓉跪坐在蒲团上，喝着茶，感觉比喝刀子还难受。

竹皇突然抛出一个问题："倪月蓉，如果当年你可以选择，而且不管如何选择，都没有半点后顾之忧，你还会当那晏础的山上外妾吗？"

倪月蓉脸色惨白无色，竹皇身体前倾，竟是帮她续上一杯茶水，然后和颜悦色道："不用紧张，我只是想听一听真话。"

倪月蓉满头汗水，颤声道："能够被晏掌律看上，虽无名分，倪月蓉没有任何怨言，这么多年来，晏掌律对我和过云楼，还有青雾峰，多有帮衬。"

竹皇笑着点头，她的答案是什么，本来就无所谓，竹皇想要的，只是她的这份如履薄冰。

于是竹皇又问道："你觉得元白出任下宗宗主，对我们上宗来说，是好事，还是坏事？"

倪月蓉硬着头皮说道："宗主英明。"

竹皇笑道："那让你去担任下宗的财库负责人，你会怎么做？"

倪月蓉灵光一闪，说道："我与水龙峰再无半点瓜葛，往后只有公事往来，再无半点私谊。"

竹皇继续问道："如果你在下宗那边，大权在握了，哪天看中了一个相貌英俊的下宗子弟，对他极有眼缘，你会怎么做？会不会学晏础，对他威逼利诱？"

倪月蓉如遭雷击，这个宗主，今天是不是失心疯了，怎么总是问这些莫名其妙的问题。

倪月蓉神色尴尬道："若是双方你情我愿，就结为山上道侣，如果对方已经心有所属，强扭的瓜不甜，不敢强求。"

倪月蓉当然很怕眼前这位宗主，但是那个头戴莲花冠、身穿青纱道袍的年轻剑仙，同样让倪月蓉心有余悸，总感觉下一刻，那人就会面带微笑，如入无人之境，随意出现在正阳山地界，然后站在自己身边，也不说什么，自己也不知道那人到底在想什么，更不知道他接下来会做什么。

竹皇叹了口气，心中忧虑不减反增。

看来今天问剑最狠的，不是陈平安和刘羡阳的那些剑术，而是当时刘羡阳登山时掏出的那几本账簿。

显而易见，只会是陈山主的手笔！

因为刘羡阳一看就是个懒散人，根本不屑于做此事。而陈平安年纪轻轻，却城府极深,行事好似最耐烦,只差没跟正阳山讨要一个掌律头衔了。成剑仙与当宗主,尤其是开山立派的宗主,是天壤之别的两回事。

竹皇蓦然拍碎几案,吓得倪月蓉伏地不起。

竹皇起身走到栏杆那边,转头北望,挑选位置。

界碑一旦立起,何时才是头?!

白鹭渡那边,韦谅独自行走在芦苇荡小路上,从过云楼那边收回视线,轻声笑道:"一场兵解,点到即止,恰到好处。"

回了渡船,陈平安与于樾抱拳笑道:"于供奉。"

陈平安一般不这么客气,可对方毕竟是新上任的供奉。

年轻山主没喊什么客卿,而是供奉。于樾忍不住大笑不已,有了隐官这句话,老剑修悬着的一颗心就算落地。回头再喝酒,气死那个蒲老儿。

然后陈平安说要议事,小米粒连忙带路,挑选了龙舟渡船上边最大的一间屋子,陈平安就近坐在了靠门的座椅上,所有人很随意落座,也没个身份高低、尊卑讲究。

小米粒自顾自忙碌起来,在每人桌上都放了少许瓜子,毕竟今儿出门带得不多,捉襟见肘了哈。

等到落魄山右护法转了一圈,发现轮到裴钱和大白鹅那边,自己手里边只有几颗瓜子了,挠挠脸,原路返回,与老厨子、周首席和米次席分别道歉后,从他们那边依次拿回些许,补给了裴钱和大白鹅。

崔东山率先开口,说咱们周首席打算回桐叶洲了,陈平安笑道:"正好,可以带上曹晴朗,顺利的话,争取在今年末,最晚明年开春,咱们就在桐叶洲北方地带,正式建立落魄山的下宗。"

姜尚真笑着答应下来,反正顺路。

陈平安继续说道:"如果没有意外的话,等我们回到落魄山,玄密王朝那条风鸢跨洲渡船也该到牛角渡了,到时候你们就将这条渡船一并带去桐叶洲,有了这条风鸢渡船,未来我们就要开辟出一条属于自己的跨洲路线,陆路怎么走,海路怎么走,与路过王朝、仙家山头如何打交道,尤其是如何跟路途各大渡口攀交情,都需要仔细权衡,不能有丝毫纰漏。东山和裴钱你们是去那边帮忙,以后还要返回落魄山,按照先前那个既定方案,种夫子、米裕、隋右边、崔嵬就要在那边落脚修行了。种夫子帮着曹晴朗把控大方向,裴钱负责与青虎宫和蒲山草堂走动,东山就盯着金顶观几处山头,至于我们米大剑仙……"

说到这里,陈平安笑着不说话,嗑起了瓜子,米裕赶紧放下手中瓜子,挺直腰杆,道:"我反正全听种先生的吩咐,是出剑砍人,还是厚脸求人打点关系,都责无旁贷。"

种秋笑道:"不敢对米次席随便发号施令。"

于樾就纳闷了,隐官不一样喊你是剑仙,还是大剑仙,也没见你米裕恼羞成怒啊。咋的,次席供奉欺负一般供奉啊?

陈平安望向泓下,说道:"隋右边不在船上,泓下,有劳你回头告诉她一声,到了桐叶洲,就由她负责具体对接玉圭宗和云窟福地。"

泓下立即起身领命。

陈平安笑道:"下次还这么见外,小米粒就别发瓜子了。"

泓下坐下,有些赧颜。

小米粒正坐在高高的椅子上晃荡脚丫呢,挠挠脸,道:"山主,我下次兜里瓜子,可多可多。"

泓下姐姐那么好说话,虽说瓜子什么的,半点不值钱,谁都不稀罕,可如果只有泓下姐姐手边没有瓜子,多没面儿。

陈平安笑道:"那就由你负责下次提醒泓下别起身说话。"

小米粒一听又有职务在身,笑得合不拢嘴,使劲点头道:"好的好的,以后每次议事之前,我都会与泓下姐姐提醒一句的。"

米裕斜眼那个于老剑仙,皮笑肉不笑道:"于供奉,一登门就能嗑上瓜子,了不得啊,在咱们落魄山,这可不是谁都有的待遇。"

于樾愣了愣,在落魄山嗑瓜子,都是有讲究的事情?

小米粒更是双臂环胸,皱起两条小眉头,难道自己买的一麻袋一麻袋瓜子是捡着宝了,其实贼金贵?

然后,就是让掌律长命制定出一份详细具体的门规,尽量简单些,不用过于琐碎。

之后讨论下宗的名字,陈平安让所有人都帮忙想个,陈灵均大义凛然道:"老爷取名字的本事,自称天下第二,没人敢称第一、第三的那个,也要心虚几分,恨不得自称第四……"

崔东山开始朝陈灵均丢瓜子壳,道:"就你最铁骨铮铮是吧?"

结果崔东山挨了身边裴钱的一手肘,崔东山瞪了一眼对面的青衣小童。

陈灵均怒了,伸手接住瓜子壳,反手就丢回去,你被裴钱打,关老子屁事,之前在船头被你踹一脚,都没跟你这只大白鹅算账,我与魏檗可是以兄弟相称,平辈的,所以你踹的哪里是我的屁股,是魏大山君的脸面好不好,现在当着我老爷你先生的面,咱俩划出道来,好好过过招。

陈平安也不理睬他们的打闹,沉默片刻,笑道:"希望我们落魄山,一直会是今天的落魄山,希望。"

议事结束之后,陈平安只让崔东山和姜尚真留下。

宁姚坐在一旁,继续嗑瓜子。

陈平安说道:"当年本命瓷碎了之后,我这边拼凑不全,多则六片,少则四片,还留在外边。"

姜尚真和崔东山都神色凝重。

宁姚也放下手中瓜子。

陈平安笑道:"现在唯一可以确定的,是大骊太后肯定有一片,因为先前在过云楼,被我抓到了马脚。此外,邹子极有可能给了剑修刘材其中一片,杏花巷马家,也有可能藏下,至于北俱芦洲的琼林宗,可能有,可能没有,我会亲自去问清楚的,至于中土阴阳家陆氏,不好说。就目前来看,我能想到的,就是这些线索。你们不用这么如临大敌,要知道我曾经断过长生桥,后来合道剑气长城,当下这副体魄,反而成了好事,哪怕本命瓷碎片落在别人手上,其实对我的修行已经影响不大,只会让我有机会顺藤摸瓜。"

陈平安站起身,微笑道:"那就走一趟大骊京城。"

第二章
夜游京城

去大骊京城之前,陈平安拉着宁姚一起站在船头,忍不住问道:"一直跟着我跑东跑西,会不会觉得烦?"

宁姚看了眼他,没说话。

事情不烦,某人最烦。

姜尚真待在自己屋内,看那各家仙子的镜花水月,陈灵均拉着于樾一起长见识,于樾只觉得这位周首席真是有钱,用来浏览镜花水月的灵器法宝,在桌上堆积成山,一幅幅山水画卷同时展开,但是周首席手边一堆小暑钱,这里聊一句,那里扯几句,丢钱不停,丝毫不乱,一看就是行家里手。

崔东山则陪在先生身边,聊些游历大骊京城的注意事项,先生好像还是第一次去那边,崔东山就说了些京城里边的风土人情。

大骊京城那处私人宅邸,里边有座人云亦云楼,还有旧山崖书院遗址,这两处先生肯定都是要去的。

这次落魄山观礼正阳山,魏羡和卢白象都没有现身,因为暂时还不适宜泄露身份。魏羡与那曹峻,早年一直是将种子弟刘洵美的左膀右臂,官瘾很大的魏海量,不但凭借实打实的军功,前些年新得了一个上骑都尉的武勋,如今在大骊边军也是一位正儿八经的从四品实权武将了,都有资格单独统领一营边军精骑。至于卢白象,与中岳的一尊储君山神攀上了关系,双方很投缘,说不定哪天卢白象就会摇身一变,突然成了一座大岳储君山头的首席供奉。

陈平安聊起了铁符江水神杨花,自然而然就又提到了那条再熟悉不过的龙须河。

由溪升河的龙须河水神祠庙,破例没有供奉一尊金身神像,所以至今小镇本土百姓,除了福禄街和桃叶巷的高门大姓,都还不知道那位河神娘娘是马兰花。而马兰花这个老妪,曾经在小镇也是风光八面的人物,因为她既是坑蒙拐骗的神婆,又是牵线搭桥的媒婆,更是一位产婆。

崔东山笑道:"杨老头当年好像答应了那位河婆,三十年一过,等到知道她年轻时面容的小镇老人差不多都走了,就可以塑造神像,享受香火。"

涉及本命瓷一事,关系复杂,除了杏花巷马家,还有小镇座座龙窑窑口的主人,还会涉及从落魄山"平调"棋墩山,重建山神祠庙的昔年督造官宋煜章。

窑务督造衙署佐官,林守一的父亲,这个去了京城官场依旧不显山不露水的男人,曾经辅佐过数位龙窑督造官。

还有大骊京城的钦天监,既有望气士,又有地师,还有一小撮曾经负责小镇本命瓷秘密烧造的"水师"。

当年泄露本命瓷内幕一事的,就是马苦玄的父亲,但是杏花巷马家绝对不会是真正的幕后主使。

相较于问剑正阳山一场,不过是沿河逆流行走,其实脉络和路线极其简单,没什么岔路可言,可是本命瓷一事,却是千头万绪,一团乱麻,就像大小江河、溪涧、湖泊,水网密布,错综复杂。

只不过形势复杂归复杂,陈平安也没觉得如何棘手。

崔东山问道:"先生,咱们落魄山,接下来是打算顺势开门,收取弟子,还是晚一点再说,继续维持半封山半关门的状态?"

陈平安对此早有计较,毫不犹豫说道:"后者。最少在三十年之内,除非是你们谁看中了某人的资质,各自收为嫡传,不然落魄山不会收取任何一位主动登门的修道坯子,哪怕资质再好,都不收。"

崔东山趴在栏杆上,双腿离地悬空,说道:"咱们在正阳山这么一闹,肯定会有多如过江之鲫的人闻讯赶来,削尖了脑袋都想成为落魄山的嫡传弟子。米大剑仙在内,哪个不是山上一等一好的传道恩师,全是大腿嘛,随便抱住一条,就是足可羡慕死旁人的莫大仙缘。"

其实只要是座"宗"字头仙家,就从来不缺主动登门、入山访仙的修道坯子。

陈平安轻声道:"愿意等,就让他们在龙州境内等着,正好看看各自心性如何。不愿意等,就各回各家,一洲山河,百废待兴,何处去不得,何愁当不成谱牒神仙。"

山上仙家收取弟子、纳入谱牒一事,大致就那么几条路径。要么是山头所在王朝、国家,帮忙挑选国境内的修道坯子,送上山修行。要么是因缘际会之下,没有什么师传,误打误撞，走上了修行道路。要么当那磕磕碰碰的山泽野修，要么就是小心翼翼地去那些大仙家碰碰运气。

各家门派之内，也会有一拨擅长勘验根骨、望气之术的谱牒修士，每隔几十年，就从祖师堂那边领取一份差事，短则数年，长则十几年，甚至数十年，一年到头在山下潜行，为自家门派寻觅良材美玉。

正阳山的田婉，就经常做这种事情。

再就是仙师下山云游、历练途中，随缘而走，顺手为之，讲究一个师父挑徒弟，徒弟也选师父，这样的山上师徒，往往关系最为牢靠，走得更长远。

崔东山笑道："莲藕福地那边，先生让长命盯着，就出不了大的纰漏，先生不用太过分心此事。"

这就是坐拥一块福地的好处了，近水楼台先得月，自行上山的修道之人，在江湖、沙场各自崛起的纯粹武夫，以及有望建立一座座淫祠的鬼物英灵，待朝廷正统敕封后，就可以升任山水神灵，名正言顺庇护一方，福地会陆陆续续出现谱牒仙师、山泽野修、鬼魅精怪、大岳山神、大江水君、河神湖君、河伯河婆、土地公土地婆……

只要天地灵气越来越充沛，各路山水神灵各司其职稳固气运，那么一座福地的大道循环，就越是无缺漏。

福地主人，往里边砸再多神仙钱、法宝灵器，一样还是肥水不流外人田。

陈平安轻声道："虽然是我们自家的一座福地，但是我们不可以视为一块必须春种秋收的庄稼地，今年割完一茬，就等明年的下一茬。"

崔东山点头道："用心耕耘，小心收获。让所有人都有得选。"

其实这就是落魄山最根本门风所在，这条不成文规矩，反而会是落魄山未来最大的祖例。

最早跟随先生进山的陈灵均和陈暖树，后来的画卷四人，再到石柔、崔嵬、米裕、泓下、沛湘……人人都是如此。

不是因为朱敛种夫子他们几个，还有裴钱曹晴朗，都来自福地，所以必须照顾他们的心情，而是落魄山之所以是落魄山，就在于这些"历来如此，偏不如此"的大小事上。一座福地之内，山河版图上的有灵众生都有得选，其实就意味着落魄山在很大程度上失去了老天爷的身份。

崔东山说道："先生，可这是要冒极大风险的，姜尚真那云窟福地早年间那场鲜血淋漓的大变故，山上山下都尸横遍野，就是前车之鉴，我们需要引以为戒。"

陈平安点头道："当然会。天底下没有任何一个走了极端的道理能够带来好事，所以我才会让种夫子时不时回一趟福地，留心山下，再由泓下和沛湘两个福地外人，帮忙看着那边的山上走势，最后等处理完下宗一事，我会在福地里边，挑选一处作为修道之地。每隔百年，我就花个几年工夫，在里边云游四方。总之，我绝不会让莲藕福地重蹈云窟福地的覆辙。"

崔东山点头道："先生有此打算，我就放心了。"

姜尚真曾经就有意放任不管，觉得一座云窟福地在他手上经营多年，经过数百年光阴的太平无事，规矩和框架都有了，已经像一个根骨强健的少年郎，所以他放手不管个百来年，看一看有无修道天才能凭本事飞升。

之后姜尚真就去游历了一趟北俱芦洲。

那会儿的姜尚真心比天高，对待修行一事，就像闹着玩，竟然剑走偏锋，要学那道门高真的斩三尸手段，而且更偏门，只留下阴神在福地，走了一条重新转世的路数，再交由好友陆舫帮忙护道。

结果云窟福地之内，就出现了一场环环相扣的缜密变故，幕后阴谋家的授意、资助和扶持，福地大半的仙家本土山头，加上王朝、藩属，山上数千位练气士，山下马蹄阵阵，铁甲铮铮，山河变色。云窟福地在短短三天之内，光是被杀的姜氏子弟，就多达百余人。

最后演变为只要是姓姜之人，宁可错杀绝不错放。

姜尚真年轻时结识的许多江湖朋友、山上好友，要么是他亲自送去福地养老的，要么是帮着经营修缮福地渡口的，更是几乎死绝，百不存一。

如果换成是落魄山，大概就像是一座福地之内，有那种夫子，有小暖树，有徐远霞，等等，然后只因为年轻山主的一个不小心，都一一变成故人故事。

所以之前一辈子不管遇到何等险境，不管遇到什么搏命的生死大敌，脸上几乎从无半点厉色的姜尚真，唯独那次是狞笑着带人打开福地大门。

经过那场对姜氏对云窟福地而言都是浩劫的变故之后，姜尚真其实就等于彻底退出了玉圭宗的下任宗主之争。

因为剑修韦滢，就是在那个时候，被荀渊安排去了九弈峰。而那之前，哪怕心气极高的韦滢自己，都不觉得有本事能与前辈姜尚真争什么，一旦与姜尚真有了大道之争，韦滢自认没有任何胜算可言，因为一旦被姜尚真盯上，下场只有一个，要么死，要么生不如死。

玉圭宗终究是一洲最拔尖的名门正派，而姜尚真整治福地的手段过于残忍暴戾，荀渊私底下将姜尚真喊到祖师堂外边，接连问了他三个问题：后不后悔，要不要收手，想不想死在祖师堂里边。

姜尚真说不后悔，云窟福地里边都没人可杀了，当然可以收手，至于那几个祖师堂里边的老王八蛋，既然暂时打不过，那就从长计议，以后再说，就当是修身养性了。

崔东山曾经跟姜尚真聊起这桩往事，笑嘻嘻询问周首席回头看往事有何感想。

姜尚真当时喝着酒，只是笑言一句，我自己蠢，怨不得别人，蠢到与我为敌的，又没有我这样的逃命本事，当然死了也别怨我。

崔东山最后笑问一句，周首席，你这么兢兢业业帮着咱们莲藕福地，该不会是攒着一肚子坏水，等着看好戏吧？

姜尚真大骂不已。

最后两个极聪明的人，就只是默默喝酒了，像他们这种人，其实喝酒是不太需要佐酒菜的。

比如玉圭宗祖师堂里边的那几个老王八蛋，其实都在那场大战当中死了。所以都不用姜尚真秋后算账，报什么仇。

不管山上山下，好人坏人，人心善恶，成年男女谁没有几坛深埋心底的伤心酒？只是有些是忘了放在哪里，有些是不敢打开。人生路上，每一次敢怒不敢言，还要与人低头赔笑脸之事，可能都是一坛苦酒，大概苦酒多了，接连成片，就是苦海，最后教人只能闷不吭声。

崔东山眺望远方，眉眼柔和，道："先生希望落魄山永远是今天的落魄山，我希望先生永远是明天的先生。"

陈平安笑道："为何不是今天的先生？"

崔东山趴在栏杆上，笑眯起眼，喃喃道："学生相信每个明天的先生，一定会比今天这个更好吧。"

陈平安伸手按住白衣少年的脑袋，然后抬起手掌，双指弯曲，一记栗暴重重砸下，道："还说落魄山的风气，不是你带歪的？！"

远处小米粒扯了扯裴钱的袖子，伸手挡在嘴边，偷偷笑道："裴钱裴钱，你瞅瞅，大白鹅肯定又说错话嘞。"

裴钱笑道："别喊大白鹅，小师兄最喜欢记账。"

小米粒笑哈哈道："喊的喊的，有事就喊小师兄，没事就喊大白鹅。"

裴钱眨了眨眼睛："这是什么话，谁教你的，没有人教吧，肯定是你自学成才，对不对？"

小米粒讶异道："啊？"

眼神示意裴钱，给个暗示，我好回答这个难题。

裴钱抬起胳膊，弯曲手指，轻轻拧转手腕，呵了口气。

小米粒懂了，立即大声嚷嚷道："自个儿开窍，自学成才，没人教我！"

崔东山转头笑呵呵。

小米粒咳嗽一声，转过身，使劲给大白鹅使眼色，斜瞥裴钱。

崔东山大喊道："大师姐，右护法好像在与我暗示些什么。"

小米粒赶紧拦在裴钱和大白鹅之间，蹦跳起来，使劲挥手，遮挡裴钱的视线，喊道：

"裴钱裴钱,没有的事,大白鹅在挑拨离间哩。"

结果崔东山挨了陈平安一栗暴,小米粒挨了裴钱一栗暴,双方都不赚不亏。

崔东山抱着脑袋,转头笑道:"先生,乘渡船是为了省钱,就只能是这么慢悠悠回乡了,先生有事要忙,不如御风去往京城更快。"

陈平安点点头,觉得可行。落魄山一向秉持勤俭持家的传统,不能稍微有点家业,就大手大脚。所以之后就带着宁姚离开龙舟渡船,联袂御风远游。

小米粒抱住栏杆,拿脸蛋蹭了蹭胳膊,好人山主又忙去喽。

崔东山坐在栏杆上,一点一点挪动屁股,道:"小米粒,咱俩唠唠嗑呗?"

小米粒忙着想事情,又埋怨大白鹅的不仗义,故意不去看他,她只是笑呵呵道:"你是谁啊,我认识的大白鹅可大度,小师兄可厉害,某人半点都不像他唉,一颗瓜子那么小都不像。"

崔东山一个后仰,身形倒转,飘落在地,陪着小米粒一起抱住栏杆。

裴钱犹豫了一下,问了些那位大骊太后的事情。当年在陪都战场,裴钱是有所耳闻的。

崔东山笑着说没什么可聊的,就是个死守着一亩三分地、见谁挠谁的妇道人家。

小米粒对这些不感兴趣,听了也记不住。

以前裴钱个儿只比自己高一点点的时候,每天一起巡山贼好玩可有趣了。

去跟老厨子讨要几块布,学那演义小说上的女侠装束,让暖树姐姐帮着裁剪成披风,一个手持绿竹杖,一个手持金扁担,两人呼啸山林间,一路过关斩将,只要她们跑得够快,披风就能飞起来。

每次落魄山下大雪的时候,裴钱就让她站着不动,变成一个大雪人,暖树姐姐不是拎着炭笼在檐下等着,就是在屋内备好火炉,哈哈,她是大水怪唉。

还有一次裴钱拉着她躲在拐角处,事先约好了,要让老厨子领教一下什么叫天底下最厉害的暗器。最后就是她站定,点点头,裴钱伸出双手,啪一下攥住她的脸,然后身形踉跄一下,一个又一个旋转,旋到路中央,就刚好将她丢出去,结果老厨子也有几分真本事,勉强将她接住放在地上。可老厨子还是被吓得不轻,不断挪步后撤,双手胡乱出拳,最后站定,好不容易瞧得真切了,老厨子就老脸一红,悻悻然说这样的江湖暗器,我走遍江湖,翻遍小说,都还是闻所未闻啊,委实是措手不及了。

每逢雷雨天气,她们就并排站在竹楼二楼,不知道为什么,裴钱可厉害了,每次手持行山杖往雨幕一点,就会电闪雷鸣,她问裴钱是怎么做到的,裴钱就说,小米粒啊,你是怎么都学不来的,当年师父就是一眼相中了我的习武资质。

等到裴钱长大以后,她们俩就不太这么闹了。

裴钱还说,陈灵均跻身元婴境后,其实一直是故意压着身形不变,不然至少是一位少年容貌的修道之士了，愿意的话，都可以变成约莫及冠岁数的山下俗子身形。小米粒就问为啥哩，不花钱白长个儿，不好吗。裴钱笑着说，他在等暖树姐姐啊。小米粒立即懂了，景清原来是喜欢暖树姐姐啊。裴钱提醒她说，这事儿你知道就行了，别去问暖树姐姐，也别问陈灵均。她就双指并拢，在嘴边一抹，表示明白。

裴钱又说，你以后独自巡山的时候，如果在台阶遇到岑鸳机走桩练拳，可以脚步不停，只是别忘了与岑鸳机打声招呼，不管对方答不答应，你就当一门课业去做，哪次忘记了也没关系，下次补上就是了。小米粒觉得这事不难，只是问裴钱为什么。裴钱笑着说，在师父眼里，岑姐姐是一位真正的纯粹武夫。听到这里的时候，小米粒一边点头一边伤心，裴钱都不喊那个绰号了啊。好在裴钱很快补了一句，你以后当面喊她岑姐姐，咱们背后继续喊她岑憨憨。

裴钱看见小米粒一直在发呆，忍不住问道："想啥呢，有心事？"

小米粒松开手，落在地上后，使劲点头，伸出手掌，然后握拳，道："这么大的心事！"

然后重新摊开手，小米粒嘿嘿笑道："嗖一下，就没事喽。"

层层云海之中，两抹身形一闪而逝，若是俯瞰山河，如丝线蜿蜒。

在宁姚视野中，陈平安好像在练习一门上乘遁法，身形化作十数条剑光，轰然而散，只是最终被迫重新凝聚身形之时，总会歪七倒八，重新画弧掠至宁姚身边，周而复始，乐此不疲。

宁姚这才想起，喜欢什么都学的陈平安，好像唯独没怎么研习保命的遁术，这其实在山上谱牒仙师当中并不常见。

宁姚反正闲着也没事，稍稍上心，看他几次施展过后，心意转动，身形悄然散作十八条剑光，最终在数十里外的云海上空，凝聚身形，踩云悬停，安静等待身后那个家伙。

陈平安跟上宁姚，在那之后就不再演练这门遁术了。很快，两人御风路过一座仙家门派，翠岭高耸，古亭翼然，府邸依山而起，山中有瀑，崖有红漆榜书，刚好有一拨彩衣仙子手提花篮，好像要去某地采花制香，莺莺燕燕，欢声笑语，瞧见了两道惊若翩鸿的御风身形，她们立即止步停下言语，投去好奇视线，莫不是一对出门游历的山上道侣？

宁姚问陈平安知不知道是什么门派，陈平安就将这个小门派的历史渊源娓娓道来，宁姚抬了抬下巴，问有没有认识的，需不需要打声招呼。陈平安笑着说不用不用，只是听说过，半点不熟。

等到她们再稍稍认清了那过路男子的面容，突然有女子率先惊呼出声，雀跃不已，赶紧与身边师姐妹们说，是落魄山那位青衫剑仙！

原来先前那场正阳山问剑，这座仙家门派的修士，也曾凭借镜花水月看了一半的热闹。

陈平安不认得她们，她们倒是认得陈平安了。

先前在山头那边，对着镜花水月，她们还叽叽喳喳争吵。有人觉得那个叫刘羡阳的龙泉剑宗嫡传，剑术可能更高几分，但是相貌气度嘛，终究是不如那位落魄山的陈山主。还有人得知落魄山就在披云山附近后，都已经与同门约好了，下次去北方大骊那边历练，一定要去瞅瞅，争取就近看那落魄山剑仙几眼。

不承想今儿才出门，就看到那位年轻剑仙御风而过。

可惜那位陈山主身边跟着个模样还凑合的女子。

说不定是这位剑仙的弟子呢。

同样是修士御风，速度有那云泥之别，早已将那些女子抛在身后，看着陈平安的无奈表情，宁姚忍不住笑道："你没必要故意摆出这个样子，我其实半点不在意。"

陈平安微笑道："知道的。"

可事实上，不摆出这个样子试试看？

宁姚在不在乎，是一回事，自己在不在乎，绝对是另外一回事。她之所以会不在乎，可不就是自己次次很在乎？

事情分先后，陈平安这就是将自家先生的顺序学说学以致用了。

刘羡阳离开一线峰后，在北边小国一处城郊的山神祠庙，跟董谷几个同门相聚，谢灵笑道："刚刚得到师父飞剑传信，让我们抓紧赶回去，师父就在神秀山等着我们了。"

刘羡阳有些意外，阮铁匠可是多年不曾返回神秀山了，难道这个闷葫芦偷偷看了那镜花水月，觉得当师父的人剑术竟然不如弟子，恼火这场问剑丢了面子，要对自己家法伺候了？

大骊宋氏将旧中岳的广袤地界划拨给龙泉剑宗之后，他们陆陆续续就将家业搬迁去了北边，先是徐小桥、谢灵在那边负责营建府邸、修缮道场事宜，还要忙着与一位北岳储君山神联手稳固山根水运，后来阮邛也在那边开炉铸剑。原本开峰府邸在横檠峰的大弟子董谷，带着十数位剑宗亲传弟子，离开了龙州辖境的西边大山，一同去了剑宗新址修行练剑，以至于最后就只留下刘羡阳一人，孤零零守着龙须河畔的铁匠铺子。

当下龙泉剑宗资历最老的四位嫡传，刘羡阳已经是玉璞境剑修，大师兄董谷是元婴境练气士，徐小桥是金丹境剑修，谢灵所学驳杂，既是元婴境剑修，又是一位深藏不露的阵师，还精通炼丹。也难怪阮邛对于收取嫡传、再传一事，半点不急，甚至愿意为他人作嫁衣裳，将庾檾、柳玉这拨足可开峰的剑仙坯子送下山去，等于白送他人几个金丹境地仙。阮邛收徒，一向如此。

如果说之前，还有人会觉得同样是以剑为本的两大宗门，正阳山稳压龙泉剑宗一头，等到刘羡阳问剑过后，估计就没人觉得龙泉剑宗是个只能由谢灵撑起的空架子了。

不到五十岁的玉璞境剑修，别说是东宝瓶洲，随便搁在浩然天下哪个洲，都是屈指可数的存在。

余姑娘也在场,她只是站在那儿,哪怕不说话,也赏心悦目,花好看,月团圆。

此地山神在祠庙门口那边远远站着,瞧见了那位大驾光临的刘剑仙,山神低头哈腰,笑脸灿烂,也不主动打招呼,不敢烦扰那位在正阳山气冲斗牛的年轻剑仙。

刘羡阳高高抱拳:"叨扰山神老爷清修了。"

山神赶紧抱拳还礼道:"有仙则灵,小神幸甚。"

刘羡阳跑去给大师兄董谷揉着肩膀,笑道:"董师兄,还有徐师姐,等见着了师父,你们一定要帮我说话啊,我这趟做客正阳山,一路过关斩将,险象环生,受伤不轻,拼了性命都要让咱们龙泉剑宗露面,师父如果这都要骂人,太没良心,不讲师德了,我到时候一个气闷,伤了大道根本,师父事后还不得哭去。"

董谷笑着点头:"没问题,其实师父看不顺眼正阳山,也不是一两年的事情了。"

徐小桥却是一根筋的性子,不通什么人情世故,道:"我可以劝几句,可最后还是师父自己拿主意。"

刘羡阳转头笑问道:"余姑娘,我这次问剑,还凑合吧?"

赊月点头道:"很凑合。"

刘羡阳哑然。

谢灵忍俊不禁,真是一物降一物。谢灵突然想起一事,说道:"记得师父当年亲口说过,只要谁跻身了玉璞境剑修,谁就可以担任下任宗主。"

刘羡阳皱眉道:"我怎么不知道这事。"

董谷点点头:"师父确实说过此事,不过那会儿刘师弟还在南婆娑洲游学。"

刘羡阳疑惑道:"谢灵,你小子偷偷摸摸跻身玉璞境剑仙了?"

谢灵摇头道:"还没有,元婴境瓶颈难破,至少还需要十年的水磨功夫。"

刘羡阳揉了揉下巴,道:"果然还是要靠我。阮铁匠是烧了多少高香,才能收到我这样光耀门楣的得意弟子。"

刘羡阳沉默片刻,自顾自说道:"如果师父这次回神秀山,是打算跟咱们几个说此事,那我就只好挑起重担了。"

陈平安那小子都是宗主了,自己没理由担不起。

赊月问道:"在剑顶那边,你喝了多少酒啊?"

刘羡阳白眼道:"全是假酒。"

对于刘羡阳主动要求继任宗主一事,董谷是如释重负,徐小桥是心服口服,谢灵是全然无所谓,只觉得是好事。除了刘羡阳,谢灵还真不觉得师兄师姐能够担任龙泉剑宗第二任宗主,这两位不管谁来担任宗主,都是难以服众的,将来会有极大的隐患,可如果耐心极好的师兄董谷负责财库运转一事,性情耿介的师姐徐小桥担任一宗掌律,倒是不错的选择,师父就可以安心铸剑了。至于自己,更能够潜心修行,步步登高,证道长生不朽,最终……

想到这里,谢灵抬起头,望向天幕。

飞升,登天。

如果只说皮囊和神仙气度,龙泉剑宗之内,确实还是得看桃叶巷谢氏的这位"幽兰庭芝"。

赊月心声问道:"为什么愿意当宗主?"

在她看来,刘羡阳其实很懒,不是一般的懒,只在乎两件事,梦中练剑和在陈平安那边摆兄长架子。

刘羡阳笑道:"阮师傅是个好人,陈平安也是个好人。"

赊月一头雾水,没明白他的师父和朋友是两个好人,这与刘羡阳违心担任宗主有什么关系。

刘羡阳说道:"我如果真的当了宗主,其实就只是过渡一下,阮师傅志不在此,我也心不在焉,所以真正带领龙泉剑宗登高的,还是未来的第三任宗主,至于是谁,暂时还不好说,等着吧。"

一行人抓紧赶路,返回大骊龙州。

神秀山那边,阮邛独自站在崖畔,默默看着群山风景。

昔年骊珠洞天的这片西边群山,北岳披云山在内,总计六十二座,群山品秩悬殊,大的山头,足可媲美小国山岳,小的山头,供一位金丹境地仙的幽居修行都会略显寒酸,由于灵气不足,必须砸下神仙钱,才会不耽误修行。世间一处山水形胜的修道之地,天地灵气多寡,山中道气深浅,其实归根结底,就是有多少枚谷雨钱的道韵底蕴。

两大宗门,其中落魄山所辖藩属山头已然最多,灰蒙山、拜剑台、牛角山、鳌鱼背、蔚霞峰、照读岗……年轻山主,在短短不到三十年间,就渐次拥有了将近二十座山头,如果不论数量,只说山川版图,撇开大岳披云山不谈,落魄山、灰蒙山和黄湖山都是占地极大的山头,其实落魄山已经囊括西边群山的半壁江山。

而圣人阮邛的龙泉剑宗,最早的祖山神秀山,与挑灯山和横槊峰互为掎角之势,再加上与落魄山租借而来的彩云峰、仙草山、宝箓山,形成了接连成片的一块宗门腹地,之后又有一拨山头收入囊中,形成一圈剑宗外门势力,只是相较于落魄山不断有人入驻诸山,龙泉剑宗始终人数稀少,反而好像被落魄山后来者居上。后来剑宗开辟新地,嫡传跟随北迁一事,最终就形成了落魄山在此一家独大的格局。

阮邛其实也曾经想要一门心思在此扎根,收嫡传,嫡传收再传,再传又各有亲传,从此开枝散叶,最终在他手上将一座宗门发扬光大,至于大骊朝廷赠予的北边那块地盘,阮邛本意是作为龙泉剑宗的下宗选址所在,只是一来二去,竟然就变成了不成体统的"大藩属,小祖山"。

龙州地界的山水边境线上,剑光一闪,风驰电掣绕过群山,循着一条既定的路线轨迹,最终飞掠至神秀山,阮邛抬起手,接住谢灵寄回的一把传信符剑,几个嫡传即将进入黄庭国地界,信上说余姑娘也会来蹭饭,一看就是刘羡阳的口气,阮邛收起符剑,开始下厨,亲手做了一桌子饭菜,然后坐在正屋主位上,耐心等着几位嫡传和一个客人,来到这座祖山吃顿饭。

赊月想要独自返回铁匠铺子,刘羡阳没答应,说先前在信上与师父说了你会到场,要是临时反悔,就是不给阮铁匠面子,咱们这龙州地界,阮铁匠和魏山君都是扛把子,这俩大多时候都很好说话,可是偶尔也小肚鸡肠。

到了屋子那边,平时与谁都不苟言笑的阮邛,对赊月还是有些笑脸的,喊了声余姑娘,还难得开了个玩笑,说都不是外人,不用客气,如果饭菜不合口味,只管说。

可把刘羡阳高兴坏了,阮铁匠还是会做人,拉着赊月坐在一条长凳上,坐在他们桌对面的董谷和徐小桥都是正襟危坐,谢灵比较随意,坐在背对门口的长凳上。

刘羡阳帮所有人一一盛饭,赊月落座后,看了一桌子饭菜,有荤有素,色香味俱全,可惜就是没有一大锅笋干老鸭煲,唯一的美中不足。

阮邛从刘羡阳手中接过饭碗后,没有拿起筷子,刘羡阳已经开始狼吞虎咽,挨了赊月一手肘。刘羡阳腮帮鼓鼓,抬起头,看见所有人都没动筷子,阮邛说道:"没事,吃你的。"

刘羡阳刚要点头,桌底下的脚背,又挨了赊月一脚踩,只得放下筷子。

阮邛说道:"我打算让刘羡阳接任宗主,董谷你们几个,如果谁有意见,可以说说看。"

龙泉剑宗一向如此,从没什么祖师堂议事,一些重要事情,都在饭桌上商量。

董谷说道:"师父,我对此没意见,羡阳担任下任宗主,最好不过。"

徐小桥说道:"师父,弟子无异议。"

谢灵笑道:"刘师弟继任宗主,是众望所归。"

刘羡阳埋怨道:"还喊什么刘师弟,得喊宗主。"

阮邛转头望去,刘羡阳赶紧给师父夹了一筷子菜,道:"师父这一手厨艺,分明是化用了铸剑术,炉火纯青!"

赊月有些明白了,为什么混不吝的刘羡阳人缘可以这么好,因为这位兵家阮圣人比较古板,大弟子董谷有样学样,太过敬重恩师,以至于太拘谨,徐小桥性情内敛,不喜言语,谢灵太仙气缥缈,远离红尘,尤其不喜庶务,如果没有刘羡阳,估计一顿饭,就一个个的闷不吭声,吃完就散场。

阮邛继续说道:"董谷以后管财库收支,徐小桥负责祖师堂律例,谢灵就好好修行,如果愿意分心的话,可以多收几个亲传弟子,山上的再传弟子,确实少了点。至于以后如何跟大骊朝廷和山上修士打交道,你们几个自己商量着办,也不是刘羡阳当了宗主,就必须由他一力承担此事。"

三言两语,阮邛就聊完了一连串的宗门大事。

阮邛拿起筷子,说道:"吃饭。"

一声令下,吃饭吃饭。

还是除了刘羡阳的插科打诨,饭桌上就没有其余言语了。赊月只佩服刘羡阳这一点,不管说什么做什么,从不尴尬。

阮邛第一个吃完,放下筷子,起身之前,说道:"羡阳,你从今天起就是宗主了,所以不用什么事情都跟我打招呼,以后我只管铸剑一事。"

再看了眼其余三位嫡传,阮邛淡然道:"不管在宗门里边担任什么职务,同门就得有同门的样子,外边一些乌烟瘴气的习惯,以后别带上山。"

说完这些,阮邛就走出屋子,御风离去。

阮邛一走,董谷和徐小桥就有了些言语,反而轮到刘羡阳开始细嚼慢咽,不再开口说话。

一顿饭吃完,徐小桥负责收拾碗筷,赊月帮忙,徐小桥对这位余姑娘的印象极好。

刘羡阳跟个大爷似的,跷着二郎腿,叼着牙签,等到两个娘们去了灶房那边,拿手指轻敲桌面,语重心长道:"老董啊,小谢啊,你们俩年纪都不小了,媳妇可以找起来啦,不然我这个宗主,每天对着一大帮光棍,当得内疚啊,心里边不得劲。"

谢灵笑道:"董师兄,早知道某人当了宗主,就是这鸟样,你还不争一争宗主位置?不然咱俩改口,去师父那边求一求?我负责帮忙说服徐师姐,你负责在师父那边死缠烂打,到时候换宗主,反正就是一顿饭的事情。"

董谷点头道:"心里边是有些不得劲。"

刘羡阳呸了一声:"就凭你们俩,也想在阮铁匠那边兴风作浪?"

刘羡阳摊开一只手掌,抹了抹鬓角,道:"再说了,与你们说个秘密,徐师姐看我的眼神,早就不对劲了。"

徐小桥在灶房那边,莫名其妙遭了这场无妄之灾,恼羞成怒道:"刘羡阳,你找死啊?!再嘴巴没个把门的,喜欢胡说八道,也要有个度!信不信我把你嘴巴撕烂?"

刘羡阳一脸无辜道:"我是说师姐你看师弟的眼神,就像亲姐姐看待走散又重聚的亲弟弟一般,实在是太慈祥太温柔了,让我心里暖洋洋的,这也有错啊?"

赊月扯了扯徐小桥的袖子,轻声道:"你别理他,他每天做梦,脑子拎不清了。"

徐小桥气笑道:"不跟他一般见识,余姑娘以后你得多管管刘羡阳,省得他每天那么不着调,流里流气,吊儿郎当。"

赊月就有些郁闷,这个姑娘,咋个这么不会说话呢,人不坏,就是有点缺心眼吧。

刘羡阳起身道:"我得去趟披云山,以宗主身份谈点事情。你们各忙各的。"

拍了拍谢灵的肩膀:"小谢,好好修行,戒骄戒躁。"

谢灵笑着抱拳道:"听宗主的。"

刘羡阳觉得还不太过瘾,就要去拍大师兄的肩膀,教诲几句,董谷摆摆手:"少来这套。"

刘羡阳笑嘻嘻走出屋子,问道:"余姑娘,咱俩一起下山?"

赊月摇摇头:"不了,我得回铺子那边了。"

刘羡阳就独自走了趟披云山,与魏檗说了件事。

魏檗错愕不已,事关重大,既不摇头,也不点头,就问了句:"这是阮圣人本人的意思?"

刘羡阳拍了拍胸脯,大笑道:"魏大山君你就别管了,反正如今龙泉剑宗,我刘羡阳说了算。"

魏檗疑惑道:"怎么说?"

刘羡阳哈哈大笑道:"我已经是新任宗主了,还不是我说了算?"

魏檗沉默片刻,刘羡阳收敛笑意,点点头,魏檗叹了口气,微笑道:"明白了,马上办。大骊朝廷那我来帮忙解释。"

刘羡阳感慨道:"魏山君这样的朋友,打灯笼都难找。"

这一天,龙泉剑宗在西边的群山,除了与落魄山租借的三座山头,依旧留在原地,神秀山在内其余山头,全部被北岳山君魏檗召来那位储君山神,联手施展神通,搬迁一空,徙往旧中岳地界。

从今往后,旧骊珠洞天境内,就没有什么龙泉剑宗了,只剩下个"宗"字头的落魄山。

在魏檗忙碌的时候,刘羡阳就一直蹲在披云山之巅,双手笼袖,叼着草根。

其实这就是师父阮邛的意思,只是说不出口。

剑气长城,儒衫左右,盘腿而坐,横剑在膝,目视前方。

一路跨海赶来此地的曹峻,风尘仆仆,一屁股跌坐在不远处,大口喘气,气息平稳几分后,笑着转头打招呼道:"左先生!"

左右轻轻点头。

曹峻等了半天,发现左右没有开口说话的意思,只得硬着头皮说道:"左先生?"

左右疑惑道:"有事?"

这个南婆娑洲的剑仙坯子,在剑心受损之后,依旧敢在东宝瓶洲、桐叶洲两处战场递剑，如今还主动来了此地，看样子是打算对蛮荒天下出剑？

左右对此人印象转好颇多。

曹峻一个脑袋两个大，那陈平安不是说你这个当师兄的，让我来剑气长城这边跟你练剑吗？这就不认账了？

可要说跟左右掰扯道理，就免了。

曹峻小心翼翼问道："左先生，是不是忘了什么？"

左右皱眉道："身为剑修，有话直说。"

曹峻哭丧着脸道："陈平安建议我来这跟随左先生练剑。"

他都没敢说实话。陈平安那王八蛋，是左右的师弟，自己又不是。

左右点头道："可以。"

曹峻松了口气，憋屈归憋屈，总算没白跑一趟，只是心中忍不住大骂一句，狗日的隐官。

"我那师弟，是不是对你说，让你来这是我的提议？"

左右笑了笑，随便伸出一手，轻轻按住剑鞘，只等阿良在南边折腾出点动静，自己就可以跟着出剑了。

至于传授曹峻剑术，其实毫无问题，如今曹峻的心性、资质、品行都有了，跟早年那个南婆娑洲的年轻天才，判若两人。

曹峻瞥了眼左右按住剑鞘的动作，立即使劲摇头，斩钉截铁道："没有的事！"

左右转过头，好奇问道："真的假的？你说实话。"

曹峻硬着头皮说道："陈平安确实说过是左先生让我来的。"

左右眺望远方，心情似乎不错，微笑道："跟师兄倒是不见外。"

曹峻愣了半天，左右竟然也是会笑的人？

正阳山最北边，在一天夜里，悄无声息立起了一块界碑，"北去落魄山二十万里"。

一条名为风鸢的跨洲渡船，从中土神洲而来，缓缓悬停在牛角山渡口。

而不设夜禁的大骊京城，灯火辉煌如昼，大门那有两人无须递交山水关牒，就可以畅通无阻步入其中，城门这边甚至都没有一句盘问的话，因为这对貌似山上道侣的年轻男女，各自腰悬一枚刑部颁发的太平供奉牌。

一座气势恢宏、鱼龙混杂的大骊京城，今夜只是多出了两块太平无事牌，其实并不显眼。

宁姚遥遥看了眼大骊皇宫那边，一层层山水禁制是不错，问道："接下来去哪里？如果仿白玉京那边出剑，我来挡下。你只需要在皇宫那边，跟人讲道理。"

陈平安笑道："不着急，先找个地儿，吃顿宵夜？"

宁姚点点头："随你。"

找了个夜宵摊子，陈平安落座后，要了两碗馄饨，从桌上竹筒里抽出两双竹筷子，递给宁姚一双。然后陈平安手持筷子，对着那碗热气腾腾的馄饨轻轻吹了口气，下意识笑着提醒她小心烫，只是很快就哑然失笑，与她做了个鬼脸，低头夹了一筷子，开始细嚼慢咽，宁姚转头望去，久久没有收回视线，等到陈平安抬头望过来的时候，又只能看到她的微颤睫毛。

等到宁姚吃完，发现陈平安已经双手笼袖，笑眯眯看着自己。

宁姚想了想："不太顶饿，再来一碗？"

陈平安大手一挥："兜里有钱，多吃碗馄饨，不算事儿。"

一旁有食客腹诽不已，看把你小子能耐的，得是多落魄的江湖人，才从一碗馄饨里吃出这般豪气？

再看那个眯眼而笑的女子，白长那么好看了，也真是个缺心眼的娘们，才会找这么个穷光蛋一起过日子，走江湖。

吃了宵夜，陈平安就带着宁姚散步，夜游京师，也没说一定要去哪里，反正拣选那些灯火通明的街巷随便逛荡，身边不断有推车小贩路过，有些是卖那莲藕、菱角制成的冰镇甜品，这类推车后边经常跟着几个馋嘴孩子。京师商贸繁华，专门有商人开设大小冰窖，每年冬天凿储冰块，在夏秋时节兜售。

在剑气长城，两人也有过这样的结伴而行，只是那会儿的散步，很难说是散心。

路过一座小武馆，陈平安忍不住笑道："当年陪都一役落幕后，东宝瓶洲新评出的四大武学宗师，因为裴钱年纪最小，还是女子，加上排名仅次于宋长镜，所以比我这个师父的名气要大多了。"

城内武馆林立，许多江湖门派都在这边讨生活，要是在京城都能混出了名声，再去地方州郡开枝散叶开创堂号，就容易了。陈平安就知道其中一位武馆拳师，早年在陪都那边，经过几天几夜的守株待兔，终于逮住个机会，有幸跟郑大宗师切磋一场，虽说也就是四拳的事情，这还是那位年纪轻轻却武德醇厚的"郑撒钱"，先让了他三拳，可等这位挨了一拳就口吐白沫的金身境武夫回到京城，带着大把银子要求拜师学艺的京城少年、浪荡子，差点挤破武馆门槛，人满为患。据说这位拳师，还将大宗师"郑清明"当初作为医药费赔给他的那袋子金叶子，给好好供奉起来了，在武馆每天起床第一件事，不是走桩练拳，而是敬香。

宁姚欲言又止。

陈平安问道："是想说裴钱已经是一位剑修的事情？"

宁姚信守承诺，不说话。

陈平安双手笼袖缓缓而行："我其实早知道了，在云窟福地那边就发现了端倪，不过裴钱一直藏掖，大概是她有自己的顾虑，我才故意不说破。毕竟不是谁都能在剑气长城随随便便得到周澄的剑意馈赠，所以裴钱孕育温养出一把本命飞剑，意外嘛，肯定是有些的，可不至于感到太过奇怪。"

陈平安有句话没说出口，裴钱终究是自己的开山大弟子嘛。

宁姚这才说道："裴钱很快就是一位货真价实的金丹境剑修了。"

陈平安一愣，保持微笑，摘下腰间养剑葫，准备喝点小酒，庆祝庆祝。

不承想宁姚又说道："裴钱那把本命飞剑，极其不凡，竟然可以一分为七，一个不小心，就天生带有多种本命神通。这是很罕见的事情，在历史上，屈指可数，至于到底有哪几位前辈剑仙有类似飞剑，你喜欢记这些，肯定比我清楚，所以无论是按照剑气长城界定飞剑品秩的老规矩，还是你在避暑行宫新定的品第，不管是捉对厮杀，还是战场攻伐，裴钱这把暂未命名的飞剑，应该都可以位列甲等。"

极其，竟然，罕见。

这可是从宁姚嘴里说出的词。

陈平安悻悻然悬好养剑葫，一口酒没喝。

陈三秋的那把本命飞剑白鹿，就拥有两种天赋异禀的本命神通，其中一种，还跟文运有关。

剑气长城的万年历史上，拥有两三把本命飞剑的剑修，要远远多过一把飞剑拥有两三种神通的剑修，以单纯的纸面计算，两种情况看似没什么区别，实则天壤之别。

比如跟在谢松花身边修行的小姑娘朝暮，她就拥有两把本命飞剑滂沱、虹霓，而被陈平安带到落魄山的姚小妍，更是拥有三把本命飞剑，春衫、蛛网和霓裳，只不过姚小妍的飞剑神通都重守，温养体魄，所以三把飞剑品秩都不高，但是私底下，陈平安能确定一事，九位剑仙坯子当中，相对性情怯懦的姚小妍，在更换了一处修道练剑之地后，可能不是未来境界最高、杀力最大的剑修，但绝对是将来跻身上五境最无悬念的那个。

曾经的剑气长城，战事连绵，不会有耐心等待一位天才剑修循序渐进缓缓成长。

可是拥有两种以上本命神通的飞剑，就像宁姚说的，确实屈指可数，万年以来，避暑行宫的档案记录中，总计不到十把。飞剑主人，无一例外后来都成为了杀力出众、战功卓著的剑仙。

其中最著名的一位剑修，就是飞升境剑修，宗垣。

那个会被后世很多年轻剑修调侃一句"宗垣不如我厉害"的宗垣。

只是一把飞剑，却拥有匪夷所思的四种本命神通，关键是三攻伐一防御，配合得天衣无缝。

不过真正让陈平安佩服的地方，在于宗垣是通过一场场大战厮杀，通过年复一年的勤勉炼剑，为那把原本只列为丙上品秩的飞剑，陆续找寻出其余三种大道相契的本命神通,而事实上飞剑最初的一种神通并不显眼,最终宗垣凭此成长为与老大剑仙并肩作战年月最为长久的一位剑修。

陈平安说道:"当年老大剑仙不知何故,让我带了那些孩子一起返回浩然天下,你要不要带他们去飞升城?中土文庙那边,我来打点关系。"

毕竟有先生的人,而且还是认识礼圣的人。

何况礼圣自己都说了,有事就经常去文庙诉苦喊冤,脸皮不用太薄,别管成与不成,只管多道辛苦。

宁姚摇摇头:"既然是老大剑仙的安排,那就留在落魄山练剑。浩然天下这边,如果只有一个龙象剑宗,不太够。"

米裕、崔嵬都是家乡剑修,哦,还有个元婴境的女剑仙隋右边,还跟浮萍剑湖的隋景澄一个姓呢,挺巧。

陈平安点点头,那些孩子暂时留在落魄山,等到下次五彩天下重新开门,九位剑修是走是留,看他们自己的选择,反正陈平安都欢迎。

一开始陈平安是想要收取他们作为嫡传的,只是后来崔东山建议,这些孩子不要年纪太小却辈分太高,最好是以雾色峰三代谱牒弟子的身份在山中修行和下山历练,陈平安就采纳了崔东山的这个意见。

宁姚突然说道:"有人在远处瞧着这边,不管?"

远处屋脊上坐着六人,都是年轻地仙,但是修行气象极为沉稳,应该是久经厮杀之辈,在东宝瓶洲除了落魄山,没有任何一个山头,能够同时拥有这么六位身负气运的年轻俊彦。所以,不出意外是大骊某个隐秘机构精心栽培出来的死士。

陈平安对此早就有所察觉,却摇头道:"反正都没什么杀意,就不去管了。"

在东宝瓶洲的三个地方,外乡修士不管是什么过江龙,最好都别把自己的境界太当回事。

一个当然是旧骊珠洞天的龙州地界,白帝城柳赤诚对此肯定印象深刻。

再就是位于中部大渎附近的大骊陪都,国师崔瀺为这座陪都留下了那座仿白玉京。如今替大骊主持那座剑阵之人,不知姓名。对于东宝瓶洲仙家修士而言,最奇怪的地方,还是这座剑阵南迁之后,就再没有北移迁回大骊京城,可能是如此作为,大骊户部会耗费太大,当然更可能是国师另有深意。这就使得大骊皇帝和藩王宋睦的关系更加云遮雾绕,难道与宋长镜跟先帝一样,真是兄弟和睦,亲密无间?

然后就是这座大骊京城了,作为一国首善之地,城内光是城隍庙就有五座,都城隍庙自然是当之无愧的京师首座,更是大骊王朝数以千计的城隍庙的总衙所在,每年都会有来自各地的州郡城隍爷来此按例点卯、议事,不过这个带"都"字头的土地庙,不在京城,而在南边的陪都。

此外京师多有隐于市井的府邸，既有有官府衙门背景却不挑明身份的，也有有山上渊源却毫不彰显仙家气派的，不到短短半个时辰的悠闲散步，陈平安就瞧见了几处颇为"水深"的地方。

其间，陈平安和宁姚路过一处小道观，门脸儿不大，红漆斑驳，岁月沧桑，没有张贴道教灵官门神，只悬了一块看上去十分崭新的小匾额，"京师道正衙署"，所挂楹联，口气不小，"松柏金庭养真福地，长怀万古修道灵墟"。

夜幕中，小道观门口并无车马，陈平安瞥了眼立在台阶下边的石碑，立碑人，是那三洞弟子领京师大道士正崇虚馆主歙郡吴灵靖。

宁姚看不出什么学问，陈平安就帮忙解释一番，开篇四字"三洞弟子"是在讲述立碑人的道脉法统，道正是大骊新设的官职，负责辅佐礼部衙门遴选精通经义、恪守清规的候补道士，颁发度牒，移咨吏部入档注录。至于"大道士正"就更有来头了，大骊朝廷设置崇虚局，挂靠在礼部名下，统领一国道教事务，还职掌五岳水渎神祀，在京及诸州道士度牒等事。这位祖籍是大骊歙郡的崇虚馆主吴灵靖，想必就是如今大骊京城崇虚局的负责人，所以才有资格领"大道士正"衔，管着大骊一国数十位道正，总之，有了崇虚局，大骊境内的一切道门事务，神诰宗是不用插手了。

陈平安想了想，不记得东宝瓶洲本土上五境修士当中，有一位名叫吴灵靖的道士。

简而言之，这么个小门户小地方，却负责了大骊京城一切道门事务，约束京师所有道士。

此外，大骊朝廷还设置译经局，皇帝宋和前些年，还为一位大骊藩属国出身的年轻僧人，赐下三藏法师的身份，在京开辟译场，不到十年之间，大骊召集了数十位佛门龙象，共译经论八十余部。在西方佛国，获得三藏法师身份的僧人，是谓佛子，每一位都精通经、律、论，故而参与三教辩论的僧人，无一例外都是具备三藏法师身份的得道高僧。

只是这么一块不起眼的石碑，落在熟谙官场规矩的有心人眼中，却格外意味深长。

宁姚随口问道："大骊是想要扶持起属于朝廷自己的佛门法脉、道教道统？"

陈平安点头道："内里如此，名义上却不会太明显，所以京城里边的崇虚局和译经局的道士僧人，都是不拿朝廷俸禄的，品秩都是虚衔，也不高，一州道正不过是从五品，论官身，远远比不得各州学政，甚至按照大骊律例，地方上的道正僧正，都不算跻身清流官品。"

想要凭借崇虚局和译经局，逐渐打破山上山下的那条界线，就像将庙堂衙门搬迁开设在了山上。

而大骊临海诸州，彻底放开海禁，皆设立市舶司，通商天下。

除龙州窑务督造署之外，还设置了六处织造局、织染署。

宁姚担心的事情，还是陈平安那些散落各处的破碎本命瓷，问道："如果那个妇人，既不跟你硬碰硬,也不低头,打定主意不与你讲道理,只是撒泼打滚死活不交出本命瓷,摆出一副有本事就打死她的架势,到时候怎么办?落魄山总不能真就这么打杀了一位大骊太后娘娘吧?"

陈平安说道:"那我就先看着她撒泼打滚,一哭二闹三上吊,等她闹完了再坐下来好好聊,谈崩了由着她再闹,比拼耐心,我很擅长。所以你唯一要做的事情,就是在旁捏着鼻子看戏,这可能会让你比较委屈,但事先说好啊,你要是不耐烦了,就眼不见为净,离开皇宫独自闲逛京城好了,留我一个人在那便是。再说了,撂狠话吓唬人谁不会,真烦了她,我就说舍了落魄山家业不要,哪怕将雾色峰在内的所有山头一并搬出东宝瓶洲,也要打死她。"

说到这里,陈平安笑了起来:"你是不知道,在你们都走了之后,其实我跟龙君、离真他们隔三岔五就会闲聊几句,还挺有意思的。"

宁姚点点头:"也没什么烦不烦的,就当是看热闹了。"

为人处世,安身立命,其中一个大不容易,就是让身边人不误会。

亲近之人,若想久处无厌,就得靠这个"明明白白",不会因为诸多意外,或是种种琐碎事情,某天突然让人觉得"你原来是这样一个人"。其实许多误会,往往来自自身的捣糨糊。陈平安在这件事情上,从小就做得很好,所以长大之后,与宝瓶、李槐他们一起远游大隋,其间就连李槐都不用陈平安说什么,就知道他是怎么样个人。后来到了剑气长城,只要是与宁姚有关的一些重要事情,陈平安也始终是有一说一,从不藏掖,宁愿她听了当下生气,陈平安也绝不含糊其词。

人生不能总是处处事事迁就他人,不然老好人一辈子都只能是个老好人。往往老好人的问心无愧,就会让亲近之人吃亏吃苦。

陈平安轻声道:"将来回了五彩天下,你别总想着要为飞升境多做点什么,差不多就可以了。能者多劳,也要有个度。"

宁姚笑道:"我想做和不想做的事情,反正别人说什么都没用。"

可能几座天下的所有人,都会觉得宁姚跻身玉璞境,成为五彩天下的第一位上五境修士,再成为仙人境、飞升境,都是必然的,应该的,天经地义的。与此同时,不管宁姚做出什么了不起的壮举,做成了什么惊世骇俗的功业,也一样是自然而然的,无须多说什么的。

陈平安不这么觉得。

凭什么我家宁姚就得这么辛苦,你们刑官、泉府两脉剑修,全是只会躺着享福的酒囊饭袋啊。

不服?以后等老子去了飞升城,就带上两大箩筐的道理,与你们好好掰扯掰扯。

陈平安之后跟宁姚又聊起了郭竹酒,一听说她性情稳重多了,反而有些心疼。

傻孩子每天都盼望着长大，以为长大更有趣。

可是总有些孩子，自己是不太想要长大的，只是不得不成长。

又说起了于禄他们，听到李槐都是书院贤人了，宁姚就有些奇怪，问他："读书开窍了？"

陈平安就忍不住揉了揉眉心，只说了四个字："一言难尽。"

不过这次回了家乡，是肯定要去一趟杨家药铺后院的。李槐说杨老头在那边留了点东西，等他自己去看看。

于禄，早已是远游境武夫。谢谢却在金丹境瓶颈停滞多年，主要还是因为早年挨了那些困龙钉的缘故。

两人经常一起联袂游历，不过看样子，他们两个不像是相互喜欢的，估计就真的只是朋友了。

当然，天下姻缘，世间情动，也多有那蓦然回首的悄然生发。

林守一担任过大渎庙祝，算是大骊的半个官场中人，不过听说他这些年跟家里的关系，还是不太融洽。

真不是陈平安咒他，林守一这家伙一看就是个打光棍的命，修行路上，实在太心定了。

当年几个同窗当中，就只有那个扎羊角辫的石嘉春，最早跟随家族搬来了京城，然后顺理成章地嫁为人妇，相夫教子。

如果陈平安没有记错，石嘉春的那对子女，如今好像都到了谈婚论嫁的岁数。

一想到这个，陈平安就忍不住转过头，看了眼宁姚。

有些事情，一个人再努力，终究不成啊。

在一处小桥流水停步，两边都是张灯结彩的酒楼饭馆，应酬宴席，酒局无数，不断有醉醺醺的酒客，被人搀扶而出。

陈平安带着宁姚坐在相对静谧的水边台阶上，没来由想起了宗垣和愁苗，两位剑仙，一个年老，一个年轻，却很像。

一个只是在避暑行宫秘档见过，在酒桌上听过。一个曾经朝夕相处，原本一定可以成为巅峰大剑仙。

宗垣可能是剑气长城历史上口碑最好的一位剑修，传闻他相貌不算太英俊，性情温和，不太爱说话，但也不是什么闷葫芦，与谁言语之时，多听少说，眼中都有真诚笑意。而且宗垣年少时，练剑资质不算太天才，一次次破境，不快不慢不显眼，在历史上最为惊险严峻的那场守城一役，宗垣仗剑城头，剑斩两个飞升境。

如果没有战死，宗垣可以一人刻两字。

如果没有那场战事，宗垣一定会成为十四境剑修。

是继陈清都、龙君和观照之后，在董三更、陈熙、齐廷济崛起之前，剑气长城的顶梁柱。

一座剑气长城，在天地间屹立万年，从无青黄不接的情况出现。

而后来进入避暑行宫成为隐官一脉的愁苗，陈平安这么多年来，一直都不敢多想什么。

宁姚问道："在想什么？"

陈平安说道："老剑仙宗垣，令人神往。"

他摘下酒壶，默默喝着酒，愁苗可以不用死的。

宁姚说道："如今有个说法，说没有宗垣，就没有后来的剑气长城，没有你，就没有如今的飞升城。"

在剑气长城，其实除了陈清都，剑修一贯对谁都直呼其名，谈不上不敬。

陈平安取出养剑葫，自嘲道："是齐狩手底下的哪个王八蛋，故意拿话恶心我？"

他气笑道："欺负我不在飞升城是吧，等着。"

宁姚摇摇头："是一位老元婴率先说的，后来不知怎么就渐渐传开了，认可这个说法的人，很多。"

陈平安抿了一口酒，一条河就像一条绣满红灯笼图案的绸缎，自嘲道："可能是因为离着远了，喜欢的人会更喜欢，讨厌的人也就没那么讨厌了。"

两人身后的石板路上，有老人在与年轻晚辈传授学问，说等会儿上了酒桌，座位怎么坐，点菜规矩有哪些，凉菜几个，硬菜怎么点，不要问主客爱不爱吃什么，只问有无忌口就行了。咱们自带的那几壶陈年酒酿，不用多说什么，更别搁放在酒桌上，主客是个好酒之人，回头倒了酒，他随便一喝，就自然晓得是什么酒水、什么年份了，与主客敬酒之时，双手持杯，切莫高过主客的酒杯，主客让你随意，也别当真随意，在桌上你就多喝酒，话不能不说，却要少说，主客的那几本文集，反正你都看过了，多聊书的内容便是了，官场事不懂别装懂，其余几位陪客的，既不可太过殷勤，又不可随便怠慢了，官场上的这些前辈，未必全是心眼小，更多是看你们这些年轻人懂不懂规矩，会不会做人……

刚刚步入官场的年轻人听得神色认真，时不时轻轻点头，只是难免有些尚未褪去的书生意气，在老人不注意的时候，年轻人微微皱眉，叹了口气，约莫是觉得读书人的风骨，都要在饭桌上跟着一杯杯酒水喝没了。

陈平安转头看着、听着这些个粗浅规矩，自然早就懂了。

其实这个刚刚进入公门修行的年轻官员还是幸运的，有个愿意倾囊相授的领路人。

真正的书生意气，不是什么都不懂，就偏要与所有老规矩、风俗为敌，而是很多都懂了，我再来无所谓，单凭自己喜好说话做事，来跟这个世道毫不圆滑地打交道。

之后又有一个中年男人,领着两个年轻女子缓缓走过,虽是不同的酒局,男人依旧在为淡抹脂粉的她们面授机宜。三人都是练气士,两个女子似乎不情不愿,内心又有些担惊受怕,她们作为谱牒仙师,其实根本不愿意来这些所谓人情往来的山下酒局,一位大骊京城的员外郎又如何?而且她们更怕这个师门前辈会答应某些见不得光的交易,她们虽然在山中修行,但是对一些个山下腌臜事是有所耳闻的,怕就怕那个年轻气盛的员外郎见色起意,借着酒劲对她们有什么想法,或是干脆在酒桌上就手脚不干净,更怕师门长辈又顺着那人,撇下她们不管了。

那个男人满脸苦笑,继续耐心给她们解释今日酒局的难得,那个年轻有为的员外郎,官场风评极好,才三十岁出头,就已经贵为刑部衙门的一司次官,如果不是他所在家族离着咱们山头近,今晚想要请他出来喝酒,简直就是痴人说梦……

陈平安收回视线。

宁姚单手托腮,看着河水。同样的姿势,她换了只手。

陈平安就起身,拎着酒壶,弯腰挪步,坐在了她另外一边。

宁姚嘀咕道:"幼稚。"

陈平安笑着不说话,只是小口抿着酒。

宁姚沉默片刻,好奇道:"我们这趟入城,也没如何刻意遮掩,除了那几个年轻男女远远看着,怎么一个人都没现身?甚至连暗中盯梢的人都没有。"

陈平安笑道:"那就是皇帝陛下还没打定主意,该如何跟咱们打交道。如果只有我一个,是不至于如此为难的。"

大骊朝廷,从不惯着任何一位山巅修士。这不是宋氏跋扈,而是底气使然。

只是宁姚太例外。

五彩天下的第一人,飞升境剑修,剑气长城的宁姚。

大骊招惹她,不谈宁姚本人,只说牵连,近的,就等于招惹了北俱芦洲的剑修,远的,还有齐廷济、陆芝的那座龙象剑宗。

陈平安说道:"大骊宋氏在棋盘上让先,等我落子。比如直奔皇宫,就是泥瓶巷昔年的窑工学徒要掀了桌子翻旧账。去意迟巷找曹巡狩,就是个谈买卖的生意人。找朋友关翳然叙旧,就是个游山玩水的谱牒仙师。去旧山崖书院遗址,就是文圣一脉的嫡传弟子。不管去哪里,皇宫里就都有了后手对策。但是我们这么闲逛,皇帝陛下和太后娘娘,说不定就要跟着吃顿宵夜了。"

陈平安停顿片刻,笑道:"所以等会儿,我们就去师兄的那栋宅子落脚。"

宁姚转过头,眼神中有些询问。她今夜不太愿意想事情。

陈平安轻声解释道:"等于告诉大骊一声,我做事情讲究分寸,所以你们大骊得投桃报李,反正谁都不用故弄玄虚。"

玉在山而草木润，渊生珠而崖不枯。

这是先生在书上的言语，广为流传，而且会代代相传。如同做梦一般，自己的先生，会是一位书上圣贤。

而当陈平安置身于这座京城时，就发现处处都有大师兄崔瀺的教化痕迹。

东宝瓶洲之所以还是东宝瓶洲，是两位师兄通过长达百年的殚精竭虑，不断聚拢人心，最终使得一洲山河豪杰并起，才能够一同力挽天倾。

所以陈平安这个当师弟的，不会肆意破坏这个大好局面，却不是因为落魄山如何忌惮大骊宋氏。

陈平安笑道："咱们在那边休歇，我顺便看看藏书楼里边有没有孤本善本，搬去落魄山。"

宁姚问道："偷书？"

陈平安放下酒壶，双臂环胸，呵呵笑道："当师弟的，与师兄借几本书看，怎么能算偷？谁拦谁没理的事情嘛。"

宁姚随口说道："小米粒听裴钱和郑大风说，你在老龙城有个好朋友范二，双方有过一个约定？"

陈平安哈哈笑道："你说范二啊，他那会儿年少无知，总是有些奇奇怪怪的想法，所幸被我劝阻了。"

陈平安这辈子可不曾喝过花酒，只在南苑国京城路过青楼勾栏，领教过那份躲都没办法躲的脂粉气。

宁姚想起一事："我先前打碎了竹皇那块主持剑顶阵法的玉牌？"

陈平安笑道："其实是好事，如果你不打碎它，我也会自己找个机会做成此事，竹皇的一线峰，没了满月峰夏远翠和秋令山陶烟波的两方掣肘，又有了晏础的投靠，竹皇这个宗主，就会变成彻彻底底的一言堂，在正阳山一家独大，正阳山的内乱很快就会停止。现在好了，竹皇最少在数年之内失去了一位剑顶阵法仙人的最大依仗，就只是个一线峰的峰主，玉璞境剑修。如此一来，变数就多了。"

陈平安仰头灌了一口酒，抹了抹嘴巴，继续说道："陶烟波一定会主动依附夏远翠，寻求秋令山的破局之法，比如私底下结成契约，租借自家剑修给满月峰，报酬就是秋令山封山令提前解禁，甚至有可能怂恿那位夏师伯，争一争宗主位置。至于晏础这棵墙头草，一定会从中煽风点火，为自己和水龙峰谋取更大利益，因为下宗宗主一旦选定元白，正阳山的变数将更大，形势微妙，错综复杂，竹皇光是要解决这些内患，没个三五十年，休想摆平。"

陈平安左手随便一抹："昔年藕花福地，那位老观主的脉络学说，虽不是一方万事灵验的灵丹妙药，但绝对是跋山涉水最好的一把开山柴刀。"

陈平安悬好养剑葫在腰间，伸出一只手，从河中拈起一份灯火倒影，凝为一只小巧玲珑的灯笼，搁在空中。盏盏灯笼，悬停空中，弯来绕去，勉强是一条线，就像一条道路。陈平安再从河中拈起两份细微的水运，搁放在灯笼两侧。

陈平安说道："一般人，都会步入其中，因为道路明显，还好走。如果往大了说，这就是大势，命运。"又指了指两盏灯笼之间的间隙，"这其间的人心起伏，不同人生路程带来的种种变化，其实不用去细究的，何况真要管，也未必管得过来，说不定会适得其反。肯定会有人能够走出这条道路，但是没关系，对于正阳山来说，这就是真正的好事，也是我一直真正期待的事情。"

这是陈平安从郑居中和吴霜降那边学来的，他们一个擅长计算人心脉络，一个擅长兵解万物。

陈平安想了想，说道："打个比方，当年在小镇，正阳山对那部剑经志在必得，清风城是奔着痕子甲去的，这就是人生路上的必然，如果拿我自己举例子，比如……顾璨的那本撼山拳谱，就是一盏灯笼，泥瓶巷的陈平安，得到了这本拳谱，就一定会学拳，因为要保命。"

宁姚说道："还有隔壁宋集薪家的木人，你一定会拼凑起来，再让我帮你讲解经脉？"

陈平安点头道："就是这么个道理。许多偶然，实则必然。但是一连串的必然，又会出现万一和偶然。"

宁姚皱紧眉头，忧心忡忡。

陈平安转过身，动作轻柔，帮她抚平眉头，轻声笑道："老话所谓的'三岁看老'，只是一般情况，未必真能看死一个人。没有谁一定会成为谁，天底下就没有什么命中注定的事情。哪怕是当年那个卖糖葫芦的邹子，也不是真的刻意针对当年的我，一定要为难一个孩子。准确说来，邹子就像是在等一个选择和某些结果，然后等等再看。这与我一直告诫自己的那个道理，'福祸无门，唯人自召'其实并不冲突，后来我在书上看到亚圣的一句话，也是差不多的道理，是说'万物皆备于我'。之前在文庙功德林，陪着先生闲聊，先生就说亚圣的这句话极好，用心良苦。

"当年对骊珠洞天冷眼旁观的许多幕后之人，也不一定会亲身入局，无非是四处押注，推波助澜，至多是开凿河床，或是牵引湖泊，筑造堤坝。这就像我们用一个很便宜的价格，买了一大堆字画，就会想着等这个人名气越来越大，价格越来越高，哪天转手一卖，就是天价，轻而易举攫取暴利。当年杨老头就是我们家乡的那个坐庄之人，对马苦玄、宋集薪、刘羡阳、顾璨、赵繇、谢灵等等，可能都曾押注，只是方式不同，悄无声息，然后谁如果能够在某些关键时刻，走上一个更高的台阶，旁人就会继续押注，不成的，可能就此寂寂无名，可能大道夭折了，走向一条截然不同的人生道路。同样地，师兄崔瀺也曾押注吴鸢、魏礼、柳清风、韦谅在内很多人。其中柳清风，就不是一定会成为后来的大骊陪都礼部尚书。

"十四岁尚未离乡的陈平安，在遇到刘羡阳那场劫难的时候，叫天天不应叫地地不灵，如果那会儿路过廊桥的时候没有看到你，如果我还有机会重来，一定就会选择另外一种人生，会去做某个接下那串糖葫芦的自己，然后某天当了窑工学徒，哪怕一辈子烧瓷，也要安安稳稳地过日子。

"但是今天的我，肯定不会如此选择了，哪怕有机会，都会选择原路走到这里，至于以后……"

太多事情，身不由己。

宁姚轻声问道："以后会如何呢？"

陈平安眼神坚毅，笑道："以后哪怕给我一万种不同的选择，都不去选了。"

宁姚眼神明亮，轻轻点头。

之后陈平安带着宁姚去往一地，穿街过巷，熟门熟路，根本不用与人问路，陈平安就好像在逛自己山头。

路过了那条意迟巷，此地多是世代簪缨的豪阀华族，离着不远的那条篪儿街，几乎全是将种门庭，祖宅在二郎巷和泥瓶巷的袁曹两姓，还有关翳然和刘洵美，京城府邸就都在这两条街巷上，是出了名的一个萝卜一个坑，哪怕当年论功行赏，多有大骊官场新面孔得以跻身庙堂中枢，可还是没办法在意迟巷和篪儿街落脚。

在一条僻静小巷的路口，出现了两位练气士，一老一少，拦住他们的去路。

境界都不高，一位元婴境，一位龙门境。

老人神色淡然道："不管是谁，绕路而行。"

陈平安指了指巷子里边，笑道："我是里边那座宅子主人的师弟。"

然后补了一句："来这边看书。"

那少年嗤笑道："国师的师弟？你咋个不说自己是国师的师兄啊？"

谁不知道咱们大骊的国师，绣虎崔瀺，早就脱离文圣一脉百多年了，哪来的师弟？看来如今京城的骗子，胆子有点大，花样有点多啊。

老人好像也是个不问世事的隐士高人，挥手道："赶紧走。"

陈平安有些无奈，大骊朝廷怎么会让这两人看守此处？

于是只好转头与宁姚问道："我们就近找一处客栈？"

宁姚自然无所谓。其实两人潜入府邸又不难。

相较于京城别处的夜亮如昼，这条街上反而夜幕沉沉，陈平安没来由说道："纯粹的自由，需要祭献人性。"

宁姚疑惑道："什么意思？"

陈平安笑道:"其实没啥意思。反正我觉得自在才能自由,纯粹不纯粹,没那么重要,就像一切智慧从慈悲起,还须往慈悲中落。"

宁姚说道:"说明白点。"

陈平安眨了眨眼睛,还要如何说得明白?

然后就挨了宁姚一肘,龇牙咧嘴,之后陈平安挑三拣四,绕路颇多,才找到了一座客栈,结果一问,只有一间屋子了,陈平安哀叹一声,一边嘴上抱怨几句,一边忙不迭就要给钱。

第三章
旧人旧事

客栈掌柜是个老江湖了，客栈生意是好，可还不至于好到只剩下一间屋子，老人只是看那个背剑走江湖的青衫男子还算顺眼，衣衫整洁，神色和气，不像是个惹事精，就当帮他一把，不过不能白帮忙，开价的时候，就多要了几两银子，掌柜到底怕挨骂，好心被当驴肝肺，就先丢了个眼神，看对方领不领情，不承想男人立即回了个眼神，一切尽在不言中。哟呵，看不出，还挺上道。

掌柜收了几粒碎银子，是通行一洲的大骊官银，上秤后裁剪边角，还给青衫男子些许，再接过两份通关文牒，提笔记录，衙门可是要查账本和案簿的，对不上就要吃官司。老人瞥了眼那个男人，心中感慨，万金买爵禄，何处买青春？年轻就是好啊，有些事情，不会有心无力。

老话说美色消磨少年，只不过眼前这个青衫男子，瞧着年纪也不小了，约莫而立之年？怎么还像个雏儿？莫不是出身江湖门派，名声不够响亮，光顾着打熬气力和武艺了，顾不上找媳妇？

陈平安、宁姚这对像是离乡游历的江湖男女，在关牒上的祖籍都是大骊龙州青瓷郡槐黄县。

既然是咱们大骊本土人氏，老人就更加慈眉善目了，递还关牒的时候，忍不住笑问道："你们既然来自龙州，岂不是抬头就能够瞧见魏大山君的披云山？那可是个好地方啊，我听朋友说，好像有个叫红烛镇的地儿，三江汇流的风水宝地，与冲澹江的水神老爷求科举顺遂，或是与玉液江水神娘娘求姻缘，都各有各的灵验。"

陈平安笑着点头道:"好像是这样的,这次我们回了家乡,就都要去看一看。"

老掌柜委实健谈,一下子给勾起了闲聊的瘾头,竟是不着急递交房门钥匙,斜靠柜台,用手推给男人一碟花生米,笑道:"听说你们龙州那边,除了魏老爷的披云山,好些个山水祠庙,还有个神仙渡口,那你们岂不是每天都能瞧见神仙老爷的踪迹?京城这儿就不行,官府管得严,山上神仙们都不敢风里来云里去。"

明着是夸龙州,可归根结底,老人还是在夸这座自己土生土长的大骊京城。

陈平安看着柜台后边的多宝架,上面放着大大小小的瓷器,笑着点头道:"龙州自然是不能跟京师比的,这儿规矩重,藏龙卧虎,只是不显眼。对了,掌柜喜欢瓷器,独独好这一门儿?"

老人眼睛一亮,碰到行家了?老人压低嗓音道:"我有件镇店之宝的瓷器,看过的人说是百来年的老物件了,就是你们龙州官窑里边烧造出来的,算是捡漏了,当年只花了十几两银子,朋友说是一眼开门的尖儿货,要跟我开价两百两银子,我不缺钱,就没卖。你懂不懂?帮忙掌掌眼?是件粉白釉底子的大花瓶,比较少见的八字吉语款识,绘人物。"

老人抬手比画了一下高度,花瓶约莫得有半人高。

陈平安想了想,轻声道:"肯定不到一百年,至多四十年,在元狩年间确实烧造过一批吉语款的大立件,数量不多,这样的大立件,按照当年龙窑的老规矩,成色不好的,一律敲碎,除了督造署官员,谁都瞧不见整器,至于好的,当然只能是去那里边搁放了……"

陈平安伸出一根手指,笑着指了指皇宫那边。

老人哀叹一声,看来是花了一笔冤枉钱,不承想那人从小碟里拈起花生米,轻轻嚼着,继续说道:"这么大的立件,就已经比坐件、趴件值钱多了,又是拔尖儿的人物款立件,花鸟走兽是比不了的,而且八个字的官窑款立件尤其罕见,一般都是四字、六字款识,如果我没有记错,在所有龙窑窑口都只烧造了三年,虽说如今也有些新出的官仿官,但是龙窑的老师傅们这些年走的走,不然就是年纪大了,徒子徒孙上手,再加上龙窑成了降一等的寻常官窑,其实烧造技艺已经不如当年,掌柜这件,年份釉色款识都是对的。再者当年的窑务督造署,我听说,只是听说啊,一些个成色寻常的大件儿,也是有过那么一小撮,流入当地民间大户人家的,当然了,更可能是某些老师傅离开龙窑后,自己私底下烧造的仿官款,这种一样很值钱,如果没有意外,掌柜这件镇店之宝,最少值这个数。"

老人看着那人抬起一只手掌,惊讶道:"能卖个五百两银子?!"

陈平安笑着不说话,其实该说的都说了,至于真真假假,重要也不重要,反正该听的,老掌柜这样的人精儿也听进去了。

老人突然笑眯眯道:"既然值个五百两,那我三百两卖给你?"

陈平安笑道："掌柜，你看我像是有这么多闲钱的人吗？再说了，掌柜忘了我是哪里人？"

老掌柜大笑不已，朝那个男人竖起大拇指。

宁姚看着那个与人初次见面便谈笑风生的家伙。

入乡随俗，见人说人话，见鬼说鬼话，真是跟谁都能聊几句。

再这么聊下去，估计都能让掌柜搬出酒来，最后连住店的银子都能要回来。

陈平安趴在柜台上，与老掌柜随口问道："最近京城这边，有没有热闹可看？"

京城这地儿，是从来不缺热闹的，不同寻常的官场升迁、贬谪，山巅仙师的大驾光临，江湖宗师的扬名立万，各大水陆法会，士林清谈，文豪诗篇，都是老百姓茶余饭后的谈资，何况如今的东宝瓶洲，尤其是大骊朝野上下，越来越喜欢打听浩然天下其余八洲的别家事。

老人点头道："有啊，怎么没有，这不火神庙那边，过两天武评四大宗师中的两个就有一场切磋，你们俩不是奔着这个来的？"

武评四大宗师中的两位山巅境武夫，在大骊京城约战一场，一位是旧朱荧王朝的老人，成名已久，一百五十岁的高龄了，老当益壮，前些年在战场上拳入化境，一身武学可谓登峰造极。另外那位是东宝瓶洲西南沿海小国的女武夫，名叫周海镜，武评出炉之前，半点名气都没有，据说她是靠着打潮熬出的体魄和境界，长得还挺俊俏，五十六岁的婆姨，半点不显老。所以如今不少江湖门派的年轻人，和混迹市井的京城浪荡子，一个个嗷嗷叫。

要是搁在老掌柜年轻那会儿，只是两位金身境武夫切磋武学，就可以在京师随便找地方了，热闹得万人空巷，篪儿街的将种子弟必然倾巢出动。如今哪怕是两位武评大宗师的问拳，听说都得事先得到礼部、刑部的批文，双方还需要在官府的见证下签订契约，麻烦得很。

不过如今京城庙堂和山水官场，聊得最多的，肯定还是那场精彩纷呈的正阳山庆典，龙泉剑宗嫡传刘羡阳，落魄山联袂观礼，尤其是山主陈平安的青衫风流。

不是剑仙，就是武学大宗师。

果然，我东宝瓶洲，除了大骊铁骑之外，还有剑气如虹，武运鼎盛。

可能昔年打醮山渡船上，离乡少年是怎么看待风雷园李抟景的，如今一洲山河，就有无数少年是怎么看待落魄山陈平安的。

陈平安摇头道："我们是小门派出身，这次忙着赶路，都没听说这件事。"

老人虽然聊得意犹未尽，很想拉着这个叫陈平安的喝两盅，可还是递给了他钥匙，春宵一刻值千金嘛，就别耽误人家"挣钱"了。

从头到尾，宁姚都没有说什么，先前陈平安以迅雷不及掩耳之势掏钱结账，她没有出声阻拦，这会儿跟着陈平安一起走在廊道中，宁姚脚步沉稳，呼吸平稳，等到陈平安开了门，侧身而立，宁姚也就只是顺势跨过门槛，挑了张椅子就落座。

不对劲，感觉要挨打。

陈平安站在原地，试探性问道："我去跟掌柜磨一磨，看能不能再腾出间屋子？"

宁姚摘下剑匣，随便竖立在脚边，拎起瓷壶，倒了杯水，道："河边没少喝，不先醒醒酒？"

陈平安轻轻关了门，倒是没敢闩门，落座后拿过茶杯，刚端起，就听宁姚问道："每次走江湖，你都会随身携带这么多的通关文牒？"

陈平安喝完水，说道："跟法袍一样，多多益善，以备不时之需。"

宁姚眯眼道："我那份呢？虽说一看就是假的，可是进京城之前，这一路也没见你临时伪造。"

陈平安笑道："你要在浩然天下待好些年，总归是用得着，比如以后还要带你去仙游见徐大哥呢，我前些时候就想着未雨绸缪，赶巧，这不真就派上用场了。"

"好不容易才找了这么个客栈吧？"

"之前在街上，瞥了眼柜台后边的多宝架，瞧着有眼缘，还真就跟掌柜聊上了。"

宁姚不再多问什么，点头称赞道："脉络清晰，有理有据，既偶然又必然的，挑不出半点毛病。"

陈平安说道："我等会儿还要走趟那条小巷，去师兄宅子那边翻检书籍。"

宁姚不置可否，起身去开了窗户，趴在桌上，脸颊贴着桌面，望向窗外，因为客栈离着意迟巷和篦儿街比较近，视野中处处灯火通明，有书楼的挑书灯，有酒宴酬答的烛光，还有一些年轻男女的提灯赏月。

陈平安很少见到这样懒散的宁姚。

他给自己倒了一杯茶水，偷偷伸长脖子，望向宁姚的背影，好像比起剑气长城那会儿，宁姚又有些细微变化，稍稍瘦了些。

女子的发髻样式、描眉脂粉、衣饰发钗，陈平安其实都略懂几分，杂书看得多了，就都记住了，只是年轻山主学成了十八般武艺，却无用武之地，小有遗憾。不过宁姚也确实不需要这些。

背对陈平安，宁姚始终趴在桌上，问道："之前在一线峰，你那门剑术怎么想出来的？"

陈平安立即收回视线，笑答道："在城头那边，反正闲着没事，每天就是瞎琢磨。"

在本命瓷破碎之前，陈平安是有地仙资质的，不是说一定可以成为金丹客或是孕育元婴的陆地神仙，就像顶着剑仙坯子头衔的剑修，也不是一定能成为剑仙。毕竟，有那修行资质却运道不济的山下人，不计其数，可能相较于山上修道的波澜壮阔，一辈子略显庸碌，却也安稳。

宁姚转过头，说道："本命瓷一事，牵扯到大骊朝廷的命脉，是宋氏能够崛起的底子，其中有太多处心积虑，只说当年小镇由宋煜章主持建造的廊桥，就见不得光，你要翻旧账，肯定会牵一发而动全身，大骊宋氏百年内的几个皇帝，好像做事情都比较硬气，我觉得不太能够善了。"

陈平安点头道："我有数的。"

宁姚突然说道："有没有可能，崔瀺是希望你在心境上变成一个孤家寡人，一个离群索居的修道之人？"

陈平安双手笼袖，桌底下伸长双脚，一双布鞋轻轻磕碰，显得很随意闲适，想了想，点头道："好像有点。"

其实四位师兄当中，真正指点过陈平安治学的，是左右。

"可这不是会把你推向道门法脉吗？"

"只是有可能，却不是必然，就像剑气长城的陆芝和萧瑟，她们都剑心纯粹，却未必亲近道门。"

宁姚沉默片刻，说道："你算不算信佛？"

陈平安笑道："我从小就信啊。"

宁姚哑然，好像真是这么回事。

陈平安轻声道："除了务实有用的学问要多学，其实好的学问，哪怕务虚些，也应该能学就学。按照崔东山的说法，只要是人，不管是谁，只要这辈子来到了这个世界上，就都有一场大道之争，内里外在的虚实之争，从儒家圣贤书上找道理，帮自己与世道融洽相处，此外信佛学佛也好，心斋修道也罢，反正我又不会去参加三教论辩，只是秉持一个宗旨，以有涯岁月求无涯学问。"

人初生日初出，上山迟下山疾。正入万山围子里，一山放出一山拦。

每一个生性乐观的人，都是主观世界里的王。

那么一个天生悲观的人，就更需要在心境的小天地之内，构建屋舍与行亭渡口，遮风挡雨，停步休歇。

宁姚转去问道："听小米粒说，姐姐元宝喜欢曹晴朗，弟弟元来喜欢岑鸳机。"

小米粒大概是落魄山上最大的耳报神了，好像就没有她不知道的小道消息，不愧是每天都会按时巡山的右护法。

陈平安恍然道："难怪元宝在山上说话会那么锋芒毕露，咄咄逼人，多半是想要凭这个引起曹晴朗的注意。元来喜欢在山脚看门看书，我就说嘛，既然不是奔着郑大风那些艳本小说去的，图什么呢，原来是为了看心仪姑娘，好家伙，年纪不大，开窍很早，比我这个山主强多了。"

宁姚问道:"以后你还会盯着正阳山不放吗?一甲子,一百年?"

陈平安忍不住笑着摇头:"其实不用我盯着了。"

这跟中土九真仙馆的李水漂,还有北俱芦洲那位大宗门的首席客卿,都是一个道理,记吃也记打。

这就像曾经有恶客登门,临走故意丢了只靴子在别人家里,客人其实无所谓取不取回了,但是主人不会这么想。

宁姚坐起身,陈平安已经倒了杯茶水递过去,她接过茶杯抿了一口,问道:"落魄山一定要关门封山?就不能学龙泉剑宗的阮师傅,收了,再决定要不要纳入谱牒?"

陈平安摇头道:"哪怕管得了凭空多出的几十号人,甚至是百余人,却注定管不过来人心。我不担心朱敛、长命他们,担心的还是暖树、小米粒和陈灵均这几个孩子,以及岑鸳机、蒋去、酒儿这些年轻人,山中人一多,人心复杂,至多是一时半会儿的热闹,一着不慎,就会变得半点不热闹。反正落魄山暂时不缺人手,桐叶洲下宗那边,米裕他们倒是可以多收几个弟子。"

陈平安毕竟不是郑居中和吴霜降。郑居中可以在白帝城看遍人心细微,吴霜降可以为岁除官所有修士,亲自传道授业。

陈平安哪有这样的本事?

不单单是相较这两位大修士,境界悬殊,更多还是陈平安的心境,比起郑居中和吴霜降差了不少。

这会儿蜂拥赶去龙州地界、寻觅仙缘的修道坯子,不敢说全部,只说大半,肯定是奔着名利去的,入山访仙不易,求道心切没任何问题,可是陈平安担心的事情,一向跟寻常山主、宗主不太一样,比如小米粒的瓜子怎么分,都会成为落魄山一件人心起伏、暗流涌动的大事。到最后伤心的,就会是小米粒,甚至这可能会让小姑娘这辈子都再难开开心心分发瓜子了。亲疏有别,总要先护住落魄山极为难得的吾心安处,才能去谈他人的修道缘法。

陈平安没来由笑道:"当我觉得一件山上灵器都不那么值钱的时候,就需要好好自省和多多警惕了。"

宁姚看了眼他,不是挣钱,就是数钱,数完钱再挣钱,从小就财迷得让宁姚大开眼界,直到今天宁姚还记得,那天晚上,草鞋少年背着个大箩筐飞奔去往龙须河捡石头。

陈平安自嘲道:"小时候穷怕了。"

宁姚摇摇头,她知道根本不是这么回事。财迷归财迷,可陈平安只要自己能够吃饱穿暖,就是一个没有太多"外求"的人。

陈平安突然站起身,笑道:"我得去趟巷子那边,见个礼部大官,可能之后我就去人云亦云楼看书,你不用等我,早点休息好了。"

宁姚没有说话。

陈平安一步跨出，缩地山河，悄无声息离开了客栈，出现在一处没有灯火的僻静巷弄。

宁姚重新趴在桌上，微皱眉头，是你自己要去看书的，我什么都没说，你还要如何。

一位老人脚步匆匆走出皇城，登上一辆马车后，车辘辘声一路响，原本是要去一处客栈的，只是临近目的地，马车稍稍更换路线。担任大骊皇家供奉的车夫，说是要去国师崔瀺的宅子，陈平安在那等着了。

先前那条拦阻陈平安脚步的街巷拐角处，一线之隔，看似阴暗逼仄的小巷内，其实别有洞天，是一处三亩地大小的白玉广场，在山上被誉为螺蛳道场，地仙能够搁放在气府之内，取出后就地安置，与那方寸物咫尺物一般，都是可遇不可求的山上重宝。老元婴修士在静坐吐纳，修道之人，哪个不是恨不得一天十二时辰可以变成二十四个时辰？可那个龙门境的少年修士，今夜却是在打拳走桩，呼喝出声，在陈平安看来，打得很江湖把式，辣眼睛，跟裴钱当年自创一套疯魔剑法，一个德行。

老修士依旧未能察觉到附近某个不速之客的存在，运转气机一个小周天后，被弟子吵得不行，只得睁眼训斥道："端明，好好珍惜修道光阴，莫要在这种事情上挥霍，你要真愿意学拳，劳烦找个拳脚师父去，反正你家不缺钱，再没有习武资质，找个远游境武夫，捏鼻子教你拳法，也不是难事，总好过每天在这边打王八拳，戳老子的眼睛。"

少年姓赵，名端明，持身端正，道心光明，寓意多好的名字。可惜名字谐音短命，少年一直觉得自己要是姓李就好了，别人再拿着个笑话自己，很简单，只需要报上名字，就可以找回场子。

少年出身大骊一等一的豪阀门第，天水赵氏，大骊上柱国姓氏之一，而且赵端明还是长房嫡出。

大骊所有上柱国姓氏当中，袁、曹、关是第一档，然后是余氏和天水赵氏，之后是扶风丘氏、鄱阳马氏、紫照晏氏等，差距都不大。

赵端明一边打拳，一边问道："师父，你说那个周海镜年纪多大啊？真的五十六岁了吗？看着不像啊，先前远远看了她几眼，啧啧啧，好生养，我跟曹酒鬼都喜欢得很。我跟曹酒鬼约好了，回头周海镜跟人在火神庙那边干架，一定帮我挑个好座位，就近看，武夫问拳，女子要是再穿上一身夜行衣，嘿嘿。"

老人气笑道："以后你小子少跟曹色胚厮混，周海镜这类武学大宗师，拳法出神入化，往往驻颜有术，光凭相貌分辨不出真实年龄，跟咱们练气士是差不多的。还有记住了，不拦着你去观战，但是一定要管住眼睛，听说周海镜的脾气很差，远远没有郑钱那么好说话。"

少年收拳站定，咧嘴笑道："年纪不是问题，女大三抱金砖，师父你给算算，我能抱几块金砖？"

老人嗤笑道："就你小子这术算都能修行，真是没天理。"

这个弟子，真是个命大的，在修行之前，年少时莫名其妙挨了三次雷击都没死。

赵端明揉了揉下巴，道："都是武评四大宗师，周海镜名次垫底，但是相貌身段嘛，是比那郑钱要好看些。"

陈平安隐匿身形，站在不远处墙头上，原本注意力更多在那辆马车，顺便就将少年这句话记住了。

至于那处京城天禄阁的高楼屋顶，那几个年轻修士还在原地，陈平安就多看了几眼。

人人悬挂一枚腰牌，却不是刑部衙门颁发的无事牌，只篆刻一字，都是从十二地支里边挑的字。

看样子，六人当中，儒释道各一人，剑修一人，符箓修士一人，兵家修士一人。

而且都极有钱，内穿兵家甲丸里品秩最高的经纬甲，再外罩一件法袍，好像随时都准备与人展开厮杀。

这会儿好像有人开始坐庄了。

一个年轻女子，宝甲、法袍之外，身穿建康锦署出产的圆领云锦袍，她摊开手，笑眯眯道："坐庄了，坐庄了。就赌那位陈剑仙今夜去不去皇宫，一赔一。"

其余五人，纷纷抛出神仙钱，小暑钱居多，谷雨钱两枚，也有人只给了一枚雪花钱，是个小姑娘模样的兵家修士，身穿织金雀羽妆花纱，月光泠泠，缎面莹然如流水。

那年轻女子挑出那枚雪花钱，疑惑道："就这？"

小姑娘双臂环胸，郁闷道："姑奶奶今儿真没钱了。"

年轻道士盘腿而坐，笑嘻嘻道："这些年积攒了那么多嫁妆钱，拿出来，赌大赚大。"

一个眉清目秀、身穿素纱禅衣的小和尚，双手合十道："佛祖保佑弟子今儿赌运继续好。"

只有一位少年剑修，沉默寡言，丢了谷雨钱之后，就躺下闭目养神，继续温养飞剑。

这六个修士，既有头顶上柱国姓氏的，也有父母是山上道侣的，更有市井贫寒出身的，都是大骊刑部粘杆郎精心搜罗而来，年纪最大的，不过九十余，年纪最小，才只十几岁。十二地支，如今已有十一人，只空悬一个位置，少了个纯粹武夫。他们没有固定的传道人，没有正式的祖师堂谱牒身份，但是教拳之人，数位大宗师当中，就有宋长镜，只不过指点不多，几次而已。此外还有墨家游侠，剑客许弱。为他们传授望气之法的，是大骊旧山岳的几位昔年山君，此外还有数位身世隐蔽、道统不显的世外人，甚至连礼部刑部都管不着他们。

在场六人，人人都有五行之属的本命物，拥有东宝瓶洲新五岳的五色土，新齐渎的大渎水运,耗费极多数量的金精铜钱,槐树和一种水中火。

每一位,都是东宝瓶洲最拔尖的修道天才,除了几个年纪较小的,其余修士都曾在那场大战中参与过数次对蛮荒军帐的刺杀,比如那个九十多岁的年轻道士,在大渎战场上,早就已经"死过"两次了,只是此人凭借不同寻常的大道根脚,甚至都无须大骊帮忙点燃本命灯,无须跌境,就可以更换皮囊,继续修行。

陈平安跳下墙头,出现在街巷拐角处,不再遮掩气息,安静等待那位礼部侍郎的到来,其实是个熟人,老侍郎董湖。

老元婴收起那处道场,与弟子赵端明一起站在巷口,老人皱眉道:"又来?"

这地方,是可以随便逛的地方吗?现在的年轻人怎么就不听劝呢,非要等到吃疼了才长记性?

陈平安笑道:"叨扰老仙师修行了,我在这里等人,说不定聊完了,就能去宅子看书。"

老修士摇摇头,懒得多说什么,至多回头刑部衙门那边问起,就说是个没眼力见儿的江湖人,不用小题大做。

老人蓦然停步,转头望去,只见那辆马车停下后,走出了那位礼部的董侍郎。

陈平安主动作揖道:"见过董老先生。"

董湖赶紧伸手虚抬这位年轻山主的胳膊:"陈山主,使不得使不得。"

老侍郎笑过之后,硬着头皮说道:"敢问陈山主,造访京城,是什么意思?"

陈平安笑问道:"陛下又是什么意思?"

董湖小心翼翼说道:"这就得看陈山主是什么意思了。"

远处屋脊上,出现了一位双指拎酒壶的妇人,那个刚刚坐庄收钱的年轻女子,嫣然笑道:"封姨。"

妇人嗓音天然妩媚,笑道:"你们胆子不大,就在人家眼皮子底下坐庄。"

年轻女子惊讶问道:"封姨,他早就发现我们了?"

小巷这边,陈平安听到了那个"封姨"的言语,与老侍郎告罪一声,说去去就来,竟是一闪而逝,直奔那处屋顶。

一袭飘摇青衫,蓦然现身,站在翘檐处。

十四岁的那个晚上,当时那座廊桥还未被大骊朝廷拆掉,陈平安跟随齐先生行走其中,前行之时,除了杨家药铺后院的老人之外,还听到了几个声音。

妇人望向陈平安,笑问道:"有事?"

陈平安眯眼说道:"曾经年少无知,只闻其声未见其面,没想到会在这里见到前辈真容。"

那个仪态雍容且来历不明的妇人眼带赞许,微笑道:"记性真好。"

只是当年在廊桥里边听了个声音,时隔多年,只是听了她在这说的一句话,就可以确定无误是当年旧人,闻声而来,到底是少年念旧呢,还是记仇呢?

陈平安面无表情,仔细打量起这位先前被称呼为"封姨"的妇人。

她身材高挑,脚踩一双踏青鞋,没有悬挂任何可以表明山水官场身份的腰牌,着圆领锦衣,衣衫竟是旧样小团龙的僭越规制。

淡妆桃脸,满面花靥,喝过了酒,朱唇得酒晕生脸。

陈平安曾经在一部文人笔札见过,是古蜀旧时宫样,名为宜春面妆。

她手如柔荑,似是以蝉蜕和凤仙花捣烂染的指甲,极红媚可爱,古称蟂蜓掌。

以一个彩色绳结,系挽一头青丝,青丝挂在胸前,如一条青色瀑布倾泻峰峦间。

陈平安细看之下,发现那个不过铜钱大小的绳结,竟是以将近百余条纤细丝线拧缠而成,而且颜色各异,仿佛天下颜色,尽在这条彩绳中。

最玄之又玄的是,这个封姨身上没有任何灵气涟漪,没有施展任何仙家手段,但是她整个人始终纤尘不染。

就像她其实根本不在人间,只是在光阴长河中的一位蹚水远游客,故意让人看见她的身影罢了。

至于屋顶其余几个大骊年轻修士,陈平安当然上心,却没有太过分心,反正只用眼角余光打量几眼,就已经一览无余。

那六个大骊精心培养出来的年轻人,不愧是久经厮杀的死士,在陈平安现身的一瞬间,各有腰牌代号的六位修道天才,没有出现丝毫的心神失守,足可见其道心坚韧。

那位腰牌篆刻"午"字的年轻女子,无须步罡踏斗,无须念咒诵诀,就布阵自成小天地,护住七人,屋脊之上,宛如出现一处袖珍的海市蜃楼,显化出一座仙府宫阙。山土皆赤,岩岫连沓,状似云霞,灵真窟宅之内紫气升腾,琼台玉室,轩庭莹朗,鳞次栉比,处处宝光焕然,其中响起灵宝唱赞,天籁缥缈,好似一处领衔诸岳的远古司命之府、神仙治所。

悬"戌"字腰牌的小姑娘,双手宝光焕然,布满云纹符箓,有点类似缝衣人的手段。

她纤细的肩头出现了一尊类似法相的存在,身形极小,身材不过寸余高,少年形象,神异非凡,带剑,穿朱衣,头戴芙蓉冠,以雪白龙珠缀衣缝。

身穿素纱禅衣的小和尚,悬"辰"字腰牌,睁一只眼闭一只眼,闭眼处出现电闪雷鸣的漩涡,脚下则出现了一处平镜水面,星星点点的亮光当中,不断有一棵棵莲花抽发而起,摇曳生姿,花开又花落,枯萎坠水,再亭亭玉立且花开,周而复始。

"午",符箓阵师,炼化了一整座大道残缺的远古洞天。"戌",兵家修士,可能是因为年纪小,体魄打熬还不到火候的缘故,仅有双臂用上了缝衣手段,却能够凭借天赋异禀的某种兵家神通，破格僭越，敕令一位上古剑仙的阴魂。"辰"，身负一种佛家念净观想神通。

其余三人，剑修"卯"，儒家练气士"酉"，道门修士"未"，隐匿气象都极好，并未着急施展手段。

封姨环顾四周，嫣然笑道："我只是来跟半个同乡叙旧，你们不用这么紧张，吓唬人的手段都收起来吧。"

六人无动于衷，显然不是听命于她。封姨也不恼，没法子，自己只是个不记名的传道人，她又怠懒，这么多年的传授道法神通，属于典型的出工不出力，要不是昔年某人督促，加上每隔一段时间就会勘验成效，她都可以只丢出几本册子就作罢，学成学不成，各凭悟性缘法，与她又有什么关系。就像现在，六个小孩子不听话，封姨就由着他们摆出阵仗，反正费劲耗神浪费灵气的又不是她，继续望向那个陈平安，笑问道："不会怪我当年劝你停步吧？"

陈平安双手笼袖，与封姨在内七人以示诚意，微笑道："哪敢怪罪前辈。"

封姨笑了笑，哟，今夜重逢，瞧着和颜悦色，一口一个前辈晚辈的，可是听口气，话里有话，剑仙气性不小哩。

陈平安以心声询问道："前辈与齐先生很熟？"

封姨觉得有趣，没有给出答案，笑着反问道："你既然当上了老秀才的关门弟子，齐静春就是你的师兄了，怎么如今还称呼齐先生？"

陈平安双手笼袖，双手十指交错，身形微微佝偻几分，笑眯眯道："我愿意啊，我喜欢怎么称呼就怎么称呼。前辈就算管天管地，还真管不着这事儿。"

封姨啧啧道："到底是长大了，脾气跟着见长。我记得你小时候，可是很好说话的。"

陈平安笑道："不瞒前辈，我其实现在也很好说话。"

封姨抬起一手，双指轻轻拧转那个彩色绳结，笑吟吟不言语。

陈平安跟着不说话。

一时间气氛有点冷场。

当年在廊桥道路上，先后有五位开口，药铺杨老头是最后一个，也是陈平安当时唯一一个可以确定身份的存在。

这个封姨，则是陈平安一步步前行之时，率先开口之人，她细语呢喃，天然蛊惑人心，奉劝少年，跪下就可以鸿运当头。

她当年这句言语当中，撇开最熟悉不过的杨老头不谈，相较于其余几位的口气，她是最无倨傲之意的，就像……一位山中幽居的春怨女子，闲来无事挑起花帘，见那院落里风中花摇落，就稍稍驱散慵懒，提起些许兴致，随口说了句，先别着急离开枝头。

第二位开口的，就颇为不客气，对陈平安口称凡夫俗子，速速下跪。

第三位，语气平淡，就像在说一个天经地义的道理。第四位，嗓音沧桑，老气纵横，最后警告陈平安一句，天予不取反受其咎。

但是，仙家神灵，心性难测，思虑深邃，谋划之事动辄牵连百年千年，故而疾言厉色的，未必恶意；和风细雨的，未必好心。

凶人阴戾，哪怕欢声笑语，浑是杀机。吉人安详，即使梦寐神魂，一样和气。

总之，连同杨老头在内，没有一人希望他继续前行。可能也没有谁觉得一个断了长生桥的泥瓶巷泥腿子，有资格、有本事、有福缘承受那份大道因果。

除了齐先生。

陈平安突然转头望向那个阵师女子。

她立即收起一门本命神通，不敢多看此人心境。

方才她只能模模糊糊，看到心相天地间的一口水井。

当站在翘檐那边的一袭青衫投来视线，心相之中，水井井口处，就像出现了一双天威浩荡的金色眼眸，甚至要比那金精铜钱更为粹然，甚至反客为主，审视着她这个窥探者的心相。

她心知肚明，这是陈平安在提醒自己，不该看的就不要看。

她看人，能够依稀瞧见一个模糊的心相，这是天生的，后天修行，不过是水到渠成的事情。

就像一个人能不能登山修行，得看老天爷愿不愿意打赏这碗仙家饭。

剑修之外，符箓一道和望气一途，都比较难学，更多是靠练气士的先天资质根骨，行与不行，就又得看祖师爷赏不赏饭吃。

钦天监练气士所谓的勘验资质，看的就是各种先天根骨。

骊珠洞天在所有孩子诞生后，烧造本命瓷，滴入一粒精血，就是一种勘验手段，用以判断一个人未来大道成就的高低，误差极小。

骊珠洞天已经存世三千年，大骊立国才几百年，最早还是卢氏王朝的附庸藩属，那么到底是谁将骊珠洞天的归属权，交给了大骊宋氏？又是谁传授了这道帮助大骊在一洲北地迅猛崛起的关键术法？大大小小的历史谜题，都不曾留下任何文字记录，师兄崔瀺，学生崔东山，好像都遵守某种契约，只要是一切与骊珠洞天相关的老皇历，全部只字不提。

家乡小镇，地方不大，一座小洞天，方圆千里之地，不过几千人。

崔东山曾经调侃骊珠洞天，是天底下独一份的水浅王八多，庙小妖风大。只是说完这句话，崔东山就立即双手合十，高高举过头顶，使劲摇晃，念念有词。

"午"字牌女子阵师，以心声与一位同僚说道："陈平安对我们没什么恶意和杀心。

但是我不敢保证这就一定是真相。"

剑修"卯"与那兵家修士出身的小姑娘问道："胜算如何？"

小姑娘说道："砍瓜切菜。"

然后补了个字："被。"

其实这个看似天真无邪的少女，才是六人的智囊。

另外五人，不在大骊京城，算是另外一座小山头了。

剑修又问那个年轻道士："卜卦结果如何？"

道士气笑道："撞墙一般，好在这位剑仙没计较什么，不然我喝进肚子的酒水都得吐出来，装满一壶，不在话下。"

剑修思量片刻，说道："那就撤掉阵法。"

他显然是一行人当中的领袖人物，尚未弱冠之龄，修为境界也不是最高的，却是真正的主心骨。

当剑修如此决断，女子阵师、兵家小姑娘和那个小和尚，都毫不犹豫收起了各自神通术法。

陈平安就顺势看了眼那个年轻剑修，眉眼与某人有几分相似，不出意外，姓宋，国姓。

那个剑修是唯一一个坐在屋脊上的人，与陈平安对视一眼后，不动声色，好像根本就不认识什么落魄山山主。

陈平安一步跨出，离开位于最高处的翘檐，身形落在屋脊上，与那位封姨平视，继续以心声询问道："前辈来大骊京城之前，一直久居骊珠洞天体悟天道？"

封姨摇头笑道："不宜也不敢久住，你那会儿年纪小，未曾登山，可能不太清楚，齐静春的脾气，只是对你们好，对我们这些名不正言不顺的遗民、刑徒、毛贼，管得严多了，所以我在真武山那边待得更多些，偶尔串门，齐静春接手洞天之前，历代圣人还是比较宽松的，我要么带人离开骊珠洞天，比如曹沆、袁璆，要么偶尔带外人进入洞天，比如顾璨的父亲。不过你放心，我跟杏花巷那个马苦玄没什么关系。没好感，没恶感，不好不坏一般般。当然，这只是我的观感，其余几位，各花入各眼。"

陈平安相信她所说的，不单单是直觉，更多是有足够的脉络和线索来支撑这种感觉。

打个官场比方，天之骄子的马苦玄，就像是个祖上很阔气的豪阀子弟，在地方官场呼风唤雨，有了藩镇割据之势，但是肯定调动不了在京的一部尚书。

封姨笑问道："陈平安，你已经知晓我的身份了？"

陈平安没有藏掖，点头道："如果光听见一个'封姨'的称呼，还不敢如此确定，但是等晚辈亲眼看到了那个绳结，就没什么好怀疑的了。"

年纪这么大,当然得喊前辈。

她嫣然笑道:"记性好,眼力也不差。难怪对我这么客气。"

陈平安微笑道:"恳请前辈回答我先前的那个问题。"

她问道:"与齐静春熟不熟,很重要吗?"

陈平安点头道:"对我来说,其实还好,对前辈来说,可能就很重要了。"

她伸手轻拍心口,满脸幽怨神色,故作惊悚状,道:"威胁恐吓我啊?一个四十岁的年轻晚辈,吓唬一个虚长几岁的前辈,该怎么办呢。"

陈平安和这位封姨的心声言语,其余六人境界都不高,自然都听不见,只能作壁上观、看戏一般,通过双方的眼神、脸色细微变化,尽量寻求真相。

陈平安笑道:"这就是前辈冤枉人了。"

怎么能说是威胁呢,有一说一的事情嘛。

眼前这位封姨,是司风之神,准确说来,是之一。

所以才会显得如此遗世独立、纤尘不染,理由再简单不过了,天下风之流转,都要听命于她。

至于二十四番花信风之类的,自然更在她所辖范围之内。

陈平安是担任隐官,入主避暑行宫,才看到了关于"封姨"的几条校注条目,大致解释了她的大道根脚。

封姨笑眯眯道:"一个玉璞境的剑修,有个飞升境的道侣,说话就是硬气。"

陈平安点头笑道:"风过人间,朱幡不竖处,伤哉绿树犹存,确实不如前辈做事硬气。"

这个封姨,主动现身此地,最大的可能性,就是为大骊宋氏出头,相当于一种无形的挑衅。

陈平安不觉得自己的赶来,对她来说是什么意外的事情。

如果说礼部侍郎董湖的出现是示好,那么封姨的现身,确实就是很硬气的行事风格了。

就像在告诉自己,大骊宋氏和这座京城的底蕴,你陈平安根本不清楚,别想着在这里横行无忌。

虽然这位封姨,在万年之前,未曾顺势补缺跻身十二高位神灵,但是在避暑行宫一部名为《太公阴符》的兵家古籍上边,记载了一段陈年往事,不过是以早已失传的"奇纪"方式讲述过往。相传曾有七位职权显赫的高位神君,各自率领部众,帮助人族伐天,绝大部分都陨落在大战当中,仅存的几位高位神君,就率部栖息于浩然兵家祖庭之中,好似位列仙班的神灵天官,各自司职一部分大道运转。

只是书上所谓的高位神君,没有明确点明身份,至于是否属于最早的十二高位,就更难说了。

　　假设中土兵家总庭是一座大宅的大门，那么真武山、风雪庙这样的一洲兵家祖庭，就是开辟出来的偏门侧门，这些远古神灵，一样可以出入其中。

　　此外，一本类似神仙志怪的古文集上，详细记录了百花福地历史上最大的一场浩劫，天大灾殃。就是这位"封家姨"的莅临福地，被福地花神怨怼称为"封家婢子"的她，登门做客，走过福地山河，所到之处，狂风大作，怒号万窍，百花凋零。所以那本古书末尾，还附有一篇文辞雄健的檄文，要为天下百花与封姨誓死一战。

　　那会儿，陈平安在避暑行宫每逢战事闲暇，就会取出一壶酒、一碟花生米，拿这些尘封已久的老皇历当佐酒菜。

　　像山海志和补志当中，以及天下多如牛毛的文人笔札，就都没有任何关于封姨的记载。

　　有明确文字记载的秘档，除了中土文庙的功德林，在浩然天下其他地方，任何一处藏书楼，哪怕是山上宗门和人间王朝的千年豪阀，都绝对找不到。后世子弟想要知道，只能是通过祖辈的口口相传，还要保证不被儒家学宫书院听了去，不然就算是一宗之主和一家之主，都要去文庙功德林那边下棋、喝酒了。

　　而这位女风神的拥护者当中，不乏历史上那些雄才伟略的帝王君主，比如其中就有夜航船一位城主，那个曾经斩白蛇的泗水亭亭长。

　　封姨恍然道："差点忘了你当过剑气长城的末代隐官。"

　　其实昔年骊珠洞天破碎坠地之前的几十年光阴，对于她这类岁月悠久的远古存在而言，如非紧要关头、关键节点，是不太愿意多看几眼的，对于当下的有灵众生，心中大致有数即可，然后至多是各有各的押宝，可能是兴趣使然，可能是比拼眼光，在与谁较劲。

　　陈平安笑了笑，套话不成，双方都像是在捣糨糊，说不定是喝酒不够的关系，可以请封姨前辈去客栈那边喝酒叙旧。

　　封姨想起一事，对于陈平安的耐心之好，似乎有些意外："就不问问当年开口说话的其余几个老不死，各自是什么来头，所求为何？"

　　陈平安摇头笑道："前辈若是愿意说，晚辈当然感激不尽。前辈要是不愿意说，晚辈自然强求不得。"

　　她伸出并拢双指，轻轻敲击脸颊，眯眼而笑，似乎在犹豫要不要道破天机。

　　杏花巷马苦玄、泥瓶巷宋集薪、福禄街赵繇、桃叶巷谢灵……这只是骊珠洞天的最年轻一辈，再往上，其实还是各有各的押注，有些是纯粹的无聊，见到有眼缘合心意的，就顺手为之，扶持一把，有些是有所图谋，伏线千里。比如其中一位老家伙，是人间养龙士一脉的当代祖师爷，家族祖上豢龙有功。当年此人隐匿身份，从中土神洲一路赶到东宝瓶洲,隔绝天机,藏在了那拨斩龙的练气士当中。

封姨突然忍住笑意,没来由说了句:"背着一个心仪的姑娘走再远的路,确实都不累人。那会儿胆子挺大啊,怎么如今境界高了,反而胆子小了?我都要替你感到着急。"

陈平安脸色微变。

封姨看到这一刻的青衫剑客,才终于有几分熟悉感觉,终于有点当年青涩少年的样子了。

哟,还心虚脸红了。

奇了怪哉,不都说剑气长城的陈隐官,光靠脸皮就能再守住城头一万年吗?

陈平安不再刻意佝偻身形,深呼吸一口气,抱拳行礼,灿烂而笑:"多谢前辈的照拂护道。"

封姨点点头,一点就通,确实是个心细如发的聪明人,而且年少离家乡多年,维持住了那份早慧,齐静春眼光真好。

在骊珠洞天里边,有些场景和光阴画卷,等到齐静春做出那个决定后,就注定不是谁想看就能看的了。

就像她先前亲口所说,齐静春的脾气,真的不算太好。

在齐静春带着少年去走廊桥之后,就与所有人订立了一条规矩,管好眼睛,不许再看泥瓶巷少年一眼。

其中一个老家伙,坏了规矩,就被齐静春收拾得差点想要主动兵解投胎。

唯独她是例外。

不是因为她看好陈平安,有什么押注,而是因为早年那个"以艾草灼龙女额"的典故之下,她曾经对天下真龙多有庇护。

封姨点点头,不再心声言语,轻声说道:"京城里,我在火神庙那边有个落脚处。"

陈平安抱拳道:"回头了却私事,一定去那边拜见前辈。"

她提醒道:"来之前,记得打声招呼,有个人早就想见你了,他每次出门都不容易,得与礼部报备。"

陈平安其实心中有几个预想人选,比如家乡那个药铺杨掌柜,陪祀帝王庙的大将军苏高山。

只是在前辈这边,就不抖搂这些小聪明了,反正迟早会见着面的。

封姨破天荒地眼神温柔,感叹一句:"短短几十年,走到这一步,真是不容易。走了走了,不耽误你忙正事。"

陈平安正衣襟。一袭青衫,作揖行礼。

昔年家乡多春风。曾经有一年,浩然天下春去极晚,夏来极迟。

封姨坦然处之。

帮了齐静春那么大个忙,不过是受他小师弟致谢一拜又如何,一枚雪花钱都没得。

临行之前,封姨与这个不曾让齐静春失望的年轻人,心声提醒道:"除我之外,得小心了。对了,其中一个,就在京城。"

陈平安直起身,微笑道:"晚辈一直很小心,所以他们也一样要小心。"

封姨点点头,兔起鹘落一般,一路飞掠而走,不快不慢,半点都不风驰电掣。

陈平安感慨不已,原来前辈也是个精通跌境、喜欢藏拙的行家里手啊。

屋顶最后一幕,陈平安对那封姨的作揖,让这些年轻天才们大吃一惊。

本以为这么个大闹正阳山的落魄山宗主,到了大骊京城会打闹一场。

结果见着了封姨,就如此毕恭毕敬,言语之中,始终执晚辈礼不说,临了还要行此大礼?

事实上,在一众传道人之中,这个妇人,与十一人相处时间最长,却也没传授什么高明的道法,只是与他们教了几门遁法。

那个小姑娘瞪大眼睛,眼珠滴溜溜转动,很快伸长脖子,笑嘻嘻招手呼喊道:"封姨封姨,回头请你喝好酒啊,长春宫的仙家酒酿,死贵死贵的。"

小和尚双手合十,朝那封姨远去的身形,点头道:"出家人不打诳语,今夜的封姨,真美。"

剑修伸出手指,抵住眉心,摊上这么些个志同道合的同僚,没眼看,没耳听。

不过再后知后觉,只要不是傻子,都该明白一件事,之前所有人绝对都低估了那位封姨的境界和身份。

陈平安就要离去,他跟这几个修道天才没什么可聊的,无非是各走各的独木桥、阳关道。

大骊宋氏只要不是失心疯,就不会让这拨大道可期的年轻天才来找自己的麻烦。

不承想那个剑修抱拳道:"京城人氏,剑修宋续,见过陈山主。"

陈平安只得停步,笑着点头道:"不到二十岁的金丹境剑修,后生可畏。"

宋续神色别扭。

既然当带头大哥的宋续都自报名号了,其余五人就有样学样,毕竟机会难得,与这位大名鼎鼎的隐官大人多聊几句就是赚。

那个儒家练气士喊了声陈先生,自称是大骊旧山崖书院的书生,没有去大隋继续求学,曾经担任过几年的随军修士。

年轻女阵师,名为韩昼锦,她说自己来自神诰宗辖下的那座清潭福地。

兵家小姑娘姓余,不出意外,这座天禄阁,算是她家的地盘了。

道士有个公门身份,担任京师道录,是东宝瓶洲东南地界的句容人氏,名叫葛岭。

身穿素纱禅衣的小和尚,自称是译经局的小沙弥。

小姑娘像是个心情跳脱的，笑嘻嘻多说了几句："陈大宗师，听说你老人家在功德林跟曹慈干了一架，惊天动地哎，打得那个听说相貌很英俊、出拳极潇洒的曹慈脸都肿了，你算不算虽败犹荣啊？"

陈平安就没见过这么不会聊天的小姑娘，一骂骂俩？你当自己是顾见龙吗？

再说了，先前这些个家伙坐庄之前的闲聊，也是不太客气的。如果没记错，就是这个瞧着大大咧咧的小姑娘，扬言要会一会自己，走过路过不能错过！再听那个葛岭的言语，好像她曾经在陪都那边，与裴钱问过拳，结果事后足足一个月，每天嚷着肝儿疼肝儿疼。等到那个韩昼锦说了句公道话，说了句"咱们这位隐官，模样不差啊"，小姑娘又开始顶针，说韩姐姐你啥眼神，明明一般般。

于是陈平安微笑道："江湖中人，祸从口出，言多必失。"

这还是关系不熟，不然换成自己那位开山大弟子的话，就经常蹲在骑龙巷铺子外，按住趴在地上一颗狗头的嘴巴，教训那位骑龙巷的左护法，让它以后走门串户，别瞎嚷嚷，说话小心点，我认识很多杀猪屠狗开肉铺的江湖朋友，一刀下去，就躺砧板上了，啊，你倒是说话啊，屁都不放一个，不服是吧……

至于陈平安为何能够对这边的对话了如指掌，当然是那把井中月的飞剑神通使然。

这把本命飞剑，可化剑极多，但数量多寡，得看陈平安的境界高低。

陈平安进入京城之后，便祭出数把井中月所化飞剑，隐秘飞掠。

韩昼锦瞥向不远处一株古柏的枝头月色，绵里藏针地打趣道："陈先生都是上五境的剑仙了，如此作为，不合适吧？"

"防人之心不可无，小心驶得万年船。"

陈平安神色自若，抬了抬袖子，随意一招手，将一道剑光收入袖中。

剑光好似早已与月色交融，故而了无痕迹。

宋续佩服不已。他是剑修，所以最知晓陈平安这一手的分量。

飞剑化虚，隐匿某处，只要是个剑修，谁都会。

可是天地间的灵气，不是静止不动的，而是流转不定的，要是炼化符箓入剑，则有利有弊，好处是难觅痕迹，飞剑轨迹更加隐蔽，坏处就是损伤飞剑的"纯粹"，影响杀力。

而陈平安的这道剑光，就像一条光阴长河中有鱼游水。

如鱼游弋云水身。

隐官光是抖搂这一手，就让宋续知道了差距所在。

简而言之，陈平安要是今夜真想行凶杀人，就像余瑜先前所说，砍瓜切菜，可以随便杀。

当然，他们不是没有一些"不太讲理"的后手，但是对上这位剑气长城的隐官，的的确确,毫无胜算。

没什么不好意思承认的,反正甲申帐的五位剑仙坯子,那可是一整座蛮荒天下的顶尖天才,他们一场精心设伏的围杀,都未能成功。

而他们六人,终究只是一洲山河的所谓拔尖。

陈平安就当是跟他们混了个熟脸,打算离去,毕竟董湖还在小巷口那边等着,对于这位少年时就见过面的老侍郎,陈平安愿意念旧。

葛岭喊了声陈剑仙。

陈平安疑惑道:"还有事?"

葛岭指了指一处,无奈道:"小道这点浅薄道行,能有什么事,只是陈剑仙另外那把飞剑,能不能收起来,小道背脊凉飕飕,总觉得瘆得慌。"

陈平安点头称赞道:"小仙君慧眼如炬,如开天眼。"

葛岭双手抱拳在胸口,轻轻晃了晃,笑道:"陈剑仙谬赞了,不敢当不敢当。不过可以借陈剑仙的吉言,好早日晋升仙君。"

"好说好说,若是投缘,我这里好话吉语一箩筐。"

陈平安笑着又是一招手,一道剑光归拢入袖,然后是一道又一道。

前前后后,总计六道剑光。屋顶六人,人人有份。

葛岭与身为阵师的韩昼锦,对视一眼,皆苦笑不已。

他们两个,在六人当中,已经算是最擅长勘测天地灵气流转、寻觅蛛丝马迹的修士了。

那个小姑娘转过头,这次学乖了,知道望向别处,再嘀咕道:"真阴险,不正派。都是剑仙了,还这么欺负咱们几个小小地仙。"

陈平安伸出一根手指,敲了敲耳朵,笑道:"这位姑娘,宁肯打人不骂人,骂人也别被人听见,还是行走江湖的老规矩。"

小姑娘点头若小鸡啄米:"虽然不知道为何陈剑仙会这么唠嗑,但是我觉得吧,有理有理。"

陈平安微笑道:"极好极好。能受良语善言,如市人寸积铢累,自成富翁,腰缠万贯。"

谈钱是吧?这话她爱听,一下子就对这个青衫剑客顺眼多了。

葛岭笑道:"先前陈剑仙路过小观,小道暂时在那边修行,待客的茶水还是有的。"

是说崇虚局辖下那座管着京师道门事务的小道观。

陈平安没什么客套话,说还是算了吧,不再逗留此地,身形在这天禄阁屋脊上一闪而逝。

陈平安一走,几人还是寂静无言,片刻之后,年轻道士收起一门神通,说他应该真的走了,那个小姑娘才叹了口气,望向那个儒家练气士,说我拉着陈平安聊了这么多,他这都说了多少个字了,还是不成?

后者摇摇头,只说所有文字,纹丝不动。

结果又是一道剑光闪过。

小和尚双手合十:"佛祖保佑今夜无事,明儿我就去功德箱捐香火钱去。"

余瑜一跺脚:"烦不烦啊,姑奶奶总算明白为何甲申帐会吃亏了。恁高境界了,做事情还这么不入流。"

宋续笑着提醒道:"当年在剑气长城那边被埋伏,陈先生的修行境界其实不高。"

他们这一帮人也懒得换地方了,就各自在屋顶坐下,喝酒的喝酒,修行的修行。

按照国师崔瀺的那个计划,接下来的百年之内,在东宝瓶洲南边境内,会突然出现一座宗门,十一位练气士,至少是玉璞境界,外加一位止境武夫。开山立派,创建宗门。在场每一个,加上其余五个,都会是开山祖师。

每一任宗主,必须是儒家书院弟子,而且至少得是君子身份。

你们中土文庙不好意思做的事情,我大骊王朝就先开个头,试试看效果。

文海周密当年给出的那份策略,浩然天下不会全部否定。

因人废事,本就与事功学问相悖。

韩昼锦后仰躺去,喃喃笑道:"隐官确实长得好看嘛。"

余瑜盘腿而坐,翻了个白眼。

最后一道剑光,悄然消逝不见。

好像就女阵师这么一句诚心诚意的无心之语,便吓退了年轻隐官的一把飞剑。

先前被那个年轻山主晾在一边,老侍郎董湖倍感无奈,倒是没怎么火冒三丈,今夜与那位山主所聊之事,事关重大,别说等个一时半刻,就是陈平安就这么一去不返,害得他等到天亮,老人也没半句怨言。

董湖瞥了眼不远处的巷口,那个礼部录档名为刘袈的老元婴,站在原地闭目养神,修行修行,你咋个不捞个飞升啊。

至于那个天水赵家的少年,蹲在地上嗑一大把花生,瞧见了老侍郎的视线,还冲他伸出手,董湖笑着摆摆手。吃吃吃,你爷爷你爹就都是个胖子。

看来老侍郎虽然没怨言,怨气倒是有点。

真不知国师当年是怎么想的,找了这么个关起门来只知修行的老古董看门护院。是个油盐不进的,一年到头,从不跨出小巷半步,可是赵端明这孩子呢,也不跟这个传道人说说外边的事?

少年嬉皮笑脸道:"董爷爷,别看我啊,你又不是不知道,我每次出门,都只找曹酒鬼蹭吃蹭喝，聊天打屁，正事是半点不聊的，再说了，从这么个不正经的人嘴里跑出来的话，能有啥正经事？"

董湖这个老侍郎，按照官场规矩，虽然与天水赵氏关系不错，却不能算是天水赵氏在庙堂的话事人，事实上，在上柱国姓氏当中，赵氏在京城明面上的官场，没什么分量。因为天水赵氏在大骊的官场盘子，主要是户部和工部那两块，而且都不冒尖，没有谁当上一部主官。

但是大骊朝廷的马政，一向是天水赵氏牢牢把持，所以与边军关系，可想而知。

对赵端明这个明摆着放弃了未来天水家主身份的修道坯子，老侍郎自然不陌生，意迟巷逢年过节，走门串户，都会打照面，这孩子顽劣得很，打小就是个特别能造的主儿，小时候经常领着意迟巷的一拨同龄人，浩浩荡荡杀过去，跟篪儿街那边差不多岁数的将种子弟干仗。

这两条大骊最为历史悠久的街巷，每一代有每一代的孩子王。

就没几个孩子，小时候没有鼻青脸肿过，都会各有各的狗头军师，专门负责翻看兵书，帮忙排兵布阵，不过真要打起来，也就不谈章法不章法了。

比如比赵端明他们年长一辈的，曹耕心、刘洵美这些，也是一样的光景。

不过曹耕心这家伙最阴险，专门与两条街巷的女娃儿打点关系，每次打架之前，都会通风报信，跟她们那些当姐姐妹妹的，索要钱财，说他可以带人暗中保护某某，可以保证谁谁少挨几拳，最少能够站着回家。这家伙还有生意头脑，小小年纪就知道雇人打造木刀竹刀，每次煽风点火，惹来斗殴，就开始分发兵器，当然是租赁，得给钱，要是打架途中打断了，就赔钱。

因为意迟巷出身的孩子，祖辈在官场上官帽子越大，越常被篪儿街的围殴，逮住了就往死打。

至于跟曹耕心差不多岁数的袁正定，打小就不喜欢掺和这些乌七八糟的事情，算是极其特殊了。

再早一些，还有巡狩使曹枰这帮人，而关老爷子生前，就最喜欢看这些打打闹闹，最损的，还是老爷子在关家后门，一年到头叠放一溜儿的废弃砖头，不收钱，只管拿走。

董湖自己就是这么过来的，几个儿子，再到如今的孙子，甚至还有几个孙女，甭管内心喜欢不喜欢打架，都是不缺打人和被打的，每次孩子王沙场点兵，谁要是敢不去，事后就会被排挤。所以大骊官场一直有个说法，没有借用过关家砖头的，一般都不会有大出息。

董湖觉得这样的大骊京城，很好。

两条街巷，既有稚声稚气的读书声，也有打架斗殴的呼喝声。

董湖毕竟上了岁数，反正又不是在朝堂上，就蹲在路边，背靠墙脚。

刘袈睁开眼，笑道："侍郎这么一大官儿，也会蹲地上啊，有辱斯文，不成体统。"

老修士到底不是瞎子聋子，再不理会外边的事情，还是有些朋友往来的小道消息。

只听说这位将半辈子交代在礼部衙门的老侍郎，在官场上，膝盖不太硬，风评一般，是个苦熬出来的侍郎老爷。

当然，这些官场事，他是门外汉，也不会真觉得这位大官，从不说硬气话，就一定是个厌人。

毕竟大骊官场，尤其是京城的庙堂，实在是狠人太多，那些不说狠话只做狠事的，很多。

董湖没好气道："老子又不是你们这些不用吃饭的神仙，每天都是要拉屎的，不会蹲着，站着拉啊，啊？"

今夜皇帝陛下紧急召见他入宫议事，然后又摊上这么个苦差事，老侍郎等得越久，心情就越差，尤其是当时太后娘娘的那双桃花眸子，眯得瘆人。

可其实董湖对那个落魄山的年轻山主，印象是半点不差的，甚至董湖一直觉得那座旧骊珠洞天，真是好风水。

才能如此人才辈出。

礼部管着一国山水，他又是侍郎大人，内幕什么的，知道很多。

哪怕是那个桀骜不驯、不服管束的马苦玄，在一场场大战之中，又何曾懈怠了？

此外，还有已经是京官的赵繇，以及那个如今就在京城内的林守一，哪个不是天才中的天才？

刘袈笑道："那侍郎大人就继续蹲着喝西北风。"

董湖转头气呼呼道："端明，来点花生。"

赵端明手腕一抖，起身拍拍手："没啦。"

刘袈抚须而笑，好徒弟，跟师父一条心。

其实陈平安早已返回小巷附近，但是没有着急现身，倒不是故意摆架子，只是想多看看这位老侍郎的耐心深浅。

良心在夜气清明之候。

先前那条灯火辉煌如昼的河边，一场酒局终于散了，年轻官员强忍着酒气翻涌，与那几位官帽子更大的公门前辈，作揖拜别，等到他们走远了，立即伸手捂住嘴巴，一路跑向河边，蹲着吐，趴着吐，干呕得眼泪都出来了。

喝酒难受，心里更难受。

寒窗苦读二十载，好不容易当了官，却要如此在酒桌上与人笑颜。

那个与他同乡的老人蹲在一旁，轻轻拍打年轻人的后背。

这个年轻人，可是被大骊士林誉为"文章如白雪"的俊彦。

才气不够，也就认命了，可是明明身负高才，却要偏偏如此在酒桌上委屈自己，那么觉得委屈，有什么不对呢？如果年轻人不觉得不对，老人就没必要为年轻人领路了。

年轻人抬起手背，擦拭眼角，满脸苦笑，颤声道："夫子，哪怕一个月只喝一场，我也遭不住啊。什么时候是个头？"

老人笑道："等你当大官了，轮到别人请你喝酒，就可以少喝了，心情好，酒水也好的话，就多喝点。"

年轻人转头又干呕不停，拨了拨河水，低头漱口，再坐在地上，已经吐得不能再吐，终于好受些了。

老人就坐在一旁台阶上，微笑道："人言天不禁人富贵，而独独禁人清闲，在官场，当然只会更不得闲，习惯就好。不过有句话，曾经是我的科举房师与我说的，一样是在今天这样酒局过后，他老人家说，读书再多，如果还是不懂得近人情，察物情，那就干脆别当官了，因为士人当以读书通世事嘛。"

说到这里，停顿片刻，老人抚须而笑："所以你小子，得还钱。"

本就涨红脸的年轻人，越发无地自容，轻声道："夫子，酒水钱，只能先欠着了。"

老人笑呵呵道："不用着急，等有钱了再还，我身子骨还硬朗，你那点俸禄，就先攒着吧，当媳妇本。京城居不易，要想娶个本地的美娇娘，更耗银子。"

看到年轻人还是有些没必要的难为情，老人笑道："君子立业，贫不足羞。"

年轻官员摇晃着起身，作揖行礼，与老人道谢无声中。

先前一肚子委屈还有剩下，只是却没有那么多了。

老人与年轻人一起走在街道上，夜已深，依旧热闹。

另外一场酒局也结束。

中年男子笑问道："如何？"

两位仙子赧颜一笑。确实是她们误会这位师门长辈了。可是怨不得她们多想啊，何况只说陪酒一事，传出去多不好听。

那位刑部一司员外郎的读书人，确实是个正人君子。先前酒宴所聊之事，也多是家乡的风土人情，当然也说了些官场上的场面话，比如希望他们所在的门派，谱牒仙师们能够多下山，红尘历练之外，也要造福乡里，庇护一地百姓。

河水中，有一位青衣神灵御水悬停，抬头看着整条菖蒲河岸上的酒楼灯火。

他这位菖蒲河水神，因为河段不长，山水品秩不高，只是六品，这还是因为天子脚下的缘故，不然就管着被同僚笑称为"几桶水"的这么点水域，搁在地方上，捞个堪堪入流有官品的河伯都悬。

身边一位府邸水裔，连忙伸手驱散那几股荤腥流水，免得脏了自家水神老爷的官袍，然后搓手笑道："老爷，这条街真是不像话，每天通宵达旦都这么闹腾，搁我就忍不了。果然还是老爷度量大,宰相肚里能撑船,老爷这要是去朝堂当官还了得,至少是一部堂官起步。"

河神笑呵呵道:"莫不是蹭酒喝多了,尽说些醉鬼话?"

守在这儿数百年了,反正自从大骊立国第一天起,他就是这条菖蒲河的水神,所以他几乎见过了所有的大骊帝王、将相公卿、文臣武将,也曾有过骄纵跋扈、穷奢极欲之辈,藩镇悍将入京,更是成群结队。

这位菖蒲河神,记忆最深刻的,不是某个谁做成了什么壮举,或是谁当了那试图篡国又身败名裂的乱臣贼子,而是最近的百余年之内,那些磨损严重的老旧官袍、官靴,腰间悬佩的那些材质粗劣、雕工不堪入目的廉价玉佩。

哪怕到今天,尤其是意迟巷和篪儿街,许多参加朝会的官员,官袍官靴都会换了又换,唯独玉佩始终不换。

这好像是大骊官场一条不成文的规矩。

听说有次朝会,一个出身高门、官场后进的愣头青,换了块价值连城的玉佩。

结果关老爷子多眼尖,第一个发现,结果就是呼朋唤友,哗啦啦一大帮子中枢重臣,一起围着那个年轻官员看热闹,一个个羡慕啊,问价格啊,称赞说雕工好,这让那个年轻官员无地自容。

后来大半夜的,年轻人先是来这借酒浇愁,后来眼见着四下无人,委屈得号啕大哭,说这帮老狐狸合起伙来恶心人,欺负人,清白家财买来的玉佩,凭什么就不能悬佩了?

后来这个曾经年轻,然后不再年轻的大骊兵部官员,还是个文官,在一场守城战中,战死在了陪都战场。

京城一场朝会,几个垂垂老矣的老人退朝后,这些曾经笑话过那个愣头青的老家伙结伴走出,然后一起袖手而立在宫门外某处。

那几位早已眼花耳聋牙齿松落,再也不会大声笑言语的老人,没说什么,似闻铿锵玉碎声。

所以这位菖蒲河神由衷觉得,唯有这一百年的大骊京城,真真如醇酒能醉人。

好像一代代的年轻人,喝过多少酒水,大骊在庙堂,在沙场,就会有多少豪气。

一道细微剑光,一闪而逝。

在这灯火通明之地,神仙难料此剑光。

像那位菖蒲水神,就不曾察觉。

陈平安坐在距离小巷不远处的一处墙头上,收拢剑光入袖,单手托腮,有些笑意。

站起身,身形飘落在大街上,去见老侍郎董湖。

大骊皇宫之内。

皇帝陛下，太后娘娘，在一间小屋子内相对而坐，宋和身边还坐着一位面容年轻的女子，名为余勉，贵为大骊皇后，出身上柱国余氏。

没有任何一位大骊文武官员陪同议事，就像只是一家人的闲聊。

余勉手持团扇，身体微微倾斜，靠着花几，帮着皇帝陛下轻轻扇风，由于屋子不大，今夜又没开窗户，暑气不小。

余氏是所有上柱国姓氏当中，相对最远离官场的一个，如今名义上，只管着大骊在地方上的所有官营丝绸、茶务。

相较于身边那个"婆婆"，余勉这位宋家的儿媳妇，实在是名声不显，甚至在朝廷里边，都没什么"贤淑"的说法。

至多是按例参加祭祀，或是与那些入宫的命妇闲聊几句。

宋和轻声问道："母后，就不能交出那片碎瓷吗？"

不可混淆家事国事。而且大骊宋氏想要得到的，都已经是囊中之物，何必为了这么点小事，横生枝节。

留着做什么？毫无用处。

事实上，钦天监那边当时传来消息，顺带着送入宫中一幅正阳山过云楼客栈的山水画卷，摹拓下来，再交给他这位皇帝陛下。

宋和一看到陈平安当时做出的动作，就知道这件事情，一定会是个不小的麻烦了。

妇人蓦然怒道："天子之家的家事，什么时候不是国事了？！一国之君，九五之尊，这点浅显道理，都要我教你？"

她伸出一只手掌，按住几案，道："他陈平安，身为大骊子民，从当年的一个泥腿子，撞大运得了几袋子金精铜钱，买下落魄山，到后来建立宗门，这么多年来，什么时候给过大骊朝廷好脸色了，他甚至故意连那龙州地方，从督造署衙门，到州府刺史、郡守、县令，全部视而不见，和朝廷有过半点往来吗？

"落魄山建立宗门，甚至都可以不通过我大骊朝廷，害得我们大骊宋氏，都把脸丢到中土文庙去了！这就是他陈平安的诚意？！

"呵，都能在一线峰祖师堂拉着竹皇喝茶了，落魄山这才过去几年，就敢这么放肆无礼了，再过个几年，是不是就要来这里喝茶了？陛下，你是打算让我帮他端茶送水？"

皇帝唯有苦笑。

而大骊皇后，始终低眉顺眼，意态柔弱。

她放下团扇，轻轻搁放，无声无息，从瓷盆里拿起一只柑橘，五指如葱，纤手剖黄橘，然后轻轻递给皇帝陛下。

其实妇人是不太中意这个儿媳妇的，太乖巧懂事，太逆来顺受，太锋芒内敛，简而言之,就是太像妇人年轻时候的自己。

可是这桩婚事,是先帝亲自安排,国师具体操办的,她如何敢说个"不"字?

妇人越说越气,一拍桌子,道:"宋和,你别忘了,我大骊崇武,是立国之本!"

她转头望向余勉,道:"你下去。"

皇后立即起身,敛衽告辞,再拿起那把团扇,宋和微微皱眉,就要去拉住她的手,女子手指微动,悄悄摇晃。

宋和会心一笑,不再拦着她离去。

妇人假装没看见儿媳妇的那个小动作,只是心中冷笑,狐媚子!真是比狐狸精更狐狸精了。

等到余勉一走,妇人立即不再是恼火万分的模样,脸色阴沉道:"别忘了'和睦'二字,这个陈平安是知道此事的,而且你觉得他是与从没见过面的你更亲近,还是跟当了多年邻居的'宋睦'更亲?!更别忘了,在大渎祠庙之内,当时与侥幸活着返乡的陈平安,结伴而行之人,是泥瓶巷的宋集薪,是坐镇大骊陪都的藩王宋睦,不是陛下!"

皇帝默然。

妇人笑道:"陛下你就别管了,我知道该如何跟陈平安打交道。"

大骊皇后余勉,缓缓而行在廊道中,身后不远不近跟着她的几位宫女,脚步轻灵,规规矩矩,但是谁都没有如履薄冰的神色。

余勉偶尔也会问些骊珠洞天的奇人趣事,皇帝陛下只会挑着说,其中有一件事,她记忆深刻,听说那个吃百家饭长大的年轻山主发迹之后,落魄山和骑龙巷铺子还是会照顾那些曾经的街坊邻居。每逢有樵夫在落魄山山门那边歇脚,都会有个负责看门的黑衣小姑娘端出茶水,白天都会专门在路边摆放桌子,夜里才收回。

所以其实她对那座落魄山,是心怀几分好感的。因为觉得与自己娘家,家风很像。

不过她是这么想的,又能如何呢?她如何想,不重要啊。

她转头望向夜幕,明月当空,不知道明儿是天阴、天晴还是疾风骤雨。

她只知道一个道理。

富贵门户,常有穷苦亲戚来往,不曾空手而返,便是忠厚之家。

路过高门,百姓不会如避灾殃,刻意快步走过,正是积善之门。

人云亦云楼那边的小巷外。

陈平安抱拳笑道:"让董侍郎久等了。"

董湖方才瞧见了街上的一袭青衫,就立即起身,等到听到这么句话,更是心弦紧绷。

而这个身份极多的年轻人,第二句话,更是让董湖心情复杂,不知道该高兴还是忧心。

因为陈平安笑着说了句:"劳烦董侍郎回宫禀报一声,真心要聊,就让那妇人亲自来这边聊,不然我就要去她家做客了。"

董湖轻声问道:"真要如此?"

陈平安转过头,望向那个好像在打盹的年迈车夫,问道:"看我不顺眼?"

董湖一个头两个大,那车夫从头到尾,就没看你陈平安一眼半眼的啊。

老车夫睁开眼,淡然道:"是又如何,不是又如何?"

陈平安笑眯眯道:"果然,是当年第二个开口的前辈。"

老车夫扯了扯嘴角:"练练?"

陈平安刚要说话,猛然抬头,只见整座东宝瓶洲上空,蓦然出现一道漩涡,然后有剑光直下,直指大骊京城。

陈平安就知道当时主动离开客栈是对的,不然挨打的,肯定是自己。

因为出剑之人,正是那个趴在桌上越想越烦的宁姚,结果她刚来就听见了这个倚老卖老的车夫说"练练"。

第四章 文圣请你落座

那道天幕剑光，笔直一线，降临人间。

结果那个老车夫就像站着不动的木头人，豪气云天，杵在原地，硬生生挨了那道剑光，只是双手高举，强行接剑。

反正在负责把守小巷道路的老元婴刘袈眼中，就是如此有英雄气概，顿时佩服不已，不承想大骊京城里边，竟然藏着这么个力拔山河的好汉，有机会得找他喝酒。

下一刻，老车夫就被一剑击穿大地，身陷大骊京城地底下十数里，街道之上，出现了一个井口大小的深坑，由于剑光太过凌厉，周边地面竟是没有丝毫的裂缝。

可在陈平安眼中，哪有这么简单，其实在天幕漩涡出现之际，老车夫就开始运转某种神通，使得人身如一座琉璃城，这个与风神封姨一样选择大隐隐于朝的老者，绝对不愿意去硬扛那道剑光。

与此同时，老车夫斜看了一眼中部陪都方向，显而易见，是在等那边的剑光乍现，以剑对剑。只是不知为何，大骊仿白玉京，好像对此视而不见，分明是一位飞升境剑仙的出剑，也不管管？！

于是那道剑光从漩涡坠落的刹那，老车夫便毫不犹豫地缩地山河，一步就跨出京城，出现在百里之外的京畿之地，然后身形如琉璃砰然碎散，化作数百条彩色流萤，蓦然散开，往四面八方逃遁而去，结果天幕漩涡中，就随之出现了数百粒杀机重重的剑光，一一精准指向老车夫流萤身形的逃遁方位，逼得老车夫只得收拢琉璃彩光，将粹然神性归于一身，硬着头皮再次缩地山河，退回京城街道原地，因为唯有第一道剑光，杀心最轻，杀意最为浅淡。

好像那个宁姚，在与老车夫讲一个最简单的道理，不逃，就是领剑，逃，就是问剑。

这些都是一瞬间的事情，一座京城，恐怕除了陈平安和在那火神庙抬头看热闹的封姨，再没几人能够察觉到老车夫的这份"百转千回"。

大地之下，老车夫悬空而立，披挂金色甲胄，手脚皆有金色蛟龙盘踞缠绕，老人脚下出现了一座金色鲜血流淌聚拢的流水漩涡，远古神灵之身，竟是被一剑消磨神性极多。

老人此刻就像站在一座水井底部，整座名副其实的剑井，有无数条细微剑气纵横交错，粹然剑意近乎化作实质，使得一座井口浓稠如水银流泻，其中还蕴藉运转不息的剑道，这使得水井圆壁甚至出现了一种"道化"的痕迹，搁在山上，这就是当之无愧的仙迹，甚至可以被视为一部足可让后世剑修潜心参悟百年的无上剑经！

一个背剑匣的年轻女子，站在一条流水纤细如溪涧的光阴长河之中，既然身在五行之外，大骊京城之下的土壤山根自然就不拘她身形，御剑悬停，宁姚只是一个心意微动，一座水井的剑术道化痕迹便皆崩碎，然后问道："练练?"

陈平安在文庙功德林与曹慈那场问拳后，就是个药罐子，近期不宜再出手，正阳山出手问剑，是一笔积攒多年的旧账，宁姚不好阻拦，但是在这大骊京城，陈平安只是来找那位大骊太后娘娘要个说法，所以此外封姨也好，车夫也罢，不管是谁，只要想对陈平安出手，得先问过她，点不点头。

老车夫沉声道："你在五彩天下，杀过高位神灵?!"

宁姚反问道："是又如何，不是又如何?"

老车夫与陈平安所说的两句话，宁姚刚好都还给了这位老车夫。

老车夫沉默片刻，道："我跟陈平安过招搭手，与你一个外乡人，有什么关系?"

其实老车夫的意思，是在这大骊京城，我跟陈平安翻旧账也好，出手练练也罢，至少今夜，都死不了人。你宁姚一个外乡人，掺和个什么劲儿。何况你已是五彩天下的天下第一人，在浩然天下的每次出剑，都该好好掂量掂量这天道规矩的分量，以及两座天下在冥冥之中大道天意相冲的那份后遗症！

不说这句话还好，宁姚一身剑意还算平稳，杀气不重。等到老车夫一说出口，就察觉到不对，好像这个宁姚听进去了话，收下了字面意思，却没听进去老车夫的言下之意。

宁姚眯眼微笑："前辈说了句公道话。"

我跟那个家伙是没什么关系。

上门提亲，媒妁之言，投帖回礼，这么多年了，确实还是什么都没有。

如果说在剑气长城，还有万般理由，什么老大剑仙说话不作数之类的，等到他都安然回乡了，自己都仗剑来到浩然了，那个家伙还是如此装傻扮痴，一拖再拖，我喜欢他，便不说什么。何况有些事情,要一个女子怎么说,如何开口?

可你算哪根葱,要来与我宁姚提醒这些?

下一刻,老车夫的身形就被一剑打出地面,宁姚再一剑,将其砸出东宝瓶洲,坠落在大海之中。大海中出现了一个巨大的无水之地,宛如一口大碗,向四面八方激起层层惊涛骇浪,彻底搅乱方圆千里的水运。

老车夫单膝跪地,呕血不已,全是金色血液,但是老人惊骇发现,自己坠身之地,竟然是一处隐蔽的归墟,海眼陵墓所在,而此地,莫不是通向那座崭新天下?!

宁姚在五彩天下所斩的高位神灵,是披甲者麾下的十二高位之一,独目者?

不然这一处中土文庙都没有发现的远古遗迹和蛮荒谋划,她如何能够一眼看穿?

宁姚面无表情:"让开,不要妨碍出剑。"

老车夫如获大赦,瞬间远遁,打定主意,避其锋芒,不去大骊。

宁姚微微偏移视线,眯眼道:"是让你回大骊京城,与某人好好叙旧。谈妥了,各走各路,谈不妥,你就尽管逃,洞天福地,破碎秘境,随便躲藏,找不到你,算我输。"

宁姚御剑悬停大海之上,只说了两个字:"过来。"

五彩天下,无数剑气凝聚,疯狂汹涌而起,最终聚拢为一道剑光,而在两座天下之间,各有一处天幕如大门开启,为那道剑光让出道路。

有一剑远游,要做客浩然。

这才是真正意义上的一座天下第一人。

那条剑光裹挟无穷大道,来到浩然天下此处的大海之中。

从那海中陵墓当中,现出一只飞升境鬼物的巨大法相,咆哮不已,它一脚踩踏大海底部,一手抓向那小如芥子的女子身形。

那道剑光的出现,使得整个浩然天下都亮如白昼,只是那份剑光璀璨,转瞬即逝,天地重归夜幕。

其实仗剑飞升来浩然,很多是宁姚的女子心思使然。

比如一直刻意淡化自己是飞升境剑修的事实,在他那边,宁姚更是从不多谈五彩天下的内幕,崭新天下第一人?谁啊?

又比如在那正阳山,她一样参加了观礼,其实随便一剑直落,别说什么袁真页,什么宗主竹皇,整座正阳山的千里山河,说没也就没了。

但只要是出门在外,结伴而行,宁姚从不与他抢风头,比如这趟被他带着走门串户,她都是一句剑修宁姚,或是飞升城宁姚,不然就是干脆只说名字。

毕竟陈平安成为一位剑修,跌跌撞撞,坎坎坷坷,太不容易。

而她宁姚此生,练剑太简单。

一想到这个,她就觉得自己不那么烦心了,开始御剑重返东宝瓶洲,只是速度不快，免得某人想岔了。

至于那只不知道谋划些什么的飞升境鬼物，已经被她一剑重创，又留下了痕迹，之后就交给文庙处置好了。

京城街上，少年赵端明发现那个姓陈当山主的青衫剑客，一直眼观鼻鼻观心，规规矩矩得就像是个夜路遇见鬼的胆小鬼。

至于今天这一连串的怪事，街坊邻居的董老侍郎来这边找人，老车夫跟那个男人见了面就不对付，结果老车夫刚说要练练，就莫名其妙被别人练练了。

赵端明也懒得多想缘由，只觉得那份惊心动魄的剑道气象，不是个仙人境的大剑仙，打死都折腾不出来这么个天大动静吧？

一直留心仿白玉京的陈平安松了口气，颇为意外，不理解为何那边没有出剑拦阻，不过既然是好事，暂时就不用多想个为什么，转头笑问道："你叫赵端明？是天水郡赵氏子弟？"

一个能跟礼部左侍郎这么热络不见外的少年，最大可能，还是出自意迟巷和篪儿街。再者上柱国天水赵氏，与大骊边军渊源极深，有个家族弟子在此修行，离着人云亦云楼这么近，说得通。

赵端明疑惑道："前辈你是？"

陈平安本以为少年已经猜出了自己的身份，毕竟董湖先前称呼自己"陈山主"。

只是想到先前被阻拦一事，好像就不能高估这对师徒看门人的人情世故？

陈平安只好自我介绍道："我来自落魄山，姓陈。"

赵端明愣在当场，喃喃道："不可能吧，曹酒鬼说那位落魄山的陈山主，相貌英俊到每次出门逛街，家乡小娘子们遇见了，都要尖叫不已，听说还有女子当场晕厥过去呢。"

曹酒鬼这个王八蛋，一天到晚都泡酒缸里了，果然就没半句清醒话，眼前这个陈平安，怎么就英俊得一塌糊涂了？还"美姿仪，神风清，见之忘俗，世间女子见了就要失魂落魄，所以陈平安才会帮着山头取名落魄山"？！

你大爷的曹耕心，耽误我没有一眼认出陈平安的身份，回头再找你算账，非要蹭酒喝到你倾家荡产。

陈平安保持微笑道："有机会，一定要帮我谢谢曹督造的美言。"

大名鼎鼎的酒鬼曹耕心，上任龙州窑务督造署一把手。所以曹耕心与槐黄县城大姓、诸多龙州山水神灵、各路谱牒仙师的关系，都很好。曹耕心要远远比骊珠洞天历史上的首位县令吴鸢更加入乡随俗，所以更被视为本地人。这位来自京城的曹氏俊彦，在那些年里，好像所做的事情就是什么都不做，每天只拎酒点卯。那么与落魄山的关系，就是没有任何关系。

只说魏檗、朱敛，就都对这个督造官观感极好，对于后来顶替曹耕心位置的新任督造官,哪怕同样是京城豪阀子弟出身,魏檗的评价都是太不会为官做人,连给咱们曹督造买酒拎酒壶都不配。

陈平安转头与老侍郎提醒道:"董侍郎?"

董湖叹了口气,试探性问道:"陈山主真的决意如此?"

让一位大骊太后亲自登门,很是为难人了。哪怕只是帮着陈平安捎句话,董湖都觉得说着烫嘴。

一来那个老车夫,自家礼部秘档不见记载,所以董湖根本不知对方境界、根脚,只知道是大骊宋氏的皇家供奉之一,再者有些事情,光靠山上的蛮力,是注定无法解决彻底的。

陈平安点头道:"董侍郎等会儿入宫禀报,就只管这么跟她说,来与不来,是她的事情。"

董湖瞥了眼马车,苦笑不已,车夫都没了,自己也不会驾车啊。

守门的老元婴刘袈笑道:"我来帮这个小忙好了,回头礼部衙门那边的山水考评,董老侍郎记得添几句好话。"

董湖气笑道:"休想。端明,你来帮董爷爷驾车!"

赵端明摇头道:"董爷爷,我要看门,脱不开身。"

刘袈收起那座搁放在小巷中的白玉道场,由不得董湖拒绝,就去当临时马夫了,老侍郎只得与陈平安告辞一声,驾车返回。

只是董湖最后说了句官场之外的话:"陈平安,有事好好商量,你我都是大骊人氏,更知道如今东宝瓶洲这份表面上太平无事的局面,是何等来之不易。"

陈平安笑着点头,说了句就不送董老先生了,然后双手笼袖,背靠墙壁,时不时转头望向西边天幕。

还是有些担心宁姚。

大海与东宝瓶洲陆地接壤处,老人停下身形,封姨笑吟吟现出身形。

老车夫神色郁郁,御风悬停,憋了半天,才蹦出一句:"现在的年轻人!"

真是脾气一个比一个差!不过后半句话,老人还是忍住没有说出口。

封姨抬起手,轻轻拧转那个由天下百花一缕精魄炼化而成的彩色绳结,笑道:"等着吧,当年那事儿还没完。看在早年并肩作战的情分上,我好心奉劝一句,别想着跑去中土兵家祖庭躲着,就宁姚那性子,要是已经提醒过了,还不听劝,那她就肯定会找上门去,才不管后果不后果的,反正她的家乡都只剩下一处遗址了,她可不是陈平安。"

老车夫瞥了眼这个幸灾乐祸的昔年同僚,郁闷道:"就你最稳当,谁都不得罪。"

封姨一脸很没诚意的讶异神色:"广结善缘的不稳当,你们这些煽风点火的反而稳当,天底下有这样的道理吗?"

老车夫瞥了眼那处旧骊珠洞天，轻声道："比咱俩更晚开口的两个，如今躲去哪儿了？"

知晓天下内幕最多的，要论大事，可能是那个邹子；至于小事，就该是眼前这位司风之神的封家姨了。

封姨摇摇头。

老车夫略带伤感，唏嘘不已，道："短短五十年，以往算个什么，简直就是你我的眨眼工夫，不承想如今已经是天翻地覆。你说当初我们几个是何苦来哉，以至于今儿被两个还不到五十岁的小家伙如此对待。"

封姨最听不得同辈这些翻老皇历的无聊之语，万年光阴的安稳日子，难道就不算躺在功劳簿上享福吗？所以她冷笑道："不收钱，白送你个当年齐静春与我说的道理，'得了便宜还卖乖的话，可以心里想，嘴上要少说'。"

老车夫嘁笑道："唠叨几句，又能如何？"

封姨抬起双指，轻轻旋转，有一缕清风追随，她微笑道："我自然不能如何，走了走了，既然话不投机半句多，那我就自个儿喝酒去。"

极远处，剑光如虹赶来，其间响起一个清冷嗓音："晚辈宁姚，谢过封姨。"

大骊陪都上空，一座仿白玉京的顶楼，有个从中土神洲赶来的不速之客，先前在天幕那道剑光将落未落之时，就开始耍无赖。

只见一位老秀才双手抱住那位无境之人的胳膊，道："使不得使不得，这儿每次出剑，真只是那剑光嗖嗖吗？不是！都是钱啊。"

我跟你们东宝瓶洲关系多好，拢共才那么几个嫡传弟子，哪个不于你们东宝瓶洲是有功劳的，退一万步说，别不把钱当钱，我不许你这么糟践神仙钱。

原本身形缥缈不见真容的守楼人，大概是对这位文圣还算是刮目相看，破例现出身形，原来是位高冠博带、相貌清癯的老夫子。

老夫子微笑道："你们文庙擅长讲道理，文圣不如编个说得过去的理由？"

老秀才火急火燎道："在书简湖，前辈不是跟我那关门弟子一见如故，能算半个忘年交？这份香火情，你舍得说丢就丢啊？我觉得不能够。"

见人就喊前辈，文圣一脉嫡传当中，确实还是那个关门弟子最得先生精髓。什么叫得意弟子，这就是，许多道理，不用先生说就得其真意，才算是真正的得意弟子。

所以老秀才岂能不偏心？

你左右还委屈个锤子，多学学君倩。

老夫子说道："是我记错了，还是文圣老糊涂了？那小子并没有为书简湖移风易俗，真正做成此事的，是大骊朝廷和真境宗。"

"在学究天人、公认最会聊天的前辈这里,喊文圣不是骂人吗,喊老秀才即可,去掉个'老'字,再换个'小'字,就亲切了。"

老秀才始终抱住这位前辈的胳膊,笑哈哈道:"再说了,前辈这话说得亏心,万事开头难,我不信前辈连这点道理都不懂。"

老夫子才不与老秀才掰扯这些有的没的,于是老秀才轻喝一声,气沉丹田,身体后仰,死死攥住前辈的胳膊。

老夫子沉声道:"理由!"

给老秀才这么一闹,出现在东宝瓶洲天幕处的剑光,已经落在大骊京城之内。

文庙的老秀才,白玉京的陆沉,死乞白赖的本事,堪称双璧。

老秀才伸长脖子一瞧,暂时没事了,人都打了,立即松开胳膊,一个往后蹦跳,使劲一抖袖子,道:"陈平安是不是东宝瓶洲人氏?"

老夫子冷笑道:"出剑的宁姚,却是外乡人。按照崔瀺订立的规矩,一位外乡飞升境修士,胆敢擅自出手,就只有一个下场。"

要么打碎整座仿白玉京,自己凭本事离开,要么避开剑光,远遁逃走,能够逃走,也算本事,反正以后再靠近东宝瓶洲,大骊次次以礼相待。

老秀才理直气壮道:"宁丫头可是我那关门弟子的道侣!"

老夫子皱眉道:"暂时还不是。"

老秀才低头哈腰,道:"嘿,巧了不是。"

从袖中摸出一物,竟是一张聘书。

别看就不到一百个字,老秀才可是拉上了好些个文庙圣贤,大伙儿齐心合力,斟字酌句,小心推敲,才有这么一份文采斐然的聘书。

绝对天底下独一份。

老秀才递了聘书,喃喃道:"这俩孩子,都没个换帖和过礼,陈清都这个老王八蛋,说话不算话,姚冲道又抹不开脸,只好等着老大剑仙下聘礼。亏得我当年敬重老大剑仙,在城头那边,哪次见着他,不是龇牙咧嘴给笑脸,咧得我脸都酸了,得去陈平安的酒铺喝好些酒,才能缓过来。早知道陈清都这么不讲江湖道义,我就自个儿去宁府和姚家说亲。"

老秀才蓦然跳脚大声道:"现在好了,你们东宝瓶洲自家的飞升境出剑,于公于私,都占理儿,你管个屁的管。"

眼角余光瞥了几眼,宁丫头又是两剑递出,好好好,大快人心。

老夫子将那份聘书还给死乞白赖的老秀才。

老秀才为了这个关门弟子,真是恨不得把一张老脸贴在地上了。

反正双方都已经离开了东宝瓶洲,老夫子也就无事一身轻,至于宁姚先前递出的三剑，就懒得计较了。

老夫子随口问道："没有叮嘱左右几句？"

老秀才闷闷道："说啥子说，锤儿用都没有，学生翅膀硬了，就不服先生管喽。"

老夫子哑然失笑，有些替那位自称"读书练剑两不成"的左右打抱不平，说谁如此都可以，说左右？你这个当先生的，良心是被狗吃了吧。

老秀才轻声道："再不舍得，也不能拦着学生弟子做那该做的事情。"

老夫子笑道："总算说了句读书人该说的话。"

少年站在街巷拐角处，又拿出一捧咸干花生，一边嗑，一边偷偷打量起这位充满传奇色彩的陈山主。

年轻剑仙的江湖路，就像一根线，串联起来了骊珠洞天和剑气长城。

陈平安转过头遥遥望向东宝瓶洲西边方向，境界不够，战场距离大海太过遥远，看不见了。

他便与少年闲聊起来："按照许老夫子的解字法，'赵'为趋，为肇，为照。同时寓意道路美好，引人入胜，最终有那日月齐明照耀天下之美。持身端正，如君子执玉，心境光明，种德胜遗金。你的名字很好。"

少年瞪大眼睛："我的姓氏，加上名字，俩凑一块，这么强？！"

剑仙说话，总得负点责任吧？总不会逮着个屁大孩子，就胡乱套近乎不是？

赵端明揉了揉嘴巴，听陈平安这么一唠嗑，少年感觉自己凭这个名字，就已经是一位板上钉钉的上五境修士了。

陈平安转头疑惑道："你家长辈，还有家塾先生，都不与你聊这个？"

赵端明哀怨不已："约莫是夫子在第一次学塾上课时说了，我刚好错过了。至于为何错过，唉，往事不堪回首，不提也罢。"

小时候经常挨雷劈，一次是孩子开开心心背着书袋子，蹦蹦跳跳去家族学塾路上，咔嚓一下，就倒地不起了。

再一次是出门逛街看灯市，第三次是登高赏雨。到最后，但凡是遇到那些阴雨天气，就没人愿意站在他身边。

不过赵端明琢磨着，就自己这"霉运当头"的运势，肯定不是最后一次。

陈平安伸出手，摊开手掌，少年就自然而然倒了些咸干花生给他。

赵端明说道："先前我拦着你们走入巷子，你这么大一位剑仙，不会记仇吧？"

好像少了"个"字。

陈平安低头嗑着咸干花生，笑呵呵道："就凭你这句话，我就不会记账。"

赵端明看着那人娴熟嗑开花生吐花生壳，少年笑嘻嘻道："陈山主，没想到你这么平易近人啊，都不像剑仙了。"

陈平安笑道："只是玉璞境，算什么剑仙，在我媳妇家乡那边，只能算剑修，喊剑仙，是故意骂人。"

赵端明记住这个从年轻隐官嘴里跑出来的内幕，原来剑气长城的玉璞境剑仙，根本不被当回事啊，果然霸气！回头得与曹酒鬼显摆去。

少年又想起一事，好奇道："嫂子她人呢？咋个没有陪陈大哥一起来这边？难道方才出剑的那位，就是嫂子？脾气太……好啊！陈大哥真有福气，我得说句心里话，真不是晓得了陈大哥的身份才溜须拍马，而是先前第一眼瞧见，就觉得你们俩是天造地设的一对儿。"

言语之中，一下子就将陈平安和宁姚变成自己白捡来的大哥、嫂子了。

陈平安嗯嗯嗯个不停。这少年挺会说话，那就多说点。至于被赵端明认了这门亲戚，则是很无所谓的事情。

不过陈平安悄悄抬了抬眼皮子，笑着晃了晃手中花生，示意对方看得差不多就可以了，不用担心这边的少年。

意迟巷那边，一座府邸书房内，一位天水赵氏的首席供奉正在施展掌观山河的神通，与一旁落座的天水赵氏老家主，时不时面面相觑，时不时战战兢兢，生怕赵端明这个嘴巴打小不把门的兔崽子说错话，惹恼了那个差点将正阳山掀了个底朝天的落魄山剑仙。

那位供奉立即撤掉神通，一直身体紧绷、挺直腰杆的天水赵氏老家主，终于可以舒舒服服背靠椅子，抚须而笑："我就说嘛，端明这崽儿，打小就有慧根，一看就是我老赵家的种。"

首席供奉笑着不说话，可拉倒吧，你孙子年幼时第一次被雷劈中后，一天到晚晕头转向说浑话，是谁每天揪心不已，在那边嘀嘀咕咕，我这乖孙儿，莫不是个白痴吧。

老人收敛笑意，这位被誉为馆阁体集大成者的书法大家，伸出一根手指，凌空书写，所写文字，袁、曹、余……反正都是上柱国姓氏。

陈平安则被少年带着，走入小巷，手里多了一串钥匙。

小宅子门上没有张贴春联门神。

陈平安开了门关了门，收起钥匙。

其实这次拜访大骊京城，已经不单单是他陈平安和大骊太后的恩怨，而是师兄崔瀺留给那个学生以及大骊朝廷的一场……崭新问心局。

而师兄崔瀺设置的问心局，入局之人是如何的煎熬人心，反正陈平安在书简湖已经亲身领教过了。

什么都对，什么都错，都只在那位大骊皇帝宋和的一念之间。

陈平安在宅子里闲庭信步，走得悠闲，打开了那座只有两层的藏书楼大门，步入其中，发现除了书还是书，四壁书架，搁放有一架梯子，此外异常洁净，没有任何多余装饰，如果想要去往二楼，甚至没有楼梯，好像就要借用那架用来找书的梯子。

陈平安没有着急找书翻书，只是坐在了门槛上，取出养剑葫，独自喝酒。

三千年前那场牵扯到天下水运的大战，斩龙之人，也就是后来的贾晟、白忙、陈浊流，反正都是跟陈灵均称兄道弟的同一人，追杀人间最后一条真龙，也就是之前的泥瓶巷王朱，泥瓶巷宋集薪的身边婢女王朱。

王朱当年在东宝瓶洲南端登岸，途经老龙城，然后继续往北逃遁，拱出那条后来被当作仙家渡船航线的地下走龙道，最终止步于旧龙州地界，造就出一座三十六小洞天之一的骊珠洞天。

王朱当年是奔着杨老头去寻求大道庇护的，希冀着这位职掌远古飞升台之人，能够为她网开一面，杨老头却选择坐视不理。

不知为何，白帝城郑居中的那位传道恩师，没有亲自出手斩杀那条逃无可逃的真龙，要的只是那个世间再无真龙的结果。

而参与最后那场斩龙落幕一役的练气士，战死、陨落极多，也有一批练气士就地结茅修行，近水楼台，沾染龙气，汲取极为充沛的天地灵气，最关键的，还是那份真龙事后流散开来的大道气数，后来小镇的许多高门姓氏，就是在那个时候开始繁衍生息，这就顺势造就出了骊珠洞天后世的小镇百姓。

再往后，就是三教一家，儒释道兵的四位圣人，联手立起了那座被当地百姓笑称为螃蟹坊的牌楼。

至于斩龙之人为何立誓斩龙，早年又是如何收取郑居中、韩俏色、柳赤诚为弟子，除了大弟子郑居中，其余收为嫡传又不管，都是翻不动的老皇历了。再加上陆沉好像飞升去往青冥天下之前，与一位龙女有些说不清道不明的大道渊源，故而之后才有了对陈灵均的刮目相看，甚至当年在落魄山，陆沉还让陈灵均选择要不要跟随他去往白玉京修行，哪怕陈灵均没答应，陆沉都没有做任何多余事，毫不拖泥带水，只说这一点，就不合常理。陆沉对待他陈平安，可从不会这么干脆利落，比如那石柔，陆沉远在白玉京，不就一样通过石柔的那双眼睛，盯着门外一条骑龙巷的鸡毛蒜皮？

直到被崔东山打断这份藕断丝连，那位白玉京三掌教才从此作罢。

其实当年养龙士一脉的修士，为了阻拦斩龙之人，也是伤亡惨重。所以陈平安猜测，极有可能，骊珠洞天内隐藏着某位养龙士的老祖师大行扶龙之事，大骊宋氏朝廷的崛起，说不定此人出力极多，之后那座悬挂匾额"风生水起"的新建廊桥，可能就是此人躲在幕后出谋划策。

陈平安思绪翩然，坐在门槛上喝着酒，背对书楼，望向不大的庭院。

世事若飞尘，向纷纭境上勘遍人心。日月如惊丸，于云烟影里破尽桎梏。

陈平安抿了一口酒。

本命瓷的碎片遗落，一直拼凑不全，准确说来，是陈平安一忍再忍，始终没有着急拎起线头。

对于陈平安而言，跻身仙人境，甚至是飞升境，都是没有任何问题的。

可能唯一的隐患，是在飞升境瓶颈的这个大道关隘之上，破不破得开要取决于昔年本命瓷的有无缺漏了。

当然，前提是陈平安能够走到那一步，得先成为一位飞升境瓶颈的剑修才行。

对于将来自己跻身仙人境，陈平安很有把握，可是要想跻身飞升境，难，剑修跻身飞升境，当然很难，不难就是怪事了。

哈，我媳妇除外。

陈平安笑了笑，得意扬扬。

随即心情轻松几分，那个客栈掌柜，不是修行中人，说自己有那来自骊珠洞天某口龙窑的大立件，绘人物花瓶。

家乡名为东宝瓶洲。

客栈与人云亦云楼，可算近在咫尺。客栈掌柜，极有可能与师兄崔瀺早年是经常见面的。

会不会那只花瓶，就是几片碎瓷之一？

不管那件花瓶的真相如何，大骊太后如此有恃无恐，是不是已经知道他陈平安的十四境合道难题所在了？注定绕不过每一片散落各方的碎瓷？所以她要待价而沽，觉得只是一个玉璞境的落魄山山主，哪怕顶着隐官和国师小师弟的两个头衔，依旧还是没资格与她坐下来谈价格？

陈平安收起酒壶，撇撇嘴，这个婆娘挺会打算盘，想得挺美啊。

他站起身，双手十指交错，舒展筋骨，在门外廊道来回散步。

武夫十境，气盛一层，是陈平安与曹慈问拳的关键胜负手。输了，这辈子都没指望赢过曹慈，赢了，才有几分机会。

记性极好的陈平安，所见之人事之河山，看过一次，就像多出了一幅幅白描画卷。

那么陈平安每多听一句，多看几眼这人间，就像增添一笔描彩。

纯粹武夫，一口真气。

天下壮观，气吞山河。

其实在跻身止境之前，陈平安是不清楚此事的，大概如崔东山所说，无心为之，最是有心。

自从陈平安学拳以来，齐先生，阿良，崔东山，崔诚，顾祐，李二，老大剑仙，白嬷嬷……所有人都好像都在故意隐瞒,谁都不说此事。

比如今夜大骊京师之内,菖蒲河边年轻官员的委屈,身边老夫子的一句贫不足羞,两位仙子的如释重负,菖蒲河水神眼中那份身为大骊神祇的自豪……他们就像凭此立在了陈平安心中画卷之上,这一切让陈平安心有所动的人事,所有的悲欢离合,就像是只要陈平安看见了、想了,就会成为为心相画卷提笔彩绘的染料。

仿佛整个人间,就是陈平安一人独处的一处道场。

曹慈为何少年时就去了剑气长城,建造茅屋,在那边练拳?

后来更是喜欢独自游历数洲,因此才会在那金甲洲古战场遗址遇见郁狷夫。

其实曹慈一样是早早为了气盛一层的"气壮山河",在做铺垫。

可能曹慈亏就亏在不太喜欢管闲事,所见之物,更多是山河万里,而不是人与人心。

这就使得曹慈心境画卷的彩绘程度,还是不够多,尤其是不够重。

当然不是说看过几眼山河,就是气盛一层的自家心相山河了,不然也太简单了,九境武夫只需御风远游,瞪大眼睛看遍九洲山河就是了,还得是每一个由衷的认可与否定,才可以提笔描画,为白描画卷着浓笔重彩。

陈平安收起思绪,转身走入书楼,搭好梯子,一步步登高爬上二楼。陈平安停下,站在书梯上,肩头差不多与二楼地板齐平。

空无一人,空无一物。

就像曾经的书楼主人,孑然一身在此世间读书,等到离去之时,就将所有书籍还给人间而已。

仿白玉京内,老秀才突然问道:"前辈,咱俩唠唠?"

老夫子一挑眉:"哦?"

他知道这个文圣在打什么小算盘。

一旦双方开始正式问道,就无暇顾及大骊京城那边的动静了。哪怕宁姚返回大骊,将一座京城砍了个稀烂,仿白玉京这边都顾不上。

老秀才怯生生道:"前辈你是当之无愧的天地圣人,文庙那边愿意给头衔,前辈自己不要而已,可我才是书院贤人啊,就跟江湖上,一个三境武夫问拳止境宗师一样,所以你得让我几招,先输一半好了?"

老夫子笑了笑:"那就作罢。"

双方问道,当然不是什么意气之争。

事实上,他早就想要与这位文圣问道一场了。

眼前这位穷酸老秀才,毕竟是公认天底下最会吵架的人。

老秀才眼神熠熠。

好像在说，一洲山河，敢挽天倾者，都已起身。我文圣一脉所有嫡传，哪个偷懒了？

所以你今儿要是问道输了，只说此地，以后就别再管陈平安做什么说什么了。

老夫子想了想，还是有些犹豫。

问道一场，不是小事，会牵引极大的天地气象。

老秀才轻轻抖了抖袖子，微笑道："既然夫子最会聊天，那秀才就来谈地，一起好好说一说这天地与人间。"

圣人言语，口含天宪。

一座浩然天下，风起云涌，尤其是东宝瓶洲这边，落在各国钦天监的望气士眼中，就是无数金光洒落人间。

文庙功德林那边，礼圣与经生熹平相对而坐，双方正在对弈，礼圣看了眼东宝瓶洲那边，无奈道："走哪儿都不消停。"

至于文海周密精心设置的那处海中陵墓，以及那只飞升境鬼物，在宁姚出剑后，文庙这边已经有了应对之策。

经生熹平微笑道："如今没了心结和顾虑，文圣终于要论道了。"

当年神像被搬出文庙的老秀才，尤其是在弟子流散之后，其实就再没有拿起过文圣的身份，哪怕合道三洲，也只是读书人作为，与什么文圣无关。

可是今夜的东宝瓶洲，仿白玉京之内，老秀才率先席地而坐，正了正衣襟，伸出一只手掌，神色认真，语气淡然道："请落座。"

谈天说地，请你落座。

当然了，你会输。

陈平安下了梯子，在书架上随便拣选出一本书，是专门讲述处世之道的清言集子。

翻书很快，书上好些圣贤道理，看得陈平安深以为然，什么秾艳场懒回顾，什么疾风骤雨时，正是豪杰脚跟立定处。

陈平安总觉得都是在对自己说的，一下子就胆气横生，比喝酒管用多了。

况且陈平安很早就自己琢磨出了个道理，与亲近之人，不要说气话，不可说反话，尤其不要不说话。

将手中那本书籍放回书架，没来由想起桐叶洲黄花观那个龙洲道人，陈平安笑了笑，有样学样，轻轻以手掌推了推周边书籍，位置齐平，丝毫不差。陈平安大步走出书楼，开了院门，想了想，陈平安就没锁门，万一还得回来，白白多件事情，毕竟是师兄的宅子，飞来掠去的，不合适。

至于大骊宋氏皇帝和太后那边，来与不来，都不重要，来了，对双方都好，不来，陈平安也根本无所谓,因为已经打算在京城这边多看几天的书。

既然猜出了师兄崔瀺的用意,那就很简单了,难得有这么不用分什么公私的好事,下黑手捅刀子,怎么狠怎么来。再者陈平安是突然想起一事,如果按照文脉辈分,既然宋和是崔师兄的学生,自己就是大骊皇帝的小师叔了,那么为师侄护道几分,岂不是天经地义的事情。

可如果你宋和道心不够,那就换个道心足够的人来当皇帝好了,反正一旦揭开老底,被有心人翻开宋氏宗人府的旧账,皇帝陛下原本是名正言顺继承大统的既定事实,都会变得摇摇欲坠,一洲哗然。

而国师崔瀺对宋集薪的考评,大概就是那场东宝瓶洲战事中藩王宋睦的表现,从老龙城到中部大渎,确实都没有让人失望,山上山下,有目共睹。仿白玉京为何留在大骊陪都和大渎祠庙附近,想必就是一种先生对学生的"善意"提醒,哪怕先生不在了,大骊暂时无国师,一位君主的修齐治平,还是不能忘。

陈平安甚至觉得大骊朝廷,当年主动提出按照军功、战后归还山河一事,就是师兄在等今天。一来不如此行事,东宝瓶洲人心涣散,南方所有藩属国难以凝聚战力,再者大战落幕,若还是那一洲即一国的格局,一旦大骊京城和藩邸形成南北对峙的割据分裂,战线拉伸如此之长,很容易一打就是几十年甚至百余年,到时候整个东宝瓶洲就算废了。

而宋集薪到底有没有那个恢复本名的心思?

有。

陈平安当时在济渎祠庙之内,就察觉到了宋集薪的那份野心勃勃,只是宋集薪太过忌惮国师崔瀺,这些年才隐忍不发,始终恪守臣子本分行事。

不然宋集薪这位大骊藩王,与东宝瓶洲几乎所有的山上势力,尤其是跟大骊边军的关系,可不是一般的好。

至于说治国之士,大骊陪都的六部衙门,里边的一位位文武栋梁,都曾人人直面战争,哪个不精通事功学问,既负才学,又极务实?而且相较于京城官员,南边官场多是正值青壮的文官武将。再者,就像那个彩衣国胭脂郡的刘高华,为何宁肯舍了家乡一国尚书不当,都要在陪都庙堂当个中层官员,这种潜移默化的认同,本身就是昔年大骊各个藩属国对藩王宋睦的认同。

所以大骊京城,皇帝是不敢妄动早已根深蒂固、底蕴深厚的陪都,藩邸则是不知国师崔瀺的后手安排,故而一直相安无事。

来大骊京城之前,陈平安的底线是从大骊太后手中取回那片碎瓷,如果因此与整个大骊朝廷撕破脸,大不了就先干一架,然后搬迁落魄山在内的众多藩属,去往北俱芦洲南部某地落地生根,最终与建立在桐叶洲的落魄山下宗,遥相呼应,中间就是个大骊,反正就是与大骊宋氏彻底铆上了。

那么现在,陈平安就不是只取回瓷片这么好说话了。

比如,禅让。

南藩北上,入京称帝。

说到底,还是要看那位皇帝陛下的选择。

不过走出小巷几十步路,陈平安就开始仔细思量起这里边的庙堂、边军、山上三条主干脉络,再牵连出十数个环节,比如宗人府老人,所有上柱国姓氏,各大巡狩使,以及每个环节的继续开枝散叶……归根结底,还是追求个一国世道的太平无事。

只是陈平安浑然不觉,当下所想之事,自己所做之事,其实恰似一位大骊国师。

而之前的百余年光阴,绣虎崔瀺,每次上朝议事,或是退朝返回,也是这般缓缓而行在巷中,独自一人,独自思量。

临近巷口那边,陈平安发现那个少年趁着师父不在,这会儿正蹲在小巷口子那边偷偷喝酒,时不时偷瞄几眼街道,看看有无师父的身影。

听到了巷子里的脚步声,赵端明立即起身,将那壶酒放在身后,满脸殷勤问道:"陈大哥这是去找嫂子啊,要不要我帮忙带路?京城这地儿我熟,闭着眼睛随便走。"

也就是双方关系暂时不熟,不然就这附近地界,再鸟不拉屎的地儿我都拉过屎,赵端明都能拍胸脯说得问心无愧。

陈平安停步问道:"端明,你有喜欢的姑娘吗?"

赵端明如今对自己这个名字,那是满意至极,只是陈剑仙这个不合时宜的问题,问得让他心里不得劲,大半夜聊啥姑娘,当我是在喝花酒吗?少年叹了口气:"愁啊。我年纪也不小了,喜欢的姑娘是有的,喜欢我的姑娘更是不少,可惜每天就是修行修行,修他大爷个修行,害得我到今儿还没与姑娘啃过嘴呢。曹酒鬼没少拿这事笑话我,他娘的四十来岁的人了,晚上连个暖被娘们都没有的一条老光棍,还好意思说我,也不知道谁给他的脸,喝酒没醒吧,不跟他一般见识。"

然后少年就发现那个青衫剑仙也叹了口气。

愁矢百中,从不落空。

赵端明立即递过去一捧咸干花生,陈平安也送了少年一壶酒水,少年就收起自己那壶,从曹酒鬼那边蹭不来好酒,那就是个只会到处赊账的穷光蛋,揭开了泥封,仰头抿了一口,问道:"陈大哥,哪儿的酒水,喝着劲儿不小。"

陈平安笑道:"我跟人一起开了个小酒铺,卖这青神山酒水。"

少年恍然道:"我就说嘛,这酒水一喝我就晓得门道了,这不刚刚入口,我就尝出了好几枚小暑钱的味道,一般山头的酒水,能有这味儿?陈大哥,咱俩谁跟谁,那就说句不见外的,你再送我两壶酒,我回头好送师父和曹酒鬼。"

说到这里,少年一本正经道:"陈大哥你放心,我这个人打小就出了名的老谋深算,今儿咱俩称兄道弟这事,我除了那个曹酒鬼,保证谁都不说,哪怕回了家都不说。陈大哥你才刚来京城吧,那你是不知道,在那边,就我家和篦儿街,早个几年,次次打架,我一只手打遍两条街巷无敌手,后来不知道篦儿街哪个不要脸的老王八蛋,泄露了我的修士身份,我才主动让贤,把头把交椅给了别人。不然篦儿街那帮虾兵蟹将乌合之众,还得被咱们意迟巷压个好几年,按照老规矩,每天乖乖夹尾巴做人,见面就得绕路。"

陈平安双指一捻,将颗花生米抛入嘴中,微笑摇头道:"认识归认识,酒水不能再白送两壶了。"

赵端明试探性问道:"陈大哥,算我欠账行不行?"

陈平安摇头道:"小本买卖,概不赊欠。"

不着急去往客栈,就几步路远的地方,去早了,宁姚还未返回,一个人杵在那边,显得自己居心不轨,摆明了是心急吃热豆腐,去晚了,也不妥,显得太不上心。

"对了,陈大哥你今年多大了?像你这么年轻有为又相貌堂堂的剑仙,嫂子找你当道侣,确实也不奇怪。"

"年纪不大。你现在什么境界了?"

"我啊,还没到玉璞境。"

"可以可以。"

"陈大哥,嫂子这么好看的女子,境界又高,你可得悠着点,明里暗里喜欢她的男人,一定茫茫多,数都数不过来。"

"端明啊,你还是年纪太小,有些事就不懂了,我媳妇这样的女子,一般男人都不敢喜欢,就算爱慕,也只敢偷偷藏在心里。嗯,倒是有个不怕死的,然后被我打晕挂树上去了。"

"谁啊,胆儿肥得没王法了,陈大哥你报个名字,小弟回头就帮你收拾去。"

"巧了,他如今就在京城当官。"

"谁啊,官大不大?在不在意迟巷和篦儿街混?"

"他叫赵繇,官不算大,才是你们京城的刑部侍郎,好像宅子就在你们意迟巷。"

"……"

"这就怕了?都说马粪赵氏最混不吝,是大骊官场骂人的话吗?显然不是,夸人才对,可我看你,悬。"

"陈大哥你说笑话呢,一个刑部侍郎而已,我请他来,求他来!"

"哟,赵侍郎,这么巧,路过啊。"

少年赶紧转头,有个屁的赵侍郎,鬼都没一个。少年大笑道:"他来了才好,官儿是大,可这么个文文弱弱的读书人,手无缚鸡之力,我都不用施展什么神仙术法,只需一拳下去,再一脚,就让他打哪儿竖着来,就横着回哪儿去……"

陈平安拍了拍少年的肩膀,忍住笑:"打住,赵侍郎真来了,你再说下去,就要被他听了去,这家伙心眼小,喜欢记仇。"

少年使劲点头道:"一个大老爷们,记仇确实不好,不大气。"

陈平安附和道:"多半是修心不够。"

宁姚悄然回了客栈,故意隐匿身形,这会儿还是慵懒趴在桌上,顺便听着小巷那边的闲聊,她有了些笑意。

可怜那少年,都不知道被那家伙拐到哪条沟里去了。

陈平安走出小巷,笼袖停步,等着那位师侄走近。

如今自己的师侄好像有点多,宫里边的皇帝陛下,眼前的刑部侍郎,还有那个昔年担任槐黄县首任县令的吴鸢。

街上那边,大骊朝廷工部衙门的几位供奉修士,正带着人在那边修缮街道,瞧见了那位青衫剑仙,也无言语,视而不见。

若是一般的山下王朝,是绝对会晾上一夜的。

大骊京城,是一个最幸运的地方,因为来了一个绣虎。

短短百年,就为大骊王朝打造出了一支边军铁骑,置死地可生,陷亡地可存,处劣势可胜。偶有战败,武将皆死。

赵端明在拐角处探头探脑,这位赵侍郎,以前只是远远看过几眼,原来长得真不赖啊,说句良心话,论打架本事,估计一百个赵侍郎都打不过一个陈剑仙,可要说论相貌,两个陈大哥都未必能赢对方。

赵繇先与一位相熟的大骊工部官员打了声招呼,然后蹲在那口"水井"旁边,看了几眼,这才走向小巷这边,与陈平安作揖行礼,微笑道:"见过陈山主。"

陈平安笑着摇头道:"都是同乡,客气什么,喊师叔就行。"

一直竖起耳朵偷听的少年,陈大哥跟外人说话,有点嚼头啊。

赵繇问道:"宁姑娘还没回来?"

陈平安伸长脖子,看了看街道两侧。得远一点,才有大树高枝。

赵繇笑道:"窈窕淑女君子好逑,赵繇对宁姑娘的爱慕之心,天青月白,没什么不敢承认的,也没什么不敢见人的,陈山主就不要故意如此了。"

陈平安笑呵呵,用骊珠洞天的家乡方言,与赵繇说了句少年打死都听不懂的言语,赵端明果然听得一头雾水。

宁姚忍俊不禁,她知道陈平安在说什么,因为当年曾经听过的小镇方言,她后来都会用谐音一一记录下来,比如这句话,就是陈平安在教训赵繇,都大晚上了,还是痴玩浪玩的,小心点。

这在他们两个的家乡那边，算是一句家中长辈骂顽劣晚辈的口头禅。

讷行也饮食。他拉事？

来找你有事。什么事？

少年赵端明听得是如坠云雾，客栈那边的宁姚，倒是已经坐起身，单手托腮，听得津津有味，她都听得懂嘛。

赵繇突然以大骊官话说道："我刚得到一个消息，师祖到了仿白玉京，开始与人坐而论道了。"

陈平安点头道："我肯定比你早知道。"

吵架有意思吗？还好，反正都是赢，故而对于自家先生而言，当真滋味一般。

最大意思，还是个吵架为何。

何谓圣人，以学问扶正人心，以道法缝补天地。

一人合道之所在，南婆娑洲，桐叶洲，扶摇洲。

三洲山河大地，草木生发，花开尤艳，枯木逢春，水运凝聚，山根弥合，夏日炎炎，干旱处天降甘霖。

此外东宝瓶洲，亦有一份额外惠泽。

这份牵扯半座浩然天下的天地异象，如今还被浩然天下无形压胜的陈平安，当然只会比赵繇更早感知。

赵繇忍了半天，说道："陈平安，你跟我到底较个什么劲？"

陈平安说道："看你不爽。"

赵繇气笑道："宁姑娘又不喜欢我，你不爽个屁啊。"

陈平安咦了一声："天底下竟有如此与师叔说话的师侄？"

赵繇深呼吸一口气，说道："没事了，我今晚就是过来见一见我这位劳苦功高的小师叔。"

陈平安突然说道："其实没这个必要，好好当你的官，很多事情，别掺和，最少暂时别掺和。"

这句是真心话。陈平安到底还是希望家乡小镇走出去的同龄人，在外边都混得好些，不至于太过落魄。

赵繇摆摆手，转身就走。

陈平安开口道："赵繇，说句题外话，你跟礼部关系如何？如果关系还行，你能不能做件比较费劲不讨好的事情，比如让山上修士以仙家术法收拢一洲山河的各地方言，好好录档，因为书可以重新版刻，但是方言一没，就真的没了。而这件事情，可能稍稍涉及一国文运之事，不算完全白忙活，你有没有想法？"

赵繇转头微笑道："朝廷早已经着手做了，总编撰官就是我，算兼差，可以领两份俸禄。"

啧啧,这就以为可以扳回一局了?年轻了不是?初出茅庐的少侠,真是不晓得江湖的水深。

只见陈平安一脸欣慰,点头道:"成材了。"

赵繇头也不回,直接走人。

等到刑部侍郎大人走得没人影了,少年这才大摇大摆走出巷子,朝陈平安竖起大拇指,笑道:"陈大哥与人聊天,很强!"

陈平安笑道:"别学这个,没啥意思,以后好好修你的道。"

少年突然正色问道:"陈剑仙,你觉得我将来可以跻身上五境吗?"

陈平安笑问道:"怎么突然问这个?"

赵端明神色黯然,轻声道:"师父说我之所以修行破境这么快,是寅吃卯粮的勾当,别看我年纪不大就是龙门境修士了,可这辈子不出意外的话,我其实撑死了就是个金丹客。"

陈平安沉默片刻,神色柔和,看着这个没少偷喝酒的京城少年,只是陈平安接下来的话,让少年越发心情失落,因为连一位剑仙都说:"至少现在看来,我觉得你跻身玉璞境,确实很难,金丹、元婴,都是比一般练气士更难跨越的高门槛、大关隘,这就像你在还债,因为先前你的修行太顺遂了,你如今才几岁,十四五就是龙门境了。所以你师父之前没有骗你。"

少年默然。

然后陈平安笑问一句:"赵端明,你觉得今夜遇到我,算不算一个不大不小的意外?"

赵端明点点头。那必须啊,剑气长城的隐官,能让曹酒鬼多聊几句的陈山主,尤其还是宁姚的男人,一个能让大骊储相赵繇都处处吃瘪的家伙!今天之前,少年做梦都不觉得自己能够与陈平安见面,还可以聊这么久的天,一起嗑花生喝酒。

陈平安又问道:"这不就是一个意外吗?"

赵端明眼睛一亮:"也对!"

陈平安笑道:"天底下当师父的人,当然得是像你师父这样正儿八经的传道人,就没谁不想着自己的嫡传能够青出于蓝而胜于蓝。赵端明,好好修行,先不去死死盯住那个远在天边的上五境,不然只会越想越糟心,你就时不时提醒自己一句,比如'师父,且耐心等着,总有一天,徒弟肯定给你个意外'。赵端明,有无此心?"

少年眼神明亮清澈,脸色坚毅,点头道:"可以有!想法而已,又不难。"

陈平安拍了拍少年的肩膀,微笑道:"再告诉你件事,我像你这么大的时候,长生桥都断了,不得不每天练拳吊命,才是个一境武夫。再看今天的我,算不算又是一个意外?"

赵端明将信将疑道:"不是蒙我?"

陈平安笑了笑,也不多说什么,挪步走向客栈那边,道:"先前你跟我讨要两壶酒,我没给,先余着,等你哪天跻身元婴境、玉璞境了,我就请你喝酒。"

少年看着那个青衫背影,大声问道:"陈平安,说话算数?!"

青衫剑客没有转身,只是抬起手,轻轻握拳:"我辈剑客,酒最不骗江湖。"

客栈内,宁姚低头,下巴搁放在手臂上,睫毛微颤。

宫城内。

礼部侍郎董湖一个字不差,与皇帝陛下和太后娘娘禀报了小巷那边的对话。

妇人先前开了窗,就一直站在窗口那边。

皇帝陛下笑着点头,太后也没开口说话。

董湖就知道今夜没自己的事了。

只是走到屋门口那边,董湖突然停下脚步,转身先与皇帝作揖,再起身道:"陛下,下官曾在元狩六年得了场大病,当时都不得不辞官了,才敢与崔国师厚颜求了幅修齐治平的字帖。"

宋和笑道:"朕自然知道此事,除了你,国师从未送给谁字帖,所以在当时,这是一桩朝野美谈,朕一样羡慕。"

后来大骊礼部官员去往骊珠洞天,帮助朝廷与那牌坊楼拓碑之人,正是董湖。

妇人转过头,冷笑道:"董侍郎,暗有所指? 说来听听,大骊官场,一向恪守国师订立的那条规矩,文与武,武与文,都只说双方听得懂的话。"

董湖这个连元婴境修士刘袈都知道的官场软蛋,不知为何,今夜面对太后的质询,反而腰杆挺直几分:"既然太后都问话了,那么下官就说得再直白些,修齐治平四件事,顺序自然是不能乱的,而且轻重利害大小之分,是显而易见的。"

妇人正要开口,皇帝宋和已经神色温和道:"董侍郎,你先回府休歇,今夜有劳了。"

董湖与皇帝陛下作揖,默然退出屋子。

宋和轻声说道:"母后,别生气,董侍郎只是说了一位礼部侍郎该说之话。"

妇人点点头,离开窗户那边,姗姗然坐回位置,笑道:"犯不着跟董湖生这闲气。人不错,八面玲珑,况且官当得也不坏,礼部衙门运转有序,董湖确是有功劳的。"

宋和松了口气。

话是这么说,怕就怕董湖将来的谥号一事,就会小有波折。

母后做事情,就是这样,总是让人挑不出什么大的毛病,无可厚非,可就是偶尔会让人觉得少了点什么。

宋和拿起一瓣橘子，说道："文圣先生到了仿白玉京，与那位论道，惠泽东宝瓶洲在内的三洲山河，这就意味着文庙肯定顺便会多看几眼大骊。"

妇人笑道："紧张什么，这难道不是好事吗？先有宁姚不守大骊规矩，在京师重地，胡乱出剑砍人，后有文圣莅临东宝瓶洲，难道还要咄咄逼人？隐官年轻气盛，可以在文庙议事期间，仗着那点功劳和文脉身份，处处言行无忌，打了一个又一个，在中土神洲那边嚣张跋扈的名声，都快要比天大了，可是文圣这么一位文庙陪祀第四神位的圣人，总该好好讲理吧。"

宋和说道："陈平安能有今天的成就，极其不易，虽然素未谋面，但是我对此人，愿意心存敬重。"

妇人笑眯眯点头道："对啊，这就是你的帝王气量啊，要是小肚鸡肠才不妥当，反正你只要别怕他就行了。"

宋和一时无言，将那瓣橘子放入嘴中，轻轻咀嚼，微涩。

老侍郎离开皇城后，依旧乘坐那辆只是换了车夫的马车，打道回府。

刘袈笑问道："董大人，心情不好？摊上大事了？"

董湖气不打一处来，差点没忍住就要破口大骂，你知道个屁，笑啥笑，一个不小心，咱们大骊朝廷就要变天！

那个年轻隐官与那宁姚，故意悬佩两枚刑部颁发的太平无事牌走入京城，是啥个意思，傻子都懂。

只是老侍郎很快忍住，跟个只知修行的老古董说这朝堂的云谲波诡，简直鸡同鸭讲。

刘袈一路沉默，只是快到意迟巷那边时，才冷不丁冒出一句："董湖，你对国师大人就这么没有信心啊？"

董湖愣了愣，眉头紧皱。

安稳驾车的老元婴修士抬头瞥了眼远处，京城内多处灯火如昼，使得京城建筑上空，就像铺上了一层雾蒙蒙的昏黄薄纱，如同灯罩一般。

刘袈自顾自笑道："官场朝政什么的，我是什么都不懂，除了修行，就只晓得一件事——哪怕如今崔国师人不在了，还是会照拂着这一国百姓、大骊铁骑和无数个你我之辈。别人兴许做不到这份身后事，唯独崔国师，肯定可以。"

董湖眉头舒展，没到家门口就要求停步，下了马车，与老元婴道了一声谢，缓缓散步回家。

刘袈问道："马车咋办？"

董湖转头笑道："关老子屁事！"

刘袈笑呵呵道："董大人走夜路小心点，一大把年纪了，容易眼花崴脚，我认识很多京城卖跌打药的郎中。"

董湖一时语噎,只得闷闷道:"将马车往皇城门口一停,就算了事。"

走在极为宽阔的意迟巷路上,老侍郎时而叹息,时而抚须点头。

遥想当年,老子也曾与那天水赵氏的老家伙,同年进入翰林院,读书饮酒,吟诗提笔。两个少年,意气豪盛,冠绝一朝。董之文章,瑰奇卓荦,赵之书法,挥磨矛槊……

那年大骊科举,董湖与这位同年好友,一个是榜眼,一个是探花,当然了,后者年纪比自己还是要大了半轮,依旧不如自己少年神童。关老爷子,正好是当年董湖他们会试的座师。而董湖初入官场那会儿,处处锋芒毕露,结果在翰林院坐了将近十年的冷板凳,空有个清贵头衔。董湖当时自认仕途无望,干脆就破罐子破摔了,骂人的本事第一流,如果有人回骂,董湖就骂得更起劲,而且专门骂文官,不骂武将,痛快得很。

其实那会儿的董湖,才刚刚三十岁,结果就已经在意迟巷和篦儿街,分别赢得了一个"董泼妇"和"董骂街"响当当的绰号。

董湖停下脚步,关老爷子一走,如今墙角那边,就已经没了那一溜儿的砖头了。

当年自己有次大醉酩酊,就是走在这里,伸手扶墙,吐得只觉得将心肝肚肠都呕在了地上。

结果挨了一脚,董湖骂骂咧咧转过身,等到蒙眬醉眼这么一瞧,发现竟然是那位关老爷子,吓得酒都醒了。

关老爷子当时笑呵呵问道:"哟,我说谁呢,胆子这么大,敢在我这儿撒野。原来是董修撰董大人啊。"

董湖是尊师重道的读书人,再天不怕地不怕,也得怕这位座师不是,当场吓得小鸡崽儿似的,在寒风中瑟瑟发抖。

关老爷子笑眯眯问道:"董修撰,怎么只骂咱们意迟巷的文官大人啊,不骂那些篦儿街的粗鄙武将?"

董湖一聊这个就底气十足,梗着脖子,照实说了答案:"骂文官,我这会儿年轻力壮,与谁干架都不怵,要是骂那些膀大腰圆的将种,像今天这样的走夜路,可能就要睡街上了。再说了,咱们大骊边军,这些年接连大捷,我骂不出口,何况那边隔三岔五,就要办几场白事,骂什么骂。"

关老爷子点点头:"不错,还不算太笨。行了,要吐就回家吐娘们肚皮上去,你小子要么是银样镴枪头,要么是脑子有坑,才会冷落了家里那么个俏媳妇,再这么下去,小心红杏出墙啊。"

董湖那会儿顿时涨红了脸,要不是对方是自己的座师,他非要一记老拳过去。

最后关老爷子送给董湖两句话。

"读书人为官,心关所起,难关所在,多由立功名心太急,运气好点的,如你董小子,倒也可以本事不够,家世来凑。"

"有人来骂我,是非明了,错不在我,偏要装聋作哑,由他痛快骂去,却是我得了便宜。"

董湖已经酒醒了,当时立即作揖拜谢。

不承想座师等了半天,一巴掌打在董湖脑袋上:"真是一块榆木疙瘩,别说在翰林院坐了几年冷板凳,我看把你做成那条冷板凳,都是抬举你了,还有脸委屈上了,一句'金玉良言,宜深玩味'都不知说?"

董湖还能如何,只能傻笑而已。

关老爷子陪着董湖走了一段路程,说道:"骂得不夯,官场上就得有这么些个傻子,不然今夜我就拎着棍子出来赶人了。不过骂了十年,以后就好好当官吧,务实些,多做些正经事。只是记得,以后再有你这样喜欢骂人的年轻官员,多护着几分。以后别轮到别人骂你,就受不了。不然今儿的第二句话,我就算是白说,喂进狗肚子了。"

那一年的夜色里,董湖默默记在心里。

"先生,你这是咋了?怎么瞧着一瘸一拐的?"

"刚才那一脚踹你,力气太大,不小心抽筋了。"

"给揉揉?"

"滚一边去。"

今天,已经是老侍郎的董湖,就将这些过往,默默记起。

可惜这一路走来,没谁喝醉扶墙呕吐,也没个屁股可踹。

到了家门口,门房还等着没睡,老侍郎却只是坐在台阶上,静坐许久,洒然一笑。宦海沉浮半百年,老子听惯怒涛声,也曾说过不少硬气话。

别人不知,良心自知。

街巷拐角处,老元婴修士还了马车,就立即回了这边,发现徒弟还是蹲在巷口嗑花生,只是好像有些不一样,刘袈也没多想,只当是小崽子又趁着自己不在,偷偷喝酒,想一出是一出,自己假装不知是了。

刘袈从袖中摸出块刑部头等的无事牌,刑部供奉和工部官员才没有阻拦,由着老元婴走到了那处"水井"旁边,刘袈探头探脑看了看,颇为遗憾,若是那些剑道痕迹没有被那女子抹掉,对于刑部录档的剑修,可就是一桩莫大福缘了。多看也看不出朵花,刘袈就双手负后,踱步回了巷口那边,对少年说道:"瞧见没,看看人家陈山主,找了这么个剑术通天的媳妇,以后你小子就照这个水准去找,少跟曹酒鬼厮混,好姑娘都要被吓跑的。"

赵端明说道:"师父,你咋个就没找个师娘呢?"

刘袈笑道:"师父年轻那会儿,可比什么陈平安、曹耕心可都要英俊几分,在一洲山上,那是出了名的风流倜傥,只是无心男女情爱一事,不然别说一位师娘,一只手都数不过来。"

少年直不隆咚说道:"师父,你该不是在梦游吧,赶紧醒醒。"

皇宫内。

宋和突然说道:"母后,不如还是我去找陈平安吧?"

妇人冷笑道:"胡说八道!你找他能聊什么?与他寒暄客套,说你当那隐官,久久无法返乡,真是辛苦了?还是说你陈平安如今成了一宗之主,就再接再厉,多为大骊朝廷出力几分?还是说,陛下要学那赵繇一样,堂堂九五之尊,偏要低三下四,去认个小师叔?!"

宋和欲言又止。

妇人柔声微笑:"说了此事你别管,别被一场正阳山观礼,以及宁姚的出剑,乱了分寸。陈平安那场问剑的底子是什么?看似无理,实则分寸。对付陈平安这种喜欢画地为牢的山上人,我比你更有把握。"

天禄阁屋顶上。

宋续有些心情复杂,正阳山的那场观礼,陈平安问剑的详细过程,他们不但有画卷,甚至还专门仔细拆解过每个环节,本以为落魄山陈平安和那龙泉剑宗刘羡阳,已经足够不讲道理,不承想今天又遇到了那个出身剑气长城的宁姚。

韩昼锦有些不以为然,小声道:"剑术是高,模样好看是好看,却不算太出彩。"

余瑜躺在屋顶上,头枕一只空酒壶,脑袋晃来晃去,跷起二郎腿,还是一晃一晃,随口说道:"那宁姚姿容再不出彩,陈平安一样配不上她。"

这位兵家修士的小姑娘,依旧是一骂骂俩。就像一个人的学问,可以多看书就有,唯独那份幽默感,多半是天生的。那么有些发乎本心的"公道话",与那避暑行宫的顾见龙差不多,真得靠天赋异禀。

担任京师道录的年轻道士感慨不已,只是觉得这般登峰造极的惊艳剑术,岂会出现在人间。

那个在译经局尚未圆具的小沙弥,双手合十,赞叹道:"宁剑仙剑法无敌。"

宋续转头看了眼这个小和尚。

这个小沙弥曾经单独追捕过一个在各州流窜犯案的邪见僧,那人滥杀无辜,扬言被他打杀之辈,有前世因果报业,此生当受杀身之报,竟然还敢自称只要哪天放下屠刀,就依旧能够立地成佛。还说小和尚你杀人,却是破了杀戒的。回到京城译经局之后,小沙弥就开始闭门翻书,最终不但解开了那个心中疑惑,确定了那人错在何处,还顺便看了一百零八桩佛门公案。等到小沙弥出门之后，道心澄澈，再无半点困扰，眼中所见，好像整座译经局就是一处琉璃焕然的无垢道场，而佛门高僧所译数十卷经文，好像变幻为一尊尊佛门龙象。在那之后，小沙弥就一直在钻研"有无空"三字。

宋续再看了眼那个父亲曾经是逻将的京师道录，他曾经在一处地方州郡，与一位犯禁野修在一条小巷中狭路相逢，转瞬之间就分出生死，他事后被人找到的时候，满身伤痕，血肉模糊，靠墙跌坐在地，与那具尸体相对，只是不知为何，年轻道士始终微微眯眼，脸上有些泪痕。

然后是那位出身清潭福地的女阵师。

好像谁都有自己的故事，可好像谁都不是那么在乎。

余瑜第一个察觉到宋续的心境变化，问道："咋了？"

不等宋续给出答案，小姑娘就已经大大咧咧道："别多想，你反正没有当皇帝的命，这会儿都是金丹境剑修了，山上大好前程，走啥回头路，那是傻子才做的事情，以后说不定见着了你大哥的儿子，后者都是白发苍苍老头子了，结果见着你还是得喊一声皇叔，哈哈，后生可畏嘛，那就继续好好修行，天天破境，比啥都强。"

宋续忍俊不禁道："是极是极，能受良言善语好道理，就可以变成有钱人。"

余瑜有些吃瘪，恼羞成怒道："别学那家伙说话啊，不然姑奶奶跟你急啊。"

一向坐有坐相站有站相的宋续后仰倒去，伸出一手："酒水拿来，得是长春宫的仙家酒酿。"

余瑜干笑道："我哪里买得起贵到无法无天的酒水，先前与封姨瞎扯的。"

小和尚默念一句阿弥陀佛："余瑜的方寸物里头，藏着七八坛。"

余瑜大骂道："小秃子！"

小和尚摸了摸自己的光头，没来由感叹道："小沙弥何时才能梳尽一百零八根烦恼丝。"

余瑜愣了愣，大概是觉得小和尚真是在想正事儿，就暂且放过他一马，敲木鱼谁不会。

小和尚眼角余光微斜，哈。

韩昼锦提醒道："余瑜，他在糊弄你。"

小和尚双手合十："宋续说得对，漂亮女子惹不起。"

宋续说道："我没说过。"

小和尚佛唱一声，说道："那就是做梦梦见宋续说过。"

作为京城唯一一座火神庙，里边供奉着一尊火德星君。

祠庙不大，而且不对京师百姓开放，只有每逢京师走水，或是地方上边闹灾，礼部

第四章 文圣请你落座

官员才会来这里。

封姨每次来京城这里给那拨孩子传道,就在这边落脚。

搭了个花棚,摆放了几张石凳,今夜封姨小坐微醺。

庙祝是个老妪,只是凡夫俗子,因为上了岁数,如果不是因为火神庙这边实在无事可做,早就可以换人了。据说之前朝廷就打算换个庙祝,礼部衙门那边都录了档,但是某个精怪出身的小姑娘最后没来,才不了了之。

封姨双指拎着酒壶轻轻摇晃,听那壶中酒花的美妙声响。

树大招风这个道理,天底下大概再没有比她更懂的了。

文圣一脉的齐静春,大骊国师的崔瀺,剑气长城末代隐官的陈平安,当然还有那位五彩天下的宁姚。

大道高远,站稳极难。尤其是那证道长生,就更难了。甚至不是资质不行,心性不够,恰恰相反,就像那位一身学问足可支撑起那份心比天高的绣虎,他选择的那条路,就是放弃了太多其他道路。是崔瀺无法更换道路?自然不是。封姨喝了口酒,大概这就是没道理可讲的人性吧,于人心泥泞里,处处开花,风吹不摇落。

客栈还是没有关门打烊,不愧是京城,陈平安步入其中,老掌柜很是夜猫子啊,好像正在看一本志怪小说,掌柜抬起头,发现了陈平安,笑着打趣道:"什么时候出门的,怎么都没个声儿。"

陈平安笑道:"掌柜,与你商量个事儿?"

老人放下书,道:"怎么,打算花五百两银子,买你那家乡官窑立件儿?好事嘛,算是帮它回乡了,好说好说,当是结缘,给了给了,一手交钱一手交货。"

陈平安无奈道:"好歹容我先看看成色吧。"

结果老掌柜一个低头弯腰,就从柜台脚边,略显吃力地搬出个大花瓶,十几两银子买来的玩意儿,搁哪儿不是搁。

陈平安帮着小心扶好,弯曲手指,轻轻叩击,同时漫不经心问道:"掌柜这么晚还不睡?"

老人一边仔细打量那小子的眼神脸色,好家伙,半点破绽都没有,连那故意摆出几分不以为然的神色都没有的,一边随口答道:"我那闺女不着家,与几个疯丫头逛夜市去了,这不还没回来,反正没事,就等着了,平时我早让店伙计看门了。其实在这京城里,没什么可担心的,只是我这当爹的,又是晚来得女,她是家里最小的丫头,不疼她心疼谁去,要是儿子敢这么闹腾,鸡毛掸子揍不死他。"

陈平安看了眼老掌柜,五十好几的人了。

老人抚须而笑:"想当我女婿?免了,咱是小门小户,却也不会委屈了自家闺女,必须是明媒正娶,八抬大轿走正门的。"

陈平安笑道:"是这个老理儿。一样的,我要是有了个闺女,路上哪个登徒子敢多看她一眼,我就打得他爹娘认不出。"

老人点点头,跟这小子聊天就是舒心,趴在柜台上,道:"唠归唠,这笔买卖怎么说?你小子倒是给句准话。这么贵重一大物件放在柜台上,要是给人瞧了去,可容易遭贼。"

陈平安微微提起花瓶,看过了底款,确实是老掌柜所谓的八字吉语款,"青苍幽远,其夏独冥"。

乍一看,有点道门青词的意味,比如那元都羽客,御风蹑景,超举青冥,可其实后半句出自儒家。

如果一定要牵强想象几分,唯一的古怪处,就是首尾二字,串成了青冥天下的"青冥"。

所以陈平安暗中运转神通,真真正正一番仔细打量,结果还是发现这件花瓶毫无异样,没有半点练气士的痕迹。陈平安本就熟谙烧瓷的土性,走五行之属的本命物炼化路数,依旧没有察觉丝毫深意,这意味着这件花瓶至少没有经过师兄的手。不过确实是家乡龙窑烧造出来的官窑器,能够一路辗转流落到这么个客栈,其实很讲究缘分了。

陈平安就笑道:"掌柜的,是开门货没差了,以后找个懂行又兜里不缺钱的,对方要是不爽利,敢开价少于五百两银子,你老大可以骂人,喷他一脸唾沫星子,绝对不亏心。再就是这个八字吉语款,是有来头的,很不同寻常,很有可能是元狩年间,取自天水赵氏家主的馆阁体,集字而来。"

老人见不似作伪,喜出望外,结果那小子来了句:"掌柜的,我打算在京城多留几天,之后就都住这里了……"

老人刚将那花瓶小心翼翼放回柜台底下,闻言后立即说道:"三百两银子,卖你了!买卖落定,之后你这几天住客栈的钱,就都免了。"

陈平安无奈道:"掌柜,你真的想岔了。"

老人伸出手道:"别说了,我这人嘴巴不严,客栈说不定明儿就要多出好几间空屋子。"

跟我比拼江湖经验?你小子还是嫩了点。

陈平安眼睛一亮,先伸手攥住老掌柜的手掌,然后就要掏袖子给钱。

老掌柜一愣,使劲抖手抽出,微笑道:"算了,我看你也不像是个有钱的,京城开销大,再说这么大物件,携带不易……"

陈平安会心一笑,不动声色,悻悻然,还要继续掰扯几句,老掌柜摆摆手,斩钉截铁道:"免谈!"

宁姚突然出现在门口那边,然后是……从东宝瓶洲中部大渎那边赶来的自家先生。

陈平安快步走出门槛,作揖行礼,道:"见过先生。"

老秀才笑着抓住关门弟子的胳膊:"走,去你屋子喝酒去。"

陈平安以心声道:"其实就一间屋子。"

老秀才一跺脚,痛心疾首,自己这个先生,当得太王八蛋了!

老秀才立即转头对宁姚说道:"宁丫头,不凑巧,我得去见个人,明儿再来喝酒不迟啊,说不定得后天大后天的,都没个准数的,不用等我……"

宁姚摇头笑道:"不用,客栈空屋子很多。"

陈平安与老秀才,对视一眼,同时叹了口气。

一个眼神哀怨,今儿真得怨先生了;一个满心愧疚,怨我怨我,先生对不住你。

然后陈平安忍不住笑了起来:"先生,喝酒去。"

老秀才点点头:"好好好。"

喝高了,才有补救机会。

只是陈平安一个蓦然转头,只见大街那边,走来一个蹦蹦跳跳的少女。

瞧见了她的眉眼后,陈平安怔怔看着,先是猛然转头,看了眼人云亦云楼那个方向,然后收回视线,红着眼睛,嘴唇颤抖,好像要抬手与那少女打招呼,却不太敢。

就连老秀才和宁姚都面面相觑,不知到底怎么回事。

陈平安这一辈子,在学了拳,离乡之后,这样的失态,屈指可数,甚至可能……就没有过?

陈平安抬起手臂,擦了擦眼睛,然后挤出一个笑脸,向前跨出几步,安安静静等着那位少女。

很多年前。

有人即将魂飞魄散,她说,愿陈先生与那位心仪的姑娘,神仙眷侣。

那个形神憔悴的账房先生说,愿与苏姑娘能够有缘再见。

她最后说,千万千万,到时候,陈先生可别认不得我呀?

那只是陈平安很多年前的事情,却是一位姑娘上辈子的事情。

今夜那个大半夜才回家的少女,渐渐放慢脚步,觉得那个自家店门口杵着的青衫男子,好生奇怪,直愣愣瞧着她,莫不是个登徒子?

少女只见那个男人抬手,笑着招手,颤声道:"你好,我叫陈平安,平平安安的那个平安。"

少女沉默片刻,然后蓦然大喊道:"爹,有流氓调戏我!"

老掌柜飞奔出客栈,气笑道:"别胡说,是咱们店里的客人。"

少女哦了一声,路过那个家伙身边的时候,她侧过身,脚步缓慢,然后骤然间脚步飞快跑入客栈,到了爹身边,她才好奇转头看了眼,青衫男人,站在原地,背对着她,伸手捂住脸,肩头微颤,然后转过头,与她灿烂而笑。

唉,笑得比哭还难看呢。

真是个怪人。

爹也真是的,怎么摊上这么个客人。

老秀才坐在台阶上,笑着不说话。大致猜出那个真相了。

陈平安深呼吸一口气,转过头,片刻后再转头,与宁姚道歉道:"不好意思,别多想啊,等下就跟你说为什么。"

宁姚笑着摇头,眼神温柔:"没事。"

如果你不是这样的人,我为什么会那么喜欢你呢。

你是陈平安,我是宁姚。人间万万年,相互喜欢。

第五章
好似拖曳虚舟

宁姚跟客栈掌柜要了几份下酒菜,顺便多要了一间屋子,掌柜瞥了眼陈平安,陈平安默不作声。

瞅我做什么,天地良心,咱俩又没串通什么。何况我能说什么,客栈我开的啊?

关门弟子斜眼看自家先生,先生斜眼看店外街道,夜幕沉沉,羁旅异乡,略显寂寥。

在屋子那边坐下,陈平安帮先生倒了碗酒水,再望向宁姚,她摇摇头,陈平安就只给自己倒了一碗。

在陈平安人生最为困顿处,是书简湖少年曾掖、女鬼苏心斋他们几个,陪着陈平安走过那段山水路程。

老秀才大概是觉得气氛有些沉默,就拿起酒碗,与陈平安轻轻磕碰一下,然后率先开口,像是先生考校弟子的治学:"《解蔽》篇有一语。平安?"

陈平安刚抿了一口酒,先生都提了《解蔽》,答案其实很好猜,连忙放下酒碗,说道:"先生曾言,酒乱其神也。"

老秀才笑问道:"那你晓得不,为何先生当年会如此劝诫世人?"

陈平安说道:"我猜是先生当年穷,喝不起酒,就酸那些买酒掏钱不眨眼的?"

老秀才一拍掌拍桌子,哈哈大笑道:"什么是得意学生?这就是!"

哪像左右,当年傻了吧唧喜欢拿这话堵自己,就不许先生自己打自己脸啊?先生在书上写了那么多的圣贤道理,几大箩筐都装不下,真能个个做到啊?

最贴心的小棉袄,果然还是关门弟子。

老秀才豪饮一碗酒，酒碗刚落，陈平安就已经添满，老秀才抚须感慨道："那会儿馋啊，最难受的，还是晚上挑灯翻书，听到些个酒鬼在巷子里吐，先生恨不得把他们的嘴巴缝上，糟践酒水浪费钱！当年先生我就立下个大志向，平安？"

陈平安说道："若是来年当了朝廷大官或是儒家圣人，就要订立一条规矩，喝酒不许吐。"

老秀才点点头："是了，是了。"

宁姚改变主意，给自己倒了一碗酒。

陈平安大致说了与苏心斋有关的书简湖旧事，也说了那位将苦难日子过得很从容的乡野老妪。

老秀才双指捻碎一颗咸干花生壳，放入嘴中，点头道："世间豪杰唯一学问，无非'从容'二字。小人颠倒世道，反手拨正，是从容。我若有心无力，于事无补，能够独善其身，还是从容。"

其实在座三人都心知肚明，客栈、少女、大立件花瓶，这些都是崔瀺的安排。

一座书简湖，让陈平安鬼打墙了多年，整个人消瘦得皮包骨头，但是只要熬过去了，好像除了难受，也就只剩下难受了。

崔瀺也从不多给什么，尤其不给陈平安半点落在实处的裨益，桐叶洲最后那幅山水画卷也好，今夜的客栈少女也罢，崔瀺就像在师弟陈平安的心路远方搁放了一粒灯火，如果陈平安不走到那一步，或是选择躲避绕路了，那就一辈子就此错过。崔瀺的所作所为，好像在为陈平安讲述一个很残酷的道理，绝望，是你自找的，那么希望，也要你去自找。

宁姚问道："既然与她在这一世有幸重逢，接下来怎么打算？"

在宁姚看来，苏心斋这一世勉强能算有些修行资质，自然是可以带去落魄山修行的，别忘了陈平安最擅长的事情，其实不是算账，甚至不是修行，而是为他人护道。

但是宁姚并不觉得少女立即上山修行，就一定是最好的选择。

陈平安说道："回头我得先跟她多聊几句。"

其实来时路上，陈平安就一直在考虑此事，用心且小心。

一般来说，唯有修行，那位还不知今生姓名的客栈少女，才有机会开窍，重新记起前世，此生重续宿缘，了却前身夙愿。

就像很多凡夫俗子，在人生路上，总能见到一些"面熟"之人，只是大多不会多想什么，只是看过几眼，也就擦身而过了。

可是记起前身前世事，就一定是前世苏心斋最后所想，今生少女当下所要吗？

老秀才笑道："对小姑娘怎么好就怎么来。至于如何才算真的好，其实不用着急，很多时候咱们不得不承认，不是所有事情，都可以未雨绸缪的，还真就只能等事情来了，

第五章 好似拖曳虚舟

再去解决。平安,你尤其别忘了一件事,对小姑娘而言,她就只是她,只是在你眼中,她才是书简湖和黄篱山的苏心斋。"

不上山,比如在这大骊京城,在山下市井安稳过一辈子,就是年月短些,嫁为人妇,相夫教子,柴米油盐,何尝不算好事。小姑娘哪天自己愿意上山,再来修行也不迟。落魄山,还是有点家底的,不缺传道人,不缺神仙钱。

陈平安点头道:"必须先明白这个道理,才能做好后边的事。"

从头到尾,陈平安都显得很平静,但是在短短几句话的工夫里,却已经喝了好几口酒。

喝酒急促,是酒桌大忌,酒量再好都容易酒缸里翻船,然后多半跑去酒桌底下自称无敌我没醉。

陈平安说道:"先生怎么突然跑去仿白玉京跟人论道了?"

老秀才跷起二郎腿,抿了一口酒,笑呵呵道:"在功德林修身多年,攒了一肚子小牢骚,学问嘛,在那边读书多年,也是小有精进的,真要说缘由,就是嘴痒了,跟兜里没钱偏馋酒差不多。"

陈平安点头道:"先生这次论道,弟子虽然遗憾没有亲眼见亲耳听,但是只凭那份席卷半座浩然的天地异象,就知道先生对手的学问,可谓与天高。先生,这不得走一个?"

老秀才一条腿踩在长凳上,提起酒碗,轻轻磕碰,使劲点头道:"老夫子学问确实极高,他又是世间大道最为亲水的天地圣人,都没什么之一,厉害得很。"

老秀才和陈平安各自喝完一碗酒,陈平安笑着翻转酒碗,以示自己滴酒不剩,老秀才瞥了眼自己酒碗,悻悻然又喝了一小口,这才翻转空酒碗,说满上,继续满上。老秀才心想你小子照这么个喝法,最后可别真喝醉了啊,明儿日上三竿才起,又来怨先生。

陈平安又倒了酒,干脆脱了靴子盘腿而坐,感慨道:"先生这是独独以人和,去战天时地利啊。"

老秀才唏嘘不已:"吃亏啊,难啊。"

宁姚发现这俩先生弟子,一个不说输赢,一个不问结果,就只是在这边吹捧那位老夫子。

老夫子学问越高,先生一样赢了,自然是学问更高。

老秀才转头笑道:"宁丫头,这次驭剑远游,天下皆知。以后我就跟阿良和左右打声招呼,什么剑意、剑术两最高,都赶紧让出各自的头衔。"

宁姚说道:"以后不常来浩然,文庙那边不用担心。"

如果不是文圣老先生,她都懒得如此解释什么。

老秀才笑着摇头:"担心这个做什么,文庙这点气度还是有的,如今又是礼圣亲自管事，风气与以往那是大不一样了。宁丫头你要是不常来，我才担心。我真正忧虑的，还是你从今往后的不自由。"

看看那三教祖师，谁会去别家串门？

作为五彩天下的第一人，宁姚以后的处境，当然要比陈清都枯守城头万年好很多，但是终究有那异曲同工之……苦。

宁姚说道："一座天下，来去自由，足够了。"

老秀才叹了口气，摇摇头："这话说早了。"

宁姚有些无奈，只是文圣老爷这么说，她听着就是了。

她记起一事，就与陈平安说了。老车夫先前与她承诺，陈平安可以问他三个不用违背誓言的问题。

陈平安笑着点头。

老秀才好像有感而发，喝了酒，笑呵呵道："有些混出些名堂的王八蛋，教都教不过来，改是不会改的，你就真的只能等它们的头一颗颗烂透，烂没了。"

至于老秀才是在骂谁，可能是某些官场上屁事不干、唯独下绊子功夫第一的老油子，兴许是正阳山的某些老剑仙，可能是浩然天下某些保命功夫比境界更高的老家伙，老秀才也没指名道姓，谁知道呢。

陈平安点头道："记下了。"

三人几乎同时察觉到一股异样气机。

不在大骊京城，而是远在京畿之地，那是一条阳人回避的阴冥道路。

老秀才是凭借圣人与天地的那份天人感应，宁姚是靠飞升境修为，陈平安则是凭借那份大道压胜的道心涟漪。

陈平安起身道："我去外边看看。"

宁姚就要跟着陈平安一起离开客栈。

老秀才笑道："宁丫头，你不用跟着，开路一事，大骊朝廷已经做得很好了。你一身剑意太盛，帮不上忙的。没事，刚好有些五彩天下的注意事项，反正是我自己琢磨出来的，不算假公济私，与你聊聊。"

纯粹剑修，战场之外，杀力无穷尽，杀人本事第一，活人则未必。

宁姚就重新落座，陈平安缩地山河，一袭青衫身形缥缈散又聚，一步来到京城墙头附近，举目远眺，只见数百里之外，阴气冲天，汇聚成一条蜿蜒长河。

在那条专门拣选、人迹罕至的山水道路之上，阴气煞气太重，因为活人寥寥，阳气稀薄，寻常练气士，哪怕地仙之流，靠近了可能都要消磨道行，若是以望气术细看，就可以发现道路之上的树木，哪怕没有丝毫踩踏，与亡灵并无半点接触，那份青翠之色，都早已显露几分不同寻常的死气，如人脸色铁青。

京城外城头的一拨大骊练气士，负责护卫这一段城头，其中一位老供奉与那个突兀现身的青衫剑客问道："来者何人？"

陈平安从袖中摸出那块刑部无事牌，悬在腰间，老供奉勘验过无事牌的真假之后，既然是自家人，就只是抱拳，不再过问。

陈平安沉默片刻，问道："老先生，这次人数好像格外多？看样子约莫得有三万？"

老供奉点点头："因为是倒数第二拨了，所以数量会比较多。"

其实老供奉原本是不愿意多聊的，只是那个不速之客，说了"人数"一词，而不是什么亡魂鬼物之类，才让老人愿意搭个话。

大骊北境，在宋氏的龙兴之地，常年设置一座京城译经局主持的水陆法会，和一处崇虚局负责的周天大醮，引渡战场遗址上的阴魂亡灵北归故里，已经举办多年，昼夜不息，至今依旧未能结束，实在是大骊边军在异乡战死之人太多。这些年大骊朝廷，由皇帝颁布旨意，礼部牵头具体筹备此事，户部掏钱，兵部派人护卫，光是为一场场浩浩荡荡的阴兵过境，就开辟出了三条耗资无数的山水路途。

每次赶路，都有数以千计甚至是万余的战场亡灵游魂，于白昼止步，为防止被大日曝晒残余魂魄，栖息在大骊练气士沿途设置的山水阵法之中，只在夜中远游，既有大德高僧一路诵经，持锡带路，又有道门真人默念道诀，摇铃牵引，更有钦天监练气士和大骊铁骑在道路两旁驻守，防止游魂流窜走散，再加上各地山水神灵、城隍和文武庙的配合，才使得这件事始终没有出现大的纰漏，不扰阳间百姓。

传闻京城兵部一位边军出身的侍郎，曾经公然威胁户部官员，别跟老子谈什么难处，这件事没得商量，你们户部就算砸锅卖铁，拆了衙署房料换钱，也要保证所有大骊边军亡魂不会在那战场遗址滞留太久，以至于魂飞魄散。为此兵部专门抽调了五六人，每天就待在户部衙署临时"当差"，专门督促、监察此事的推进，吵架是常有的事。

除了大骊供奉修士、儒家书院君子贤人、佛道两教高人的一路牵引，还有钦天监地师、京师文武庙英灵、都城隍庙、都土地庙各司其职，在各处山水渡口接引亡灵。

陈平安站在城头上，远远看着那夜游赶路的一幕。

家国无恙，故人何在，山水迢迢，云烟茫茫。

这些山水有相逢，却已经是生死有别，阴阳之隔。

确实，哪有那么多的一见如旧，绸缪笑语。

陈平安转过头，看到了远处宋续这拨年轻修士的御风远游，大概是忙着赶路，尽早去往那条阴冥路，人人风驰电掣，没有刻意隐蔽踪迹，剑修宋续脚踩一剑，拖曳出极长的金色长线，阵师韩昼锦像是在行走，每次一步踏出，转瞬数里山河，脚下都荡漾起一圈圈灵气涟漪，如夜开昙花朵朵，此外，道录葛岭、兵家修士余瑜、儒生陆翬、小沙弥后觉，也各自施展神通术法，匆匆远游。

陈平安身形化作十八条剑光，城头这边宛如蓦然花开，在十数里外，陈平安脚步踉跄落地，再次以尚未娴熟的剑遁之法赶路，最终在一处高空悬停身形，以雪泥符在内的数种符箓，帮助自己隐匿气机，换了一处野山之巅的树木枝头蹲着，俯瞰那条山下道路。

来自儒释道三教道统的陆翚、后觉、葛岭，显然早就熟稔领路，已经落在阴兵过境的那条阴冥道路最前方，与各自道脉的大骊练气士一起带头行走，还有那个来自上柱国余氏的兵家小姑娘，也不甘落后，与一拨来自京师、京畿的武庙英灵，并肩而行。

一条引渡亡灵的山水道路，极为宽阔，依稀分出了四个阵营，余瑜和武庙英灵身后数量最多，占了将近半数。

宋续和韩昼锦找到了一位后方压阵的年轻男人，此人身在大骊铁骑军中，策马而行，是一位不足百岁的元婴境剑修。

瞧见了两人，这位骑将也只是点点头，韩昼锦取出两张甲马符箓，与宋续一同骑马前行，韩昼锦与一位关系不错的女子以心声问道："怎么回事？"

因为先前韩昼锦发现，今夜领头的大德高僧和道门真人都是些生面孔，而且神色憔悴，像是受伤不轻，尤其是那几位武庙英灵，前行之时，她甚至能够看见他们的金身磨损，星光点点，就那么消散在夜幕中。

那个同僚女修难掩疲惫神色，说道："一来这次牵引数量实在太多，二来先前礼部衙门又下了一道死命令，是尚书大人的亲笔公文，措辞严厉，说这条阴冥官道，沿途灵气消耗太多，已经比预期更多搅乱山水气数至少两成了，明摆着是怪我们办事不力，担心最后一场夜游会有意外。尚书大人都发话了，我们还能如何，只能硬着头皮，不计道行折损呗。不然下次礼、刑两部的考评，谁都吃不了兜着走。"

宋续问道："化境，沿途有没有人捣乱？"

那位元婴境剑修脸色漠然道："回头自己看谍报去。"

宋续对此习以为常，这个袁化境，绰号夜郎，是另外一座小山头五位练气士的领头人。

双方性情不合，平时一直不太对付。只有在战场上，才会配合无间。

袁化境微微皱眉，发现前方道路上有十数位战场亡魂，出现了魂魄消散的迹象，沉声道："杜渐，眼瞎了？"

后方一位脸色惨白、嘴唇干裂渗血的年轻人，骑卒装束，原本正坐在马背上一边打盹儿，一边稍稍温养灵气，实在是心神疲惫至极了，但是听到了袁化境的言语后，毫不犹豫起身，脚尖一点，掠去前方，高高举起一掌，手腕一拧，五指间出现了一条条气象柔和的丝线，微微提起，瞬间丝线有序聚拢结阵，金光熠熠，竟是一块宝光焕然的罗经仪，光线洒落在那些阴灵鬼物行走的大地上。

年轻骑卒就这样一边御风，一边手托罗盘，庇护一方，只要亡魂稍有魂魄流散的迹象,就有宝光照耀照拂。

宋续提醒道:"过犹不及。"

袁化境淡然道:"好像还轮不到你一个金丹境来指手画脚。"

袁化境这拨人,总计五人,除了他这个元婴境剑修,还有一个鬼物修士,一个阴阳家练气士,其余两个,都曾是野修出身。

他们显然要比宋续六人小山头,杀心更重。

宋续不以为意,反而主动与袁化境说了年轻隐官入京一事,先说与他打过照面了,再说了那位传道人封姨的古怪之处。

袁化境点点头:"先前那宁姚的几道剑光,都瞧见了。"

宋续犹豫了一下,还是开口提醒道:"公私分明。"

身边这个骑将,出身上柱国袁氏,而袁化境的亲弟弟,正是那个与清风城许氏嫡女联姻的袁氏庶子。

袁化境冷笑道:"因为皇子殿下姓宋,就可以管得这么宽?"

宋续一时语噎,突然笑了起来:"你真该与那位陈隐官好好聊聊。"

袁化境难得主动开口:"你们六人联手,还是很难对付?"

宋续点点头:"余瑜说了,只会被砍瓜切菜。事后有过一场复盘,陆翚说靠那些陈平安说出口的文字,于战局毫无裨益,完全可以忽略不计。"

袁化境说道:"刑部赵繇那边,还是没有找到合适人选?如果是那个周海镜,我觉得分量不太够。"

宋续摇头道:"那个郑钱是什么身份,你又不是不清楚。赵侍郎只能退而求其次,通过鱼虹与她的问拳,来确定资质。"

袁化境皱眉道:"我不看好周海镜这个女武夫。"

宋续无奈道:"不然上哪儿去找个年轻的山巅境武夫,而且还必须得是有望跻身十境的?要说武运一事,我们已经只比中土神洲差了。之前刑部招徕的那个绣娘,志不在此,况且在我看来,她与周海镜差不多,而且她毕竟是北俱芦洲人氏,不太合适。"

那个纯粹武夫的空缺,其实早年有个合适人选,但是夭折在了书简湖。

不然一旦十二地支补缺完整,按照刑部和钦天监的缜密推衍,十二个都不到百岁的练气士、纯粹武夫,可以合力击杀一位剑修之外的仙人境修士。

最关键的地方,在于他们有层出不穷、环环相扣的手段,保证己方一人不死,甚至是境界不跌。

可惜真正作为杀手锏的阵眼所在,恰好是那个一直悬而未决的纯粹武夫。

不然先前那场陪都战事当中,他们斩杀的,绝不会只有两位玉璞境的军帐妖族修士。

那两颗妖族头颅,刚好都是被袁化境以飞剑斩落的。

他们这十一人,都是夜游客,在来年开创宗门之前,注定一直名声不显。

袁化境突然转头望向一处山岭,说道:"陈平安,何必刻意藏掖?就这么喜欢躲起来看戏?"

陈平安闻言只是瞥了眼那个年纪不大的元婴境剑修,没有理会对方的挑衅。

来到此地,陈平安就开始运转五座关键本命气府和各大储君山头的灵气。

袁化境冷笑道:"既然选择了袖手旁观,劳驾走远点,少在这边膈应人。"

一位位沿途护道的山水神灵,消耗的是辛苦积攒起来的精粹香火,甚至是金身的磨损。

至于练气士,除了积蓄灵气的枯竭,甚至会消磨道行,尤其是一着不慎,还要折损冥冥之中的祖荫、阴德。

哪怕是袁化境这样的剑修,看似无事可做,其实不然,一样需要以剑气为这支大骊铁骑护道赶路,时时刻刻都是消耗。

所以这桩夜游阴冥道路的差事,对任何人而言,都是一桩吃力不讨好的苦事,事后大骊朝廷几个衙门,当然都会有所弥补,可真要计较起来,还是亏损明显。

可哪怕如此,却依旧如此,不过是个最简单的职责所在。

与韩昼锦并肩而行的女子,正是那个鬼物修士,她以心声问道:"见过了那位年轻隐官,模样如何?"

韩昼锦笑道:"极好,风度翩翩,剑仙风流。"

这个女鬼撇撇嘴:"可他既然来都来了,要是还只是远观,我可就要不如以往仰慕他了。"

韩昼锦笑着解释道:"他是剑仙嘛,哪怕还是位拳法入神的武学宗师,又能做什么嘛。"

女鬼点点头,深以为然:"也对!说得通!"

只是心中难免遗憾。

咋个了嘛,女鬼就不能思春啦,一个同乡的年轻男人,为了心爱的女子,孤零零枯守城头多年,还不许她仰慕几分啊。

就她这脾气,以后见着了面,二话不说就是一个饿虎扑羊,老娘能揩几两油是几两。

陈平安在那山顶枝头,终于仔细看遍了三万沙场阴灵的具体形势。

下一刻,一道璀璨剑光破开夜幕。

照耀得大地道路之上,亮如白昼,纤毫毕现,只是不同寻常的是,那道剑气如此浩然正大,阴冥道路上的所有阴灵鬼物,竟是毫无畏惧,就连那些早已灵智混沌的鬼物,都不合常理地平添了几分清明眼神。

极远处，蓦然有一座山岳的虚相，如那修士金身法相，在道路上矗立而起。

在文武庙英灵与余瑜、后觉这些为首领路人的脚下，涟漪阵阵，月夜下波光粼粼，就像……多出了一条平如镜面的水路坦途。

是那山水相依的大好格局，山中道气盎然，水路灵气沛然。

不但如此，小沙弥后觉蓦然低头再转头，惊讶发现身后绵延数里的鬼物队伍脚下出现了一篇金色经文。

所有阴灵鬼物，行走在这条道路上，步步皆有金色莲花在脚下一一绽放，摇曳生姿。

儒生陆翚身后跟随的阴灵，脚下则是一篇篇边塞诗篇炼化而成的雪白文字，字串联成句，句成诗篇，诗篇成路。

道录葛岭与几位道门真人的脚下，则是一篇篇玄之又玄的道诀，使得一条道路呈现出七彩琉璃色。

而那余瑜惊骇发现眼前自己这方，水光之中，出现了一把把大如舟船的虚化飞剑，铺设成路。

异象还不止于此，当极远处那一袭青衫开始缓缓登山时，刹那之间，从他身上绽放出一条条金色丝线，飘荡而去，将那三万多战死沙场的英灵，一一牵引。

一人登山，拖曳前行。

以自身功德的损耗，炼化出无数条因果长线，与身后三万阴灵相互牵引，青衫率先前行。

在那之后，那一袭青衫脚步越来越快，最后御风而行，好像一条虚舟，一条渡船，一人带领三万英灵，一同跋山涉水，飞掠向前，以超乎想象的极快速度，赶赴那水陆法会和周天大醮。

一众山水神灵和各路练气士，此刻好像都无事可做了。

就是跟着。

饶是道心坚固如剑修袁化境，也怔怔无言。

宋续倒是会心一笑，陈隐官确实会"聊天"。

这位大骊宋氏的皇子殿下，收起思绪，遥遥与那个背影抱拳致礼，心神往之。

那女鬼呆滞无言，许久过后，才喃喃道："这么多功德啊，都舍了不要吗？这样的亏本买卖，我一个外人，都要觉得心疼。"

韩昼锦眼神熠熠光彩，笑语盈盈道："他是隐官嘛，做什么都不稀奇。"

那一袭青衫，临近目的地之后，就只是转身与那些战场英灵，重重抱拳，然后就此剑光化虹离去。

可能今夜的夜游队伍之中，就有当年风雪路上的那拨边关骑卒，或是他们的战场袍泽。

一辆马车吊在队伍尾巴上，因为车厢内的礼部右侍郎，到底不是山上的修道之人，不宜太过靠近，这位礼部右侍郎喊来一位同行的边军武将，双方商议过后，宋续和袁化境在内的所有神灵和修士都得了一个命令，今夜之事，暂时不可泄露，得等礼部那边的消息。

在京畿地界一处寂静山岭之巅，陈平安身形飘落，擦了擦额头汗水，开始盘腿而坐，平稳体内小天地的混乱气象。

老秀才悄然赶来，笑道："辛苦攒下些家底，说不要就不要啦？"

关门弟子此举，很有心了，不但帮忙带路，还用了个法子，做事之前，正心诚意，先与天地禀明自己儒家修士的身份，故而能够只舍功德，不挣半点功德。

陈平安立即睁开眼睛，笑道："从天地来，还给天地，是天经地义的事情。就像辛苦挣钱，还不是图个花钱随意。再说了，以后还可以再挣的。"

老秀才蹲在一旁，嗯了一声，让陈平安再休息片刻，没来由感慨道："我怜梅花月，终宵不忍眠。"

陈平安附和道："终宵不忍眠，月花梅怜我。"

老秀才以拳击掌："妙极。"

陈平安说道："到底是先生的弟子。"

老秀才笑道："臭小子，这会儿也没个外人，浪费了不是。"

陈平安干脆就不再呼吸吐纳，取出两壶家乡的糯米酒酿，与先生一人一壶。

老秀才笑问道："这门剑术遁法，还是学得不精？怎么不跟宁丫头请教？"

陈平安老老实实说道："先生，真不是没脸跟宁姚学习这门剑术，就我这脸皮，跟谁学不是学，跟宁姚就更不用矫情了。再说了，当年练拳，最早都还是在桌上摊开拳谱，跟宁姚学的字，解的拳思。不过我不希望宁姚多想，比如让她觉得自己练剑太轻松顺遂，结果到了我这边就是吃苦，其实哪有吃什么苦，说真的，练剑一事，比起学拳，要轻松太多了。"

老秀才说道："只是相比而言，其实并不轻松。"

然后老秀才抚须而笑，忍不住赞叹道："这就老善了。"

只论男女情爱一事，要论慧根，尤其是学以致用的本事，自己几位嫡传弟子，崔瀺、左右、君倩、小齐，恐怕全部加在一起，都不如身边这个关门弟子。

陈平安突然愧疚道："好像总是让先生这么奔波劳碌，就我最不让先生省心省力。"

老秀才抿了口酒，轻声笑道："尽说些傻话，以后别说了啊，不然先生就要生气了。"

一生气，就忍不住想骂左右和君倩，如今这俩又不在身边，一个在剑气长城遗址，一个跑去了青冥天下见白也，骂不着更难受。

老秀才眼珠子一转，咳嗽一声，小声说道："平安啊，宁丫头不知为何，发话了，让咱俩去你师兄宅子那边好好叙旧。"

陈平安转过头，眼神哀怨道："先生，到底咋个回事嘛。为弟子再奔波劳碌，也不能这样啊。"

老秀才揪须更揪心，悻悻然抬起酒壶："走一个，走一个。"

陈平安埋怨道："走个锤子的走，先生自己喝。"

老秀才哎哟喂一声，突然说道："对了，平安啊，先生方才在客栈，帮你给了那份聘书，宁丫头收下了，不过宁丫头也说了，婚宴得先在飞升城办一场。"

陈平安眼睛一亮："先生，走一个走一个。"

老秀才晃动胳膊，自怨自艾道："走个锤子的走，先生自己喝。"

陈平安一定要与先生磕碰酒壶："先生劳苦功高，使不得使不得！"

老秀才喝过了酒，说道："对了，宁丫头还需要跟我一起走趟文庙，有些事情，礼圣要说，倒不是礼圣架子大，不愿意亲自走趟东宝瓶洲，而是既然属于谈正事，在功德林才合乎礼制。平安，你放心，都是自家人，礼圣为难谁，都不会为难宁丫头，这趟往返，不需要花费太多光阴。"

陈平安轻轻点头，没有任何异议。

先生弟子在此处山顶喝过了酒，一起返回京城那条小巷，至于客栈那边就算了。

老元婴修士再次拦路，皱眉道："陈平安，你与宁姚就算了，再带个外人，不合规矩。"

赵端明在这种事情上，也不敢帮着刚认的陈大哥说话。

老秀才看着那少年，笑呵呵问道："这位少年俊彦，挨过好几次雷劈啦？"

赵端明点头道："好汉不提当年勇，不到十次。"

陈平安笑着解释道："是我先生，不算外人。"

刘袈疑惑道："哪个先生？"

老秀才扯了扯衣襟，抖了抖袖子。

陈平安继续说道："是晚辈文脉的先生，也就是崔师兄和齐先生的先生。"

老修士满脸不敢置信，一时间局促不安，竟是不敢说话了。

哪怕文圣神像早就被搬出了中土文庙，吃不得冷猪头肉多年，可对于刘袈这样的山上修士而言，一位曾经能与礼圣、亚圣并肩而立的儒家圣人，一个能够教出绣虎崔瀺、剑仙左右和齐先生的儒家圣人，真的近在咫尺了，除了局促不安，一个字都不敢说，真没有其他选择了。

赵端明以心声询问道："陈大哥，真是文圣？"

陈平安点头笑道："不然？"

赵端明立即作揖行礼道："大骊天水赵氏子弟，赵端明，拜见文圣老爷！"

老秀才笑道："刘仙师，端明，犯不着这么客气。"

刘袈抱拳颤声道："刘袈见过文圣。"

老秀才摆摆手，与陈平安一起走在巷中，到了院门口那边，因为没有锁门，陈平安就推开门，转过头，发现先生站在门外，久久没有跨过门槛。

陈平安就停下脚步，安安静静等着先生。

老秀才望向门内，久久没有挪步，喃喃自语道："既然运气那么差，成了我的首徒，那先生就不说你辛苦了。有些事情，是先生做得不对。"

门内故人，门外老人，自古圣贤皆寂寞。

最后老秀才没有走入那座人云亦云楼，而是坐在书楼外的庭院石凳上，陈平安就从书楼搬了些书在桌上，老秀才喝着酒，缓缓翻书看。

其实都是昔年老秀才尚未成为文圣时的著作，故而多是初版初刻，不够精良，只是书页异常整洁，如新书一般，并且每一本书的扉页，都没有任何一位后世翻书人的藏书印，更没有什么旁白批注。

陈平安就坐在书楼门槛上，呼吸吐纳，闭目养神，耳中只有先生的翻书声。

最后老秀才翻到一页，正好是《解蔽》篇的内容，老秀才就合上了书，只将这本书收入袖中。

一夜无事也无话，唯有明月悠去，大日初升，人间大放光明。

陈平安与先生告辞一声，一大早就离开小巷。

想着那份聘书，先生送了，宁姚收了，陈平安心情不错。

那位负责看守巷子的老修士，重新在小巷搁放下那座白玉道场，这辈子除了修行，老人反正也没其他喜好了。

刘袈还真就只是单纯喜欢修道，至于境界什么的，不强求，爱来不来，反正老子偏不惯着你。

只是奇了怪哉，那徒弟昨儿莫不是自己不曾护道，就又给雷劈了？难得没有咋咋呼呼在那边耍那些武把式，竟然一宿都在呼吸吐纳，十分勤勉，以金液还丹一脉的河车搬运术，一遍遍运转小周天，约莫是心诚则灵的缘故，还挺像回事。

刘袈这一夜除了自己修行，灵气流转大周天，以那观想神通，如仙人乘鹤遨游一处独有金玉丛林的自家广袤天地，出绛宫下白鹤，在那长生桥观水悟道，还分心留神赵端明的气机流转路线，以便事后拣选瑕疵，帮助弟子查漏补缺。

陈平安在临近巷口处停下脚步，等了片刻，弯曲手指轻轻叩击，笑道："刘老仙师，串个门，不介意吧？"

小巷敲门声响起的时候,刘袈其实刚好收敛心神,修行告一段落,老元婴感慨不已,这个年轻人,不愧是绣虎的师弟,眼光真毒,隔着一座道场小天地,还能将自己的修行状况看得如此真切。刘袈从蒲团上起身,施展神通,为白玉道场打开一扇小门,说道:"请进。"

多了个"请"字,那是看在你先生是文圣的面子上,跟什么剑仙不剑仙,隐官不隐官的,关系不大。

不过短短一天之内,先有这位年轻隐官的串门,宁姚的凌厉出剑,又有文圣的大驾光临,刘袈觉得自己一贯冷清的修行路上,难得如此热闹。

只是先前想着找那个汉子喝酒,这会儿该不会已经喝酒不成,只能与那老车夫遥遥敬酒三杯吧?

陈平安步入其中,看了眼还在修行的少年,以心声问道:"老仙师是打算等到端明跻身了金丹境,再来传授一门与他命理天然契合的上乘雷法?"

刘袈神色古怪,很想要点这个头,在一个才不惑之年的年轻人面前打肿脸充胖子,到底良心过意不去,面子不面子的无所谓了,叹息一声:"有个屁的雷法道诀,愁死个人。"

陈平安惊讶道:"以天水赵氏的底蕴,就寻不见一部雷部正法?"

刘袈摇摇头:"这些年赵氏只寻见了几部旁门左道的雷法秘笈,离着龙虎山的五雷正宗,差了十万八千里,他们敢给,我都不敢教。"

真是个不知油盐柴米贵的剑仙,雷法在山上被誉为万法之祖,这等真法秘录,哪有那么容易得手,何况这就根本不是钱不钱的事情,东宝瓶洲仙家,专修雷法之辈本就不多,靠近"正宗"一说的,更是一个都无,哪怕是那神诰宗的大天君祁真,都不敢说自己擅长雷法。

陈平安想了想,说道:"回头我要走一趟中土神洲,有个山上朋友,是天师府的黄紫贵人,约好了去龙虎山做客,我看看能不能东拼西凑出一部像样的秘籍,只是此事不敢保证一定能成。"

刘袈皱眉道:"平白无故的,你为何如此兴师动众,白送一份天大香火情给端明?怎的,是要拉拢天水赵氏,作为落魄山在大骊的朝中盟友?"

陈平安摇头笑道:"真要成事,那本雷法秘籍,算是我不小心遗漏在了人云亦云楼,就当是对刘老仙师帮忙看护师兄宅子的感谢,刘老仙师只需要做到一件事,就是在天水赵氏那边隐瞒此事,总之与我无关,之后为端明安心传道就是了。"

刘袈将信将疑,"就这么简单,真没啥算计?"

陈平安反问道:"信不过萍水相逢一场的陈平安,可刘老仙师难道还信不过我先生?"

刘袈哑然失笑，犹豫一番，才点点头，这小子都搬出文圣了，此事可行。儒家读书人，最重文脉道统，开不得半点玩笑。

只是老修士蓦然回过神来，笑骂道："好小子，你诈我，屁事不做，就能从我这边白赚一份好感，对也不对？"

陈平安故意一脸疑惑道："此话怎讲？"

刘袈气笑不已，伸手指了指那个当自己是傻子的年轻人，点了数下："就算你与天师府关系不错，一个儒家弟子，终究不在龙虎山道脉，恐怕就算是大天师本人，都不敢擅自传你五雷真法，你自己方才也说了，只能借着看书的机会，东拼西凑，你自己摸一摸良心，这样一部误人子弟的道诀秘籍，能比天水赵氏寻来的更好？诓人也不找个好由头，八面漏风，站不住脚……"

老修士顿时止住话头，只见那个青衫剑仙笑着抬起一手，五雷攒簇，造化掌中，道意巍巍，雷法赫赫。

刘袈凝神定睛，瞧了又瞧，轻轻点头，神色如常道："小夫子耍得一手好雷法，不愧是文圣弟子，绣虎师弟，博采众长，熔铸一炉，佩服佩服。好，此事说定，先行谢过，只等小夫子不小心丢了本秘籍在宅子，再被我无意间捡了去。只是……"

陈平安笑道："修行此法的一切注意事项，我都会小心落笔，仔细附录书尾，文字只会比正文内容更加烦琐细密，老仙师的境界就摆在那里，事后为端明护道传法，绝对不成问题。"

刘袈有些难为情。

陈平安说道："还得劳烦老仙师一事，帮我与天水赵氏家主讨要一幅字，写那赵氏家训就行。当然还是与陈平安无关。"

能够被师兄喊来这边看守小巷，陈平安确定刘袈肯定是守口如瓶之人，所以根本不担心老修士在天水赵氏那边会说漏了嘴。

刘袈松了口气，讨要字画什么的，小事一桩。自己哪怕扛着个箩筐登门，都不算什么，是给那写得一手漂亮馆阁体的赵夫子脸了才对。

被大骊官场说成是马粪赵的天水赵氏，家训却极有书卷气，陈平安尤其钟情其中数语，气象宜清宜高，学问宜深宜远，立身宜刚宜诚，颜色宜柔宜庄。

事实上，陈平安这趟入京，遇见了赵端明后，就很想讨要一份赵氏家主亲笔手书的家训，回头裱起来，不宜悬挂在自己书房，但可以送给小暖树。只是如今京城形势还不明朗，陈平安之前是打算等到事了，再与赵端明开这个口。现在好了，不花钱就能得手。

老修士蓦然一惊，陈平安转头望去，原来是被自己的雷法气象牵引，赵端明的心神沉浸小天地，出现了一种遥相呼应的气机流转，以至于整个人的灵气外泄，人如山岳，飞云盘桓，有那电闪雷鸣的迹象。陈平安看了眼刘袈，后者一愣，立即点头，说了句你只管为端明护道。

陈平安一步跨出，来到赵端明那边，轻巧一跺脚，盘腿坐在蒲团之上的闭目少年，随之飘然腾空而起。

陈平安抬起一手，轻轻抚住少年脑袋，帮助赵端明安稳心神道心，原本五雷攒簇的那只手掌，变为双指并拢，轻轻一点少年眉心处，让其定心，瞬间跻身一种神睡境地。

刘袈瞪大眼睛，一脸匪夷所思，只见那弟子头顶四周，气象万千，异常瑰丽，就像一幅天地道化的玄妙画卷。

日月共悬空，无数星辰旋转，只见那一袭青衫，以心念从璀璨星河当中，独独摘出一枚金光萦绕、雷法盎然的袖珍星辰，再以那点额之手，仿佛作为一座长生桥，将星辰缓缓滚入少年眉心，那一粒被道法虚化的星辰，在赵端明的人身小天地之内，循着小周天的灵气路线有序旋转，少年原本散落各处连自己都浑然不觉的几缕精粹道意，如获敕令，转瞬即至，遥遥朝拜那枚好似天道悬空的远古星辰。

陈平安轻轻一拍少年额头，少年连人带蒲团重新落地。

刘袈小心翼翼问道："陈平安，你该不会是飞升境大修士吧？"

陈平安笑道："我不是，我媳妇是。"

刘袈忍了忍，还是没能憋住，问出心中那个最大疑问："陈平安，你咋个拐骗到宁姚的？"

陈平安理了理衣襟，抖了抖袖子，笑着不说话。

这不是明摆着吗，靠相貌靠气度。

刘袈愣了半天，打趣道："你是个裁缝啊？"

陈平安微笑告辞，大步走出小巷。

一直被蒙在鼓里的少年缓缓回过神，睁眼后，站起身，蹦跳了几下，只觉得格外神清气爽。

发现师父坐在蒲团上喝酒，赵端明凑过去蹲着，闻一闻酒香解解馋。

刘袈笑道："以前还不清楚国师为何要我在这边耐心等着，说俸禄一事，先欠着，以后自会有人来这边掏钱。"

世事芜杂，弯弯绕绕，看不真切，可看人心的一个大致好坏，刘袈自认还是比较准的。

赵端明说道："我那陈大哥的钱，师父也好意思收下啊？师父啊，修行传道一事，你当然很强，不然也教不出我这么个徒弟，可是人情世故这一块，你真得学学我。"

刘袈笑着不再言语，转头望向巷中，以前国师崔瀺就在此年复一年，日复一日，独来独往，却从无半点寂寥之感。

心之忧危，若蹈虎尾，涉于春冰。

如今多了个师弟，一样行走巷中。

昭昭若日月之明，离离如星辰之行。

好像那个青衫剑仙，年纪虽轻，却不是什么棋子了，而是落座京城，一国山河即棋盘。

邀请对手落座，不妨试试看。

老修士再一想，颇为得意。

自己这个看门人，一拦拦仨，陈平安、宁姚、文圣，可都勉强能算拦下了的，试问天下谁能媲美？

刘袈咳嗽一声，递过去一壶酒，笑道："端明，喝酒。"

少年拍掉师父的手，笑哈哈道："师父说笑呢，喝什么酒，弟子小小年纪，只是闻了酒味都受不了。"

反正才几步路，到了客栈，陈平安不着急找宁姚，先跟掌柜唠嗑，聊着聊着，就问起了少女。

老人气呼呼道："姓陈的，别吃着碗里瞧着锅里，赶紧收起那份歪心思，再说了，你小子是不是吃错药了，我那闺女模样是俏，却不至于好过宁姑娘。"

陈平安笑着试探性道："掌柜，想啥呢，我是什么人，掌柜你见过了走南闯北的三教九流，早就炼出了一双火眼金睛，真会瞧不出来？我就是觉得她资质不错……"

老掌柜气笑道："打住，打住啊！难道跟你拜师学艺走江湖啊，一个小姑娘家家的，练什么拳脚功夫，此事休要多说。"

虽说眼前这个年轻人，多半是个有落脚地儿的江湖门派，可要说让自己闺女跑去跟人学武，岂不是没过几天，就满手老茧的，还如何嫁人？想想就糟心。

最最担心的，还是那个傻闺女，打小就憧憬着当什么江湖女侠，飞檐走壁，行侠仗义。亏得有次意迟巷和麓儿街两帮小王八蛋打群架，打得那叫一个凶狠，砖头都碎了不少，看得自家闺女闷闷不乐跑回家，打那之后，就收心几分了，只嚷着长大了再说，先练好内功再走江湖不迟。

陈平安说道："那我要是跟她在客栈里边，只是走路遇到了，不犯法吧？"

老人咦了一声，压低嗓音说道："你到底图个啥？陈平安，你老老实实，给我说道说道，不然我可就真要赶人了，儿子是有俩，闺女却只有一个，要是被你小子拐了去，我家那个凶婆姨能打死我。"

老掌柜还真没觉得这个年轻外乡人是什么歹人，何况如今世道太平了，大骊老百姓的日子，每天都稳稳当当的，犯禁一事，别说江湖中人，山上神仙都不敢。

老人突然问道："陈平安，与我透个底，你是哪个江湖门派的，名头大不大？"

龙州地界，只听说有座高耸入云的披云山，和那位传闻财源滚滚的魏山君，再就是一个满山剑仙的龙泉剑宗。

陈平安笑道:"小门小派的,说了掌柜也不知道,反正人不多,但是可以保证我家门风不错。"

老人嗤笑道:"我要是出门去,还跟人说自己这儿,是京城里头数一数二的大客栈呢,每天进进出出的,不是鱼虹、周海镜这样的江湖大宗师,就是腾云驾雾的神仙老爷,你信不信啊?"

陈平安点头道:"是不信。"

老人问道:"你小子不会真喜欢我闺女吧?莫不是一见钟情?"

陈平安苦笑道:"真没有。"

老人如释重负,点点头,这就好,然后一拍桌子,很不好,我闺女哪里比那宁姚差了。老人大手一挥,没眼光的,赶紧滚蛋。

陈平安走后,衙门很快就有人过来查簿子,两张生面孔,不过官牌没错,老掌柜也就没有多想。

他们翻到了陈平安和宁姚的名字后,两人相视一笑,其中一位年轻官员,继续随手翻页,再随口笑道:"刘掌柜,生意兴隆。"

老人随意趴在柜台上,半点不怵这些公门中人,自家客栈就开在那两条街巷边上,两代人,都快五十年了,什么文官武将没见过,位列中枢的黄紫公卿,不但脸熟,好些个路上遇见了,还能打声招呼的。对此,老掌柜是一向颇为自傲的,所以这会儿只是笑道:"生意还行,凑合吧。"

宁姚并未刻意心神沉浸去修行,温养剑意,不然无异于两座天下的一场大道之争。

她就这么在桌边坐了一宿,然后到了清晨时分,她睁开眼,下意识伸出手指,轻轻捻动一只袖子的衣角。

等到敲门声轻轻响起,宁姚说道:"门没闩。"

陈平安推门而入,宁姚瞥了眼那个头别玉簪的一袭青衫,没说话。

陈平安从袖子里摸出几本文人笔札,笑道:"还要在京城逗留几天,怕你闷,就挑了几本书,没事随便翻翻。"

宁姚看着桌上的几本书,拎了拎,问道:"就没有江湖演义和传奇公案?"

陈平安问道:"要看这一类?"

宁姚反问道:"不然看那些灵怪烟粉、志异小说的胡扯?"

陈平安无言以对。

那些演义小说,动不动就是隐世高人为晚辈灌注一甲子内功,也挺胡说八道啊。

只是媳妇说的都对。

陈平安先说了礼圣邀请的文庙之行,宁姚点点头,说没问题,然后陈平安立即转身去找书，不过书楼里好像没有这些书。

记得当年还是小黑炭的开山大弟子，每天私底下就缠着老魏和小白，说每人传给她几十年功力好了。

后来是老厨子告状，然后裴钱一顿栗暴直接吃饱，才放过了魏羡和卢白象。

老掌柜瞧见了来来回回的陈平安，打趣道："人不可貌相，年纪轻轻的，倒是挺快啊。"

陈平安假装没听懂，问道："掌柜的，附近有无书肆？"

老人点点头："不远，就有半条街的书铺，不过离着意迟巷、篪儿街这么近的铺子，可想而知，价格不便宜，多是些不常见的孤本善本。怎的，如今你们这些江湖门派中人，与人过招，事先都要之乎者也几句啦？"

老人大致指了路，陈平安道了声谢，笑道："媳妇想看书，就去那边找找。"

陈平安就当是散步了，找见了那条街，确实书肆林立，花了七八两银子，挑了几本书，收入袖中，又改了主意，绕路去往别处，约莫三里路程，穿街过巷，最后走到了一座开在小巷深处尽头的仙家客栈，门脸儿不大，也没什么仙家排场，凡夫俗子路过了，肯定都不会多看一眼，遇到了这条断头路，只会转身离开。

陈平安知道宋续几个昨夜出城远游，身形就起始于此地，后来返回京城，也是在这边落脚，极有可能这里就是他们的修道之地。

陈平安刚要敲门，就微微皱眉，身形瞬间倒掠出去，飘落在十数丈外，有一个金丹境的女鬼修士，身形虚化，从那张贴有彩绘门神的大门之中，一个飞扑而出，陈平安瞥了眼，发现是那个年轻元婴境剑修身边的女鬼，多半是宋续、葛岭一般的存在，只是分属不同山头。

这是要切磋道法，还是问剑问拳？

只是见她身形旋转，彩衣飘摇，张牙舞爪的，好像也没什么章法，而且她那要吃人的眼神，满脸的垂涎，又是怎么回事？

陈平安双手笼袖，只是挪步侧身，就躲过女鬼御风身形，宛如一条彩练的女鬼旋转半圈，摊开双臂，就要抱住那一袭青衫。

你还没完没了了？

陈平安便头也不转，只是抬起一肘，往后一砸，正中那女鬼面门。

砸得那女鬼晕乎乎倒地不起，坐起身，双指从袖中扯出一块帕巾，擦拭眼角，泫然欲泣。

陈平安转过头，皱眉问道："怎么回事？"

女鬼神采奕奕，也不说话，只是蓦然飘向陈平安，也无杀心杀气，好像就是一味死缠烂打。

陈平安始终双手笼袖,抬起一脚,踹在她的额头上,女鬼随即撞在墙壁上。

不对。

是某种能够遮蔽心相的古怪障眼法。简而言之,眼见为虚。

陈平安眯起眼,一手探出袖子,五指如钩,抓住那女鬼头颅,迅猛往下一按,将其砸在地上,脚尖微拧,以武夫罡气布满道路,不给她遁地的机会,然后一脚脚尖戳心,砰然一声,可怜那女鬼彩衣身形,就像一块抹布,将一条巷子都擦拭了一遍,然后女子身躯和身上彩衣蓦然扩大,悬停在小巷口附近,就像墙上挂了一幅巨大的彩绘仕女图。

陈平安提醒道:"差不多就可以了。"

一条小巷两侧墙壁,刹那之间天昏地暗,探出无数颗女鬼的头颅,只是并不狰狞厉色,反而笑靥如花,如那失心疯的痴情女子,终见情郎归家。

陈平安原本都已经打算下狠手了,没来由叹了口气,说道:"最后再警告一次。"

客栈内那袁化境走到廊道中,沉声说道:"改艳,收手。"

名为改艳的女鬼立即收拢术法,现身小巷中,身姿婀娜,敛衽行礼,道:"小女子改艳,见过陈公子。"

陈平安解释道:"我来找人。"

改艳嫣然一笑:"找人好啊,这客栈是我开的,找谁都成,我来为陈公子带路。"

陈平安摇头道:"不用。"

女子委屈万分,怯生生道:"客栈可是我的地盘,是否开门迎客挣那神仙钱,其实也没个定数,只看小女子心情。陈公子是斯文人,总不能破门而入吧?"

虽说宋续六人小山头,都属于奇人异士,可无论是身份相貌还是脾气性情,都还算正常,而绰号夜郎的剑修袁化境,他麾下四位从属,好像就没有一个省油的灯。这位名叫改艳的女鬼,那个野修出身的年轻骑卒苦手,以及一位阴阳家一脉的五行家练气士。

最后一位山泽精怪出身的野修,少年模样,其实年纪也不大的,面容冷峻,眉宇间杀气腾腾。给自己取了个名字,姓苟名存。少年脾气不好,还有个奇怪的愿望,就是当个小国的国师,是大骊藩属的藩属都成,总之再小都行。

陈平安一步缩地山河,直接破开客栈那点不值一提的禁制阵法,环顾四周,在云雾迷障中瞧见了一处宅子,双指一划,开门而入,落下身形,微笑道:"昨夜人多,不好多说。"

少年苟存,其实早已走出屋内那处别有洞天的修行道场,此刻瞧见了眼前这一袭青衫,少年先抱拳,又作揖,好像都觉得不对,最后只好挠挠头,喊了声陈先生,然后就开始咧嘴傻笑。

昔年石毫国,狗肉铺子里边,有个被人误以为是哑巴的少年伙计,遇到了一个青布棉衣的男人,拉着他吃了顿饭,说了很多话,给了他一个可能。

最后还借了少年一枚小暑钱。

"冤家哎。"巷子里的改艳也不恼,只是娇羞一跺脚,尾随其后。

来到这处院落,她惊讶万分,难道苟存与陈平安认识,怎么从未听说此事?

韩昼锦也来到小院门口,身边有个跟屁虫余瑜。

少年灿烂笑道:"陈先生,我今儿叫苟存。"

陈平安笑着点头:"名字不错。"

苟存。

不忘本,活下去。

陈平安伸出手。

少年赶紧从袖中摸出一枚常年备着的小暑钱,交给对方,歉意道:"陈先生,当年那枚小暑钱,被我花掉了。"

陈平安说道:"借钱还钱,不得讲点利息啊。"

少年咧嘴一笑,知道陈先生是在开玩笑。

陈平安收起小暑钱,手腕一拧,多出一根绿竹杖,是那文人雅士登山远游的行山杖。

"送你了。"

行山杖上边,刻有二字铭文,致远。

少年怀捧行山杖,不善言辞,只是默然与陈先生鞠躬致谢。

下一刻,少年还来不及抬头起身,瞬间便悚然警觉。

事实上,不但是苟存,院中的女鬼改艳,门口的韩昼锦和余瑜,以及聚在邻近一处院落内的宋续几个,人人都发现自己置身于云雾茫茫中。

阵师韩昼锦已经祭出那座仙宫遗址,然后天地间唯有一道剑光,劈天开地一般,强行破开了一座远古桐柏福地的山水禁制,只见那陈平安一手扯住改艳的发髻,一手攥住苟存的脖颈,女鬼改艳一身灵气被拳意镇压,近乎停滞,稍有风吹草动,五行之属的本命气府就有那揪心之痛,至于苟存,已经昏厥过去,最麻烦的地方,还在于改艳和苟存眉心处,都被飞剑轻刺一下,剑气渗入体内小天地。

那位出手不打招呼的青衫剑仙,环顾四周,看了几眼这处上古仙人道场的大道运转气息,然后盯着韩昼锦,微笑道:"我都有点奇怪了,你们当年怎么杀的妖族军帐玉璞境,袭杀斩首?不会吧,是送人头给你们才对吧?"

陈平安自顾自说道:"还是说,只要人手不齐,你们十一人,就只能算一盘散沙了?没事,都进来好了。再说了,天底下哪有只需你们谋划稳当杀别人的好事,终有一天是要还债的,现在就是了。"

那位阴阳家练气士刚要掐道诀,施展一门极其玄妙的本命神通,以自身跌一境作为代价，逆流光阴长河些许，帮助十一人重返"先前"，好早做准备。

结果头顶有剑光直下，袁化境现身为隋霖护道，祭出一把本命飞剑，以飞剑对飞剑，斩断那道剑光，不承想，那五行家练气士四周剑光亮起无数，直接搅烂那条纤细如丝线的光阴流水。

陈平安丢下手中的苟存和改艳，一步来到道录葛岭身前，这位道士竟是选择直接炸开金丹和元婴，换成一般的地仙修士，就该是身死道消的下场了。

陈平安一身拳意如瀑，毫发无损，随意走出这处山水画面略显紊乱的战场，伸手按住那兵家修士的余瑜近身一拳，轻轻一拽往自己身前靠拢，然后转身就是一记顶心肘，打得余瑜口吐鲜血，倒飞出去数十丈。陈平安身形一闪，刚要抬脚再踩下，眼角余光却发现那余瑜其实远在别处，有点意思，在笼中雀的自家小天地内，眼中所见竟然还是受到了干扰，看来先前在小巷那边，女鬼这个传说中的山上"画师描眉客"，还是藏拙不少。

于是下一刻，十一人眼中所见天地，出现了不同程度的倾斜、扭曲和颠倒。

就像一座天地，被主人切割成了无数界境。

那女鬼改艳刚要有所动作，视野之中，皆是剑光，瞬间就被数十把长剑钉入身躯和彩衣。

原本应当长久昏睡的苟存突然睁眼，就被陈平安一脚踩中心口，再次昏死过去，与此同时，陈平安斜眼看那个小沙弥，笑了笑，好像在说原来是你。一袭青衫如跨出门扉，凌空蹈虚，出现在了那个小沙弥身后，手臂环住小和尚的脖子，一手托住小和尚的下巴，只是陈平安犹豫了一下，选择临时收手，拍了拍小和尚的脑袋，笑道："以后小心些。"

双指并拢，画了一圈，在小沙弥身觉四周，出现了一座金色雷池。

陈平安更换战场，抖了抖袖子，符箓如悬挂两条银河，将那五行家练气士围困其中。

韩昼锦大惊失色，不知何时，自己竟然失去了与那座仙府遗址的气机牵引。

陈平安环顾四周，随便抬手，拍飞了袁化境与宋续的飞剑，说道："知道你们还有很多后手，可是毫无益处，没机会施展的，你们已经输了。"

屈指一弹，将一块金身碎片激射向那位阴阳家练气士，陈平安说道："算是补偿。都回吧。"

光阴逆转片刻，十一人各归其位，但是有那小沙弥的佛法神通护持，人人记忆犹存，隋霖跌坐在地，脸色惨白，只是手中那块金身碎片，弥补自身道行的折损，犹有盈余。

一半修士不太服气，剩下一半心有余悸。

那位出手狠辣至极的青衫剑仙，好像唯独不受光阴长河的影响，第一个返回客栈原地，双手笼袖站在廊道上，与那还低着头的少年苟存笑道："吓到了？"

少年呆滞无言，还是怀捧行山杖的姿势，起身然后挠挠头，再摇摇头："陈先生，是学到了。"

陈平安轻声道:"山上修行,云谲波诡,登山越高,山风越大,以后多加小心。"

然后陈平安笑了起来:"当然不是说你以后都要小心我的偷袭了。今天的出手,是个例外。"

陈平安开始帮忙十一人复盘这场厮杀,再给了些建议,至于他们听不听,就不管了。

如果他们不是师兄精心筛选、耗费大量财力栽培起来的修士,陈平安今天都懒得出手,那么大一块远古神灵的金身碎片,不是钱啊?

陈平安最后以心声问道:"苟存,如今瞧见了吃狗肉的人,会如何?"

苟存沉默片刻,抬起头,与陈先生实话实说道:"还是心里难受得紧,所以听陈先生的,以后一定要当那小国国师,下令一国境内,谁都不许吃狗肉。"

陈平安点点头:"慢慢来。"

陈平安就要离开这处仙家客栈,不料那个女鬼竟然还有胆子靠近几步,眨着一双大眼睛:"陈公子,这就走啦,我送送你呗?"

陈平安气笑道:"腻歪不腻歪,说说看,你到底图个什么?"

她破天荒有些腼腆神色:"学韩昼锦,见色起意,把持不住。"

韩昼锦满脸通红,恼羞成怒道:"改艳,你嘴巴给我放干净点!"

陈平安无言以对,一闪而逝。

火神庙。

花棚下,封姨斜眼望去,不请自来,而且不敲门就进,都是什么人啊。

老车夫直截了当道:"形势所迫,需要回答陈平安三个问题,你觉得那小子会问什么,我好早做准备。你别推脱,如果不是你使坏,我不至于多挨那两剑。"

封姨莞尔一笑:"陈平安肯定会先问你是谁。"

老车夫说道:"还有呢?"

封姨继续道:"那本命瓷破碎一事,你有无参与其中。"

老车夫点点头:"这个好回答,屁事没有。"

封姨啧啧道:"昧良心了吧?你可是早就押注了杏花巷马家。"

老车夫也不遮掩:"我最看好马苦玄,没什么好隐瞒的,可是马氏夫妇的所作所为,与我无关。既没有指使他们,事后我也没有帮忙抹去痕迹。"

封姨思量片刻,道:"至于第三个问题,他可能会问的内容就多了,难猜。"

"比如?"

"比如骊珠洞天的本命瓷炼制一事,到底谁才是始作俑者。你要不要回答?又该怎么回答?"

老车夫取出一只小瓷瓶,打开之后,紫气缭绕,轻轻嗅了嗅,顿时金光盎然,流转全身,缝补伤势。

神灵之躯被那剑修所斩,有一点好,就是没有剑气残留,剑气余韵会被光阴长河自行冲刷掉,只要不是金身当场崩碎,事后伤势再重,裂缝再多,都可以弥补修缮。

老车夫沉默片刻,略显无奈,道:"跟宁姚说好了,只要是我不愿意回答的问题,就可以让陈平安换一个。"

封姨笑道:"就这样?"

老车夫闷闷道:"那个小婆娘给了个说法,事不过三。"

老车夫猛然抬头,你这个老婆娘可别再坑我。

封姨打趣道:"实在不行,就死道友不死贫道好了,将那人的根脚,与陈平安和盘托出。"

老车夫摇摇头:"什么山上四大难缠鬼,其实惹谁都别惹算卦的。"

其余两个幕后人,一个是扶龙一脉的养龙士,另一个来自阴阳家中土陆氏,一明一暗,明处的,就是那位被宋长镜乱拳打死的京城练气士,暗处的,大骊旧五岳选址都是出自此人手笔。

他们这几个老不死,在那骊珠洞天寄人篱下,当然各有所求,扶龙一脉那位老祖师,是押注大骊宋氏,顺便压制福禄街卢氏气运。

至于这位封姨,除了护道一事之外,不过是各处顺势结缘罢了,比如将曹沇、袁瀣带出骊珠洞天,将这对未来的文武双璧送给了大骊朝堂,才有了那场中兴,使得大骊宋氏不至于国祚断绝,被昔年大骊宗主国卢氏王朝轻易吞并。

相对封姨和老车夫,那个来自中土陆氏的阴阳家修士躲在幕后,成天穿针引线,行事最为鬼祟,却能拿捏分寸,处处都在规矩之内。

老车夫没来由说道:"甲子之内,先到先得。马苦玄其实还有机会。"

老车夫是说那虚无缥缈又无处不在的浩然气运一事,数洲山河破碎,两座天下的大修士陨落极多,哪个不是原本身负大气运之辈,只是都一一重归天地间了,这就像出现了一场无形的争渡。早先,剑气长城的剑仙坯子,托月山百剑仙,其实都是因这场战事即将到来,纷纷应运而起,之后,剑仙徐獬、白帝城顾璨之流,一个个横空出世,崛起极快,故而最近一百年,是修道之人万年不遇的大年份,错过就无。

除非那位已经登天而去的文海周密,能够重返人间,战事再起。

老车夫瞥了眼天幕,感叹道:"不得不说,这个周密,确实了不起。"

封姨笑道:"使气毋夺,本就是修士养藏之道。"

老车夫皱眉道:"功德一物,来之不易,这个陈平安的脑子有毛病吧。"

封姨摇摇头，不愿多说此事。

所谓人性，归根结底，就是喜欢自己跟自己打架。

身为神灵，却天生能够分门别类，毫厘不差，喜怒哀乐，再细分出成百上千的"地界"，处处井然有序。

关于这件事，三教圣人都是有许多解决方案的，比如佛家道门都推崇那"守一法"，近一点的，只说那个恢复文庙神位的老秀才，一样早已在圣贤书上勘破天机，比如凡观物有疑，中心不定则外物不清，明月宵行，俯见其影以为伏鬼……心者，形之君也，而神明之主也，故而需自禁自使、自夺自取、自行自止也……这才是老秀才那《解蔽》篇的精髓所在。

所以先前在客栈那边，老秀才看似无心随意，提到了自己的《解蔽》篇。

当时封姨就识趣撤去了一缕清风，不再偷听对话。

世间所谓的风言风语，还真不是她有意去旁听，实在是本命神通使然。

陈平安原路返回，临近客栈，刚好碰到那个少女出门，一见到那家伙，少女立马掉头，跑回客栈，绕过柜台，她躲在爹身边，然后装模作样开始打算盘。

陈平安跨过门槛，目不斜视。

突然停步，转身走出客栈，去往小巷宅子。

那位大骊太后，终于来了。

柜台那边，少女小声道："爹，我是不是冤枉他了。"

老掌柜沉声道："没有，这小子是江湖中人，心眼颇多，是在欲擒故纵。"

陈平安颇为无奈。

街上缓行，闲来无事，陈平安开始随口胡诌几句：

"古竹马击裙腰，驻马听卖花声，荷花媚摸鱼儿，纱窗怨玉簟秋，玉漏迟好事近。渡江云送不水船，鹊桥仙见壶中天，山鬼谣唱万年春。"

第五章 好似拖曳虚舟

第六章
十四

　　巷口停了辆不起眼的马车，帘子老旧，马匹寻常，有个身材矮小的宫装妇人，正在与老修士刘袈闲聊，天水赵氏的开朗少年，破天荒有些拘谨。

　　车夫倒是个熟人，依旧站在马车旁边闭目养神。

　　陈平安脚步不停，缓缓而行，笑呵呵伸出三根手指，老车夫冷哼一声。

　　宫装妇人停下与老修士有一搭没一搭地闲谈，转过头，望向那一袭青衫，只见陈平安头别玉簪，身材修长，脚穿布鞋，显得意态闲适，不像是个外乡人，更像是在自家地盘闲庭信步。

　　青衫剑仙，阔步京城，年轻气盛，不过如此。

　　只是年轻人当下没有背那把长剑，多半是将长剑搁放在宅子里边。据说长剑是仙剑太白的一截剑尖炼化而成，只是在正阳山问剑一役当中，现世不多，他更多是凭借剑术镇压一山。宋氏朝堂的刑部侍郎赵繇，仙缘不小，同样获得了一截太白仙剑。

　　随着那青衫男子的不断靠近，她微微皱眉，心中有些犯嘀咕，昔年的泥腿子少年，个子这么高啦？等会儿双方聊天，自己岂不是很吃亏？

　　先前在长春宫，通过钦天监和本命碎瓷扯起的那幅山水画卷，她只记得画卷中人仙气缥缈，身穿青纱道袍，头戴莲花冠，手捧灵芝白云履，她还真忽略了年轻人如今的身高。

　　刘袈与大骊太后娘娘告辞一声，带着弟子赵端明一起退入了白玉道场，主动隔绝天地，为双方让出了那条小巷。

宫装妇人朝那老车夫挥挥手,后者驾车离开。

这位大骊太后,驻颜有术,肤如凝脂,个子不高,哪怕在一洲南地女子当中,也算偏矮的,故而显得十分小巧玲珑,不过有那得道之士的金枝玉叶气象,容貌不过三十岁。

妇人姓南名簪,大骊本土汀州豫章郡人氏,家族只是地方郡望,在她入宫得势之后,也未跟着鸡犬升天,反而就此沉寂。

她衣衫素雅,也无多余装饰,只是京城少府监辖下织染院出产,编织出织染院独有的云纹,奇巧而已,织造手艺和绫罗材质,到底都不是什么仙家物,并无半点神异之处,但是她戴着一串手钏,十二颗雪白珠子,明莹可爱。

四下无人,自然更无人胆敢擅自窥探此地,南簪这位东宝瓶洲最有权势的女子,竟是敛衽侧身,施了个万福,意态婀娜,风流倾泻,她嫣然笑道:"见过陈先生。"

陈平安停下脚步,抱拳笑道:"见过太后。"

他多看了一眼妇人的手钏,名副其实的价值连城,因为每一颗珠子都是《山海志》所载的"灵犀珠",此珠可以让人开悟心神,记起前世过往,而且今生事有遗忘,只需摩挲此珠,便可灵犀一点通,浩然天下的"宗"字头仙家,几乎都会辛苦寻觅此珠,将那些兵解转世的老祖师迎回山上,再赠予此珠,帮助开窍记起上一世的红尘和修行二事。

南簪看了眼青衫停步处,不远不近,她刚好无须仰头,便能与之平视对话。

看似一个给足对方天大的面子,贵为太后,依旧愿意敬称对方一声先生,一个便投桃报李,善解人意,不欺负她个子小。

南簪微笑道:"陈先生,不如我们去宅子里边慢慢聊?"

陈平安点头道:"太后是主人,自然是客随主便。"

两人一起走在小巷中,各自靠近墙根,目视前方,南簪感慨道:"浩然有幸,共挽狂澜。陈先生远游剑气长城,建功立业多矣,先斩隐匿飞升大妖边境于海上,后斩王座龙君在城头,再以外乡人身份担任末代隐官,这等壮举,数座天下万年未有,相信以后更不会再有了。大骊有陈先生,实属万幸。"

陈平安双手笼袖,缓缓道:"风波气势恶,秭草精神竦,仅此而已。"

南簪沉默片刻,临近宅子院门,她突然问道:"敢问文圣老先生这会儿可是在宅子静修?会不会打搅文圣看书?"

陈平安推开院门,摇头道:"先生不在此地。"

南簪又问道:"下榻在那市井寻常客栈,会不会委屈了宁剑仙?需不需要我来安排住处?"

陈平安笑道:"太后的好意心领了,只是没有这个必要。"

双方在一处庭院落脚,南簪微笑道:"陈先生是喝酒,还是饮茶?"

陈平安双手笼袖,斜靠石桌,转头笑道:"不如我们先谈正事?"

南簪笑眯眯道:"不知陈先生此次喊我过来,是要聊什么事儿?"

陈平安一手探出袖子,道:"拿来。"

南簪一脸茫然,道:"陈先生这是打算讨要何物?"

陈平安保持那个姿势,微笑道:"物归原主,天经地义。不然总不能是与太后讨要一条性命,那也太狂妄悖逆了。"

南簪环顾四周,疑惑道:"物归原主?敢问陈先生,东宝瓶洲半壁江山,何物不是我大骊所属?"

陈平安收起手,笑道:"不给就算了。"

南簪似乎有些意外对方的爽快,她一拍额头:"记起来了,陈先生莫不是说那本命瓷的碎片?"

陈平安说道:"太后这趟出门,手钏没白戴。"

南簪抬起一手,露出一截雪白如藕的手腕,道:"手钏不如送给陈先生?说不定派得上用场,可以解燃眉之急。"

陈平安眯起眼,默不作声。

宅子之内某处,壁上隐隐有龙鸣,动人心魄。

师兄左右说得对,若是讲理有用,练剑做什么。

妇人浑然不觉,放下那条胳膊,轻轻搁放在桌上,珠子触石,微微滚走,咯吱作响,她盯着那个青衫男子的侧脸,笑道:"陈先生的玉璞境,真真不同寻常,世人不知陈先生的止境气盛一层,前无古人,犹胜曹慈,更不知隐官的一玉璞两飞剑,其实同样惊世骇俗。别人都觉得陈先生的修行一事,剑术拳法两山巅,太过匪夷所思,我却认为陈先生的藏拙,才是真正安身立命的看家本领。"

见那陈平安不愿开口言语,她自顾自继续说道:"那片碎瓷,肯定是要还的,就像陈先生所说,物归原主,合情合理,我为何不给?必定是要给的。只是什么时候给,我觉得不用太过着急,这片碎瓷留在我这都好些年了,不一样帮陈先生保管得安稳妥当,既然如此,陈先生何必急于一时?"

南簪伸出手掌,轻轻拂过桌面:"我可以代替皇帝陛下与你保证,我们愿意倾尽宋氏底蕴和大骊国力,帮助陈先生最快跻身仙人境、飞升境,直到飞升境瓶颈。到了那会儿,陈先生已经成为了一洲山上的仙家领袖,就像昔年南婆娑洲的陈淳安、北俱芦洲的火龙真人、皑皑洲的刘聚宝,到时候我就将那片碎瓷双手奉上,作为预祝陈先生百尺竿头更进一步的小小贺礼。在这期间,大骊朝廷对陈先生和落魄山,无半点所求。"

陈平安转过头,笑问道:"天底下还有这样的好事?什么都不用付出,就是每天躺着享福,我都快要误认为自己姓宋了。"

南簪神采奕奕,一双眼眸死死盯住那个,道:"陈先生说笑了。我方才说了,大骊有陈先生,是幸事,若是这都不懂珍惜,南簪作为宋氏儿媳,愧对太庙的宋氏列祖列宗。"

陈平安微笑道:"万一是太后娘娘有脸去敬香祭祀,宋氏太庙诸贤、陪祀却没眼看,就有点尴尬了。"

南簪掩嘴娇笑道:"陈先生确实变了好多,相较于少年时的沉默寡言,如今言语风趣极了。"

陈平安点点头:"已死龙君,半死流白,已去离真,当年与我相伴多年,老少男女皆有,一个个也都是这么觉得的。"

南簪拍了拍自己胸脯,心有余悸道:"陈先生就不要吓唬我了,一个妇道人家,不光是头发长见识短,胆儿还小。"

陈平安朝门口那边伸出一只手掌:"那就不送,免得吓死太后,赔不起。"

南簪站起身,咬着嘴唇,眼神哀怨道:"那我可真走了?"

陈平安笑着起身:"那还是送送太后,尽一尽地主之谊。"

南簪却一屁股坐回原位,落座之前,她双膝微屈,身体前倾,双手下垂,然后轻轻捋过弧线,绸缎光滑如水,坐定之后,她高高仰起脖子,妩媚笑道:"是与陈先生说笑呢,总不能只许陈先生诙谐,不许南簪说句赌气话吧?"

她没来由说了句:"陈先生的手艺很好,竹杖、书箱、椅子都是有模有样的,当年南簪在河边铺子就领教过了。"

只是不等南簪说完,她脖颈处就微微发凉,视野中也没有了那一袭青衫,却有一把剑鞘抵住她的脖子,只听陈平安笑问道:"算一算,一剑横切过后,太后身高几许?"

宫装妇人摇摇头:"南簪不过是个小小金丹客,以陈先生的剑术,真想杀人,哪里需要废话,就不要虚张声势了……"

果不其然,陈平安手腕一拧,那把长剑掠回一处厢房墙壁。

陈平安重新落座。

妇人微微一笑,什么南绥臣北隐官,不过如此。

只是蓦然剑光一闪,南簪一颗头颅竟是当场高高飞起,她起身双手拽住头颅,迅速放回脖颈处,手心急急抹过伤口,只是稍稍转头,便吃疼不已,她忍不住怒道:"陈平安!你真敢杀我?!"

陈平安从袖中取出一壶酒,再拿出一只文庙议事随手顺来的花神杯,给自己倒了一杯酒,自饮自酌:"你说不敢就不敢吧。"

南簪站在原地,讥笑道:"我还真就赌你不敢杀我,今儿话就撂在这里,你要么耐心等着自己跻身飞升境瓶颈,我再还你碎瓷片,要么就是今天杀我,形同造反!明天就会有一支大骊铁骑围攻落魄山,巡狩使曹枰负责亲自领军攻伐落魄山,礼部董湖负责调度各路山水神灵,你不妨赌一赌,三江水神,各路山神,还有那山君魏檗,到时候是作壁上观,还是如何?!"

南簪揉了揉脖子,神魂震颤,她这辈子还未受过这般奇耻大辱,心中大恨,恨极了这个大逆不道的泥瓶巷贱种,她随即嗤笑一声:"文圣也好,再由你加上一个飞升境剑修的道侣宁姚也罢,别忘了,我们浩然终究是依照中土文庙的规矩在打理天下,别说刚刚恢复神位的文圣,就连礼圣都要尊重自己制定的礼仪规矩……"

不承想那个青衫男子笑眯眯伸出手掌,虚按几下:"别急眼啊,急什么,开个无伤大雅的玩笑而已,难道只许南簪道友管不住嘴,不许我一个不小心管不住飞剑啊。"

南簪深呼吸一口气。

没事,只要陛下看到了那触目惊心的一幕,就算没白遭罪一场。

陈平安打趣道:"再说了,你南簪跟文庙和礼圣不熟,我熟啊。"

然后陈平安随手一挥袖子,打碎一处颇为隐蔽的镜花水月,道:"宫内陛下估计这会儿雾里看花,不知道太后为何会如此行事,钦天监那位恐怕就更尴尬了,以后都要不知如何与太后娘娘相处。"

陈平安再打了个响指,庭院内涟漪阵阵如云水纹路,陈平安双指若拈棋子状,宛如抽丝剥茧,以玄之又玄的仙人术法,拈出了一幅山水画卷,画卷之上,宫装妇人正在跪地磕头认错,次次磕得结实,泪眼蒙眬,额头都红了,一旁有位青衫客蹲着,看样子是想要去搀扶的,约莫又忌讳那男女授受不亲,所以只好满脸震惊神色,口中念念有词,使不得使不得……

陈平安以袖子打散那幅"赝品画卷",微笑道:"之前不守规矩,在那长春宫遥看过云楼,我就已经提醒过你了,结果还是不长记性。南簪道友,小小元婴就要与我切磋道法,不妥当啊。"

陈平安拿起桌上那只酒杯,轻轻旋转:"有无敬酒待客,是大骊的心意,至于我喝不喝罚酒,你们说了可不算。"

南簪此行,心机不少。

她先是放低身架,低眉顺眼,诱之以利,若是谈不成,就开始混不吝,好似犯浑,依仗着妇人和大骊太后的双重身份,觉得自己下不了狠手。

若是还不成事,她就施展苦肉计,好让皇帝宋和亲眼目睹这惨烈的一幕。

归根结底,她最大的依仗,其实都不是什么大骊铁骑和宋氏国势,而是她极其笃定一事,身在这处宅子当中的陈平安,其实不是什么落魄山的宗主,更不是剑气长城的隐官,而是国师崔瀺和齐静春的师弟,他一定不愿意两位师兄联手造就的大好形势,一洲山河之稳固,葬送在他这个小师弟手里。

是不是想得过于简单了?

宫装妇人莞尔一笑,瞬间收拾好了心中那些翻江倒海的复杂情绪,瞥了眼不远处那座人云亦云楼,柔声道:"今儿虽然只见陈先生一人,南簪却都要以为是与两位故人同时重逢了呢。"

陈平安扯了扯嘴角:"差远了。不然南簪道友今天敢来这条小巷,我就不姓陈。"

她叹了口气,低下头,喃喃道:"陈先生,那碎瓷片,是真不能交给你的,这涉及我大骊朝廷的千秋大业,是我理亏,要打要杀,任凭你欺辱便是了。"

陈平安微笑道:"怎么,还要故伎重演,君子可以欺之以方?"

南簪抬起头:"如果不是顾忌身份,我其实有很多法子可以恶心你,只是我觉得没那个必要,你我终究是大骊人氏,一旦家丑外扬,白白让浩然天下其余八洲看咱们的笑话。"

陈平安点头道:"比如太后今天走出巷子的时候,衣衫不整,哭哭啼啼回到宫中。"

南簪双指拧转衣角,自顾自说道:"我打死都不愿意给,陈先生又志在必得,这好像是个死结,那么接下来该怎么聊呢?"

陈平安说道:"其实不用聊了,你留着那片碎瓷就是了,不妨赌一赌,我赌至多半个月之内,太后就会自己登门,送还此物。"

南簪眼睛一亮,却还是摇头道:"不赌。要说赌运,天底下谁能比得过隐官。"

陈平安收起酒壶和花神杯,左手开始卷袖子,缓缓道:"崔师兄无所谓宋家子弟谁来当皇帝,宋长镜则是无所谓谁是和谁是睦,至于我,更无所谓你们宋氏国祚的长短。其实你真正的心结死结,是那个泥瓶巷宋集薪在你心中的死而复生,所以当年长春宫那场母子久别重逢,你每多看他一眼,就要揪心一次,一个好不容易当他死了的嫡长子,偏偏活着回到了眼前,既然早已将所有愧疚都弥补了次子宋睦,还如何能够多给宋和一点半点?最恨的先帝,已经恨不着了,最怕的国师,已经不在人世,最担心的宋长镜,所幸还是姓宋的人,如今又去了蛮荒天下,所以真正的心头刺,反而还是那个在宗人府谱牒上勾销又添名的儿子。"

南簪脸色惨白,嘴唇颤抖,好像想要疾言厉色训斥几句,偏偏有心无力,她一手扶住石桌,青筋暴起,纤毫毕现。

陈平安瞥了眼妇人那般作态,冷笑摇头,恍然道:"看来不是什么死结,是我想岔了。哪怕换了宋集薪当皇帝,不还是自己儿子坐龙椅?南簪道友这份道心,让我大开眼界。看来当个山上的一宗之主,绰绰有余。"

南簪微微愕然,虽然不晓得到底哪里出了纰漏,但既然被他一眼看穿,她也就不再逢场作戏,脸色变得阴晴不定。

陈平安开始用右手卷起左手袖子:"提醒你一句,半个月之内,不要自作聪明,闹幺蛾子。太后主动登门拜访,必须回礼,绝没有空手而归的待客之道。"

陈平安以手指轻轻叩击桌面,妇人手钏上一粒灵犀宝珠闪过一抹亮光,重启镜花水月，大骊皇宫之内，皇帝陛下和钦天监练气士终于重新见着了画卷，如释重负，先前君臣双方都有些后知后觉，最终猜出了那幅画面的真伪，定然是陈平安动了手脚。不管如何，有点动静，哪怕是那陈平安的障眼法，总好过宅子里从头到尾死寂沉沉，最终再传出某个大骊朝廷或者说是皇帝宋和不可承受的噩耗。

庭院那边，刹那之间，陈平安神不知鬼不觉地来到那妇人身后，伸手攥住这位大骊太后娘娘的脖颈，往石桌上使劲砸去，砰然作响。

磕头如捣蒜。

皇帝陛下愣了愣，然后苦笑道："陈平安总这么闹，故布疑阵，都两次了，有意思吗？意义何在？"

钦天监那位老修士思量片刻，摇头道："天晓得，可能是故意在陛下这边，显得不那么……正人君子？就像是将中土文庙附近鸳鸯渚那边的手段故伎重演，借机提醒大骊朝廷，他其实不太循规蹈矩……"

老人停下言语，猛然抬头，眯眼远眺，这位负责监察一国运势起伏的老修士，霎时竟是有些道心失守，不得不伸手抵住眉心，默念道诀，凭借望气神通，依稀可见，一条盘踞在大骊京城的金色蛟龙，由宋氏龙气和山河气运凝聚而成，被云中探出的墨爪，按住了头颅……只是这幅画卷，一闪而逝，但是老修士可以确定，绝对不是自己的错觉，老修士忧心忡忡，喃喃道："好重的杀心。这种大道显化而出的天地异象，难不成也能作伪？陈平安如今只是玉璞境修为，京城又有大阵护持，不至于吧……"

宫装妇人刚要跨过院门，停下脚步，她抬起手背，擦了擦额头，散去红肿淤青，这才走入巷中，瞬间就又是那个气态雍容的大骊太后娘娘了。

南簪刚刚一脚触及小巷地面，身后院门就砰然关闭。

远在庭院落座的陈平安抹平两只袖管，宁姚询问的心声响起："装的？"

陈平安说道："不是装的，差点就真没忍住，因为我差不多可以确定了，当年我本命瓷破碎一事，她和那个藏头藏尾的扶龙一脉祖师，绝对都脱不了干系，可能极早就开始布局了，与别人事后跟着押注还不一样。后来宋集薪搬入泥瓶巷隔壁，稚圭逃出锁龙井与我结契，她再选择成为宋集薪婢女，窃取'宋和'的龙气，为她自身塑造出一条潜在龙脉，以蛇胆石作为食物进补，督造官宋煜章搭建起悬'风生水起'匾额的廊桥，等于为她重建了一座适宜修行的长生桥，等等……其实都是这条脉络的延续。所以我只是想到杀了没用才收手，我暂时还无法确定，南簪的那盏续命灯藏在什么地方，那才是她的真正命脉所在，说不定这个婆娘此次登门，就是奔着被我宰掉而来。论演技，她本事不算小。"

宁姚好奇道："你不是会些拘拿魂魄的手段吗？当年在书简湖那边，你是显露过这一手的，以大骊谍报的能耐，以及真境宗与大骊朝廷的关系，不可能不知道此事，她就不担心这个?"

陈平安眉头微皱,很快给出一个答案:"可能连她自己都不知道那盏续命灯藏在何处,所以才有恃无恐,至于是怎么做到的,也许是她早年用某种山上秘术,故意彻底打碎了那段记忆,哪怕事后被人翻检魂魄,都无迹可寻,比如她界定了未来某个时刻,可以凭借那灵犀珠手钏,再来记起续命灯的某条线索,只是如此一来,还是会有些瑕疵,更大可能是……"

陈平安突然笑了起来:"明白了!"

宁姚问道:"明白什么了?"

陈平安笑着给出"稍等"二字,然后一步跨出庭院,到客栈大堂那边,趴在柜台上,笑道:"掌柜,那只花瓶怎么卖?"

不问卖不卖,直接问怎么卖。

老掌柜摆摆手:"不卖。"

陈平安笑问道:"四百两银子,一手交钱一手交货,如何?"

老掌柜笑着摇头:"免了,就冲你小子这股死缠烂打的劲儿,我就晓得那么大立件儿,绝对不止四百两银子,说不定你小子是那山上人,其实一早就是冲着这玩意儿来的。"

陈平安气笑道:"掌柜的,说话得讲良心,我要是一早就存心捡漏,花个二十两银子买下它,你都要觉得赚了。"

老掌柜嘿了一声,斜眼不言语,就凭你小子没瞧上我闺女,我就看你不爽。

陈平安想了想,直接走出客栈,要先去确定一事,到了巷子那边,找到了刘袈,以心声笑问道:"我那师兄,是不是交代过什么话给老仙师,只等我来问? 不问就当没这么回事?"

刘袈咦了一声:"这都猜得到?"

随后点点头:"国师说了,猜到这个没用,你还得再猜一猜内容。"

说到这里,刘袈倍感无力,心想如果陈平安都猜出内容了,国师大人你还要自己捎话作甚?

莫不是聪明人的想法,都这么不讲道理吗?

陈平安笑问道:"比如'还要灯下黑几次'?"

刘袈叹了口气,现在的年轻人,惹不起。

都能与绣虎遥遥对弈了? 不愧是师兄弟。

刘袈点点头:"国师当年临行前,确实是这么说的。"

陈平安再走去客栈那边,与掌柜笑问道:"如果我猜到了当年掌柜是花几两银子买的花瓶,掌柜就将花瓶四百两银子卖给我,如何?"

老掌柜点点头，伸出一只手掌晃了晃："可以啊，不过哪怕猜中了，也得是五百两，要是猜不中，以后就别觊觎这只花瓶了，而且还得保证在我闺女那边，你小子也要少转悠。"

陈平安笑道："十四两银子。"

老掌柜摆摆手："错了错了，滚蛋滚蛋。"

陈平安啧啧道："半点不讲江湖道义是吧，那我这就找刘姑娘去，与她说我家的那个江湖门派，山中高手如云，什么大宗师鱼虹什么周海镜，不过尔尔。"

老掌柜犹豫了一下，相较于一只花瓶的卖高卖低，当然是更在意自己闺女别鬼迷心窍，被人拐骗了去闯荡江湖。

老人说道："那就五百两银子，钱货两讫。"

陈平安笑了笑，随便指了指老掌柜身后架子上的那些瓷器："我只花十四两银子买花瓶，剩下的钱，买这个。掌柜要是担心我还在捡漏，随便拿一件给我就行。"

老人问道："你身上真有这么多银子？"

陈平安从袖子里摸出一摞银票："是我们大骊余记钱庄的银票，假不了。"

老人拈起银票，货真价实，犹豫了一下，收入袖中，转身去架子上边，挑了件品相最好的瓷器，值钱是肯定不值钱了，都是早年花的冤枉钱。老人将那只五彩颜色、鲜艳繁华的鸟食罐，随手交给陈平安后，轻声问道："与我交个老底儿，那花瓶，到底值多少？放心，已经是你的东西了，我就是好奇你这小子，这一通乱七八糟的王八拳，要得连我这种做惯了买卖的都要一头雾水，到底耍出几斤几两的能耐，说吧，行情价，值几个钱？"

陈平安笑道："老实说，花瓶按照市价，七八百两银子肯定是能谈的。"

老人点点头，其实能接受，早年十四两银子入手的花瓶，吃灰多年，转手一卖，就得了五百两银子，真就懒得计较那两三百两银子的账面盈亏了，银子嘛，终究还是要讲究个落袋为安。就咱这家底，与意迟巷、篪儿街自然没法比，只是相较于一般人家，也算殷实门户了，保管不会少了闺女将来的嫁妆，到时候风风光光嫁人，婆家绝不敢看低。

随即老人好奇问道："陈平安，那么大一只花瓶，你怎么处置？需不需要铺子这边代为保管，什么时候等你离了京城，再雇辆马车？"

陈平安摇头笑道："我自己解决。"

老人绕出柜台，说道："那就随我来，先前晓得了这玩意儿值钱，就不敢搁在柜台这边了。"

跟着老掌柜，陈平安走到了一处僻静后院，结果在东厢房门口看见少女手持一把合拢的雨伞，约莫是当作了一把长剑，这会儿她正在屏气凝神，一手按住"剑鞘"，目视前方……因为她背对着爹和客人，还在那儿摆架势呢。老掌柜咳嗽一声，少女俏脸一红，将那把油纸伞绕到身后，老掌柜叹了口气，去了院子里的西厢房，推门之前，朝陈平安指了指眼睛,示意你小子管好了自己的一双眼招子,虽然不犯法,但是小心被我赶出客栈。

陈平安便双手笼袖,不去看那少女,从老掌柜手中接过那只大花瓶扛在肩上后,就那么离开后院,去向宁姚处。

少女看了眼那个青衫男人扛着那么大花瓶的背影。

哈,傻乎乎,还装剑客走江湖嘞,骗鬼呢。

到了宁姚屋子里边,陈平安将花瓶放在地上,二话不说,先祭出一把笼中雀,然后伸手按住瓶口,直接一掌将其拍碎,果然玄妙藏在那瓶底的八字吉语款当中,花瓶碎去后,地上独独留下了"青苍幽远,其夏独冥"八个绛色文字,然后陈平安开始炼字,最终八个文字除了首尾的"青""冥"二字,其余六字的笔画随之自行拆解,凝为一盏介于真相和假象之间的本命灯,"灯芯"明亮,缓缓燃烧,只是本命灯所显露出来的铭刻名字,也就是那文字灯芯,不是什么南簪,而是姓陆名绛,这就意味着那位大骊太后娘娘,其实根本不是出自豫章郡南氏家族,而是中土阴阳家陆氏子弟?

陈平安将那盏本命灯火收入袖中,怔怔看着最后剩下的"青冥"二字。

宁姚问道:"这又是怎么回事?"

陈平安苦笑道:"'青''冥'二字,各在首尾,如果说第一片本命瓷是在这个陆绛手中,近在眼前,那么最后一片本命瓷碎片,不出意外,就是远在天边了,多半是被师兄送去青冥天下了。将来如果我能仗剑飞升去了那边,就得凭自己的本事,在白玉京的眼皮子底下,合道十四境。"

宁姚说道:"其实只要成了飞升境剑修,也算有资格出剑砍那白玉京了,就是可能砍不太动。"

"我先前见过道老二余斗了,确实近乎无敌手。"

陈平安将那二字一并收入袖中,落座后,掏出一壶酒两只花神杯,宁姚自己拿了只桌上的酒杯,道:"花里胡哨的。"

陈平安就顺势也拿了只桌上酒杯,点头道:"我也是一直这么觉得的,这不是还来不及找个冤大头的买家嘛。"

宁姚喝酒之前,轻声问道:"崔瀺这般护道,也算独一份了,不过你就不会觉得烦吗?"

陈平安摇摇头,笑道:"不会啊。"

宁姚抿了一口酒,默不作声,反正她觉得挺烦人的。

陈平安抬起手,随便点了点:"我觉得我的自由,就是可以变成自己想要成为的那个人,虽然终点可能是在一个很远的地方,但不管再怎么绕路,只要我都是朝那个地方走去,就是自由。"

陈平安轻轻跺脚,微笑道:"踏破草鞋一双双。"

然后陈平安伸手轻轻敲击自己心口,直愣愣看着宁姚,宁姚就继续低头喝酒。

陈平安没来由一拍桌子,虽然动静不大,但是也吓了宁姚一跳,她立即抬起头,狠狠瞪眼,陈平安你是不是吃错药了?!

陈平安笑着抬起手,弯曲大拇指,指向自己:"其实聘书有两份,先生带来的那份,是晚了些,更早的那份,你知道是什么内容吗?就是我答应过宁姚,我陈平安,一定要是全天下最厉害的剑仙,最厉害,大剑仙,不管是谁,在我一剑之前,都要让路。"

宁姚微耸肩膀,一连串啧啧啧,道:"玉璞境剑仙,真真不同寻常,好大出息。"

陈平安笑道:"以后就别偷听了,我是什么人,你难道还不放心啊。"

宁姚呵呵一笑,起身去门口那边,猛然间打开门,然后拧住一个原本贴着屋门的少女耳朵,笑眯眯问道:"刘姑娘,干啥呢?"

那少女歪着脑袋,哈哈笑道:"你就是宁女侠,对吧?"

陈平安有些无奈,显然是宁姚先前隔绝了门外廊道的天地气机,就连他都不晓得少女来这边走江湖了。

宁姚问道:"鬼鬼祟祟做什么?"

少女问道:"宁女侠,打个商量,你可不可以收我当徒弟啊?我是真心实意的,我晓得江湖规矩,得交钱……"

宁姚松开手,不等少女说完,她就已经摇头道:"不可以。"

少女伸手揉了揉耳朵,说道:"我觉得可以唉。宁师父你想啊,以后到了京城,住客栈不花钱,咱们最好就在京城开个武馆,能节省多大一笔开销啊,对吧?实在不愿意收我当弟子,教我几手你们门派的剑术绝学也成。你想啊,以后等我走江湖,在武林中闯出了名号,我逢人就说宁姚是我师父,你等于是一枚铜钱没花,就白捡了天大的便宜,多有面儿。"

宁姚一拍少女额头,轻轻一推:"真要找师父,你就找屋子里那个,他是个最喜欢絮叨的,反正耐心比我好多了,什么剑术拳法,只要你想学,肯定都愿意教给你。"

其实整座飞升城,都在期待一事,就是宁姚什么时候才收取开山大弟子,尤其是某间酒铺,早就摩拳擦掌,只等坐庄开庄了,也不知将来宁姚的首徒,会几年破几境。说实话,二掌柜不坐庄多年,虽说确实赌钱都能挣着钱了,可到底没个滋味,少了好些趣味。

可惜好像宁姚始终没有这个想法。

宁姚确实自认不会教人剑术。

陈平安其实早就想象过那个场景了,一双师徒,大眼瞪小眼,当师父的,好像在说你连这个都学不会,师父不是已经教了一两遍吗?当徒弟的就只好委屈巴巴,好像在说师父你教是教了,可那是上五境剑修都未必听得懂的境界和剑术啊。然后一个百思不得其解,一个一肚子委屈,师徒俩每天在那边干瞪眼的工夫,其实比教剑学剑的时间还要多……

很有趣啊。

少女歪着脑袋，看了眼屋内那个家伙，使劲摇头："不不不，宁师父，我已经打定主意了，就是王八吃秤砣，铁了心要你拜师学艺了。"

要不是宁姚身边跟着那个古古怪怪的陈平安，她早来串门了。

天底下大概只有这个少女，才会在宁姚和陈平安之间，挑挑拣拣选师父。

宁姚哭笑不得，提醒道："以后多读书，不要乱说话。"

少女还要劝几句，宁姚微微一挑眉，少女立即识趣闭嘴。

陈平安看着门外那个眉眼依稀相似当年的少女。

大概她前世还在黄篱山上的时候，就是这样的。

陈平安突然说道："刘姑娘，其实江湖没什么好的，以后不要去走了。"

这一辈子，有了打心眼心疼你的爹娘，一辈子安安稳稳的，比什么都强。

然后可能将来某一天，会有个叫曾掖的山泽野修，无意间游历到这里，见到刘姑娘后，可能哭得稀里哗啦，也可能怔怔无言。

少女双臂环胸，笑呵呵道："你谁啊，你说了算啊？"

陈平安笑着不再说话。

少女最终还是悻悻然走了，宁师父的剑法高低，暂时不好说，反正眼神不太好，送上门的徒弟都不要，难怪会喜欢那么个家伙。

宁姚关了门，然后稍等片刻，瞬间打开门，扯住那个蹑手蹑脚倒退走回屋门、重新侧脸贴着屋门的少女的耳朵，少女的理由是担心宁师父被人毛手毛脚占便宜，宁姚便拧着她的耳朵，一路带去柜台那边才松开，老掌柜瞧见了，气不打一处来，拿起鸡毛掸子，作势要打，少女会怕这个？蹦蹦跳跳出了客栈，买书去了。早年那本在几个书肆销量极好的山水游记，她就是魄力不够，心疼压岁钱，出手晚了，没买着，再想买就没啦，书上那个陈凭案，好家伙，贼有艳福，见一个女子就喜欢一个，不正经……只是不知道，那个修行鬼道术法的少年，后来找着他心爱的苏姑娘了吗？

可惜那本游记没有续集啦，那就谁都不晓得结果喽，愁人啊。

宁姚回了屋子，想起一事，问道："为什么你先前肯定是十四两银子？"

陈平安说道："我是十四岁，第一次离乡远游。"

大概少年是从那一年起，再不是什么笼中雀，然后开始自己掌控自己的命运。

在这之外，就像是昔年大骊国师，开了一个让南簪或是陆绎绝对笑不出来的玩笑。

在我崔瀺眼中，一位未来大骊太后娘娘的大道性命，就只值十四两银子。

陈平安说要出趟门，要去趟火神庙找那封姨，让她帮忙喊人，找那老车夫问三个问题，可能还要去趟户部衙门见个朋友。宁姚点点头，拿出那几本专讲武林恩怨的演义小说，挑出其中一本，翻到折页处，她还真能看得津津有味。陈平安一扫而过，瞥了眼内容，见那书页结尾处，正写到主角在一个风雨夜被仇家追杀，避难误入一处山野庙宇，遇见一人，端坐正堂，绿袍美髯，丹凤眼，灯下看《春秋》……陈平安笑着说，行了，我敢打赌，肯定又有奇遇了，那帮追杀之人，只要有一个人能全须全尾走出庙宇，就算我输。宁姚斜眼看陈平安，只打赏了两个字，"闭嘴"。

陈平安去了客栈柜台那边，结果就连老掌柜这样在大骊京城土生土长的老人，也给不出那座火神庙的具体方位，只有个大致方向。老掌柜有些奇怪，陈平安一个外乡江湖人，来了京城，不去那名气更大的道观寺庙，偏要找个火神庙做什么。大骊京城内，宋氏太庙，供奉儒家圣贤的文庙，祭祀历朝历代君主的帝王庙，是公认的三大庙，只不过老百姓去不得，可是此外，只说那都城隍庙和都土地庙的庙会，都是极热闹的。

陈平安找到了京城唯一一座的火神庙，看门的庙祝老妪是个凡夫俗子，她上了岁数，白发苍苍，老态龙钟，不过认得那块刑部颁发给山上供奉神仙的无事牌，听说对方是要来找封姨的，老妪便按照规矩，将名字簿籍录档，就放行了，写那访客名字的时候，老妪笑着说了句，仙师有个很好的名字。陈平安笑着说都是爹娘给的。老妪点点头，与年轻人说了些火神庙里边的忌讳规矩，然后指了路，说封姨就在那处花棚。

陈平安循着路线，见着了那位封姨，她慵懒随意地坐在花棚石凳上边，大早上的，就在喝酒了，好像一年到头都是这般微醺模样，除了依旧以那个彩色绳结挽系一头青丝，又是一副新装束了，粉霞红绶藕丝裙，一些志怪神异小说上形容神女的词语，拿来搁在她身上，最是熨帖不过，流云姿态，月精神。瞧见了陈平安，封姨不过是提了提手中酒壶，就算是打过招呼了，她微微坐直腰肢，稍稍收拾起眉尖眼尾风情，女子长得太好看，太天然妩媚，就是麻烦，何况陈平安家里还有那么个醋坛子。

陈平安看着这位封姨，有片刻的恍惚失神，因为想起了杨家药铺后院，曾经有个老头子，一年到头就在那边抽旱烟。

陈平安没有学封姨坐在台阶上，坐在花棚一旁的石凳上，封姨笑问道："喝不喝酒？最醇正最地道的百花酿，每一坛酒的年纪，都不小了，那些花神娘娘，终究还是女子嘛，心细，窖藏封存极好，不跑酒，我当年那趟福地之行，总不能白忙活一场，搜刮不少。"

陈平安笑着点头，封姨便抛出一坛百花酿，陈平安接过酒坛，好像记起一事，手腕一拧，掏出两壶自家铺子酿造的青神山酒水，抛了一壶给封姨，当作回礼，解释道："封姨尝尝看，我与人合伙开了个小酒铺，销量不错的。"

封姨接过酒壶，放在耳边，晃了晃，笑容古怪。就这酒水，年份也好，滋味也罢，也好意思拿出来送人？

陈平安笑着说道："当然远远比不过封姨的百花酿，只是胜在价廉物美，人挑酒，酒不挑人嘛。"

封姨又丢了一坛酒给陈平安,调侃道:"想要留下我那坛百花酿,就直说,与封姨多要一坛,有什么不好意思的,真是掉钱眼里了。"

陈平安不以为意,既然这位封姨是齐先生的朋友,那就是自己的长辈了,被长辈念叨几句,别管有理没理,听着就是了。

陈平安取出一只酒碗,揭开酒坛红纸泥封,倒了一碗酒水,红纸与封口黄泥,都不同寻常,尤其是后者,土性颇为奇异,陈平安双指拈起些许泥土,轻轻捻动,其实山下世人只知金石寿一语,却不知道泥土也有年岁一说,陈平安好奇问道:"封姨,这些泥土,可是百花福地的万年土?这么贵重的酒水,又年岁悠久,莫不是早年进贡给谁的?"

封姨点点头:"眼光不错,看什么都是钱。不过你猜对了,早年以万年土作为泥封的百花酿,每百年就会分成三份,分别进贡给三方势力,除了酆都鬼府六宫,还有那位掌管地上洞天福地和所有地仙簿籍的方柱山青君,却不是杨家药铺后院的那个老头子,而且此君与旧天庭虽没什么渊源,但其实已经很了不起,早年青君所治的方柱山,本是一处高于浩然五岳的司命之府,负责除死籍、上生名,最终被著录于上品青录紫章的'不死之录',或是中品黄箓白简的'长生之录',在方柱山'请刻仙名',青君如牒签署,总之有极其复杂的一套规矩,很像后世的官场……算了,聊这个,太没劲,都是已经翻篇的老皇历了,多说无益。反正真要追本溯源,都算是礼圣早年制定礼仪的一些尝试吧,走弯路也好,绕远路也好,大道之行也罢,总之都是……相当辛苦的。反正你要是真对这些陈年往事感兴趣,可以问你的先生去,老秀才杂书看得多。"

陈平安试探性问道:"皑皑洲有个宗门,叫九都山,祖师堂有个秘密的嫡传身份,名为闹编郎,别称保籍丞,被誉为位列绿籍,与这方柱山有无传承关系?"

避暑行宫隐官一脉的外乡剑修之一,邓凉,就是皑皑洲九都山的肃然峰峰主,如今还成了飞升城祖师堂的首席供奉。

封姨嗤笑道:"只是沾了点光,小小九都山,哪里能够跟那座方柱山相提并论,只是九都山的开山祖师,机缘巧合之下,得了一部分破碎山头,勉强继承了些许道韵仙脉。"

至于三方势力,封姨好像遗漏了一个,陈平安就不刨根问底了,封姨不说,肯定是这里边有些不为人知的忌讳。

而这番言语之中,封姨对礼圣的那份敬重,显然发自肺腑。

陈平安犹豫了一下,又问道:"敢问封姨,那位三山九侯先生?"

封姨摇摇头,陈平安就不再多问,结果只喝了一碗百花酿,就发现竟然裨益魂魄不小,超乎预料,人身小天地内,那些类似尚未开疆拓土的储君山头气府,以及许多彩绘不多的白描山河,久旱逢甘霖一般,丝丝缕缕聚拢如雨幕,灵气如雨落,他可是一位实打实的玉璞境修士,若是换成一位地仙,岂不是得有一场灵气大雨滂沱落地?至于下五境修士，估计喝了这么一碗酒，就要直接被沛然灵气"醉倒"了。所以陈平安不打算继续喝了，余着余着，自己的修行，按部就班即可，这类帮助积攒灵气的仙家外物，用处当然不小，可其实意义已经不大。回头将两坛酒，分别送给张嘉贞和蒋去好了。尤其是给韦文龙打下手的小账房张嘉贞，昔年剑气长城的少年，因为无法修行，如今都有白头发了。

当着封姨的面，直接收起了酒坛、酒碗，就连桌上那些黄泥碎屑都没放过，然后陈平安说道："劳烦封姨帮忙与那车夫打声招呼，请他来此地一叙。"

封姨笑道："来了。"

那个先后为董湖和太后赶车的老人，在花棚外轰然落地，封姨妩媚白眼一记，抬手挥了挥尘土。

老车夫双臂环胸，站在原地，正眼都不看一下陈平安，这个小王八蛋，不过是仗着有个飞升境剑修的道侣，看把你能耐的。

老人没好气道："有屁快放。"

陈平安也懒得计较这个老家伙不会聊天，真当自己是顾清崧还是柳赤诚了？只是开门见山问道："化名南簪的大骊太后陆绛，是不是来自中土阴阳家陆氏？"

封姨有几分讶异神色，抿了一口酒，陈平安是怎么知道这桩内幕的？这可是一条隐藏极深的伏线。大骊先帝当年就着了道，差点沦为傀儡。南簪，或者说陆绛，当年被先帝贬去长春宫，不是没有理由的。南簪其实确实算是豫章郡南簪，只是凭借那串灵犀珠，记起了之前数世记忆，不然以大骊先帝的枭雄心性，再念夫妻旧情，陆绛也绝对活不了，在史书上，不过是落个大骊皇后因病逝世的记载。

老车夫直截了当说道："不知道，换一个。"

封姨轻轻点头，老车夫确实不晓得此事，光有气力不动脑子嘛。

老夫子怒道："封家婆姨，你与他眉来眼去作甚，你我才是自家人，胳膊肘往外拐也得有个限度！"

陈平安继续问道："骊珠洞天本命瓷烧造一事，最早是谁传授的秘法？"

老车夫犹豫了一下，闷闷道："是杨老儿与三山九侯先生合力做成的。"

陈平安深呼吸一口气，缓缓问道："龙窑姚师傅，是不是佛门中人？"

老车夫看了眼封姨，好像在埋怨她先前帮忙设想的问题，就没一个说中的，害得他好些准备好的腹稿全打了水漂。

封姨视而不见，只是喝着酒看热闹。

老车夫点点头。

陈平安默不作声。

年少时，曾经对神仙坟里的三尊菩萨神像磕头不停。有个孩子，上山下水，踏破自己编织的粗劣小草鞋，一双又一双，那会儿只觉得菩萨好找，山上草药难找。

姚师傅。药师佛。

东宝瓶洲。东方净琉璃世界教主。

封姨仰头喝了一口酒,她再以心声与陈平安说道:"当年我就劝过齐静春,其实君子不救是对的,你走了亦是无妨,只说姚老头,就绝对不会放任不管,不然他根本没必要走这一趟骊珠洞天,肯定会从西方佛国重返浩然,可是齐静春还是没答应,不过最后也没给什么理由。"

大概一座牌坊楼,其中儒家圣人留下的那块匾额,就是齐静春的无声作答,"当仁不让"。

陈平安低头看了眼布鞋,抬起头后,问了最后一个问题:"我前世是谁?"

老车夫摇摇头:"不清楚,再换一个。"

封姨笑了笑:"算了,我来帮你回答好了。陈平安,不要多想,你不是谁,反正至少可以肯定,你的前身前世,不是什么了不起的山巅修士,也不是什么佛道高人,因为当年我也好奇,就去了趟杨家药铺,老头子曾经给过一个确切答案,你的前世,可能再往上,都没什么出奇,所以你们一家三口,都很寻常,没什么大道根脚可言。当时杨老头难得主动多说一句,说你就是个泥腿子,命硬而已。"

陈平安眉眼舒展几分,松了口气。那就真的再无后顾之忧了。

老车夫不愿在此地久留,多看一眼那个青衫男子都嫌糟心。

陈平安突然眯眼,沉声说道:"封姨愿意帮忙牵线搭桥,替我们当个中间人,其实就已经说明了很多事情,所以我最后提醒你一句,以后别来招惹我。"

封姨会心一笑,听听,这才是聪明人该说的话,老车夫你以后多学着点。

老车夫纠结不已,倒是想要撂下一句狠话,只是一想到京城里边还有个宁姚,就忍了,只是一个没忍住,就转头吐了口唾沫在地上,见那陈平安一挑眉,封家婆姨也是满脸不悦,老车夫就拿鞋尖蹭了蹭,算是擦干抹净了,然后一跃而起,身形瞬间消散无踪迹。

封姨看了眼年轻人,略显疲惫神色,人之常情。

然后她见那陈平安重新取出酒碗,一壶青神山酒水,倒了一碗酒水,晃了晃,开始自饮自酌,年纪不大,修心不俗。不仅从容,而且通透。

陈平安举起酒碗,笑道:"封姨,谢了。"

封姨提起手中酒壶,两人各自饮酒。

陈平安问了一个好奇了多年的问题,只不过不算什么大事,纯粹好奇而已:"封姨,你知不知道,一尊神像背后像一首小诗的刻字,是谁刻的? 李柳,还是马苦玄?"

李柳是曾经的江湖共主,作为远古神灵的五至高之一,连那渌水坑都是她的避暑地之一,而且她真正的神位职责所在,是那条光阴长河。所有远古神灵的遗骸,化作一颗颗天外星辰,或是金身消散融入光阴,实则都长眠栖息于那条光阴长河之中。

陈平安光凭字迹，认不出是谁的手笔，不过李柳和马苦玄的可能性最大。

封姨摇摇头，笑道："没在意，不好奇。"

陈平安问道："先前封姨说有人要见我，是家乡药铺的杨掌柜，还是……巡狩使苏将军？"

前者，是听刘羡阳说的，杨掌柜早年无疾而终，去世后就在京城都城隍庙那边当差了，担任一方夜游神，算是步入了山水官场，能够凭借阴德，继续庇护家族子弟。而苏高山，是陈平安的猜测，他死后成为战场英灵，可能性极大，有大骊帮忙安排退路，比如担任京城武庙神灵，苏高山反过来维持一国武运，都是顺理成章的事情。

而且苏高山是寒族出身，一路凭借战功，生前担任巡狩使，已经是武臣官位极致，可到底不是那些甲族豪阀，一旦将军身死，没了主心骨，很容易人走茶凉，往往就此门庭冷落。

封姨笑道："是杨掌柜。苏高山死后，他这辈子的最后一段山水路程，就是以鬼物姿态夜游天地间，亲自护送麾下鬼卒北归返乡，当苏高山与最后一位袍泽道别之后，他也就随之魂魄消散了，大骊朝廷自然是想要挽留，但是苏高山自己没同意，只说儿孙自有儿孙福。"

陈平安听到此事，长久无言语。只是喝了口闷酒，默默打定主意，以后自己需要多多留心苏家，至少为其悄然护道百年。

封姨笑了起来，手指旋转，收起一缕清风："杨掌柜来不了，让我捎句话，要你回了家乡，记得去他家药铺后院一趟。"

陈平安点头道："劳烦封姨帮我与杨掌柜道声谢。"

喝过了一壶酒，陈平安站起身告辞："就不继续叨扰封姨了。"

封姨点点头，然后问道："不逛逛这火神庙？"

陈平安摇摇头。

五行家称以火德而兴的帝业之运，称火德。只是大骊王朝并非如此，所以京城才只有一座火神庙。

像那北俱芦洲的大源王朝，就是水德立国。

封姨晃了晃酒壶："那就不送了。"

陈平安沿着原路返回，到了火神庙门口，又遇到了那位兼任门房的庙祝老妪，就停下脚步，与老嬷嬷闲聊了几句才离开。

花棚石凳那边，封姨继续独自饮酒。

秉荧惑，拂星斗，烹四海，炼五岳，巍巍火德，百神仰止。

陈平安走出火神庙后，在冷冷清清的街道上，回望一眼。

何谓修行，水神走水。

何谓求佛,火神求火。

之后陈平安去往户部衙署,没有去意迟巷找关翳然,而是选择了一个更光明正大的方式,与好友叙旧。

至于先生,也没闲着。

大骊京城,有个身穿儒衫的穷酸老先生,先到了京城译经局,就与僧人双手合十,帮着译经,然后去了崇虚局,也会打个道门稽首,好像半点不顾及自己的儒生身份。

只是注定无人问责就是了,文圣如此,谁有异议?不然还能找谁告状,说有个读书人的行为举止,不合礼数,是找至圣先师,还是礼圣、亚圣?

浩然天下的山水邸报,已经逐渐解禁。

无数消息,蜂拥而至,让一座天下的所有修道之人,如同嘴馋多年不得饮酒的酒鬼,终于得以开怀畅饮,唯有痛饮,一醉方休。

一连串惊世骇俗的大事当中,当然有中土文庙的那场议事,以及浩然攻伐蛮荒。

还有文圣恢复文庙神位,第五座天下正式命名为五彩天下。

在这期间,还有个消息不算小,是说那剑气长城末代隐官,数座天下年轻十人的陈十一,竟然是那东宝瓶洲人氏,只是好像绝大部分的山水邸报,极有默契,关于此人,一笔带过,详情只字不提。只有一两座宗字头仙府的邸报,比如中土神洲的山海宗,不守规矩,说得多了些,将那隐官指名道姓了,不过邸报在刊印颁布之后,很快就停了,应该是得了书院的某种提醒。但是有心人,凭借这一两份邸报,还是得到了几个回味无穷的"小道消息",比如此人从剑气长城返乡之后,就从昔年的山巅境武夫、元婴境剑修,迅速各破一境,成为止境武夫、玉璞境剑修。

再就是此人的道侣,是那五彩天下的天下第一人,飞升境剑修,宁姚。

众人人瞠目结舌之余,皆猜想是不是此人运道太好?怎的天大便宜,好像都给这小子占尽了?

至于那个南绶臣北隐官,又是怎么个说法?

不管如何,这个姓陈的东宝瓶洲年轻人,可谓天地间第一流人物了。

户部一处衙署官舍内,关翳然正在翻阅几份地方上呈户部的河道奏册。

这位翊州云在郡的关氏子弟,没有在近乎属于自家一亩三分地的吏部为官,在这户部,官品也不算高,昔年三位大渎督造官,出身最好的关翳然,如今反而官位最低,只是户部一司主官。要知道,关翳然不但顶着个上柱国姓氏,还是实打实的大骊边关随军修士,在死人堆里摸爬滚打了多年,还曾追随大将军苏高山一路南征,战功不小。

关翳然抬起头,屋门口那边有个双手笼袖的青衫男子,笑眯眯地打趣道:"关将军,光顾着当官,修行懈怠了啊,这要是在战场上?"

关翳然立即合上奏折,再从书案上随手拿了本书,覆在奏折上,大笑着起身道:

"哟，这不是咱们陈账房嘛，稀客稀客。"

关翳然单手拖着自己的椅子，绕过书桌，再将唯一一条待客的空闲椅子，用脚尖一勾，让两条椅子相对而放，灿烂笑道："没法子，官帽子小，地方就小，只能待客不周了。不像咱们尚书侍郎的屋子，宽敞，放个屁都不用开窗户通风。"

陈平安跨过门槛，笑问道："来这里找你，会不会耽误公务？"

关翳然笑骂道："来都来了，我还能赶你走啊？"

再说了，没什么不合适的，陛下是什么心性，太爷爷当年说得很透彻了，不用担心因为这种小事遭猜忌。

陈平安没着急落座，从袖中摸出一方抄手砚，丢给关翳然："小小礼物，不成敬意。"

随即解释说这是桐叶洲姜氏的云窟福地，一处砚山老坑的特产，名为水舷坑。

什么水舷坑，其实是陈平安临时胡诌瞎取的名字。

真就不信关翳然一个东宝瓶洲人氏，能对那座云窟福地了如指掌。

不过听说前些年的大骊朝廷，就这座户部衙门，设置了砚务署，专门负责寻访凿山、搜集督采佳石，除了为宫中造砚，一部分砚台，户部也可以自行售卖，算是一举两得，帮着衙门挣点外快了。

不过龙尾溪陈氏，有几座属于家族私产的砚山，那才是真的金山银山一般，远销一洲山上山下。

董水井就分了一杯羹，负责帮忙卖到北俱芦洲去，他绝不碰盐、铁之类的，只在达官显贵和百姓人家的衣食住行琐碎事上花心思。

大骊户部，是朝廷六部衙门里边最惨的一个，好像每天就是被骂，兵部骂完礼部骂，礼部骂完工部骂……

按照大骊官场的说法，兵部是爷爷衙门，逮谁骂谁，礼部是爹，工部是儿子，唯独管钱的户部是孙子，谁都可以吐唾沫喷口水。

关翳然将那方抄手砚接过，也不客气，掂量了一下，拇指摩挲一番，石质细腻，再拿起来，一手五指虚托小砚在耳边，一手屈指叩击，有那书上所谓的金声玉振之响。关翳然又轻轻呵了一口气，看那砚面水雾，有那呵气生云之象，紫金点点，金晕团团，再用指甲轻轻划抹，定睛一看，关翳然点点头，行了，确实是老坑之物，多少值点钱，反正凭自己那点俸禄，是注定买不起的。

看得陈平安眼皮子微颤，这些个喜欢瞎讲究的豪阀公孙，真心不好糊弄。

收个礼还这么不讲究，臭显摆，好歹等客人走了，再这么抖搂那点内行门道。

关翳然将那方砚台轻轻放在桌上，笑问道："笔墨纸砚文房四宝，砚有了，然后？就没帮我凑个一大家子？"

陈平安坐在椅子上，笑呵呵道："大概还在串门走亲戚呢，急什么。"

然后陈平安问道:"这儿不能喝酒吧?"

关翳然点点头:"管得严,不能喝酒,给逮着了,罚俸事小,录档事大。"

于是陈平安拍了拍腰间那枚刑部腰牌,手腕拧转,拿出酒壶:"巧了,管不着我。"

一个脚步匆匆的佐吏带着份公文,屋门敞开,还是轻轻敲门了,关翳然说道:"进来。"

衙门佐吏看了眼那个青衫男子,关翳然起身走去,接过公文,背对陈平安,翻了翻,收入袖中,点头说道:"我这边还需要待客片刻,回头找你。"

佐吏点头告退,匆匆而来,匆匆而去。

之后又有两位下属过来议事,关翳然都说稍后再议。

关翳然和陈平安一人一条椅子,都跷着二郎腿,显得很随意。

陈平安调侃道:"真是半点不得闲。"

关翳然瞥了眼陈平安手里的酒壶,委实眼馋,肚子里的酒虫子都快要造反了,好酒之人,最见不得他人喝酒,自己两手空空,无奈道:"刚从边军退下来那会儿,进了这衙门里头当差,晕头转向,每天都是手忙脚乱。"

陈平安随口笑道:"刀笔吏刀笔吏,其实不还是握刀。"

关翳然摇摇头:"落实在具体事务上,两者差得远了。"

一番闲聊,有个衙署同僚过来串门,看官袍,与关翳然一样的品秩,此人在门口那边就开始嚷嚷道:"邸报,来自中土神洲山海宗的一份山上邸报!这可是我从马侍郎那边顺来的。翳然,快来瞅瞅,一个个消息,目不暇接啊。"

年轻官员瞧见了那个坐着喝酒的青衫男子,愣了愣,也没在意,只当是某位边军出身的豪阀子弟了,关翳然的朋友,门槛不会低,不是说家世,而是品行,所以当年轻官员见那人不但立即收起了二郎腿,还主动与自己微笑点头致意,也不觉得太过奇怪,笑着与那人点头回礼。

关翳然显然与此人关系热络,随口说道:"没地儿给你坐了。"

那人将山水邸报轻轻抛给关翳然,就随便坐在门槛上:"你不是说你早年有个江湖朋友嘛,此陈平安是彼陈平安?应该是了。牛气啊,翳然你跟他真喝过酒,还被你次次喝得酒桌底下转圈圈?回头这位陈剑仙来了京城做客,你帮忙攒个酒局,让我也豪气一回,打不过他,还喝不过他?"

陈平安默不作声。要说在酒桌上,除了刘景龙,我还真不厌谁。

户部衙门,毕竟不是消息灵通的礼部和刑部。而且六部分工明确,可能户部这边除了被誉为"地官"的尚书大人,其余诸司主官,都未必知晓先前意迟巷附近那场风波的内幕。

不过京城六部衙门的中层官员,确实一个个都是出了名的"位卑"权重。一旦外放地方为官，如果还能再调回京城，必定是前程似锦。

关翳然咳嗽一声，提醒这家伙少说几句。

陈平安面带微笑。

反正事已至此，关翳然干脆就毫不心虚了，满脸问心无愧，与那同僚说道："也不算次次，酒桌上偶尔会跟他打个平手。下次如果有机会，他要是来了京城，又不着急走，肯定约你一起喝酒。"

那个年轻官员点点头，然后转头望向那个青衫男子，问道："翳然，这位是？"

陈平安已经正襟危坐，主动笑道："我是关大人在江湖上收的小弟，不是京城人氏，这刚到的京城，就立即赶过来拜山头。"

关翳然摆摆手，埋怨道："什么小弟，这话就说得难听了，都是一见如故相见恨晚的好兄弟。"

年轻官员抹了一把脸："翳然，你看看，这家伙的山上道侣，是那飞升城的宁姚，宁姚！羡慕死老子了，可以可以，牛气牛气！"

然后望向那个客人，笑道："兄弟，是吧？"

陈平安点头笑道："羡慕羡慕，必须羡慕。"

关翳然挥手赶人："不就一封山水邸报嘛，有什么值得大惊小怪的，你赶紧忙去。"

关翳然以心声与陈平安介绍道："这家伙是户部十几个清吏司主官之一，别看他年轻，其实手头管着洪州在内的几个北方大州，离着你家乡龙州不远，如今还暂时兼着北档房的所有鱼鳞图册。而且跟你一样，都是市井出身。"

陈平安轻轻点头："看得出来。"

是名副其实的"看出"，因为这个年轻官员身后，有数盏由各路山水神灵悬起的庇护大红灯笼，一身文气盎然。

关翳然问道："你要是不忙，回头我真在菖蒲河帮你们俩攒个酒局，怎么样，这个面子给不给？"

陈平安笑道："当然没问题。不过酒局得约在半个月之后。"

关翳然也不问缘由，只是眨眨眼："到时候花前月下的，咱仨喝这个酒？陈账房，有无这份胆气？"

陈平安斩钉截铁道："喝个屁的花酒，我就不好这一口。"

年轻官员不晓得那两人在那边以心声言语，自顾自摘下官帽子，手心抵住发髻，感伤道："手头事情暂时都忙完了，我不忙啊，还不允许我喘几口气啊。案牍劳形，翳然，再这么通宵达旦，以后可能我去译经局，都不会被当成外人了。"

之后很快又有佐吏送了公文过来，那个文气浓郁的年轻官员也拿回邸报，告辞离去，陈平安知道在大骊户部当差，肯定会很忙，只是还真没想到关翳然会忙到这个份上，就给关翳然留下了一坛百花酿,大不了回头再跟封姨多讨要几坛。关翳然也没客气,只将陈平安送到了屋门口。

陈平安一路走回客栈那边,小巷口那边,少年赵端明招手道:"陈先生,找你有事。"

陈平安轻轻点头,双手笼袖,优哉游哉走过去,当他一步跨入小巷后,笑道:"哟,厉害的厉害的,竟然是三座小天地重叠结阵,而且连锁剑符都用上了,你们是真有钱。"

然后陈平安哑然失笑,是不是这十一人为了找回场子,今天处心积虑对付自己,就像当初自己在夜航船上对付吴霜降一样?

陈平安当下置身于阵师韩昼锦的那座仙府遗址当中,大概是觉得之前在那女鬼改艳开办的仙家客栈,失了先手,他们才会输,所以不太服气。陈平安当下站在一架石梁之上,脚下是白云滔滔如海,旁有一条雪白瀑布倾泻直下,石梁一端尽头,站着当初出现在余瑜肩头的"剑仙",依旧是少年形象,只是高了些,头戴道冠,佩剑着朱衣,珠缀衣缝。

陈平安环顾四周:"你们几个,不记打是吧。"

那少年剑仙,一剑横扫,将那毫无还手之力的"陈平安"劈成了……一张符箓。

好像陈平安根本就没有走入小巷。

小巷之外一处隐蔽地界,小和尚双手合十:"佛祖保佑,陈剑仙找别人去,我要去找功德箱了。"

随即身后便有人笑道:"好的,我找别人去。"

别处屋脊之上,苟存挠挠头,因为陈先生就坐在他身边了,陈平安笑道:"与袁化境和宋续说一声,回头送我几张锁剑符,这笔账就算了了。"

少年神色腼腆,点点头。先前他就说了,肯定找不回场子的。当然了,真要打起来,少年是绝不留力的,反正又打不过陈先生。

小巷之内,韩昼锦在内三人,各自撤去了精心布置的重重天地,都有些无奈。

然后一个个蓦然目瞪口呆,只见那张飘落在地的符箓附近,出现了一个青衫身影,而少年苟存身边的陈先生,反而变成了一张符箓,化作一道虹光,被那人收入袖中。

"要是你们在战场上碰到的是斐然,或是绶臣这种阴险的王八蛋,你们就要一个个排队送人头了。"

陈平安微笑道:"下不为例。"

第七章
互为苦手

春山书院,与披云山的林鹿书院一样,都是大骊朝廷的官办书院。

群山逶迤,风烟俱净,江水滔滔,百草丰茂。

一个老先生在书院内独自散步,他一身儒衫,身材瘦小,双手负后,走到了一处夫子授业的课堂外,停步不前,却也没有太过靠近窗户。

此地前身,正是大骊山崖书院旧址,只因为"山崖"二字等于给了大隋高氏,所以就改名成了春山书院。

依旧是大骊朝廷的官办书院,其实关于此事,当年大骊庙堂不是没有争议,一些出身山崖书院的官员,六部诸衙皆有,意见一致,弃而不用,好好维护起来就是了,哪怕是最喜欢精打细算、每天都能挨唾沫星子的户部官员,都附议此事。因为那会儿大骊文武都觉得,山崖书院重返大骊,只是早晚的事情。

最后还是国师崔瀺的一句话,就改名了,朝堂再无任何异议。

一位暂时无须授课、负责巡视书院的教书先生,年纪不大,见着了那位老先生,笑问道:"先生这是来书院访客,还是单纯游历?"

书院再宽松,也还是有些规矩在的。

老秀才抚须笑道:"人生逆旅,皆是行人,过客无须问姓名,读书声里是吾乡。"

年轻夫子哑然失笑,这是与自己拽上文了?

老秀才咦了一声,奇了怪哉。

照理说,如今东宝瓶洲各国的人小文庙,从京城到地方,都该重新悬挂自个儿的画像了,眼前这年轻人,身为书院儒生,没理由认不得自己啊。

对了,多半是文庙那幅挂像,未能描绘出自己一半的相貌神韵。

回头就与那个顶着画圣头衔的老酒鬼,好好说道说道,你那画技,哪怕已经出神入化,其实都还有百尺竿头更进一步的机会啊。

书院的年轻夫子笑着提醒道:"老先生,走走看看都无妨的,只要别打搅到授业夫子们的讲课,走路时脚步轻些,就没有问题。不然开课授业的夫子有意见,我可就要赶人了。"

老秀才点点头,赞叹道:"年轻人脾气蛮好,教书的耐心应该不差。好的,就事先说好;坏的,也早早提醒了。做事情,很有章法啊。见微知著,我看你们春山书院,风气差不到哪里去。"

年轻夫子倍感无奈,这位老先生,比较……好为人师?

不过到底是些好话,倒也不惹人烦。就是略显架子大了点。

这位老先生的大骊官话,说得不地道,多半是藩属国的读书人了,上了岁数,还要舟车劳顿,赶来京城书院这边,委实不易,所以年轻夫子就主动与老先生说了几处春山书院的形胜之地,老秀才笑着点头致谢,缓步走到窗户那边,悄悄听里边讲课先生与学生的一场问答。

年轻夫子回头望去,总觉得老先生有几分眼熟。

那个老先生,正双手负后,站在廊道上,竖耳聆听里边那位讲课夫子的传道授业。

约莫是察觉到了年轻夫子的视线,老先生转过头,笑了笑。

年轻夫子转身离去,摇摇头,还是没有想起在哪儿见过这位老先生。

老秀才继续听着里边的夫子解惑,嗯,很好,今天讲课夫子拿来授业的,是早年一个灵宝县杨氏子弟,对自己一部著作的注书,现在屋子里边聊的,是《法行》篇里的内容,刚刚说到了书中一语:君子之所以贵玉而贱珉者,何也?

注,集解,简释,简注,以及今注今释……其实当年在浩然天下就多如牛毛了,所谓显学,不过如此。

当然,后来被文庙禁绝了,如今恢复了陪祀身份,各类注释著作,自然而然就死灰复燃……算了,这个说法有些别扭,反正就是多如雨后春笋、过江之鲫。

屋内那位夫子在为学子们授业时,好像说及自家会心处,开始闭眼,正襟危坐,大声朗诵《法行》篇全文。

老秀才便趴在窗台上,压低嗓音,与一个年轻儒生笑问道:"你们先生讲学《法行》篇,都听得懂吗?"

年轻儒生其实早就发现这个偷听讲课的老先生了,而且这位书院学子明显也是个胆大的,趁着讲课夫子还在那儿摇头晃脑,咧嘴笑道:"这有什么听不懂的,其实《法行》

篇的内容，文义浅显得很，反而是硕学通儒们的那几部注释，说得深些、远些。"

年轻人见那老先生满脸深以为然地点点头。

然后那位老先生问道："你觉得那个文圣，著书立说，最大问题在何处？"

年轻儒生愣了愣，气笑道："老先生，这种问题可就问得大逆不道了啊，你敢问，我作为书院子弟，可不敢回答。"

春山书院的前身，可是浩然七十二书院之一的山崖书院，前山主齐先生，更是文圣的嫡传。那么自己作为春山书院子弟，说这个，不就等于离经叛道、欺师灭祖吗？

老先生笑眯眯道："这有什么敢不敢的，都有人敢说六经注我，你怕什么。我可是听说你们山长，教导你们立身要戒骄躁戒偏颇，读书要戒狭隘，行文要戒陈腐，必须独抒己见，发前人所未发者。我看这就很善嘛，怎么到了你这边，连自己的一点见解都不敢有了？觉得天下学问，都给文庙圣人们说完啦，咱们就只需要背书，不许咱们有点自己的看法？"

现任山长吴麟篆，自幼好学不倦，逢书即览，治学严谨，曾经担任过大骊地方数州的学正，一辈子都在跟圣贤学问打交道，虽说学正品秩不低，可其实不算正儿八经的官场人，晚年辞官后，又在数座官立书院主讲，据说在禁绝文圣学问期间，辛苦搜集了大量的书籍版本，并且亲自校点刊刻，而早年大骊王朝的科举改制，正是此人率先提出朝廷务必增添经济、武备和术算三科。

年轻儒生犹豫了一下，得嘞，眼前这位，肯定是个科举无果治学平平、郁郁不得志的老先生，不然哪里会说这些个"大话"，不过还真就说到了年轻儒生的心坎上，便鼓起勇气，小声说道："我觉得那位文圣，学问是极高，只是多言礼法而少及仁义，有些不妥。"

老先生继续问道："那你觉得该怎么办呢？可有想过补救之法？"

年轻儒生神色腼腆："没事的时候偷偷瞎想了些，当然肯定是很粗鄙偏颇了，只是咱们书院主讲文圣著作的两位夫子，喏，现在这位夫子就是其中之一，经常自顾自走在书院里，将那文圣著作反复背诵，一个情不自禁，都会流泪呢，最是推崇文圣老爷了，我可不敢把那篇胡说八道的文章拿出来。"

那个背诵完《法行》篇的教书先生，瞧见了那个"心不在焉"的学生，正对着窗外嘀嘀咕咕，夫子蓦然一拍戒尺，轻喝一声："周嘉谷！"

年轻儒生瞠目结舌，不但自己给夫子抓了个正着，关键是窗外那位老先生，不仗义啊，竟然突然就没影了。

周嘉谷战战兢兢站起身。

然后周嘉谷发现窗外，以书院山长为首，来了浩浩荡荡一拨书院老夫子。

再然后，方才一缩头屈膝就蹲在窗外墙根躲着的老先生，悻悻然起身。

那个老先生脸皮真是不薄，与周嘉谷笑哈哈解释道："这不站久了，有点累人。"

周嘉谷发现那个讲课夫子满脸涨红,误以为夫子是觉得被人打搅了授业,年轻人立即硬着头皮解释道:"范先生,这位是我的远房大伯,今天是来书院探望我来了,大伯不太晓得书院规矩,得怪我。"

老秀才抚须点头而笑。

很善啊。

上了年纪的读书人,就少说几句故作惊人语的怪话,千万别怕年轻人记不住自己。

更别动不动就给年轻人戴帽子,什么世风日下、人心不古啊,可拉倒吧。其实不过是自己从一个小王八蛋,变成了老王八蛋而已。

再失望的老人,都要永远对年轻人充满希望。

未来的世道,会变好的,会越来越好。

然后周嘉谷就发现那位范夫子激动万分,跌跌撞撞跑出课堂。

最终站在檐下廊道,范夫子神色肃穆,正衣襟,与那位老先生作揖行礼。

此外春山书院山主在内的所有老夫子,如出一辙,都作揖不起。

好像只要文圣不开口,就要一直作揖。

老秀才摆摆手,微笑道:"都别这么杵着了,不吃冷猪头肉好多年,挺不习惯的。"

所有书院夫子都缓缓起身。

春山书院山长吴麟篆快步上前,轻声问道:"文圣先生,去别处饮茶?"

老秀才摇摇头,走到那个范夫子身边,笑道:"范先生,不如咱俩打个商量,后半节课,就由我来为学生们讲一讲《法行》篇?"

范夫子再次作揖,嘴唇颤抖不能言。

老秀才走入课堂,屋内数十位书院学子,都已起身作揖。

尤其是那个刚才跟文圣老爷扯了半天的周嘉谷,这会儿整个人都是蒙的。

老秀才抬了抬手:"无须客套,学问要紧,都坐。"

范先生在内所有书院夫子,就只是站在外边聆听圣贤教诲,无一人去与屋内学生争座位。

老秀才笑道:"在讲解《法行》篇之前,我先为周嘉谷解释一事,为何会多言礼法而少及仁义。在这之前,我想要想听听周嘉谷的见解,当如何补救?"

老秀才望向那个年轻儒生,打趣道:"周嘉谷,别怕说错话,即便说错了,我不在乎,谁敢在乎?是不是这个道理?"

周嘉谷颤声道:"文圣老爷……我有点紧张,说……不出话来。"

老秀才笑问道:"那我先来讲课?等你什么时候不紧张了,再与我招呼一声?"

周嘉谷抹了一把额头上的汗水,使劲点头。

窗外范夫子心中笑骂一句:"臭小子,胆子不小,都敢与文圣先生切磋学问了?不愧是我教出来的学生。"

回头还得与周嘉谷问一问详细过程。

这一天，近千位春山书院的夫子、学生，人头攒动，密密麻麻簇拥在课堂之外。

儒家文圣，恢复文庙神位之后，在浩然天下的第一次传道授业解惑，就在这东宝瓶洲的大骊春山书院。

陈平安大摇大摆离开后，小巷之内三人，阵师韩昼锦、京师道录葛岭、阴阳家隋霖，各自对视一眼，都有些泄气，都这样处心积虑了，还是没办法将对方拘押起来，为了这场原本以为会无比凶险的厮杀，十一人在客栈推演了数十种可能性，而他们三个，正是负责布阵设伏请君入瓮的。

布阵一事，差之毫厘谬以千里，尤其是涉及小天地的运转，比如挑选小巷外更为宽敞的大街，也是陈平安的必经之路，但是阵法与天地接壤更多，维持大阵运转更加困难，同时破绽就多，而且剑修出剑，恰好最擅长一剑破万法。

女鬼改艳与陆翚双方并肩而立在一堵墙头上，她抱怨不已："不过瘾不过瘾，都还没开打就结束了。"

老娘偏不信邪了，真就摸不着陈公子的一片衣角？

巷内韩昼锦笑意苦涩，与葛岭一起走出小巷，道："对付个隐官，真的好难啊。"

既然没打起来，葛岭闲来无事，随手敲击小巷墙壁："确实头疼。"

大骊谍报对那身份隐蔽的斐然记载不多，只知道是托月山百剑仙之首，但是作为文海周密首徒的剑仙绶臣，内容极其详细，最早的记录，是绶臣跟张禄的那场问剑，之后关于绶臣的事迹录档，篇幅极多。而在那份甲字档秘录，末尾处曾有两个国师亲笔的批注，顶尖刺客，有望飞升境。

隋霖收起了足足六张金色材质的珍稀锁剑符，此外还有数张专门用来捕捉陈平安气机流转的符箓。

有句话，陈平安一语中的，他们这地支十一人，是真有钱。

就像这场架，都没打起来，就已经消耗了不少谷雨钱。

他们最少人手一件半仙兵不说，礼部、刑部专门为他们共同设置了一座私家财库，只要开口，不管要钱要物，大骊朝廷都会给。礼、刑两部各有一位侍郎，亲自盯着此事，刑部那边的负责人，正是赵繇。

韩昼锦有些烦闷，连输两场，哪怕是输给陈平安，难免还是憋屈："纰漏到底在哪里？他好像一开始就知道是个陷阱。难道说每次出门，每走几步，大路上遇到个人，他都会算个卦啊？"

远处余瑜以心声说道："可能是那个'陈先生'的称呼，也可能是靠战场磨砺出来的某种直觉,就像拳是喂出来的,直觉也是可以养出来的,我们还是经历厮杀太少。"

绰号画师的改艳有些赧颜,当时假扮少年赵端明的,就是她。

袁化境说道:"都撤了。"

宋续欲言又止,还是没说什么,各自返回。

陈平安回了客栈,跨过门槛之前,从袖中摸出一只纸袋子。

见着了陈平安,老人放下手中那本《嘉陵竹刻》,笑呵呵道:"真是个大忙人,又跑去哪捡漏挣昧良心钱了?"

陈平安笑道:"得了吧,差点被一伙小毛贼套麻袋。"

老人当然没当真,玩笑道:"咱们京城这地儿,如今还有绑匪?就算有,他们也不知道找个有钱人?"

陈平安将那袋子放在柜台上,道:"回来路上,买得多了,要是不嫌弃,掌柜可以拿来下酒。"

老人点头,笑了笑,是一袋子麻花,花不了几个钱,不过都是心意。

陈平安瞥了眼书:"老掌柜不光喜欢瓷器,还好这一口?我家除了几把竹扇,还有一对臂搁,分别绘刻喜上眉梢和桃实三千,缦仙款。不是我吹牛,哪怕是托名作,一样值点钱的。"

"怎么可能真是缦仙的竹刻……算了,你小子擅长编故事,估计不愁没有下家当真品入手。"

老人见这小子又是同道中人了,一边嘴上损人,一边将书推过去,得意道:"瓷器和竹刻不算什么,黑老虎都懂些。"

陈平安趴在柜台上,摇摇头:"碑帖拓片一道,还真不是看几本书就行的,里边学问太深,门槛太高,看得真迹,而且还得看得多,才算真正入门。反正没什么捷径和诀窍,逮住那些真迹,就一个字,看,两个字,多看,三个字,看到吐。"

老人笑骂道:"站着说话不腰疼,你小子就看得多了?"

"实不相瞒,我看得还真不少。"

"你一个走江湖混门派的,当自己是山上神仙啊,吹牛不打草稿?"

"需要打草稿的吹牛,都不算化境。"

陈平安意态闲适,陪着老人随口胡诌,斜靠柜台,随意翻书,一脚脚尖轻轻点地,记住了那些大家名作,以及类似大璞不斫这类说法。

与人和睦,非亲亦亲。

户部官员,火神庙老妪,老修士刘袈,少年赵端明,客栈掌柜。

大骊太后,停步,双方言语,可以平视。

点点滴滴细微处,不在于对方是谁,而在于自己是谁。然后才是既在意自己是谁,又要在乎对方是谁。

还了书,到了屋子那边,陈平安发现宁姚也在看书,只不过换了一本。

陈平安轻轻关上门,宁姚没搭理他,虽然上一本书,从头到尾,都没有揭示那位灯下看《春秋》、绿袍美髯客的真实身份,而且此人在书中篇幅不多,但是宁姚觉得这位是书中最传神的人物,是强者。

陈平安给自己倒了一碗茶水,轻轻抿了口。

宁姚头也不抬,说道:"巷口最后的言语,不像你平时的作风。"

陈平安背靠椅子,双手抱住后脑勺,笑道:"是孙道长教我的,修行路上,趁着那些遇到的年轻天才们年纪还小,境界不够,就要赶紧多揍几回,将他们打出心理阴影来,以后自己再走江湖,就有威望了。"

天下山上,人各风流。

白帝城郑居中、岁除宫吴霜降是一类人。

符箓于玄、龙虎山大天师,又是一类人。

大玄都观孙道长、趴地峰火龙真人,则又是一类人。

宁姚突然有些笑意:"你哪来那么多的怪话,说不完吗?"

陈平安忍住笑:"路上听来的,书上看来的啊。家底嘛,都是一点一点攒出来的。"

宁姚问道:"就没点无师自通?"

陈平安揉了揉下巴,一本正经道:"祖师爷赏饭吃?"

宁姚随口说道:"这拨修士对上你,其实挺憋屈的,空有那么多后手,都派不上用场。"

陈平安点点头:"不过说实话,将来等我哪天跻身了仙人境,只说这东宝瓶洲山上,这拨大骊死士,一旦被他们补全十二地支,对我而言,就一个最大的潜在隐患。"

仿白玉京的每次出剑,毕竟都是讲规矩的,而陈平安这辈子最不怕的,就是规矩。

所以陈平安才会主动走那趟仙家客栈,当然除了摸底,摸清十一人的大致底细、修行脉络,也确实是希望这拨人能够更快成长,未来在东宝瓶洲的山上,极有可能,一洲山巅处,他们人人都会有一席之地。

陈平安的想法和做法,看上去很矛盾,既然都是一个不容小觑的隐患了,却又愿意帮助对方的成长。

陈平安随便拿起桌上一本小说,翻了几页,拳来脚往,江湖高手都会自报招式,生怕对手不知道自己的压箱底功夫。

看看,当时在文庙那边,曹慈就是这样的,下次见面,作为朋友一定得劝劝他。

再说了,你曹慈自创了几拳,不到三十招? 我不一样不到三十。

宁姚突然说道:"怎么回事,你好像有点心神不安? 是火神庙那边出了纰漏,还是户部衙门那边有问题?"

陈平安愣了愣,然后放下书:"是不太对劲。跟火神庙和户部衙署都没关系,所以很奇怪,没道理的事情。"

宁姚就没有多问。

她见陈平安从袖中摸出那张红纸,将一些万年土黄泥碎屑倒在黄纸上,开始拈土些许,放入嘴中尝了尝。

宁姚说道:"你真可以当个形势派地师。"

当包袱斋,望气堪舆,江湖郎中,算命先生,代写家书,开办酒楼……

陈平安抹了抹嘴,笑道:"技多不压身嘛。"

宁姚问道:"青峡岛那个叫曾什么的少年鬼修?"

陈平安说道:"不会与曾掖挑明了说什么,我就只跟他提一嘴,以后可以游历大骊京城,增加江湖阅历。之后就看他自己的机缘和造化了。"

宁姚没来由说道:"我对那个马笃宜印象挺好的,心大。她如今还是住在那张狐皮符纸里边?"

陈平安赶紧看了眼宁姚。

还好,不是什么反话。

陈平安立即点头道:"对,她当年就一直很喜欢那副符箓皮囊,爱美之心人皆有之嘛。"

宁姚疑惑道:"就没想着让他们干脆离开书简湖,在落魄山落脚?"

陈平安摇摇头:"各有各的缘法。"

人间行路难,难于山,险于水。

山水险路摧车舟,若比人心是坦途。

所以那趟游历,苏姑娘,木讷老实的少年曾掖,开朗活泼、言语无忌的马笃宜,还有更多当年同行之人,其实都是陈平安的护道人。

陈平安抖了抖袖子,当年在剑气长城闲来无事,将那本山水游记文字都给炼化了,炼字颇多,从青衫袖中掠出二十四个文字,刚好凑成了那拨地支修士的十一个名字。

宋续,韩昼锦,葛岭,余瑜,陆翚,后觉,袁化境,隋霖,改艳,苟存,苦手。

两位剑修,阵师,儒生,道士,僧人,兵家修士,阴阳家修士,鬼修。

少年苟存的杀手锏,暂时不知。

那个年轻骑卒,名为苦手。除了那次英灵夜游途中,此人出手一次,此后京城两场厮杀,都没有出手。

陈平安一边看着这些名字,一边分心将神识沉浸于小天地内,仔细翻检魂魄、各大气府,并无任何异样,身上法袍也没有被动过手脚的细微痕迹。

先前路过的那座小道观,京师道正衙署治所,所挂楹联:松柏金庭养真福地,长怀万古修道灵墟。

在火神庙那边,封姨以百花酿待客,因为陈平安看出了红纸泥封的门道,询问进贡一事,封姨就顺便提到了两个势力,酆都鬼府、方柱山。青君,统辖地上洞天福地和所有地仙簿籍,除死籍、上生名。

尤其是后者,陈平安提及了皑皑洲的九都山,听封姨的口气,方柱山多半已经成为过眼云烟,不然九都山的开山祖师,也不会得到部分破碎山头,继承一份道韵仙脉。

被阵师韩昼锦炼化的那座仙府遗址,以及余瑜的那位剑仙扈从,显然都历史久远、古气幽幽,莫不是封姨的某种暗示?可能那几坛百花酿,其实根本就只是个泄露天机的引子?

山上术法神通,层出不穷,防不胜防。只说天下剑修的那些本命飞剑,就有不知多少种匪夷所思的神通,数不胜数。

陈平安突然说道:"先前那个老车夫,脾气可冲,嚣张得很,见面第一句话,就是让我有屁快放。"

其实陈平安挺想找他练练手的。

宁姚点点头,然后继续看书,随口说了句:"臭毛病就别惯着,你怎么不砍死他?"

陈平安呆滞无言,叹了口气:"真要打起来,我只靠一把夜游,暂时还砍不死他吧?"

宁姚说了句没头没脑的言语:"关翳然挺懂你的,难怪会成为朋友。"

陈平安点头道:"在书简湖那会儿,关翳然帮忙颇多,没有半点豪阀世家子的架子。"

心中所想,却是老子又送砚台又送酒的,你关翳然就这么报答朋友,是不是造孽啊?之后那个菖蒲河酒局,等着。

其实宁姚不太喜欢去谈书简湖,因为那是陈平安最难过去的心关。

她不忍心多说什么。哪怕主动提及,也只是马笃宜这样的女子。其实有些往事,都不曾真正过去。真正过去的事情,就两种,一种是完全记不得了,再就是那种可以随便言说的往事。

陈平安双臂搁在桌上,微笑道:"你知道的,我是吃百家饭长大的,除了感恩,念人好,还由不得自己不去察言观色,不然很容易让那些好心人,在他们自个儿的日子里被亲人为难。"

宁姚放下书本,柔声道:"比如?"

陈平安想了想,笑道:"比如马尾巷有个老嬷嬷,经常会送东西给我,还会故意背着家人偷偷给,然后有次路过她家门口,拉着我聊天,老嬷嬷的儿媳妇,赶巧儿也在,就开始说一些难听话,既是说给老嬷嬷听的,也是说给我听的,说怎么会有这样的怪事,家里的物件,也没遭贼啊,难道是成精了,会长脚,跑别人家里去。"

宁姚问道:"那你怎么办?"

陈平安想了想,摇头道:"不能怎么办。"

沉默片刻,陈平安拿起水碗:"就是一想到老嬷嬷,当时左手攥住右边的袖子,站在门口,背对着她的家里人,还都是她的晚辈,却要对我一个外人挤出笑脸,好像反而是在怕我不开心。其实跟老嬷嬷分别后,一个人走在路上,心里是会难受的。更难受的,是我不知道老嬷嬷在那一天是怎么跟亲人相处的。"

所以后来,在那书简湖青峡岛,与本该相互打死对方的刘志茂同桌喝酒,算事情吗?一点都不算。

宁姚趴在桌上,问道:"你小时候,是街坊邻居所有的红白事,都会主动过去帮忙吗?"

陈平安摇头道:"怎么可能,有些话实在骂得难听了,我才不稀罕搭理他们。"

然后陈平安笑了起来:"当然了,那会儿我吵架的本事,确实不太行,想吵也吵不过。不过也有法子让自己不憋屈的,大半夜抢水,得扒开别人家一道道小水坝,知道的吧?"

看着伸手比画的陈平安,宁姚摇摇头:"没亲眼见过,但是能想象。"

陈平安眼神熠熠,破天荒有几分略显稚气的扬扬得意:"我那会儿,能在田垄找个地儿躲着,一晚上不走,别人可没这耐心,所以就没谁争得过我。"

在宁姚的印象中,陈平安有各种各样的眉眼、脸色、神态,可是唯独极少流露出当下这种的意气风发,扬扬自得。

一个被太阳晒成小黑炭的不大孩子,反正不怕走夜路,更不怕什么鬼不鬼的,经常独自躺在田垄上,跷起二郎腿,咬着草根,偶尔挥手驱散蚊蝇,就那么看着明月,或是无比璀璨的星空。

一个孤苦伶仃的孩子,躺在地上看着天。

这会儿,陈平安下巴搁在胳膊上,笑眯起眼。

宁姚重新拿起书。

陈平安笑道:"我也看书去。"

一粒心神芥子,巡视人身小天地,最后来到心湖畔,陈平安迅速翻遍避暑行宫的秘录档案,并无方柱山条目,他犹不死心,继续心念微动,不死之录、长生之录……有些细碎的收获,但是始终拼凑不出一条合乎情理的脉络。

陈平安在心湖之畔,耗费大量心神和灵气,辛苦搭建了一座书楼,用来储藏所有书籍,一一分门别类,方便拣选查阅,翻检藏书记忆,如同一场钓鱼,鱼竿是空书楼,心神是那根鱼线,将某个关键字、词、句作为鱼钩,抛竿书楼,起竿就能拽出某本或是数本书的

"池中游鱼"。

没有人为陈平安传授此法，是陈平安从文海周密、弟子裴钱那边学来的，融会贯通，才有此景此事此神通。

离开夜航船之后，陈平安又在忙碌一件事情，在心湖之上，小心翼翼聚拢炼化了一滴光阴流水、一粒剑道种子、一把竹尺，各自悬在空中，分别被陈平安用来衡量时间、重量和长度。这又是陈平安与礼圣学来的，在人身小天地之内，自己打造度量衡，如此一来，即便身陷别人的小天地当中，也不至于昏头转向。

可惜合道半座剑气长城，陈平安彻底失去了阴神和阳神，不然修行一事，陈平安只会更快。

陈平安此刻站在水边，头顶就是日月起伏、银河流转的心相气象，岸上人低头看着水中人。

陈平安收起视线，刚转身，就立即转头望向自己在心湖水中的倒影，皱起眉头，记起了那个好像没什么存在感的年轻修士，苦手。

苦手？

这是一个围棋俗语。

打个比方，就像自己的开山大弟子裴钱，就是太徽剑宗白首的苦手。当然，郭竹酒也有点像是裴钱的苦手，属于典型的一物降一物。

那么泥瓶巷陈平安，就是杏花巷马苦玄的苦手。

而曹慈，无疑就是陈平安在武学道路上最大的苦手，剑修刘材，则是陈平安在剑道一途的苦手所在。

陈平安犹豫了一下，转身走回水边，盘腿而坐，开始闭目养神，双手掐诀，只是很快就睁开眼。

一颗小光头骑乘火龙巡狩而来，高坐火龙头颅之上，说道："欲问前生事，今生受者是。"

陈平安无奈道："道理我懂。"

那小光头问道："记得第二愿？"

陈平安点点头，药师佛有十二大宏愿，其中第二大愿，是谓身光破暗开晓众生愿。

愿我来世得菩提时，身如琉璃，内外明澈，净无瑕秽，光明广大，功德巍巍，身善安住，焰网庄严，过于日月，幽冥众生，悉蒙开晓，随意所趣，作诸事业。

千年暗室，一灯即明。

小光头双臂环胸，气呼呼道："'求菩萨是有用的'，这句话是你小时候自己亲口说的，但是你长大后，又是怎么想的？回头来看，你小时候每次上山采药、下山煮药，灵验不灵验？这算不算心诚则灵？"

陈平安轻轻嗯了一声。

小光头乘龙离去,骂骂咧咧,陈平安都受着,沉默许久,站起身时,观水自照,自言自语道:"最大苦手在己?"

然后陈平安脸色铁青:"这帮王八蛋,不要命了吗?!"

芥子心神迅速退出小天地,陈平安甚至来不及与宁姚说什么,直接一步缩地山河,直奔那座仙家客栈,拳开山水禁制。

人云亦云楼那边,长剑夜游划破长空,在京城上方拖曳出一道光彩夺目的剑光,被陈平安握在手中。

陈平安身形飘落在一处屋脊,右手持剑,左手五雷攒簇,甚至同时祭出了笼中雀和井中月。

因为一个不小心,这些家伙就会误打误撞招来另外一个"陈平安"。

纯粹如神。

先前地支十一人回了客栈,两座小山头,袁化境和宋续竟然都没有各自喊人过来复盘。

少年苟存乐得清闲,反正每次推衍演化战局、推敲细节和事后复盘,他脑子都不够用,插不上话,照做就是了。

这处都没个名字的京城仙家客栈,有点类似姜氏云窟福地的螺蛳道场,山水迷障,重重叠叠,可能两座宅子的咫尺之隔,就是千百丈之遥,十一人各自占据一座僻静院子,又有别样的神异,正屋都是一处类似小巷老修士刘袈那白玉道场,看似不大,实则是名副其实的别有洞天,是从大骊财库当中拣选出来的各种破碎洞天秘境。

苟存就拿了那根绿竹材质的行山杖,在庭院里轻轻戳地散步。

女鬼改艳,是名义上的客栈老板娘,这会儿她在韩昼锦那边串门。

能够逆转一部分光阴流水的五行家练气士隋霖,正在炼化那块价值连城的远古神灵金身碎片,在那座刑、礼两部联手打造的秘密宝库之内,都没有如此高品秩的金身碎片,委实炼化不易,即使搁置其余修行,专心此事,也需要足足一月工夫,只是这等"苦差事",隋霖倒是不嫌多。

那个来自京师译经局的小沙弥后觉,当真跑去附近寺庙找了个功德箱,偷偷捐钱去了。

绰号夜郎的元婴境剑修袁化境,此刻盘腿坐在一张蒲团上,屋内没有任何装饰,看似家徒四壁。

袁化境身后跪坐着一排侍从模样的男女,总计十位,只是一个个死气沉沉,少了几分人气和灵气。

回到客栈后，袁化境只喊来了宋续，以及自己麾下的苦手，再无其他修士。

苦手来到这边后，有些心虚。

说实话，他很敬重那位青衫剑仙。

宋续比苦手稍后来到此处，在廊道上脱了靴子，然后挑了个靠近门口的位置，席地而坐，瞥了眼袁化境身后那十个傀儡。

哪怕是宋续这样资质绝佳的纯粹剑修，也有些羡慕袁化境这份太不讲理的大道造化。

早年在大渎战场，被袁化境以飞剑斩杀了两个玉璞境军帐妖族修士，这两个现在就正坐在袁化境身后。

此外还有一个生前是山巅境武夫的妖族，一样是在当年大骊陪都的战场上，其余地支十人全力配合袁化境，最终被袁化境捡了这颗头颅。

这就是袁化境那把本命飞剑夜郎的本命神通，被飞剑斩杀之人，便要沦为袁化境的傀儡，连魂魄都会被拘押起来。

只是沦为傀儡的修士、纯粹武夫，战力受损颇多，灵智也远远不如在世之时，比如那两个玉璞境妖族修士，境界就跌落到了元婴，其余几位元婴都跌为金丹，此外还有多位如今才是龙门境，甚至是观海境的练气士傀儡，由于他们各具某种不常见的神通，袁化境权衡利弊之后，选择保留下来，而没有以境界更高的地仙傀儡替代他们，不然那场半洲陆沉的战事落幕后，袁化境完全可以拥有两个远游境武夫以及八个地仙境界的扈从。

山上的捉对厮杀，一位元婴境剑修能够半点不怵玉璞境修士，但是袁化境这位元婴，如今却是稳杀剑修之外的玉璞。

袁化境就像天生为战争而生的剑修，如果他是一位剑气长城的本土剑修，凭借飞剑夜郎的本命神通，一定会大放异彩。

此剑品秩，肯定能够在避暑行宫一脉的评选中，高居甲等品秩。

修行路上，一场场战事的厮杀途中，为其护道的，说不定就是岳青、米祜这类大剑仙了。

宋续此刻看着那个好像什么事都没有的袁化境，气不打一处来，神色不悦，忍不住直呼其名："袁化境，这不合规矩，国师曾经为我们订立过一条铁律，唯有那些与我大骊朝廷不死不休的生死大敌，我们才能让苦手施展这门本命神通！在这之外，哪怕是一国之君，若是他出于私心，都没资格使唤我们地支凭此杀人。"

这是他们大骊地支修士一脉的真正杀手锏，假想敌，屈指可数，风雪庙大剑仙魏晋、神诰宗天君祁真、真境宗现任宗主仙人境修士刘老成，还有披云山魏檗、中岳山君晋青。

宋续其实还有句话没有说出口。

苦手祭出这门神通后，会折寿极多。之前有过评估，苦手一生当中，只能施展三次，玉璞境之下，只有一次机会，不然他苦手这辈子都无法跻身上五境。

袁化境神色淡然道："为我们制定规矩的国师，已经不在了。"

宋续双手握拳，撑在膝盖上，眼神冷冽，沉声道："袁化境！"

袁化境说道："我觉得这个陈平安，就是我们大骊潜在之敌，而且他的威胁，绝对要比魏晋这样的闲云野鹤，祁真、刘老成之流，更大。"

宋续刚要反驳，袁化境看了眼这位天潢贵胄出身的大骊宋氏金枝玉叶，继续说道："二皇子殿下，我承认陈平安是个极守规矩的人，规矩得都快不像个山上人了，但是宋续，你别忘了，有些时候，好人做好事，也会触犯大骊国法。如果我们对陈平安和落魄山，没有压胜之关键手，就是天大的隐患，我们不能等到那一天到来了，再来亡羊补牢，好像由着他一人来为整个大骊朝廷制定规矩，他想杀谁就杀谁。归根结底，还是你们十人修行太慢，陈平安破境却太快。"

女鬼改艳，是一位山上的山上画师描眉客，她如今才是金丹境，就已经可以让陈平安视野中的景象出现偏差，等她跻身了上五境，足以让人"眼见为实"。

此外改艳还有个更隐蔽的身份，她是那精通彩炼术、打造一座风流帐的艳尸。

儒家练气士出身的陆翚，真正的大道根脚，却是一位被青冥天下白玉京厌弃的一字师。

五行家隋霖能够逆转小天地之内的光阴流水，联手小沙弥后觉的佛门禅定神通，再加上韩昼锦等人的阵法，配合得天衣无缝，让地支一脉占尽天时地利人和，如果不是恰好对上了那位走惯了光阴长河的年轻隐官，心神、体魄皆能够如中流砥柱一般，好似完全可以让那条纤细的光阴流水从两侧流逝，先前更是以飞剑直接斩断了那截光阴流水，换成一般的玉璞境修士，都要输得莫名其妙。

苦手，更是一位传说中"十寇候补"的卖镜人，这种天赋异禀的修士，在浩然天下数量极其稀少。

苦手最根本的一件本命物，是一把停水镜，天赋神通，玄之又玄，就一句话，"非此即彼，虚相即实境"。

宋续盯着袁化境："你当真就没有半点私心?！"

袁化境摇摇头："不敢有。"

一着不慎，过了某条底线，就肯定会被那个家伙盯上。

正阳山就是前车之鉴。

关于那场落魄山观礼正阳山，以及陈平安与刘羡阳的联袂问剑一事，地支十一人，各有各的看法，对那位隐官的手段，各自推崇和佩服，都还不太一样。

袁化境的看法，与所有人都不一样，他最忌惮的，不是陈平安的剑术、拳法，不是陈平安那多重身份，甚至都不是陈平安拆解正阳山的一系列细节，剑术拳法、诛心言语、合纵连横、各个击破……而是陈平安那份异于常人的隐忍。

就像一场已成死结的仇怨，有些心怀怨怼之人，可能有五成胜算，就要忍不住出手，求个痛快。有些人拥有了八成胜算，就一定会试试看。更多人认为，如果有了十成胜算，还不出手，就是傻子。

但是陈平安不一样，好像即便有了十二成胜算，依旧不急不缓，布局沉稳，环环相扣，处处无错。

所以这次出手，袁化境秘不示人，除了宋续和苦手，谁都没有事先告知，余瑜、隋霖他们都被蒙在鼓里，就是怕被那个城府深重的隐官察觉端倪，功亏一篑。

宋续问了个关键问题："这个……陈平安如何处置？"

袁化境看了眼苦手，笑道："当然是物尽其用，帮我们反复演练，砥砺修行，直到我们能够稳稳胜过陈平安为止。"

陈平安所学驳杂，简直就是一块最佳的磨刀石，剑术、拳法、符箓，身负极多的本命物，再加上此人的心机、算计……

如果十一人能够胜过陈平安，就意味着他们完全有资格斩杀一位仙人。

袁化境是想到了一件有趣的事情，半开玩笑道："一位能够与曹慈打得有来有回的止境武夫，一个能够硬扛正阳山袁真页无数拳脚的武学大宗师，从今天起，就能随时随地帮助我们喂拳，淬炼肉身体魄，这样的机会，确实难得，哪怕我们不是纯粹武夫，好处还是不小。如果那个女武夫周海镜，最终能够成为我们的同道，这样一个天大的意外之喜，她一定会笑纳的。"

宋续继续问道："然后？！"

袁化境说道："然后？能有什么其他的然后吗？最后就让我来剑斩隐官。"

宋续摇头道："绝对不能如此行事！苦手如今境界不高，炼镜一途，本就没有任何经验可以借鉴，苦手又是第一次涉险做此事，难保没有连苦手自己都预想不到的意外发生。国师当年既然专门为此与我们制定一条规矩，不许我们随便施展，肯定就是早早知道此事凶险。"

苦手试探性说道："我想要维持这个镜像'实境'，其实每天都很消耗神仙钱的，不如咱们要是哪天真能赢了那位……隐官，就让其在我那镜像小天地之中，分崩离析？"

宋续点点头："此事可行，我们就别节外生枝了。"

袁化境摇摇头，微笑道："我又不傻，当然会斩断那个陈平安所有的思绪和记忆，半点不留，到时候留在我身边的，只是个元婴境剑修和山巅境武夫的空架子。而且我可以与你保证，不到万不得已，绝对不会让'此人'现世。除非是我们地支一脉身陷绝境,才会让他出手,作为一记神仙手,帮助翻转形势。"

刹那之间。

苦手在冥冥之中,竟然听到了一个打死都想不到的温醇嗓音,就在自家心湖,在那本命物停水镜当中传出,这让苦手惊骇得脸色惨白。

只听有人笑眯眯言语道:"翻转形势?满足你们。"

苦手瞬间收敛神识,稳固道心,化作一粒心神芥子,要去查看那把本命物古镜。

不承想蓦然间苦手就魂魄不稳,呕血不已,伸手捂住心口处,想要竭力拦阻一物,可那把停水镜仍是自行"剖开"苦手的心口,摔落在地,古镜反面朝上,一圈古篆铭文,回文诗状,"人心方寸,天心方丈","吾之所见,山转水停","以人观境,虚实有无"。

苦手抬起一手,就要按住那把如同造反的古镜。

却见古镜一个翻转,镜面朝上,绽放出刺眼的光芒,如日跃出海面,苦手砰然倒飞出去,颓然靠墙。

镜中人,是一位身穿雪白长袍的年轻男子,背剑,面容模糊,依稀可见他头别一枚漆黑道簪,手拎一串雪白佛珠,赤脚不着鞋履,他面带微笑,轻轻呵了一口气,然后抬起手,轻轻擦拭镜面。

镜面随之开门,瞬间满室剑气。

那位背剑的白袍男子,一步跨出后,在镜中原本芥子大小的身形,蓦然看与常人无异,身材修长,一双金色眼眸,手拎佛珠的那只手,负于身后,左手摊开手掌,横放身前,五雷攒簇,他站在屋内,神态从容,微笑道:"福祸无门,惟人自召。善恶之报,如影随形。"

他轻轻一跺脚,整座客栈都在本命飞剑笼中雀的小天地之内。

"上士闻道,勤而行之。叩问心关,即是入山访仙,忽逢幽人,如遇道心。"

这个"陈平安",转头望向靠墙跌坐的苦手,笑了笑,地上那把古镜,被一缕真气牵引之下,快若飞剑,直接钉入年轻修士的心口。

"还给你了,以后记得收好,如果还有以后的话。"

苦手不断被自己的本命物炸碎心窍,脖颈像是被人攥住扯出一个夸张的幅度,四肢不由自主地扭曲起来,寸寸碎裂。一颗修士金丹,被强行摘出人身小天地,就那么悬停在苦手眼前。

而在这个"陈平安"的视野中,袁化境和宋续的那两把飞剑,祭出之后,就像在空中缓缓飞掠,慢得连他这么有耐心的人,都觉得实在太慢了。

他缓缓而行,侧过身,路过宋续那把金光流溢的本命飞剑,然后来到袁化境那把飞剑夜郎之前,任由飞剑一点一点向自己挪动。

他就那么眯眼盯着那把飞剑,打了个响指,屋舍建筑全部不见,就像天地万物、颜色皆被一扫而空，无关紧要的白描画卷皆被撤掉，只余下心相画卷当中的十一位彩绘人物。

这间屋子之外剩下八位地支一脉的修士，同时来到这方天地，人人依旧保持着先前的姿势。少年苟存散步结束后，回了屋子，将那绿竹杖，横放在膝，正在看那"致远"二字铭文。女鬼改艳正在与韩昼锦笑颜言语，韩昼锦神色略显心不在焉。小沙弥后觉刚刚返回客栈，行走路上，正抬起一脚。余瑜低头，身体前倾，好像正在清点什么物品。隋霖还在盘腿而坐，炼化那神灵金身碎片。道录葛岭手持书翻页……

他弯曲食指，拇指轻轻一弹，一枚棋子显化而生，高高抛起，缓缓落地，在那入水声响之后，天地间出现了一副棋盘。

再将缓缓靠近身前的袁化境那把飞剑夜郎，用双指拈住，掉转剑尖，走到袁化境那边，轻轻一拽，钉入后者眉心处，飞剑剑尖直接透过袁化境头颅，他斜眼看向袁化境，微笑摇头，点评道："到底不是纯粹武夫，纸糊一般的体魄。"

瞬间回过神来的那八位"做客"修士，已经发现了苦手濒死的那副惨状，余瑜立即祭出那位少年剑仙，微微屈膝，瞬间前冲，脚下棋盘之上，剑光冲天而起，就像一座座牢笼，阻拦她的去路，所幸有那位剑仙侍从出剑不停，硬生生斩开那些剑光直线，余瑜心无杂念，她是兵家修士，务必拖住这个莫名其妙又来找他们麻烦的"陈平安"片刻，才有还手的一线机会。

他笑望向那个兵家修士的小姑娘，不怕死，便能不死吗？来找我，你便找得到吗？

眼角余光瞥见那个保留一点真灵和剑仙皮囊的少年剑仙，视线所及，心意所至。

将其从中劈开，一斩为二。

原本已经距离那人不足十丈的余瑜，一个恍惚，竟然就出现在千百丈之外，之后不管她如何前冲，甚至是倒掠，画弧飞掠……总之就是无法将双方距离拉近到十丈之内。

天地颠倒，余瑜的道路之上，处处是被那人扭转得匪夷所思的境地。

她就像一直在鬼打墙。

道录葛岭祭出的一门搬岭术，从四面八方砸向那一袭雪白身形，只是一座座大山巨岭，都在半路空中，就被一条条纤细剑光当场切割坠地，摔在棋盘之上，便化作虚无。

他突然出现在余瑜身侧，一手按住她的面门。

余瑜身躯轰然坠地，但是所有魂魄竟是被此人一扯而出。

他摇头道："久在樊笼里，复得返自然。说的是我，可不是你们。"

看着余瑜被他拘押在手的魂魄，他那双粹然的金色眼眸，金光微微流转："天地虚室，你们只是那些可有可无的户庭尘杂。"

言语之间，心念微动，默念二字："花开。"

儒家练气士陆翚被数十把长剑钉入身躯，整个人动弹不得，就像在原地蓦然开出一团鲜血花丛。

鬼修改艳整个人的鬼魅身躯，被无数条纵横交错的剑光，连人带衣裙、法袍、金乌甲，全部当场被分割成无数块。

那人微笑道："这一手自创剑术，刚刚命名为片月。如果换成拳法亦可，气力不小的。"

少年苟存被斩断双手双腿。

道士葛岭在棋盘一处方格之内，被成百上千的符箓包裹其中。

那人神出鬼没，来到隋霖身后："锁剑符，意思不大的，别忘了我还是一位纯粹武夫。"

一拳过后，洞穿了这位五行家练气士的后背心口。

宋续那把本命飞剑，被那人双指抵住剑尖、剑柄，当场挤压至绷断。

他轻轻抖了抖手腕，以剑气凝出一杆长枪，将那一字师陆翚从脖颈处刺入，再绽放出一团武夫罡气，以枪尖高高挑起后者。

他好像在自言自语道："如何？"

下一刻，这个一身雪白长袍的"陈平安"身侧，出现了一袭青衫，好像下一刻双方就会擦肩而过。

他头也不转，微笑道："多了一把夜游剑，就是占便宜。还好，我多了一把笼中雀，扯平了。"

两把笼中雀，他先祭出，得了先手，后者的那个自己，笼中雀就只能是在外，其实就等于没有了。

陈平安说道："可以收手了。"

他微微仰起头，看着那个被手中长枪挑悬空中的可怜修士："我们好久不见了。"

陈平安说道："不觉得。"

身边这个"陈平安"，某种意义上，就像是一只本该出现在元婴境瓶颈时的心魔，如今姗姗来迟，却更像是摒弃了一切人性的化外天魔。

不得不承认，他比陈平安更像是一位天地无拘束的纯粹剑修。

一座笼中雀小天地，剑气森严密布，山河万里，无一点彩绘景象，天地如积雪万年。

他看着那个袁化境，笑眯眯道："是不是很好玩，就像一个人，自觉没做亏心事不怕鬼敲门，偏就有敲门声立即响起。然后发誓，若有违背良心处，天打五雷轰，巧了，便有雷声阵阵。这算不算另外一种心诚则灵，头顶三尺，犹有神明？"

袁化境头顶上空，一道天威浩荡的雷法轰然坠落，只是又被一道仿佛起于人间、由下往上的雷法，刚好对撞崩散。

他叹了口气："这就很愁人了。"

比如他的一些谋划，窃据袁化境神魂，暂时反客为主，多出那十个被他随意掌控的傀儡。类似这样的隐藏手段，可以有很多。

可陈平安都是猜得到、知道的。

我与我，互为苦手。

还是这个自己来得太快，不然他就可以慢慢炼化了这大骊十一人，等于一人补齐十二地支！

在此期间，其余地支十一人的各类神通、术法，都可以被他一一拆解、学会、精通，最终全部化为己用。

不过无所谓了，世间哪有占尽便宜的好事，过犹不及。

他笑问道："我们先生喜欢遇到僧人就双手合十，在那道观，便与人打道门稽首。你说先生此举，会不会影响到年少时齐先生的心态？"

陈平安点头道："会。"

他又问道："那你为何不与裴钱挑明一事，她当年得了女剑仙周澄一脉的那份馈赠，那么周澄后来在战场上，走得就更无遗憾了。这是好事才对嘛，怎么就说不得了？说不定裴钱跻身元婴境剑修，要快很多，而且只会更稳当。"

陈平安笑道："才发现自己与人聊天，原来确实挺惹人厌的。"

他收起手中那杆长枪，被挑在空中的陆翚，摔落在地，奄奄一息，躺在血泊中。

宋续看着那个好像唯一一个相对安然无恙的后觉，心生绝望。

如果另外那个陈平安，选择率先斩杀这位译经局的小沙弥，说明还有回旋余地。

因为事后隋霖逆转一小段光阴流水之后，没有了后觉的佛门神通护持，所有人都会失去记忆。

但是现在众人的处境，就意味着要么是十一人，全部都要死，要么至少是那个小沙弥，会死。

余瑜看着一个个无比凄惨的好友和同僚，满脸泪水，怒道："袁化境，宋续，这到底怎么回事？！"

那个一身雪白的"陈平安"啧啧道："教人撕心裂肺的人间苦难事，旁人真是越能够感同身受，就要活得越不轻松。"

陈平安说道："既然我已经赶来了，你又能逃到哪里去。"

他后退几步，双手笼袖，转过身望向陈平安，沉默片刻，讥笑道："可怜。"

陈平安默不作声。

他第一次以心声言语道："陈平安，那你有没有想过，她其实一直在等之人，是我，不是你啊。"

陈平安转过头，看着这个自己，其实不可以完全视为心魔之流，不是像，他就是自己,只是不完整。

他双手笼袖,望向天幕,眯起眼喃喃道:"我比你更适合。越往后,越适合。"

他缓缓伸出一只手,两人身边出现了一粒灯火,如同一粒星辰悬在天外,然后霎时一道璀璨剑光掠过,灯火被剑气牵扯,追随剑光而去。

他笑望向陈平安,心声说道:"你其实很清楚,这就是齐先生为何让她不要轻易出手的原因,既不教你任何上乘剑术,也不可为你护道太多,只说那三缕剑气,当真在我们的修行路上,有太多用处? 有一点,但是回头来看,影响不了任何一条脉络的大局走势。在棋墩山,你杀不杀那只精怪,都还有阿良在身边看着;在水井口,你杀不杀井底的崔东山,长远来看,都是无所谓的。"

他摇摇头,自顾自说道:"她竟然真的恪守承诺了,让人意外。"

陈平安说道:"别忘了,你不是人。"

他露出一个笑脸,埋怨道:"哪有你这么骂自己的人。"

其实他是可以撂狠话的,比如我了解全部的你,但是你陈平安却无法了解现在的我,小心把我逼急了,咱俩就都别当什么剑修了,止境武夫再跌一两境,五行之属的本命物,先碎去一大半再说……

只是没意义啊。

还不是会被这家伙不管不顾砍死自己,而且只会不计代价,不在意后果。最可恨的是,这个家伙的最大依仗,不是老秀才和宁姚就在附近,而是"自己"会由衷认为,哪怕暂时大道断绝,大不了就是少年时被人打断长生桥,一样可以从头再来。

陈平安冷笑道:"这就是我最大的依仗了? 你就这么看轻自己?"

他哀叹一声,灿烂而笑,抬起一只手,道:"那就道个别? 以后再见了?"

可惜一番闲聊,加上先前故意布置了这份场景,都未能让这个匆匆赶来的自己,新夹杂出一丝神性,那么这就无机可乘了。

不然,谁才是真正走出去的那个陈平安,可就要两说了。到时候无非是再找个合适的时机,剑开天幕,悄然远游天外,与她在那远古炼剑处汇合。

陈平安只是眯眼点头。

他环顾四周,撇撇嘴:"输就输在来得早了,束手束脚,不然打个你,绰绰有余。"

他望向那个女鬼,笑眯眯道:"以后还敢不敢揩油了?"

改艳只是瞥了眼那双金色眼眸,就差点当场道心崩溃,根本不敢多说一个字。

陈平安身边的那个存在,好像无论说什么做什么,不管有无笑意,其实毫无感情,所有的脸色、情绪、举止,都是被抽调而出的东西,是死物,仿佛是那万古坟冢中被那个存在随手拎出的尸骸。

他收回视线,整个人就像一块无垢琉璃,开始崩碎消散,但是对于这方小天地,偏偏不增不减丝毫，他眼神深邃，金光流转如列星旋转，就那么看着陈平安，说了最后一句话：:"大自由就是让自己不自由，亏我想得出来。"

由一把笼中雀造就而成的小天地，就此跟随那个白衣"陈平安"，一同消散。

陈平安面无表情，不着急收起自己的笼中雀和井中月，反而以笼中雀立即缩小天地范围，刚好将那一袭白衣消散处，全部囊括其中，然后对那隋霖提醒道：:"你可以逆转这一小段光阴河流了。我的飞剑会帮你护道，一路开路，让所有人回到先前小巷。"

一般来说，那个"自己"，是可以借机分出一部分甚至是一粒心神，躲藏在光阴长河中，可能是苦手那把古镜小天地中的某处，也可能是某位修士的心神、魂魄当中，甚至可能是某件法袍、宝甲之上，或是客栈某地，总之有无数种可能性。但是那个"自己"不敢，因为陈平安会请先生回了文庙后，让礼圣亲自勘验此事。一旦被揪出来，下场可想而知。

自己想得到，那个家伙就一定想得到，看似多此一举，实则不然，无论如何，不管那个家伙有无留下后手，陈平安都会做成此事，都要劳烦礼圣亲自翻检光阴，毕竟自己骗过自己，其实很难，偏偏自欺又很容易。

隋霖颤声问道：:"陈先生，我们这份记忆，如何处置？"

陈平安冷笑道：:"一个个吃饱了撑着没事做是吧，那就当是留着吃饭好了，以后长点记性！"

隋霖联手小沙弥后觉，逆转光阴长河之后，瞬间各归各处。

唯有陈平安，依旧站在袁化境屋内。

小沙弥立即双手合十，默念了三遍佛祖保佑：:"回头再捐点功德钱，说到做到，没钱就借。"

小巷之内，凭空出现了韩昼锦、葛岭、隋霖三人，隋霖做成此举后，直接倒地不起，然后被葛岭搀扶起来。

一个个立即返回客栈。

一袭青衫，双手笼袖站在那间屋子门外廊道上。

除了隋霖依旧昏死，被人搀扶，其余全部站在阶下庭院里。

袁化境一副死猪不怕开水烫的模样，但是额头的汗水，显露了这位元婴境剑修极其不稳的道心。

宋续先前被那个"陈平安"捏碎了飞剑，虽然光阴倒转，飞剑无碍，但是大伤剑修剑心，这会儿萎靡不振。

苦手现在一见到陈平安，别管是哪个吧，反正就要忍不住心肝打战。

少年苟存望向陈平安的眼神，从以前的敬畏，变成了畏惧。

女鬼改艳直接转移视线，根本不去看那个隐官。

余瑜双臂环胸，少女不是一般的道心坚韧，竟然有几分沾沾自喜，看吧，咱们被一锅端，被砍瓜切菜了吧。

陈平安差点没忍住，当场打赏一人一拳，深呼吸一口气，说道："打醒隋霖。"

那隋霖两边的葛岭和陆翠立即照做。

隋霖悠悠醒来，刚要与这位隐官抱拳道谢，陈平安已经伸出手，面容惨白无色的隋霖一头雾水，小心翼翼问道："陈先生？"

陈平安说道："既然你们这帮大爷不用去蛮荒天下，要那几张锁剑符做什么，都拿来。"

隋霖赶紧从袖中掏出那一摞金黄符纸，轻轻一推，飘向那位年轻隐官。

陈平安接过符箓，看着众人。

一个个寂静无声。

还是陆翠这个读书人最了解读书人，微笑道："借，是借给陈先生的。"

陈平安收入袖中，一闪而逝。

众人如释重负，好几个就直接一屁股坐地了。

宋续刚要说话，袁化境难得流露出一份类似认命的疲惫神色，率先开口道："此事交由礼部录档，都算我的过错，与苦手和你们都无关。"

陈平安出现在巷口那边，瞥了眼藏书楼，叹了口气，师兄你再这样，就真的有些烦人了啊。

一路走到客栈门口，结果越想越烦，立即一个转身，去了巷口那边，缩地山河，直接回到仙家客栈，好家伙，一个个的竟然还有心情复盘，复你娘的盘呢，复来复去，怎么，还想有下一次啊？最后除了苟存和小沙弥，其余九个，一个没落下，全部被陈平安撂翻在地。尤其是那个袁化境，脑袋上被踩了好几脚。

苟存憋了半天，还是没忍住，小声说道："陈先生，你连我一起打了吧，有难同当，不然以后混不开。"

小沙弥急了，跳脚道："闹呢，别啊，打了你，我咋办。"

陈平安就多踩了袁化境和宋续两脚，然后坐在台阶上，打算歇一会儿，只是刚落座就要起身，连忙笑道："没事了。"

因为宁姚已经现身廊道中，不是背剑，而是手中持剑。

第八章
家乡

宁姚手持四把仙剑之一的天真,瞥了眼庭院众人,她以心声问道:"到底怎么回事?"

陈平安就详细说了过程,宁姚听得眉头直皱,多看了眼袁化境和那苦手。

只是被宁姚这么随意一瞥,元婴境剑修的袁化境和金丹境地仙的苦手,就感受到了一种仿佛"冥冥之中自有天意"的大道压制,两位修士瞬间呼吸不畅,灵气流转不但开始停滞,甚至有那如水结冰的迹象。

这就是一位飞升境剑修,若是与之为敌,上五境之下的练气士,可能连蝼蚁都不如。

被苦手招来的另外一个"陈平安",神性粹然,虽不是完整的陈平安,只说杀力,却又高于陈平安,本该是陈平安破开元婴境瓶颈时遇到的心魔,只是因为合道剑气长城,这只无法无天、百无禁忌的化外天魔,被直接镇压、封禁在城中了。苦手的停水镜,能够摹刻陈平安在镜中,可就像无法凭空摹拓出一把夜游剑,一样无法将那半座剑气长城和两座天下的大道压胜"实境",所以一下子就使得那个"陈平安",脱离牢笼。

之后两个陈平安相遇,双方看似一剑一拳皆未出,但只要陈平安心境出现些许瑕疵,就会被那个存在悄无声息地找出一条道路攀附井壁,爬到井口,最终就此离开,甚至有机会反客为主。

一着不慎满盘皆输,不过如此。

宁姚沉默片刻,说道:"比起甲申帐那场袭杀,要凶险多了。"

陈平安笑道:"没事没事,就当过去之事都是好事。何况坏事不怕早,好事不怕晚,早点与之面对,才好早做准备。"

自己为什么一定要回到客栈这边揍人,是记仇吗?是救人才对。不然等宁姚在客栈听闻此事,就她那性格,二话不说,剑光直落,估计地支一脉就跟着变成过去之事了,至于礼、刑两部衙门,肯定要鸡飞狗跳。再闹?就再降落一道剑光……

宁姚恼火道:"你还这么护着他们?"

烂好人一个。

陈平安无奈道:"毕竟是师兄一手栽培起来的,总不能被我这个师弟打个稀烂。"

他轻轻抓住宁姚的袖子,轻声笑道:"不许生气啊。"

宁姚瞪眼道:"松手。"

陈平安死缠烂打道:"你不生气,我就松手。"

宁姚气笑道:"犯不着跟你这种人生气,一边去,我要勘验此地!"

陈平安这才悻悻然松手,眼角余光打量着那庭院十一人,你们人人欠我一桩救命护道的大恩,读书人施恩不图报,那是我的事,你们念不念情,就是你们讲不讲良心了。

宁姚手腕拧转,将那把仙剑天真的剑尖抵住地面,手心轻轻抵住剑柄,剑尖处出现了一圈圈涟漪,都不是什么剑气凝为实物,而是直接将剑意变成一座"实境",将整座客栈拘押其中。

与此同时,众人头顶处,宛如蓦然悬空一座黄河洞天,剑气如瀑倾泻而下,从天而降,笼罩住整座客栈,但不是那种洪水决堤一般的汹汹气势,它并未将客栈摧枯拉朽,而是无声无息、虚实不定地渗透,这就意味着宁姚对剑气的驾驭,到了一种匪夷所思的空灵境地。

宁姚单凭自身剑意和剑气,就随手构建出了一座剑阵天地。

就像她同时拥有了陈平安的笼中雀和井中月的两种本命神通。

片刻之后,宁姚收敛心神和那份剑气,说道:"反正我是找不出什么蛛丝马迹。"

陈平安笑道:"一般来说,那家伙是不敢留下丝毫痕迹的,事后只会被礼圣揪出来,反正跟我见过面,我又舍不得打碎这份记忆,那他就等于活下来了,如果下次见面,他就像是从酣眠中清醒,翻检'自身'记忆即可,所以没必要画蛇添足。不过小心起见,肯定还是需要先生跑一趟文庙了。"

宁姚忧心忡忡,问道:"怎么会这样?它到底是怎么出现的?"

陈平安想了想,抬起左手,手心朝下,然后轻轻翻转,掌心朝上,解释道:"就像人性之正反两面,各有各的善恶之分,不单单是修道之人,凡夫俗子都是如此,只是都不太纯粹,混淆不清,所以反而问题不大。可是在我这边,崔东山曾经说过,我在年少时,人心善恶两条线,就已经极其靠近,并且界线清楚。所以我辛苦压制的,其实就是这个自己。"

两者一旦合拢,再无善恶之分。

就是粹然神性。

宁姚疑惑道:"为何你偏偏如此严重?"

其实山上山下,不管是谁,都会做些不像自己会做的事,说些不像是自己会说的话。

陈平安苦笑道:"因为我一直在追求那个所谓的'无错'啊,然后又摊上了个比较心狠的师兄。"

在书简湖,自碎金色文胆,陈平安就等于彻底失去了修炼出儒家本命字的可能性。

更大的麻烦,还不是陈平安注定这辈子都当不了文庙的陪祀圣贤,而是他失去了某种圣贤道理的无形庇护,不然陈平安在心境上,就像置身于一座心湖虚相中的文庙,那个粹然神性显化而生的陈平安,自然无法兴风作浪,结果崔瀺直接断绝了这条道路,这就使得陈平安必须靠真正本心,去与自己互为苦手,相互拔河,一决生死,决定自己最终到底是个谁。

先前陈平安好不容易走了趟剑气长城和藕花福地,其实已经不那么喜欢一味否定自己,结果到了书简湖,师兄崔瀺就像直接给了一记迎头闷棍、一盆浇头冷水,将陈平安彻彻底底打回了原形。

你陈平安不但会犯错,等你读书越多,安身立命的本事越大,还会犯下更大的错。

师兄就只给了陈平安两条路,一条道路,练剑学拳依旧都无碍,只是在心境上要么逃禅,要么转去修行类似道门心斋的守一之法。另外一条,就是继续走老路,但是你偏偏成不了儒家的道德圣人。

我与我互为苦手,周旋久?

反正师兄崔瀺觉得师弟陈平安还不够苦,不够久。

所以先前那个白衣"陈平安",失去了所有的人性束缚,才会以一种神灵之姿来到人间,然后就是一场胜负毫无悬念的大开杀戒。

而且这还是他故意收手了,如果不是他自己说的,太过束手束脚,陈平安又赶来太快,这袁化境在内十一人,下场只会更惨。

只说作为陈平安学生的崔东山,那一手袖里乾坤神通,陈平安只是一直刻意不去模仿而已。如果陈平安后知后觉,迟迟没有赶来客栈,任由他在此兴风作浪,只说一手袖里乾坤,再加上画师改艳的那份描眉神通,配合他对人性的抽丝剥茧,只需稍稍模仿郑居中和吴霜降的行事风格,将众人的心性、记忆肆意调遣、分离、整合,就能让所有人宛如一个个"身在梦境不知梦",到最后"清醒"过来,天晓得那会儿的十一人会是谁。

宁姚想了想,发现自己想了也没用,她就干脆不想了。

先前陈平安去了城外，她与文圣老先生议事，说那五彩天下的机缘事，老先生当时花生就酒，感慨一句："能睡之人有福气，立志之子多苦想。"

宁姚收剑归鞘，仙剑天真重返背后剑匣，她看着那个袁化境，说道："既然大骊这么有本事，换个剑修有什么难的，反正现在还没补全地支，缺一人跟缺两人，差别不大。"

陈平安心声笑道："这家伙的私心当然不小，但勉强算是在他这个位置上，做了件分内事。不过这笔账，有的算。"

陈平安甚至可以想象，这十一人当中，极有可能不止一个，在未来试图打破元婴境瓶颈时，所遇到的心魔，正是自己。

比如苦手、改艳、余瑜、隋霖，还有那个被枪尖挑在空中的陆翚，将近半数的修士，都是有这个可能的。

陈平安试探性问道："要不你先回客栈看书？我还得在这边，再跟他们聊会儿。可能会比较无聊。"

宁姚直截了当问道："怪话多不多？"

陈平安神色尴尬，抬起双手，拇指食指轻轻拈住："可能会有那么一点。"

宁姚点点头，她不走了。

当年在剑气长城，她都没去过避暑行宫亲眼见陈平安的排兵布阵，也就没机会亲耳听隐官大人是如何飞剑一箩筐了。

陈平安坐在台阶上，重新祭出笼中雀，说道："劳烦诸位大爷，耐心稍等片刻。"

庭院中无一人有异议，甚至有些珍惜当下的这个陈平安了。

至少这家伙好歹愿意讲点道理啊。

至于另外那个，别多想，一想就要道心不稳。

一人单挑十一人，却是一种全方位的碾压，修为境界，心性，剑术，术法神通，拳脚，各类手段的衔接……

算了，那个家伙根本不是人。

庭院十人，发现陈平安和宁姚、宋续都凭空消失。

而那宋续环顾四周，则是发现其余十人不见了，只剩下坐着的陈平安和站着的宁姚。

陈平安双手笼袖，问道："宋续，你那把飞剑叫什么？"

阴阳家五行一脉的修士隋霖，能够逆转光阴流水，这可是极其稀罕的天赋神通了，只是施展起来，禁忌极多，越是不靠身外物，越会消磨道行，原本以隋霖的当下地仙境界，可能撑死施展一次，就会直接崩碎长生桥，就此断绝修行路。多半是旁人用一种串联众人的术法神通，使得其余十人能够帮着隋霖分摊这份大道伤害，才让隋霖无须跌境，只需消耗那些金身碎片。

第八章 家乡

极有可能是宋续那把本命飞剑的某种神通使然。

宋续答非所问:"飞剑名为驿路。"

陈平安笑道:"君子养心,莫善于诚。宋续,知道我先生这句话,是什么意思吗?"

宋续不可能单凭一个金丹境剑修,或是什么大骊宋氏皇子的身份,再加上一把辅助隋霖逆转河流的本命飞剑,就可以担任一座小山头的领袖人物,而且还能服众。

宋续犹豫了一下,有些神色复杂,轻声道:"还有一把飞剑,名为童谣,是国师帮忙取的。"

陈平安眼神柔和几分,开始闲聊,问道:"二皇子殿下,在陪都那边,跟你那位皇叔见过面了吧,聊得多不多?"

宋续没有藏掖什么,点头道:"见过三面,两次是议事,一次是私底下,不过聊得不多,但是我知道皇叔很照顾我,只是因为某些顾忌,皇叔不好与我多说什么。"

陈平安点点头,微笑道:"宋集薪这家伙,跟我是多年的邻居了,他打小就藏不住话,好的坏的,嘴巴都不把门,还喜欢正话当反话说,如今好多了。"

记得当年自己背了一箩筐野菜回家,手里用狗尾巴草串了不少溪鱼,要贴在窗台上曝晒成小鱼干,宋集薪当时就蹲在墙头上,说"靠山吃山靠水吃水的本事不小",他就想要跟着一起耍。本来这都没什么,宋集薪偏要在末尾加一句"打赏铜钱"。陈平安那会儿只说"不用给钱",宋集薪反而就不乐意了,陈平安也总不能求他跟着一起上山抓蛇、下水摸鱼,就此作罢。

以至于在陈平安未来的人生道路上,但凡听到或是想到"矫情"二字,就会立即联想到这个多年的邻居宋集薪。

陈平安笑呵呵道:"宋续啊,你这个皇叔,一身的臭毛病,唯独有一点比较凑合,就是多少剩下点良心。"

宋续脸色古怪。

又记起了眼前这位意态闲适的青衫剑仙,如果按照年纪,好像确实算是自己叔叔辈的。

而宋续这位大骊的皇子殿下,他印象中的皇叔宋睦,是为大骊朝廷坐镇第一线战场的权势藩王,风神俊秀,性格沉静,雄才伟略,战功彪炳。当时宋睦在山上和大骊边军当中,就已经威望极高,但对待宋续还是眉眼温和,既在暗中对他这个侄子颇多照拂,又不违反大骊律例,极有分寸。

父皇对此没说什么,母后私底下与宋续笑言,你要多多与皇叔亲近,都是亲人,不能疏远了。

陈平安摆摆手:"以后好好修行。"

宋续抱拳。

下一刻宋续便见着了庭院众人，只是道录葛岭和阵师韩昼锦又不见了。

陈平安只是向葛岭问了些逻将事宜，本就是个帮助官府巡山的不入流的官职，既要维持山中道馆的治安，又要监督度牒道士的作为，很多时候还要为那些花钱入山开设醮坛的达官显贵护道开路，其实说来说去，都是些鸡毛蒜皮的琐碎事。

至于韩昼锦，陈平安对这个出身神诰宗清潭福地的阵师笑道："韩姑娘，我有个朋友，精通阵法，天赋、造诣都好得不行，以后如果他路过大骊京城，我会让他主动来找你。"

韩昼锦大出意料，本以为是被兴师问罪来着，不承想还是好事临门？她打了个道门稽首，与陈平安道谢，她自然相信这位隐官的眼光。

陈平安笑道："我这朋友，没什么架子，很好相处，而且老话说的君子施恩不图报，简直就是为他量身打造的道理。对了，此人生平唯独好酒，所以韩姑娘你不用多想，只要我这个朋友来了京城，在你地盘上，把酒管够，你就不算欠他人情。"

韩昼锦点点头，她每年从刑部领取的俸禄不少，而且她开销不大，买几坛东宝瓶洲最好最贵的仙家酒酿，不在话下。

陈平安好像记起一事，提醒道："他虽然好酒，但是有个臭毛病，就是不轻易饮酒，韩姑娘，你劝酒的本事大不大？"

韩昼锦摇摇头。

陈平安从袖中摸出一本册子，轻轻抛给韩昼锦，笑眯眯道："白送的学问。事先声明，不是我编的。在剑气长城，人手一本，上酒桌之前，都要先翻一遍的。"

宁姚觉得太徽剑宗的刘景龙摊上陈平安这个朋友，真是不想喝酒都难，估计喝着喝着，就真练出酒量了。

陈平安与韩昼锦说道："被你炼化的那座仙府遗址，你其实尚未找到真正的阵法中枢。你回头找一趟封姨，她要是愿意道破天机，于你而言，就是一桩天大造化。"

韩昼锦内心震动不已，竟然还有此事？！

陈平安最后以心声说道："既然韩姑娘是有些喜欢葛岭的，他又喜欢你，就不要故意拿我来恶心他了，你们俩真要闹别扭，好歹换个人，别是我就成了。"

韩昼锦心声答道："知道了。"

之后陈平安送走两人，单独拉来苦手。

陈平安问道："你现在的境界，只能凭借那件本命物，摹拓一位玉璞境修士的实境？"

年轻修士老老实实说道："停水镜暂时只能如此，以后晚辈如果能够跻身玉璞境，就可以实境一位仙人，若是晚辈再侥幸跻身仙人境，可以实境一处规模不大的洞天、人数不多的福地。但是一把停水镜的天地大小，晚辈依稀察觉其最终会存在一个定数，如果晚辈不知节制，太过贪心，很容易就会月盈则亏，水满则溢，导致崩碎。"

陈平安问道："能不能给我瞧瞧？"

苦手毫不犹豫，立即祭出那把古镜，陈平安将古镜驭入手中，双指拈住边缘，查看那背面一圈回文。

"人心方寸，天心方丈"，是道家语。

"吾之所见，山转水停"，有点意思，不是那山不动水长流。其实佛家也有那"风幡动心不动""闻声心不动"的说法，这与道家所谓的"反者道之动"，其实略有相通。

至于那句"以人观境，虚实有无"，可就大有学问了。

陈平安立即拘押起自己这一连串的心念，其中一个，便是那古书上看来的一句老话，"天与水相违"，大致意思是说天象与水相是相背离的。

陈平安将古镜还给苦手，正色道："以后一定要小心再小心使用此物。稚子持刀或挥锤，往往伤人先伤己。"

苦手小心翼翼地将停水镜搁放在本命气府之内，小声说道："陈先生，对不起啊。"

陈平安笑道："无心犯错不可怕，有心改错即修行。"

苦手抱拳沉声道："陈先生教诲，晚辈铭记在心！"

之后陈平安一口气找来了余瑜、隋霖和陆翚。

陈平安开门见山问道："如果以后心魔是我，你们怎么办？"

隋霖和陆翚脸色微白，倒是余瑜第一个开口："肯定打不过啊，我就安心当个元婴境修士好了嘛，之后就抱大腿拖后腿，反正我是不会主动离开地支一脉的，等到礼部、刑部赶人再说。"

陈平安觉得这个其实担任地支一脉幕后狗头军师的兵家小姑娘，心魔多半不会是自己了。心大如此，不常见的。

所谓心魔，大致有两种，比如一心修力者，什么都不多想，其实也算一种道心纯粹，就会被心魔以力镇压。修士最傍身的一技之长，在遇到这一道门槛之时，总会陷入那道高一尺魔高一丈的处境，就像每次要登堂入室，就有人拦阻，而这个人，刚好就站在门槛上，比门外人高出些许。

此外就是更加虚无缥缈的道心了，心境最大瑕疵处，修道之士修心的最大缺漏处，就是心魔的生发之地。

陈平安说道："隋霖，佛道两门都有守一法的传承，去翻翻档案，或是请教高人，之后你多去崇虚局和译经局两地，多听多想，然后渐次收拢心性为一，这个过程看似平常，只是听人传道讲经说法，其实不会轻松的，要做好心理准备。

"陆翚，你先自己找办法解决困境，要是实在不行，将来哪天真的觉得自己破境无望了，就来落魄山找我，我会传授你一门儒家练气的破字令。"

其实陆翚是最被殃及的池鱼，很大程度上是遭了一场无妄之灾，先前才会被刻意折磨。

因为那个神灵姿态降世的白衣"陈平安"，最恨的，或者说他觉得最棘手的，其实就是陆翚的身份，儒生，或者说读书人。

隋霖和陆翚各自稽首、作揖，与这位陈先生诚心诚意致谢。

余瑜问道："陈先生，我咋个办？"

陈平安说道："多喝酒。"

余瑜疑惑道："这都行？！"

陈平安点头道："喝酒能解万愁。"

余瑜揪心不已："喝酒最花钱了，这些年我一直在辛苦积攒嫁妆呢，长春宫的仙家酒酿都舍不得买几坛。咱要是没个大定力，早就去当毛贼了。"

陈平安大致可以确定了，这个心比天宽的小姑娘，说不定是破境跻身上五境最容易的一个。

陈平安笑道："知人者智，自知者明。你我共勉。"

余瑜笑哈哈道："不能再聊了，再这么下去，我就要学改艳和韩昼锦，开始喜欢陈先生了！"

至于什么宁姚不宁姚的，你一个飞升境大剑仙，好意思欺负我一个小姑娘？

要是这都好意思，对不住，那你宁姚可就真配不上咱们陈先生了！

陈平安笑问道："你跟改艳有仇啊？"

韩昼锦已经离开，女鬼改艳却还在外边等着。

余瑜呵呵道："没仇没仇，就是她这个当掌柜的，每天抠抠搜搜，什么都要记账，挣外人钱的本事，一点都没有，就知道在自己人身上赚钱，瞧瞧，咱这么大一地盘儿，空有屋子，改艳连个开门迎客的漂亮女子都不肯请，说是花那么钱做啥，好好一客栈，难道办成了正阳山脂粉窝一般的琼枝峰不成，反正道理都是她的，钱是没的，我烦她不是一天两天了。"

陈平安深以为然，点点头："改艳的生财之道，确实一言难尽。"

三人离去之时，宁姚眯眼道："多喝酒，少说话，别瞎想。"

然后余瑜回去后，在院子里就像一直被雷劈，飞奔乱窜，嚷嚷着"记住了记住了"，最后她一头撞上院墙，倒地不起。

小沙弥后觉，女鬼改艳，一起来到小天地。

改艳壮起胆子，瞧见了那个坐在台阶上的青衫剑仙，唉，还是这位陈先生，让人仰慕。

先前那个，实在是吓得她肝胆欲裂。

她眨了眨眼睛,率先说道:"陈先生和宁剑仙,真是天造地设的一双绝配,神仙眷侣。"

陈平安微笑道:"多谢美言。"

早干吗去了?如果一开始就这么会说话,也吃不了这几顿打。

说不定自己还要与她这个客栈老板娘打个商量,讨要一座游历京城的落脚宅子。反正他看这客栈生意也一般,宅子总这么空着,还没个人气。一看她就是个不擅长经济之术的,搁自己来打理客栈,保管每日都要人满为患。

陈平安有些百思不得其解,好像宁姚对改艳没什么好与坏的观感,就是一种全然无所谓的心态。

改艳得了外边修士的提醒,她自己主动说道:"将来破开元婴境瓶颈一事,我有旁门捷径可走,陈先生不用担心。"

陈平安点头道:"我不担心。"

小沙弥双手合十,道:"求佛祖保佑陈先生和宁剑仙修行顺遂,称心如意,白头偕老,美美满满,喜结连理,早生贵子……"

陈平安忍不住笑了起来。

宁姚面无表情,板着脸踹了一脚陈平安。

然后找来了少年苟存。

陈平安笑问道:"几次交手,都被我故意先手拿下了,说吧,杀手锏是什么?"

少年问道:"可以说吗?不算违禁?"

陈平安点头道:"可以,我说了算。"

苟存这才说道:"我后来得了一件本命物,跟财运有关,比较容易捡钱。"

陈平安愣在当场,修行路上,陈平安难得有这么羡慕他人的时候。自己这个包袱斋,可是得瞪大眼睛,绞尽脑汁,比那野修还野修,才能挣点辛苦钱!

"国师说我其实是个……穷鬼。我没敢多问,余瑜后来想出了个说法,说可能是咱们这帮地支修士来钱太快了,而且都有点像是来路不正的偏门财,这不是什么好事,还是得穷一点。

"后来国师又说,等我将来跻身了上五境,就可以得到一点点的东宝瓶洲气运,虽然资质不太行,比袁化境、宋续他们差远了,但是只要脚踏实地,走得稳当,是有希望熬成一位仙人的。

"国师还说过,等我什么时候跻身玉璞境了,就允许我去一个大骊藩属国担任国师。"

陈平安忍俊不禁:"国师还说了什么?"

苟存挠挠头:"国师说,狗肉其实挺好吃的,当时我都快吓死了。"

最后一个找的，是袁化境。

袁化境好像已经收拾好心绪，此刻独自一人站在阶下，显得并不紧张。

陈平安笑道："境界高，威望高，拿袁剑仙来收官，确实合适。"

袁化境说道："我只是元婴境，当不起剑仙称呼。"

陈平安问道："有无私心？"

袁化境答道："有。"

"有无私仇？"

"无。"

"有没有，你说了算啊？怎的，你是玉璞境我是元婴境？我是剑修你是剑仙？仗着自己虚长几十岁，就跟我摆前辈架子？"

"……"

"那把本命飞剑叫什么名字？"

"夜郎。"

"我师兄帮你取的？"

袁化境点点头："是国师亲自命名的。"

其实一开始不是这个名字，而是叫停灵，更契合飞剑的本命神通。

"知道用意吗？"

"国师是在提醒我不要目中无人，夜郎自大。"

陈平安摇摇头："书读少了，才会想得浅了。"

袁化境皱眉，然后诚心道："恳请陈山主为我解惑。"

毕竟涉及大道修行，由不得袁化境不上心。

陈平安缓缓道："人不夜行，岂能知晓道上有夜行人。你不成仙，又岂能知晓天下山林间，到底有无得道真仙。虽然同样是提醒你不要妄自尊大，但是这其中就多了好几层意思，连为何告诫你不要夜郎自大的答案，其实早就一并告诉你了，哪怕是成了夜行之人，天幕沉沉，伸手不见五指，你还是会目中无人，依旧不知何谓天下山林。"

袁化境细细咀嚼一番，确实极有深意，点点头："受教了。"

宁姚心声问道："真是如此？"

陈平安心声答道："我在胡说八道，教他做人呢。"

宁姚忍住笑。果然留下来是对的，比看书有意思多了。

陈平安随口说道："袁化境，你如果生在剑气长城，可以跟齐狩、高野侯这些所谓的顶尖天才有差不多高的剑术成就，可能会稍微差点，但是双方差距不至于大到无法追赶。你最大的问题，是容易死在战场上，因为会被大妖刻意针对，不愿意给你成长起来的机会。"

袁化境点点头:"我肯定会争取活下去,如果我真是剑气长城的本土剑修,又与隐官并肩作战,避暑行宫肯定也会为我安排好护道人。"

宁姚心声道:"话是没说错,怎么听着就是别扭。"

陈平安心声笑道:"空有岁数,没有阅历,搁在剑气长城,大半夜教他做人的好心人,茫茫多。"

陈平安又问道:"是想要仅凭自己那把飞剑神通,依葫芦画瓢,等到你将来跻身了仙人境,再打造出一个类似小地支的完整存在?"

袁化境点点头,坦然承认了这点。

在陈平安面前,没什么好藏掖的。

"你大可以想象那一天到来之后,自己的风光无限,在东宝瓶洲这一隅之地,站在一洲山巅,四顾无敌手。"

陈平安伸出一只手,随意拍打膝盖,笑眯眯道:"但是你有没有想过,这条登顶之路,一级级台阶迈上去,地支一脉其余修士,各有各的修行瓶颈、门槛困境,到时候一个个被你拉开距离了,落在你身后,甚至是在你脚下了?"

陈平安眯起眼,横剑在膝,手心轻轻摩挲剑鞘,道:"好好回答,答错了,我这个人再不喜欢记仇翻账,泥菩萨还有三分火气,也是有点脾气的。"

袁化境犹豫了一下,道:"我是剑修,我有一把夜郎,我修行资质最好,将来补全地支一脉的十二人,该是我站在那里。

"所以我不太在意,他们在这个登山过程里,帮了我多大的忙,因为这是职责所在,由不得他们懈怠。

"唯一让我觉得需要时刻提醒自己的,是每一次战事落幕都是我得了最大便宜,但是没有谁有异议,哪怕是宋续那边的修士,都没人觉得有什么不对。

"我袁化境,不是什么傻子,分得清什么是真心,什么是虚情假意。谁的笑脸里藏着嫉妒,我在尚未修行之前,都能直觉分辨。

"陈平安,我还是坚持先前的那个看法,你这种人,处处守规矩讲道理,但是总有一天,会做一两件不讲道理的事情。落在仙家山头上,还好说,撑死了只是几百人的荣辱起伏,可要是落在了大骊王朝,那会影响到多少人?动辄就是几百万、几千万。

"所以我们大骊朝廷,尤其是我们地支一脉,必须有那个实力,能够在一定程度上掣肘落魄山。"

陈平安点头笑道:"不管说对说错,只要肯袒露心扉,这就很以诚待人了,好,算你过关了。"

袁化境默不作声。

肯定没完,陈平安绝对不会这么轻易放过自己。

袁化境当下唯一的希望,就是自己和袁家,别沦为下一个正阳山。

陈平安拎着那把夜游,站起身,语重心长道:"你们这些聪明人,不要心思不定,每天想东想西,胡思乱想,这是修行大忌。尤其不要事事追求利益最大化,你当自己是谁呢,书肆里那些江湖演义小说里的小老天爷吗?"

"袁化境,给你个建议,你就当我师兄还在。"陈平安走下台阶,"就算师兄不在,我这个当师弟的还在。我以后会经常去人云亦云楼那边落脚,我在京城朋友不多,说不定哪天心情不好了,就要来找你这个刚认识的朋友,喝酒叙旧。"

其实和袁化境之间,陈平安还有本旧账没翻,主要是因为袁化境本人,与那个其实祖籍就在家乡二郎巷的大骊上柱国袁氏,还不太一样,不能完全等同起来。

而清风城许氏,凭借一座狐国偷偷积攒文运、武运,再以嫡女联姻袁氏庶子,所谋甚大。

陈平安手持夜游,轻轻搁放在袁化境的肩膀上:"对了,如果你早就是上柱国袁氏的话事人之一,并且参与了一些你不该掺和的事情,那么你今天离开客栈后,就可以着手准备如何逃命了。"

袁化境不得不拘着心性,主动解释道:"在成为地支一脉修士后,我就主动与家族脱离了关系。"

以剑鞘轻轻敲击肩头,陈平安微笑道:"最后说句题外话,东宝瓶洲有我陈平安在,那么你们地支一脉修士,其实可有可无,各回各家、各自修行就是了。因为师兄所求的,只是未来的那座'宗'字头仙家,而不是你们当中任何一个,现在的你们,还差得远。"

陈平安收起了笼中雀。

众人看到袁化境站在原地,竟然不是躺在地上睡觉,其实挺意外的。

陈平安望向韩昼锦,笑道:"韩姑娘这都没开庄赌钱?"

韩昼锦有些赧颜,这人真是记仇。

余瑜一脸错愕:"啊?还能这么挣钱?!"

陈平安与宁姚一起离开客栈,在那座宅子所在小巷现身,发现先生已经从春山书院返回,在客栈门口了,两人就并肩走在巷子里边,陈平安突然侧过身,脚步不停,笑望向宁姚的侧脸,道:"我突然想到个说法,大概所谓成长,就是有个谁都不知道好坏的自己,在远处等着今天的我们走过去见面。对吧?"

宁姚没好气道:"对个大头鬼的对。"

这么凶险万分的一桩事情,连她都心有余悸,结果你倒好,就跟个没事人一样。

陈平安微笑道:"其实是你教给我的,对待任何登门的麻烦事,想清楚了,就半点不拖泥带水,该关门就关门。还在门外的,反而会多想点。"

宁姚疑惑道:"我教过你这个?"

陈平安笑道:"教过啊。"

然后转过身,陈平安以心声道:"其实我是知道的,先生如今身在东宝瓶洲并不轻松,刚好有理由让先生早些返回中土文庙。"

先生如今其实只在两个地方会轻松些,中土文庙、功德林。再就是合道三洲所在,南婆娑洲、桐叶洲、扶摇洲。

先生即便恢复了文庙神位,可那三洲山河实在破碎太多,所以在那三洲之地之外现身,就是雪上加霜的处境。

陈平安是又想与先生多聊些,又不愿先生为此遭罪。

不远处的客栈里,老掌柜到底是老狐狸了,晚来得女的老人,眼见强拦着闺女,估计拦不住,说不定还会适得其反,于是一计不成,又心生一计,主动让闺女去找那宁姚,拜师学艺,在闺女这边的道理,自然是有的,一般江湖女子,至多佩剑一把,那宁姚直接背了个剑匣,拳脚功夫能差了?这要不是江湖女侠,谁是?于是傻闺女当时就真去敲门了。

百无聊赖的少女这会儿来到柜台,她眼睛一亮,瞧见了那袋子麻花,道:"爹,怎么想到给我买麻花了?"

她拿起一根,嘎嘣脆。

老掌柜没有老糊涂,说是陈平安那小子的好心好意,白送了一袋子吃食,只是笑呵呵道:"我这当爹的,心不心疼闺女,当闺女的,自个儿心里就没点数?"

少女含糊不清道:"心疼心疼,有数有数。"

老掌柜问道:"那还拜师不拜师了?"

老人还笑眯眯补了一句:"如果还有心气儿,爹是可以帮忙的。"

少女摇摇头,说道:"算了吧,先前听爹的,去主动敲门,胆子都用完了,我发现自己挺怕那个宁师父,她一瞪眼一挑眉,我就要说不出话来。"

少女学那宁姚,做了个挑眉瞪眼的动作,先后自顾自笑起来。

老掌柜瞥了眼油纸袋,有点良心不安,就笑着说了句公道话:"别的不说,那个陈平安,真不是什么流里流气的登徒子。"

少女差点噎到,笑了起来:"一开始确实怕的,这会儿当然知道了啊,人嘛,不坏的。"

我又不傻,这家伙每次看宁师父的眼神,其实就俩字,深情。

书上说了,好女怕缠郎,肯定是他死缠烂打,嘘寒问暖,才追着了宁师父。

只是这种话说不得,不然爹又要嫌她看多了杂书,乱花钱。

少女拿起第二根香脆麻花,问道:"爹,你说他也不是什么浪荡子,还是个闯荡江湖的外乡人,又是第一次来咱客栈,为啥那天晚上看我的眼神那么怪啊?"

老人想了想,给出了自己的理由:"约莫是认错人了吧,大晚上的,乍一看,可能是觉得你与谁很像来着。武林中人,见的人多,江湖故事就多。"

老秀才在门口笑问道:"刘老哥,能不能与你借两条凳子,在客栈门口晒晒太阳?"

老掌柜笑道:"多大事儿,好说好说。"

少女立即帮忙去搬了两条长凳,搁放在门外,今儿日头不大,确实不热。

陈平安和宁姚到了客栈门口,老秀才就跟陈平安坐在一条长凳上,宁姚和那凑热闹的少女坐在一旁,只是少女想了想,最后还是离开了。

陈平安说了那桩事情,老秀才点头道:"小事,我喝完酒就去请礼圣。"

宁姚说道:"我刚好一起去趟文庙。"

老秀才连忙摇头摆手:"别啊,我还要回来的,下次再一起离开东宝瓶洲。"

宁姚转头望向陈平安。

陈平安点点头,宁姚就不再坚持。

老秀才瞧着目不斜视,其实心里边乐开了花,咱们这一脉,出息大发了啊。

文圣一脉,早年从先生的学问到几位学生的各有所长,简直是无敌,兴许唯一一点稍稍不如人处,就是各自找媳妇一事了,如今又无敌了不是?

老秀才轻声笑道:"先生曾经失去了陪祀身份,神像被打砸,学问被禁绝,自囚功德林的那一百年里,其实先生也有开心的事情,猜得到吗?"

陈平安笑着点头,然后递过去一壶酒水。

老秀才接过酒壶,满脸怀疑,摆摆手:"不能够,不能够,这要是还猜得到,老头子和礼圣都要跟我抢弟子了。"

陈平安自己抿了一口酒,道:"以前浩然天下谈及我那几位师兄,肯定都少不了一个'文圣嫡传',在功德林那会儿,先生落魄,就只被当作是师兄们的先生了,先生对此不忧不愁,反而只有开心,偷着乐呢。"

老秀才抚须而笑:"谁说不是呢。苏子说了那么多赏心乐事,其实要我看啊,就只有偷着乐的乐呵,最值得乐呵。"

宁姚会心一笑。

难怪几座天下的山巅大修士,都知道文圣最最偏心自己的关门弟子。

老秀才喝过了酒,起身道:"那先生就先忙去,可能要找那封姨,与这位前辈道个谢,之后估摸着得有一两天工夫不在京城了。"

陈平安想要起身,却被老秀才按住肩头,转过头,眼神询问,机会,懂了吗? 陈平安都没点头,必需的,先生你赶紧收一收眼神啊,免得多此一举。老秀才恍然大悟,有道理有道理。

一切尽在不言中。

老秀才先去了趟火神庙找那封姨。

花棚下,坐在台阶上喝酒的封姨,立即起身相迎,仪态万方施了个万福,道:"见过文圣先生。"

老秀才坐在一旁石凳上,笑道:"就是来这道个谢,前辈别嫌晚,要是嫌弃了,我是要自罚三杯的,哎哟,瞧瞧我这记性,忘记带酒了!"

封姨丢了一坛百花酿过去,老秀才揭开泥封,嗅了嗅,道:"好酒好酒,都好到舍不得喝了。"

老秀才保持那个拎酒不喝的姿势,斜眼看封姨。

封姨等了半天,只得又抛过去一坛。不然就老秀才那德行,真能这么一直熬下去。

她心中幽幽叹息一声,要说熬,这位文圣确实是能熬。一想到此处,封姨也就无所谓那两坛百花酿了,再说了,老秀才的弟子,不也骗去了两坛?

这个老秀才和他那个关门弟子,一个前脚走一个后脚来,真是一模一样的作风。

可是文圣一脉,崔瀺、左右、刘十六、齐静春,哪个会这么没脸没膜的?

亏得陈平安总算还收了个曹晴朗当学生,算是正儿八经的读书人了。

老秀才放下手中那坛,双手抱住第二坛百花酿,满脸愧疚道:"怪不好意思的,难为情难为情,瞧瞧这事情整的,像是登门讨酒喝来了。"

封姨笑了笑,手指间凝出一缕清风,最终是那老秀才关门弟子的一句言语,在花棚这边响起。

老秀才竖耳聆听,一手怀抱酒坛,一手抚须大笑道:"善!这就叫青出于蓝而胜于蓝!"

原来是在客栈门口,陈平安发现宁姚盯着自己,低头喝酒再抬头,她还是看着自己。

陈平安立即信誓旦旦道:"天地良心,是先生想岔了!"

听了陈平安的辩解,他竟然都不惜往自己先生身上泼脏水了,宁姚默不作声,陈平安就换了条长凳,去宁姚身边坐着。宁姚看上去更生气了,不愿意靠着他坐,就挪了挪位置。陈平安也没有得寸进尺,就坐在原位默默喝酒。

男女情爱,何谓风流薄情,就是一个人明明只有一坛真心酒,偏要逢人便饮。

何谓深情,就是一坛酒深埋心底,然后某天独饮到底,喝光为止,如何能不醉?

只是陈平安一手拎酒壶,一手悄悄放在两人之间的长凳上,如螃蟹横行,偷偷往宁姚那边靠拢。

即将得逞之时,被宁姚蓦然一拳,砸中手背,手劲真大,疼得陈平安一个气沉丹田,轻喝一声,等到宁姚收起拳头,陈平安赶紧抬起手背,蹭了蹭下巴。

沉默片刻,宁姚问道:"你好像对宋集薪印象有所改观?"

先前在庭院那边,陈平安聊起了这个年少时的邻居,虽然言语损人,但其实评价还行。

陈平安点点头："大事不去说了，宋集薪没少做。我只说一件小事。"

成了大骊藩王宋睦的泥瓶巷宋集薪，曾经先后坐镇老龙城、南岳山头、大渎陪都，三场战事，始终身在战场第一线，负责居中调度，虽说具体的排兵布阵，有大骊巡狩使苏高山、曹枰这样熟谙战事的武将，可事实上不少的关键事宜，或是一些看似两可，实则会影响战局后续走势的事情，就都需要宋睦自己一个人拿主意。

如果只是个虚衔的大骊藩王，只是个不惜性命稳定军心的藩邸摆设，绝对无法赢得大骊边军和东宝瓶洲山上修士的尊重。

"宋集薪下令，大骊陪都所辖地界，众多藩属国在内，全部的州郡县，只要是借高利贷给书院、学塾学子的人，抓起来后全部剁掉一只手。若是敢逃，流窜越境，去往别处隐匿，罪加一等，两只手就都没了。

"其实也不算什么小事，只是相较于其他藩邸、陪都的大事，就显得不太起眼了。"

宁姚说道："确实不太像是宋集薪会做的事情。"

在她的印象中，宋集薪就是个衣食无忧的公子哥，身边还有个名字、相貌、人品都不咋的的婢女，一个娇气，一个矫情，两人凑一堆，就很般配。

陈平安笑着解释道："可能是宋集薪觉得读书人在没钱的时候，就得没钱。在走出学塾之前，没钱就更应该用心读书，每天寒窗苦读，老老实实博个功名。只是年少学子，或是年轻儒生，难免定力不够，于是宋集薪就去跟那些有胆子挣这个钱的人算账了。

"宋集薪小时候最恨的，其实恰好就是他的衣食无忧，兜里太有钱。这一点，还真不算他矫情，毕竟每天被街坊邻居戳脊梁骨，骂私生子的滋味，搁谁身上，都不好受。

"宋集薪那么娇气一人，到了泥瓶巷这么个鸡粪狗屎的地儿，始终不搬走，可能就是因为觉得我跟他差不多，一个是已经没了爹娘，一个是有等于没有，所以住在泥瓶巷，让宋集薪不至于太窝心。"

陈平安喝完了酒水，将空酒壶放在长凳上，从袖子里倒出些盐水黄豆在一手掌心，朝宁姚递过去，宁姚拨了一半过去。

学了拳，尤其是成为金身境的纯粹武夫之后，陈平安的手脚老茧就都已消退。

陈平安拈起一粒黄豆，丢入嘴中，鞋子轻轻磕碰鞋子。

他脚上这双布鞋，是老厨子亲手缝制的，手艺活没的说，比女子针线活更精湛。落魄山上，愿意穿布鞋的，人手有份，至于姜尚真有几双，不好说，尤其姜尚真花了多少神仙钱，就更不好说了。

其实小暖树缝制的布鞋也有两双，可陈平安舍不得穿，就一直放在方寸物里边。

陈平安笃定，这次带着宁姚回了落魄山，宁姚肯定就也会有了。暖树这个每天最忙碌的小管家，什么事情想不到呢。

陈平安吃着盐水黄豆，笑眯起眼，眼神温柔，好像瞧见了个粉裙女童，一大早离开了自己宅子，当她独自走在无人处，就会轻轻甩起袖子，脚步轻快，快走到了一处宅子门口时，便放慢脚步，拿起一串钥匙，娴熟地选中一把，开了门。扫帚、抹布、水瓢、水桶……井井有条，小暖树随后便忙碌起来，洒扫庭院，擦拭桌凳，晾晒被褥……

什么，你们大骊铁骑敢围住我落魄山？

陈平安转头瞥了眼皇宫方向。

可能那地支十一人，到现在还没有意识到一件事，他是要高于那个白衣"陈平安"的，后者毕竟只是他的一部分。

这就意味着在某种时刻，那个粹然神性的所有手段，陈平安都会，而且笼中雀里的那场厮杀，另外一个自己，根本就没有施展全力。

宁姚察觉到陈平安的心境变化，转头问道："怎么了？"

陈平安收起视线，笑道："没什么，就是越想越气，回头找点木头，做个食盒，好装宵夜。"

宁姚也懒得问这生气与木匠活、宵夜有什么关系，只是问道："半个月之内，南簪真会主动交出瓷片？"

"如果没有后边被我找到的那盏本命灯，其实不一定。"

"所以在宅子里边，你是随便吓唬她？"

"也不算全是吓唬，主要是让她寝食难安，疑心生暗鬼，就见谁都是鬼。"

陈平安冷笑不已，缓缓说道："这位太后娘娘，其实是一个极其事功的人，她打死都不交出那片碎瓷，不单单是她一开始心存侥幸，想要追求利益最大化，她起初的设想，是出现一种最好的情况，就是我在宅子里当场点头答应那笔交易。如此一来，一，她不但不用归还瓷片，还可以为大骊朝廷拉拢一位上五境剑修和止境武夫，无供奉之名，却有供奉之实。

"陪都那座仿白玉京之外，有地支一脉修士在幕后暗处，慢慢积攒修为，有我和落魄山在明处，对大骊宋氏来说，自然极有益处。只是明明是她犯错在先，阴险算计，却要让我对她不计前嫌，化敌为友。二，是在浩然天下其余八洲，大骊宋氏能挣个厚待有功之人的美名。

"三，作为落魄山的宗主，我与北俱芦洲的香火情，下宗创建在桐叶洲，大骊都可以分一杯羹，当然了，大骊朝廷做事情很务实，双方是互利互惠。四，我还是剑气长城的末代隐官，将来肯定会经常有刘景龙，还有谢松花、于樾这样的外乡剑仙，来与东宝瓶洲和大骊产生联系，这对大骊王朝的剑道气运，无形之中是很有些裨益的。

"最后，我身为先生的关门弟子，可以帮助大骊宋氏与文庙搭建起一座桥梁，宋氏就可以彻底撇开云林姜氏了。

"天材地宝，给谁不是给？比如那地支十一人，大骊两部衙门就没少掏钱，随便打一架的耗费，都是拿谷雨钱来计算的。"

陈平安将手中最后一点盐水黄豆全部丢入嘴中，含糊不清道："这些都是她为什么一开始那么好说话的理由，贵为一国太后娘娘，如此顾全大局，说她是低声下气，都半点不夸张。别看如今大骊欠了极多外债，其实家底丰厚得很，如果师兄不是为了筹备第二场战事，早就预料到了边军铁骑需要赶赴蛮荒，随随便便就能帮着大骊朝廷还清债务。"

宁姚说道："虚名实惠都有了，这个南簪占尽便宜，打得一手好算盘。"

陈平安拍了拍手："说她头发长见识短，就冤枉了咱们这位大骊太后。"

宁姚皱眉道："肯定还有一个更大的理由，支撑着她死扛到底。是中土陆氏？"

陈平安嗯了一声："只要是个人，就都会有在意的东西，南簪当然不例外，比如大骊以后，还是不是姓宋，是不是她的儿子担任皇帝，再比如大骊王朝还能否保住半个东宝瓶洲的版图，她那个太后的显贵身份还能否保住，尤其是能否重新参政，趁着我师兄不在了，她有无机会掌控地支一脉修士，再就是她自身的大道性命，或是作为陆氏子弟，中土陆氏安置在东宝瓶洲一枚棋子，有没有比她性命更重要的事情，等等，各有轻重之分。反正越是身不由己的修道之人，就越有事情能够重过'生死'二字，毕竟很多山上手段，让人想要一死了之都很难。"

反观青鸾国狮子园的那位老侍郎，名，就比命重要。当然不是那种道貌岸然的虚名。

而大骊巡狩使苏高山，就是心中志向。寒族出身的武将身份，比命更重要。

宁姚问道："地支只缺了个纯粹武夫，大骊就没有想过裴钱？"

陈平安说道："肯定有想过，但是一来师兄好像没有这个打算，再者，裴钱不会答应。"

宁姚又问道："现在呢，你就没想过让裴钱补足地支？既然不去蛮荒天下，那不如有个官府身份，不管是走江湖，还是修行，都很安稳。"

陈平安摇头道："我不会答应的。"

宁姚摇摇头："是你不答应，还是觉得裴钱不答应？别忘了，裴钱在金甲洲和东宝瓶洲，出拳杀敌都没有任何含糊。你为什么不问问裴钱自己的意思？"

陈平安愣了愣，还真没想过这茬。

宁姚说道："如果裴钱自己愿意，你还是会拦着她吗？"

陈平安犹豫了一下："可能不会拦着吧。"

随后轻声笑道："没办法，哪怕是现在，只要没看着站在跟前的裴钱，她就好像还是那个扎俩丸子发髻的小黑炭。"

黑乎乎的小丫头，纤细瘦弱，一跑起来，两条小胳膊，就跟柳条似的瞎晃悠。

闹腾，胆小，心眼多，小脑瓜子转得比谁都快，比李槐更窝里横，随随便便就能把不了解她底细的人，拐骗到十万八千里之外。

后来听郁狷夫和林君璧说过，金甲洲战事落幕后，活下来的一洲本土修士，都对女武夫郑钱极其推崇，简而言之，要是师徒二人去了金甲洲，那边肯定只认郑钱，不认什么隐官。

回了东宝瓶洲，裴钱也赢得了"郑清明""郑撒钱"这样的绰号。

甚至还有个让陈平安哭笑不得的说法，山上和江湖上都说，这郑钱是咱们东宝瓶洲最有武德、最有老江湖风范的大宗师。

什么咱们东宝瓶洲，裴钱是当之无愧最讲武德的大宗师。对妖族狠，郑撒钱绝非浪得虚名，只有取错的名字，绝无给错的绰号。但是对自家人的武夫问拳，次次客气，礼数十足，点到为止，不管谁登门切磋，她都给足面子。真不知道裴钱这样一位女大宗师的传道人，会是何等风采，想必武德更是高入云中了……

直到裴钱现身观礼正阳山，落魄山那位青衫剑仙与正阳山袁真页干了那一架……

再然后，就是一个在东宝瓶洲山巅流传渐广的小道消息，功德林的那场青白之争。

有人难免疑惑，只听说上梁不正下梁歪的道理，不承想还有上梁歪了下梁正这种事？

可是实实在在这么个黑炭小丫头，确实是陈平安一手带大的。

仿佛一个蹦跳，就长大了。

她都自己走过那么远的江湖路了。

其实落魄山谁都心知肚明，别看陈平安在裴钱这边最凶，管教最严，好像脾气最差，可是年轻山主的眼睛里，看裴钱时的那份温柔，不会输给暖树和小米粒。

宁姚打趣道："以后等裴钱哪天嫁人了，能愁死你。"

陈平安冷哼道："同龄人当中，就没几个般配裴钱的。"

陈平安双手环胸："谁要是敢动歪心思，抖搂那些自作聪明的风流手段，我就把他打出屎来。"

宁姚笑道："得了吧，哪里轮得到你，他们想要骗过裴钱，就很难了。"

陈平安点点头："那倒是。"

很快补了一句："我还是要把把关的。"

然后又补充个不停："不但是我，我还要偷偷拉上朱敛、崔东山、姜尚真、米裕几个，一起帮我把关。老厨子是过来人，经验老到，崔东山是想法周全，至于周首席和米次席嘛，色胚看色胚的眼光最准了。"

"不行，我还得拉上种夫子，考校考校那人的学问，到底有无真才实学。当然，如果那家伙人品不行，万事休提。"

陈平安双手十指交缠，抬起胳膊，向外伸出，轻声道："裴钱第一次去剑气长城那会儿，崔东山私底下跟我说过，裴钱小时候，去了寺庙给菩萨磕头，末尾都会诚心诚意加上一句，菩萨要是很忙的话，今儿可以不用听，不灵验没关系的，下次再说啊，下下次都可以，反正她会常来，都是不打紧的。"

裴钱让崔东山发誓不许告诉别人，其实，她就是不想让我这个当师父的知道吧。

宁姚转过头，看着他的侧脸。

陈平安转过头，笑眯眯道："是不是英俊极了？"

宁姚点点头。

不然？

不然我宁姚会找个丑八怪？

不然你还能让那么多山上的莺莺燕燕，只是看了个镜花水月，就要犯花痴？

陈平安有些措手不及，难得老脸一红。

宁姚想起一事，她当年游历骊珠洞天，是去过杨家药铺后院的，就跟着陈平安一起，当时杨老头问了宁姚两个问题。

剑气长城的城头上，刻了几个字？

到底是谁在说心声？

宁姚说道："当年杨老头关于心声一事的提问，一开始我没多想，可是这对我后来在五彩天下打破玉璞境瓶颈，跻身'求真'的仙人境，是很有帮助的。"

陈平安点头道："不管如何，等回了家乡，我就先去趟药铺后院。"

说完这句话，陈平安低头看了眼脚上的布鞋。

宁姚知道，这是陈平安在提醒自己是谁。

先前在那仙家客栈，陈平安坐在台阶上的时候，就有过这样一个动作。

也许那个泥瓶巷少年学徒渐渐换了衣衫、靴子、身份、岁数……

可是唯一没有褪去的，是那双心中的草鞋。

陈平安打算稍后专程去问问赵端明，京城有哪些特别地道的小饭馆子，好带着宁姚走街串巷，随便逛逛。

然后又记起了些往事。

"我这胡子要是刮了，你们俩磕碜货加一起，都不如我英俊。"

"你个哈儿，火锅很辣？你手边不是有酒水吗，可以解辣的，你什么眼神，我会蒙你吗……哈哈，真是个瓜皮，还真信。"

"喝慢点，酒又跑不出碗的。"

陈平安双手笼袖，身体前倾，轻轻晃动肩头，看着安安静静却也不显如何冷清的街道。

如果撇开家常便饭不谈,陈平安突然发现,其实自己这辈子吃过的丰盛宴席,像大鱼大肉那种,屈指可数。第一顿,是当年与小宝瓶他们远游求学,在黄庭国老侍郎家里,吃了顿让陈平安至今都有小小心结的山野清供,之后是在藕花福地的南苑国京城,与皇帝一大家子吃了顿酒宴,再然后就是在书简湖池水城,陈平安难得花钱摆下酒席,请石毫国皇子韩靖灵和大将军之子黄鹤吃饭喝酒。

宁姚问道:"什么时候开始不穿草鞋的?到了剑气长城?"

陈平安摇头笑道:"真要说第一次的话,是到了大隋京城,当时我特地买了一身行头,还换了靴子,结果穿在脚上,很别扭,差点都不知道怎么走路了,而且最后我也没去书院,而是偷偷跑了,溜之大吉。那会儿主要还是担心小宝瓶、李槐他们,跟我站在一起,会被人看不起。后来才知道是我想多了,其实不该临阵脱逃的。"

然后陈平安自顾自笑了起来:"其实五岁之前,我也不穿草鞋的啊。你还记不记得泥瓶巷宅子里边,我在墙角藏了个陶罐?"

宁姚点点头:"记得,你藏铜钱和碎瓷片的那个。"

那个陶罐,取出了碎瓷片后,好像就一直被陈平安放在祖宅,就连宁姚都不知道里边还有什么"家底"。

而陈平安每次远游返乡,都会雷打不动地在泥瓶巷过夜一宿,独自一人,等着天亮。

年少时的陈平安,不希望任何人可怜自己,而且由衷地觉得自己过得还好。

陈平安笑眯眯道:"其实我小时候,并没有把所有东西都贱卖了还钱,是有留了两样东西的。"

他的家乡是有个习俗的,不管有钱没钱,家家户户都是如此,不然就不算一个家了。

宁姚转过身,好奇问道:"是什么?"

陈平安笑容灿烂,抬起双手,竖在身前,手心距离很短,轻声道:"一双我小时候穿的鞋子,就这么点大,哈,很小很小,对吧。"

然后陈平安又比画了几下:"还有件小衣服,摊开来,得有这么大。"

她猛然转过头,不去看那个满脸笑容的男人。

他伸手握住她的手,轻声道:"宁姚,以后我们孩子的名字,我想好了,就叫陈宁,好不好?要说随你姓,当然也是无所谓的,可我总觉得'宁陈'不如'陈宁'好听。"

陈宁。

陈平安的陈,宁姚的宁,安宁的宁,那个孩子,不管是男孩还是女孩,都会永远生活安定,心境宁静。

陈平安其实更想要个女儿，小棉袄嘛，然后模样像她娘亲多些，脾气可以随自己多些。

宋续独自留下。

袁化境坐在屋内蒲团上，宋续也没有进屋子落座，就只是坐在门槛上，两座小山头的领袖人物，难得有单独相处的时候。

袁化境吐出一口浊气，破天荒地问道："宋续，有没有带酒水？"

宋续笑道："我又没有方寸物傍身，也不馋酒，没带。你可以找改艳或是余瑜，她们都愿意挣这个钱。"

袁化境沉默片刻，轻声道："其实人心，已经被拆解殆尽了。"

宋续说道："我又无所谓的，除了你，其余九个，也都跟我差不多的心态。所以真正被陈先生拆解的，只有你的私心和野心。真要复盘的话，其实是你亲手帮着陈先生解决掉了一个本有机会掣肘落魄山的潜在隐患。哪怕以后我们还会联手，可我觉得被你这么折腾一回，就像陈先生说的，只是排队送人头罢了。

"除此之外，你不得不承认一点，单就你自己来说，已经没有半点心气再去与陈先生问剑。自欺欺人，毫无意义。

"这对于我们剑修来说，其实就是彻底输了个底朝天。你接下来要做的事情，就是缝补心境，不然最有可能出现心魔的，不是隋霖和陆翬，而是你袁化境。

"对了，要是未来百年，一个修行资质最好之人，到最后反而成了境界最低之人，我能做到的，就是争取不来笑话袁化境。"

袁化境转头看这个已是金丹剑修的年轻皇子："你比我想象中要聪明很多。"

宋续摇头道："比起陈先生和皇叔，我算什么聪明。"

这个袁化境，肯定不是什么英雄人物了，枭雄心性，一方豪杰。

宋续一直觉得，出一个丧元气、泄祖荫的将相公卿，不如出一个积阴德、攒福缘的凡俗子弟。所以宋续才与袁化境始终聊不到一块去。而原本这两人，一个宋氏皇子，一个上柱国姓氏子孙，最该投缘才对。

宋续双手抱胸，斜靠一旁，背对着袁化境，这位大骊的二皇子殿下，面朝庭院道："你有没有发现，陈先生和那个陈平安，就像两个极端？

"国师曾经说过，世间任何一位强者，如果只是让人畏惧，根本不够，得让人敬畏。如果说之前那个自己开门走出停水镜的陈平安，让我们人人心生绝望，是十二地支中的那个'戌'。

"那么后来赶来救下我们的陈先生，就是在拣选我们身上被他认可的人性，那会儿的他，就是卯？辰？巳？午？申？好像都不对，可能更像是'戌'之外的所有。"

袁化境望向那个背影,好像第一次真正认识这位大骊皇子。

宋续温养出那把童谣飞剑,成为地支一脉的修士,就意味着他这辈子都当不成皇帝了。

袁化境问道:"宋续,你有想过当皇帝吗?"

宋续点点头:"当然有想过,我甚至恨过这把童谣飞剑,然后在有一天,就突然不想了。那次是一场祭祀大典,我们需要暗中护卫,我就远远看着身穿龙袍的父皇被众星拱月。当然,皇兄也在队伍里,不知为什么,我非但没有如何羡慕,反而觉得逼仄,那件龙袍,就像是个牢笼。我当时有个奇怪的念头,就是我们大骊的皇帝陛下,这辈子能去哪些地方?那天晚上,我就去了趟城头,站在那个高处,突然发现,好像天大地大,我可以随便去哪里,但父皇和兄长就不行。在那一刻,我就心甘情愿当个证道长生的练气士了。"

作为宋续兄长的那位大骊大皇子,未来板上钉钉的太子殿下,确实极有韬略,手腕不差,就是人前人后,差别很大,一遇到不顺心的事情,回了住处,倒是还知道不去砸那些瓷器、书案清供,因为会录档,至于圣贤书籍,则更是不敢砸的,到最后就只能拿些绫罗绸缎撒气。倒是三弟,性情温和,虽然天资不如兄长,但在宋续看来,可能更有韧性,至于其余的几个弟弟妹妹,宋续就更不熟悉了。

庭中玉树,琼枝烟萝,几曾识干戈?

宋续冷不丁问道:"你这次擅自出手,有没有得到宫中某人的授意?"

袁化境默不作声。

宋续就不再多问什么,已经有答案了。

"下不为例。"

宋续起身离去,转头道:"是我说的。"

从今天起,袁化境其实已经失去了地支一脉修士的领袖身份。

在花棚那边,老秀才其实也没喝酒,跷起二郎腿,双手交错,搁放在膝盖上,他瞥了眼封姨挽系青丝的那个彩色绳结,老值钱了。

封姨笑道:"怎么,文圣是要帮百花福地当说客来了,要我归还此物?还是说花主娘娘这次议事,半卖半送给了些好酒、花神杯,中土文庙那边某位教主心软了,所以今儿文圣身上其实带了一道口含天宪的圣人旨意?"

老秀才大义凛然道:"娘们之间的事,我一个大老爷们掺和什么。"

实在是不擅长。

文圣一脉除了自己的关门弟子,都是拎不清此事的光棍。

老秀才气呼呼道:"再说了,就冲着封姨与咱文圣一脉的多年交情,谁敢在一穷二白的我这里如此老三老四,再与封姨吃五喝六,还不得被我骂个七荤八素?!"

封姨点点头:"那就好,不然我就要下逐客令了。"

这个彩色绳结,实则暗藏玄机,是百花福地历史上诸多花神,一代代的命主花神,始终无法出现一位飞升的根源所在,因为先天大道命脉不全,跻身仙人境,就等于走到一条断头路的尽头了。而缺少一位飞升境坐镇的百花福地,终究是美中不足。

浩然天下百花,确实是被封姨欺负得惨了。

老秀才随口说道:"天下事互为因果,此因结此果,此果即彼因,彼因再结果,反正就这么因果循环,凡圣浸染。道理就是这么个道理,再简单不过了,所以天下事总是兜兜转转,帮着我们山水重逢,有好有坏。光说道理不举例子就是耍流氓,那我就举个例子好了,也与封姨有点牵连的,比如剑气长城的刑官豪素,知道吧?昔年扶摇洲一处福地出身,前不久斩落了南光照的脑袋,还收了个徒弟,让那个孩子立誓斩尽山上采花贼。豪素行凶过后,自知不可久留,试图离开浩然,去往青冥天下避难,被礼圣拦住了,道老二接引不成,恼羞成怒,气得嗷嗷叫。"

封姨当然不觉得以白玉京真无敌的心性,会如此失态,只是老秀才看似随意举例的这个道理,还是很有道理的。

封姨思量片刻,伸出双指,拈住那个彩色绳结,从青丝中取出,老秀才看似无动于衷,实则眼珠子滴溜溜转动。

老秀才其实还真不是帮人解决恩怨来的,只是天生的劳碌命,忍不住顺嘴一说,成了,封姨与百花福地就此了结一桩宿怨,是最好,不成,亦无所谓。

封姨手持那枚铜钱大小的彩色绳结,青丝如瀑,从一处肩头倾泻,如蓦然洪水决堤,汹涌流淌于深谷沟壑间。

老秀才突然抬起一只手,目不斜视:"前辈打住!"

封姨心有疑惑,嘴上打趣道:"怎么,当我是那勾栏女子,要宽衣解带?事到临头,大老爷们反而怂了?"

老秀才吓得说话都不利索了,使劲摆手,赶紧喝了口酒压压惊:"不能够不能够,前辈莫要说笑。"

封姨恍然,将那枚彩色绳结重新挽住一头青丝,说道:"明白了,文圣是想要将这个好处转赠给陈平安,帮着他来年游历中土,好与百花福地结下一桩善缘?"

老秀才笑道:"前辈英明。"

封姨笑道:"当先生的,为学生如此铺路,是辛苦也不觉辛苦?"

老秀才摇头道:"错喽,让那中土文庙里边,许多先前对文圣一脉学问不太认可的陪祀圣贤,如今一个个印象大为改观,是我这个关门弟子的功劳。以前路上见着了我,至多算是与文圣作揖,如今不同了,都愿意诚心诚意与我这个老秀才请教几句了。"

而让这些老古板改变态度的,其实不是陈平安的出剑,甚至不是在避暑行宫统率隐官一脉的调兵遣将、运筹帷幄,而是这个在剑气长城比阿良更"声名狼藉"的读书人,让一座原本对浩然天下深恶痛绝的剑气长城,后来的飞升城,有那琅琅书声,尤其是让那些本土剑修,逐渐对浩然天下有了个相对平和的态度,至少认可浩然其实有好有坏。

可能陈平安自己至今还没有意识到一件事,他虽然未能亲手改变一座书简湖,却其实已让一座剑气长城移风易俗。

大概这就是春风潜入夜,润物细无声。

封姨抬起那纤纤柔荑,以拇指肚轻轻摩挲红媚指甲,随口问道:"先前客栈动静不小,文圣好像不是特别担心陈平安?"

老秀才摇头道:"过心关斩心魔,我这关门弟子,还不是信手拈来。"

可事实上,老秀才差点就直接喊来了礼圣。反正吹牛不犯法。

然后老秀才笑了笑,转身拎起酒坛,道:"安稳日子过久了,难免乏味,这是人之常情。人间乐事如饮醇酒,往往醒来就无,极难留住,唯有失落,倒是苦事如茶,往往有机会苦尽甘来,让人倍感珍惜。平淡事就像是喝水了,没什么滋味,可就是每天都得喝,不喝还不行。"

封姨依旧低头,一手跷起,另外一只手轻轻摸过鲜红指甲,好像没有听出文圣的言外之意。

老秀才轻轻放下那坛百花酿,见这封姨有意装傻,便干脆挑明了说:"如今就不要再想着押重注了,文庙对杨老头,对你们,不好说什么仁至义尽,却已算足够厚道了。再说了,如今咱们那位礼圣,脾气不太好,我多嘴劝前辈一句,你们惹谁都别惹他。万年以来,礼圣在文庙都没说过几句话,倒是与你们,耐心极好,一直没少聊。不要把某些读书人恪守规矩,当作天经地义的事情。"

封姨抬起头,嫣然笑道:"行了,知道了。放心吧,骊珠洞天里边,就数我最听得进去劝。"

老秀才点头道:"所以我才会走这一遭嘛。"

押注一事,封姨是没少做的,只是相较于其他那些老不死,她的手段更温和,年月近一些的,像老龙城的孙嘉树,观湖书院的周矩,封姨都曾有过不同手段的传道和护道,比如孙家的那只祖传算盘,和那数位金色香火小人,后者喜欢在算盘上翻滚,寓意财源滚滚,当孙嘉树心中默念数字之时,小人儿就会推动算盘珠子。这可不是什么修行手段,而是名副其实的天赋神通。再就是孙家祖宅书桌上,那盏需要历代孙氏家主不断添油的不起眼油灯,一样是封姨的手笔。

封姨开始转移话题,道:"文圣帮陈平安写的那份聘书,算不算是前无古人后无来者?"

聊这个,就得喝点小酒助兴了,老秀才抿了一小口百花酿,道:"还好还好,老头子在穗山没空搭理我,礼圣忙得很,我不忍心打搅,只找了咱们文庙正副三位教主,伏老夫子,经生熹平……加一块儿,反正得有二十来号有资格吃冷猪头肉的读书人吧,都好心帮忙推敲文字。"

封姨感慨道:"说实话,我到现在还是不敢相信,陈平安真能走到今天这一步。"

老秀才跷着二郎腿,双手捂住膝盖,望向天幕,微笑道:"小时不识月,呼作白玉盘。你听听,我那白也老弟,一看小时候就是有钱人家的孩子,不然哪里写得出这样的诗句,像我,还有平安,咱们这样的穷苦百姓出身,至多觉得像是个白碗、饼儿,哪里说得出如此富贵气的混账话,还白玉盘呢。"

封姨好奇问道:"白也今生,是不是会成为一位剑修?"

老秀才没有回答这个问题,只是自顾自笑着。不管是不是剑修,白也在及冠岁数之前,都得戴个虎头帽嘛。

年幼时还好,瞧着挺可爱的,少年时依旧如此,可不就是傻了吧唧的?

不过老秀才觉得这样的白也,其实是另外一种不曾有过的得意。

我老秀才为人间又增添一大美景。

封姨笑道:"地支一脉修士,虽说性情都不差,可骨子里难免心高气傲,眼高于顶,这下好了,遇到了你这个关门弟子,真是吃尽苦头。一场架,差点打得将近半数修士,都要心生心魔,不愧是剑气长城的隐官大人。"

她忍不住喝了口酒,当是庆祝一下。那帮小兔崽子,以前不就是连她都不放在眼里吗?虽说与他们不知晓她的身份有关,可即便知道了,也未必会如何敬重她。尤其是那个心比天高的剑修袁化境,其实这么多年来,一直想要凭借那把改名为夜郎的飞剑停灵,斩杀一尊神灵来着。

老秀才捻须说道:"有地支,就会有天干,还会有二十八星宿之类的谋划。比如白玉京那边,道老二早就在谋划五百灵官了。"

这类事的最关键处,是争先,先占据某个一,就会形成一种大道循环的先手,比如地支一脉的修士,最早一人,就像是崔瀺在棋盘上的先手,谁下出这一手,就会形成一个坚不可摧的棋盘定势。其他人再想要模仿此举,就晚了,还会被大道排斥。而这个先手人物,必须是命理契合的神灵转世,门槛极高。

封姨犹豫了一下,一挥袖子,阵阵清风席卷一座火神庙,这才说道:"陆沉当年在骊珠洞天摆摊子算命,我毕竟亲自参与了地支一脉的补全一事,当时去找过他,听他口气,显然已经算到了崔瀺的这桩谋划,只是当时他提及此事,比较心不在焉,只说'贫道术法浅薄,不敢为天下先。只能跟在别人的屁股后头,依葫芦画瓢,至多是以量取胜'。

"陆沉临了还与我说了句奇怪的话,说崔瀺给出的某个意外,才是蛮荒天下的真正意外。后来我才知道,原来是说东宝瓶洲阻滞蛮荒天下一事。"

老秀才眼神古怪,脸色复杂。

封姨察觉到老秀才的异样:"还有其他玄机?"

老秀才喝着酒,不说话。

蛮荒天下的文海周密,登天之前,就选好了十天干的第一手,等他登天之后,蛮荒天下瞬间补齐十人,关键先手,正是他的关门弟子,甲申帐木屐,后来一步跻身玉璞境的周清高。

东宝瓶洲,大骊国师崔瀺则开始打造十二地支。

之后才是白玉京三掌教的二十八星宿,先手是那代师收徒的小师弟,道号山青。

曾经的浩然贾生,后来的文海周密,是修道岁月悠悠,最早开始布局。

陆沉其实未必就比周密、崔瀺更晚想到此事,但他就算早早想到了,也肯定会因为天生散漫,性子怠懒,不愿意劳心劳力。

封姨无奈道:"文圣,你别不言语啊。"

老秀才叹了口气,抬起手,指了指自己的脑袋,道:"崔瀺在很多年前,就故意压制了自己的心智,也就是有意降低了自身棋力,至于什么时候动的手?大致是阿良返回浩然天下的时候吧,也可能更早些,什么叫神不知鬼不觉,就是连自己都不知道了,所以当年崔瀺神魂分离出个崔东山,虽说确实有所图谋,是一洲布局环节之一,可最大用意,还是个障眼法,先骗过自己,才能骗过天下所有山巅修士的大道推衍。所以对周密和整个蛮荒天下来说,这就是一个最大的意外。是先有这个意外,才有了后来的意外。

"你难道真以为周密对东宝瓶洲没有防备?怎么可能啊,要知道整座蛮荒天下的下策,就是周密一人的上策,既然周密对东宝瓶洲和大骊朝廷早有戒备,尤其是骊珠洞天里边的那座飞升台,更是志在必得之物,那么周密岂会没有一番极其缜密的推衍谋算?"

老秀才喃喃道:"如今咱们浩然大举攻伐蛮荒,缺的是什么?神仙钱?人力物力?山巅修士的战力?都不是,这些我们都是占优的。唯一缺的,最欠缺的,就是这样一个让周密都算不到的大意外。"

封姨听得目瞪口呆,崔瀺脑子有病吧?!

难怪当年在骊珠洞天,一个能够与郑居中下出彩云局的崔东山,与齐静春师兄弟"反目成仇",以未来的小师弟作为对弈棋盘,却处处于劣势下风,当时她还觉得有趣极了,看到那个眉心有痣的少年处处吃瘪,跌境又跌境,多有意思,她袖手旁观看热闹,其实还挺幸灾乐祸的,那会儿没少喝酒,结果你老秀才今天跟我说,这其实是那头绣虎故意为之？然后齐静春早已心领神会，只是与之配合？好嘛，你们师兄弟，当我们全部都是傻子啊？

封姨一拍脑袋，使劲摇头道："不对不对，老秀才你自己都说了，周密登天，是他的上策，崔瀺和齐静春为何不拦着?！岂不是处心积虑，到头来白忙活一场？"

老秀才眯眼道："保全了流霞洲、北俱芦洲和皑皑洲，使得三洲山河不失寸土，更没有被蛮荒天下占据八洲，围困中土一洲，我们浩然人间少死多少人？在封姨嘴里，就是白忙活一场？"

封姨心中悚然，立即起身致歉道："文圣，是我失言了。"

实在是这个登门做客的老秀才，笑呵呵混不吝，和颜悦色，太过平易近人，让封姨差点忘记一事，文圣一脉几个嫡传，有哪个脾气是好的？是曾经说过一句"皇帝陛下只需听着"的国师崔瀺，是打得中土神洲"剑仙坯子"变成一个损人之语的左右，是曾经驱逐天下水裔仓皇逃遁、只为求个活命而已的刘十六，是逼得那个阴阳家陆氏老祖师差点自行兵解却偏偏做不到的齐静春，还是那个前不久刚刚一剑砍掉大骊太后娘娘一颗脑袋的关门弟子？

而这个风气的源头，正是眼前这个老秀才。

老秀才点点头，然后眨了眨眼睛，道："我真不知道缘由啊，我可是出了名的只会收徒教书，不擅长这些拐弯抹角，有那青出于蓝而胜于蓝的，就够够的了。"

嗯。我老秀才不擅长，但是我的几位学生都很擅长。首徒，小齐，关门弟子。

至于左右和君倩就算了，都是缺根筋的傻子。只会在小师弟那边摆师兄架子，找骂不是？还敢怨先生偏心？当然不敢。

封姨委实是好奇得很，她说道："文圣老爷，给点提醒就成，必有回报！比如……我愿意帮着文庙，主动去往蛮荒天下做点事情，至于功德一事，全部算在文圣一脉头上。"

老秀才摇摇头："别了，前辈没必要如此。无功之禄，受之有愧。我们这一脉，不好这一口。"

封姨坐回台阶，仰头狠狠灌了口酒，抹嘴苦笑道："被文圣这么一说，我都不敢回小镇。"

以前没觉得如何凶险，更多是有趣，这会儿开始觉得瘆得慌。

遥想当年，一座骊珠洞天，就那么点山河版图，就那么一点人。

小镇学塾的教书先生，曾经坐镇骊珠洞天的圣人，齐静春。

后来的师侄崔东山，或者说是曾经的师兄崔瀺。

桥下老剑条。五至高之一，持剑者。当年封姨他们一行人，其实都曾误以为她只是那尊剑灵。

阮秀，李柳。火神，水神。五至高之二。

药铺杨老头，青童天君，东王公，手握两座旧天庭飞升台之一，曾是男地仙之祖。

龙窑姚师傅。

三山九侯先生，术法神通集大成者，天下符箓、炼丹的祖师爷。

福禄街李希圣，道祖首徒，白玉京大掌教"之一"。

摆摊子的陆沉，青冥天下，白玉京三掌教。

泥瓶巷稚圭，世间最后一条真龙的雏形。

走街串巷，推车卖糖葫芦，"算尽天事"的阴阳家邹子。

封姨，老车夫，扶龙一脉祖师爷，中土阴阳家主掌五行家一脉的陆氏祖师。

李二，看门的郑大风。

原本有望打破那道天大门槛，以纯粹武夫之躯成神的止境武夫，崔诚。

担任过一段时间窑务督造官的藩王宋长镜。

目盲道士"贾晟"，三千年之前的斩龙之人。

阮邛，东宝瓶洲第一铸剑师。

祖籍在桃叶巷的天君谢实，祖宅在泥瓶巷的剑仙曹曦。

宁姚，如今的五彩天下第一人。

后来白帝城郑居中也曾现身小镇。

试想一下，外乡游历之人，谁敢在此造次，自称无敌？

比剑术？道法？武学？神通？算计？

不管是已经被刑官豪素斩下头颅的南光照之流，还是野修出身、道号青秘的这些强大的飞升境修士，若是事先知晓一座小小骊珠洞天的全部真相内幕，估计他们走路都要腿软，胆子未必能有陈灵均那么大。

小镇里边，年纪大的，绝不敢招惹半点，年纪轻的，外人就敢吗？其实一样不敢。

当年最年轻的一辈，其中有陈平安、刘羡阳、宋集薪、马苦玄、李宝瓶、李槐、顾璨、赵繇、林守一、谢灵、苏店、石灵山……

回头再看，哪怕是小镇当地人，或是封姨这些存在，置身其中，都一样是雾里看花的处境。

"这有什么不敢回的，身正不怕影子斜，心中无鬼，就不怕走夜路。"

老秀才微笑道："不过话说回来，确实不像封姨你们，世上人事无穷，我辈光阴有限，可能正因为如此，所以我们才会更珍惜人间这趟逆旅远游。"

修道之人，已非人矣。

有些人眼中，人间是座空城。

这是不对的。

老秀才站起身，打算回文庙了，当然没忘记将两坛百花酿收入袖中，与封姨道了声谢:"但使主人能醉客,醉把异乡当家乡,如果多些封姨这样的前辈,真是人间幸事。"

封姨跟着起身,试探性问道:"文圣,真不与我讲一讲那缘由?"

老秀才笑道:"听了这么多,换成是我的关门弟子,心中早就有答案了。"

封姨伸手拈住彩色绳结,恼火道:"文圣,你要是不说,我可就当没这回事了。"

老秀才笑着摇头,这就没意思了。再说我也没当回事啊,至于关门弟子,就更是了。舍得辣手摧花的,又不只有你封姨。

封姨叹了口气,认命了:"一码归一码,东西我照送,文圣不用担心,保管陈平安之后游历那百花福地,只会被奉为座上宾,说不定当那空悬多年的福地太上客卿都不难。"

一年十二个月,在百花福地,就有了身居高位的十二月花神,在这十二位花神当中,就有福地花主娘娘,以及分别掌管四季花开的四位命主花神,十二位花神娘娘,都有自己的本命客卿,还有类似白也之于牡丹花的太上客卿,当然白也不曾领情就是了,从未莅临福地。

所以太上客卿这个虚衔,不能当真,多是花神自作多情之举,而且整个百花福地的太上客卿,更是空悬几千年了,其实福地就是在等一个人,能够从封姨手中取回那个由一条条花神命脉炼化而成的彩色绳结。

老秀才眼睛一亮,前辈如此将心比心,就很善了嘛。

只是那答案,依旧不说,憋死你。

封姨突然说道:"不如我与文圣打个赌,赌注是十坛贡品百花酒酿,被我喝了这么多年,剩下不多了。就赌陈平安给不了那个答案,如何?"

老秀才来了兴致,揪须说道:"要是前辈赢了又会如何?毕竟前辈赢面实在太大,在我看来,简直就是稳操胜券,所以只有十坛酒,是不是少了点?"

封姨扯了扯嘴角:"那就十八坛酒,我自己只留两坛。要是我赢了,绳结依旧给陈平安,但是他当了那太上客卿之后,必须让那十二月花神,一起来我这认个错。要是陈平安得了绳结,游历百花福地,不管当不当那太上客卿,反正只要他未能让花神认错,就得答应我一件事,比如护住山上采花贼,不至于被人杀干净。"

老秀才一脸震惊道:"赌这么大,不合适吧?"

封姨笑道:"那就算了?"

老秀才搓手道:"罢了罢了,赌就赌,小赌怡情。"

封姨施展本命神通,从光阴长河当中,好似掬起一条溪涧细流,再凝化作一阵清风,去往客栈门口的陈平安那边。

封姨正要说话,老秀才从袖中摸出一坛酒,晃了晃,胸有成竹道:"不会输的,所以我先告诉你答案都无所谓了。"

封姨依旧不知所谓,稍后那一缕清风返回火神庙花棚这边,陈平安几乎瞬间听完先生的言语，就当场给出了答案，只说了四个字，其实也是当年崔瀺在书简湖早就说过的：

"请君入瓮。"

第九章 新剑修

陈平安打算跟老修士刘袈要些山水邸报，本洲的，别洲的，多多益善。

不承想去小巷的路上，来了个年纪轻轻的鸿胪寺官员，官品不高，从九品，刚刚跻身清流，不过暂领京寺务司及提点所官务，却是一位修道之人，观海境修为。他主动找到陈平安，毕恭毕敬与陈平安递交了一枚木质官牌，操着一口大骊官话，略带浔州一带的乡音，说是寺卿亲自下令，让自己负责来与陈先生对接，有事就与他招呼，随叫随到。除了官府木牌，还给了一只篆刻"天"字的古朴剑匣，小巧玲珑，不过巴掌大小，年轻官员自己则藏有"地"字匣，便于双方飞剑传信。

年轻人名为荀趣，风神秀逸，是新科二甲进士出身。

位于千步廊右侧的南薰坊，衙门林立，鸿胪寺位居其一，与关翳然所在的工部衙署就是邻居。

陈平安看着那枚木质官牌，正面是鸿胪寺，序班。反面是朝恭官悬带此牌，无牌者依律论罪，借者及借与者罪同，出京不用。

一看字迹，就是那位天水赵氏家主的笔迹。事实上，通行一国大小官衙的戒石铭，也是出自赵氏家主之手。

一开始陈平安还奇怪大骊朝廷，怎么会派个鸿胪寺暂领京城寺庙修葺事务的小官，来自己这边跟着，不管是年轻人所在衙门、官品、修士境界，其实都不合适。等到听见年轻人的名字后，就明白了大骊朝廷藏在其中的心思，荀趣是大骊藩属的地方寒族出身，关键是与自己的学生曹晴朗是相逢投缘的好友，曹晴朗当年来京参加会试之时，就曾与荀趣一起借宿京城寺庙，两个穷光蛋，苦中作乐，读书闲余，两人经常逛那些书肆、文玩古董众多的坊市，只看不买。

曹晴朗在落魄山，对于一众科举同年和官场同僚，就只提到了荀趣，所以陈平安就记住了这位学生官场同年的名字。

陈平安脸上多了些笑意，将那枚木质官牌还给荀趣，玩笑道："过几天等我得闲了，咱俩就一起去趟西琉璃厂，购买书籍和印章一事，肯定是鸿胪寺掏钱了，到时候你有早早相中的孤本善本、大家篆刻，就给我个眼神暗示，都买下，回头我再送你，自然不算你假公济私，中饱私囊。"

荀趣轻轻点头，懂了。难怪曹晴朗不读死书，处处变通灵活，事事胸有成竹，原来都是跟他先生学的。

不过这位陈先生，确实比自己想象中要平易近人多了。

陈平安将那只小剑匣收入袖中，说道："荀序班，还真有件事需要你帮忙，送些山上邸报到宅子里，越多越好。"

荀趣立即告辞，说自己这就忙去，陈先生约莫要等待一个时辰。

陈平安点点头，去了小巷，先与刘袈说之后就不要拦着那个鸿胪寺叫荀趣的年轻人，老修士自然没有异议，只是个观海境修士，拦起来没啥成就感。

陈平安到了师兄的宅子，没有关门，在人云亦云楼挑了几本书翻阅，耐心等着那个年轻人送来邸报。

离着一个时辰，还差一炷香工夫的时候，一辆马车停在小巷附近。荀趣下了马车，走入小巷，在门口那边轻轻喊了声陈先生，手里拿着个纸袋。陈平安来到门口，没有邀请年轻官员进入宅子，荀趣看了眼院门，恭敬作揖离去。陈平安回了书楼，坐在一张儋州出产的黄花梨圈椅上，打开袋子，发现除了十几封来自浩然天下不同宗门的山水邸报，还有大骊朝廷六部衙门的朝廷邸报。

意迟巷和篪儿街，离着衙署众多的南薰坊、科甲巷不算远，荀趣来去一趟，约莫半个时辰，这就意味着这二十余封邸报，是不到半个时辰内收集而来的，礼部统辖的山水邸报归拢容易，但其余就需要鸿胪寺去与七八个门禁森严的大衙署串门，至于主动送来朝廷邸报，是荀趣本人的建议，还是鸿胪寺卿的意思，陈平安猜测前者可能性更大，毕竟"不担责"三字，是公门修行的头等学问之一。

陈平安翻阅那份山海宗邸报的时候，皱眉不已，不明白自己到底哪里招惹了这座中土神洲大宗门，要说是上次被礼圣丢到那边，被误认为是一个擅闯宗门禁制的登徒子，然后就被记仇了？不像啊，那个喜欢抽旱烟的女子开山祖师纳兰先秀，瞧着挺好说话的，可最终第一个泄露自己名字的邸报，就是山海宗，多半是被阿良牵连了？还是因为师兄崔瀺早年伤了一位山海宗仙子的心，连带着自己这个师弟，一并被看不顺眼了？

突然有一阵清风拂过,来到书楼内,书案上瞬间落下十二坛百花酿,封姨的嗓音在清风中响起:"跟文圣打了个赌,我愿赌服输,给你送来十二坛百花酿。"

陈平安问道:"我先生离开火神庙了?"

封姨答道:"走了,我帮忙送了文圣一段山水路程,到了东宝瓶洲西海滨。"

陈平安道了一声谢,笑道:"封姨要是心疼酒水,只管带回百花酿,就当是晚辈的谢礼。"

封姨说道:"不用,我还有百来坛百花酿,不差这十二坛。"

陈平安记下了,百来坛。

更多心思,陈平安还是放在了那些官府邸报上,他趴在桌上,拿出先前那壶在火神庙已经打开的百花酿,一碟盐水黄豆,看得津津有味。

一个名叫李垂的陪都工部员外郎,精通水工,绘制出了一幅导渎形胜图,只是工程巨大,涉及数条大渎附庸江河的改道,尚需朝廷派人实地勘验。有官员提出洪州豫章郡的大木,如今京师贵戚需求太过,以至于偷盗巨木者,始终无法禁绝,官贼之间常有械斗发生。藩属黄庭国的郓州地界,寻见了一条长达五十里的溪涧,尚未命名,水质绝佳若甘泉,经钦天监堪舆地士检验,极有可能是古蜀国的一处龙宫遗址所在。婺州茧簿山立,织机在去年末已达一千二百张,年产量三万匹,朝廷是否可以重新考虑在此设置一座织罗院。礼部有个名叫王钦若的官员,提出统计汇总一国族谱、支谱,以及所有州郡县祠堂的总祠、支祠和分祠。兵部有人建议裁撤一部分驿站,减少胥吏人数,避免冗官,并详细阐述此举利弊……

翻完了邸报,陈平安都收入袖中,坐在圈椅上闭目养神,神凝于一,一粒芥子心神,开始巡游小天地各大本命气府。

到了水府那边,门口张贴着两幅面容模糊的彩绘雨师门神,可以辨认出是一男一女,里边那些碧绿衣裳小人儿见着了陈平安,一个个无比雀跃,还有些醉醺醺的,是因为陈平安刚才喝过了一壶百花酿,水府之内,就又下了一场水运充沛的甘霖,陈平安与它们笑着打过招呼,看过了水府墙壁上的那幅大渎水图,点睛之神灵,愈来愈多,活灵活现,一尊尊彩绘壁画,宛如神灵真身。当年在老龙城云海之上,炼化水字印,后来担任一洲南岳女子山君的范峻茂亲自帮忙护道,因为陈平安在炼化途中,无意间寻出了一件极其稀罕的水法"道统",也就是这些绿衣童子们组成的文字,其实就是一篇极高妙的道诀,完全可以直接传授给嫡传弟子,作为一座山头仙府的祖师堂传承,以至于范峻茂当时还误以为陈平安是什么雨师转世。

陈平安双手笼袖,蹲在那口池塘旁边,笑着与几位个头稍大的绿衣童子说道:"那会儿咱们就约好了,以后会送你们回埋河水神娘娘的碧游宫,结果拖了这么久,你们别见怪,下次落魄山下宗选址桐叶洲,我就送你们回家。"

绿衣童子们既高兴，又伤感。

早年跻身龙门境之后，陈平安就将化外天魔交易过来的两把上古遗剑，炼化为这处龙湫水塘的两条蛟龙，而最早由水丹凝聚显化的那条水运蛟龙，则被陈平安转去炼为一颗水运骊珠，最终在这水府水字印、大渎水图之外，又形成了一个双龙赶珠的龙池格局。

陈平安从袖中摸出两坛百花酿，搁放在龙湫品秩的池塘旁边，揭开红纸泥封，一黑一白两条蛟龙，从水中探出头颅，以龙汲水之姿开始饮酒，只是它们好像都不敢与陈平安这个主人对视。

离开水府，陈平安去往山祠，将那些百花福地用来封酒的万年土撒在山脚，用手轻轻夯实。

山水相依，积水成渊蛟龙生，积土成山风雨兴。这也是为何"宗"字头的祖师堂嫡传和谱牒仙师，都会尽量争取凑足五行之属本命物，地支一脉的十一位练气士，更是人人如此，这帮修行路上从不忧愁神仙钱和天材地宝的天之骄子，最关键的某件本命物，还是半仙兵品秩的山上重宝。试想老龙城苻家，早年可谓富甲一洲，生财有道，辛苦积攒了数千年，才是三件半仙兵的家底。

陈平安打算与客栈那边的宁姚打声招呼，就说今天自己就留在宅子这边修行了，绕过书桌，来到门口，试探性喊道："宁姚，听得见吗？"

没有宁姚的心声言语回应。

陈平安只好跑一趟客栈，只是刚走到宅子门口那边，就听见宁姚问道："有事？"

陈平安说道："我今儿就先在这边待着了，明早咱们再一起去看鱼虹和周海镜的擂台？"

宁姚说没有问题，陈平安突然想起，难道自己不在这边待着，去了客栈就能留下了？有点小小的忧愁，干脆就走到巷子里，去那座白玉道场找那对师徒闲聊几句。少年赵端明刚刚运转完一个大周天，正在练习那些辣眼睛的拳脚把式，老修士坐在蒲团上，陈平安蹲在一边，跟少年要了一捧五香花生，刘袈问道："怎么跟鸿胪寺攀上关系了？"

陈平安笑道："我有个学生叫曹晴朗，听说过吧？"

刘袈想了想，道："那个新科榜眼？"

陈平安嗯了一声，道："曹晴朗与这个鸿胪寺苟序班是科场同年，一起进京参加春闱会试的时候认识的，关系不错。"

刘袈疑惑问道："你那学生，怎的只是个榜眼，都不是状元郎？"

陈平安都懒得废话，只是斜眼看这个老修士，丢了花生壳在地上。

赵端明一边呼喝一边出拳，喊道："师父，你是不知道，我听爷爷说过，曹榜眼这一届科举，人才济济，文运鼎盛，别说是曹晴朗和杨爽这两位榜眼、探花，就是二甲进士里边的前几名茂林郎，搁在以往，拿个状元都不难。"

刘袈随口道："京城每三年就有一次春闱，不还是次次有一甲三名，没什么稀奇的。要我看啊，既然没有捞到个状元，还不如考个探花，还能与那个年纪最小的进士，两人一同骑马游京，出尽风头。如果我没有记错，当年杨爽是十八岁，另外那个小家伙当时才十五岁？你学生曹晴朗那会儿多大岁数了？及冠了吧？"

陈平安笑呵呵道："刘老仙师今年贵庚？"

刘袈抚须笑道："我要是年少时参加科举，骑马探花，非我莫属。"

陈平安离开这座白玉道场后，少年和刘袈轻声道："师父，那个曹晴朗很厉害的，我爷爷私底下与礼部老友闲聊，专门提到过他，说经济、武备两事，曹晴朗是公认的考卷第一，两位总裁官和十几位房师，还特意凑一起阅卷了。"

刘袈笑道："废话，我会不知道那个曹晴朗不简单？师父就是故意膈应陈平安的，有了个裴钱当开山大弟子还不知足，还有个考中榜眼的得意学生，与我臭显摆个什么。"

赵端明小心翼翼道："师父，以后大晚上的时候，你老人家走夜路小心点啊。听陈大哥说过，刑部赵侍郎就被挂树上了。"

老修士听得眼皮子打战，把一个京城侍郎丢树上去挂着？刘袈纳闷道："刑部赵繇？他不是与陈平安的同乡吗，况且还是同一文脉的读书人。关系很僵？不至于吧，先前听你说，赵繇不是还主动来这边找过陈平安？这在官场上可是很犯忌讳的事情。"

赵端明点头道："是啊，他们看着关系不错的，又有师叔跟师侄的那层关系，就跟咱俩与陈大哥一样熟悉，所以师父你才要小心啊。"

刘袈没好气道："你早干啥去了？"

少年委屈道："师父你方才妙语连珠，话里带话绵里藏针的，我听得挺带劲啊，不忍心打断。"

老修士瞥了眼蒲团旁边的一地花生壳，微笑道："端明啊，明儿你不是要跟曹酒鬼一起去看人打擂台嘛，捎上你陈大哥一起，帮忙占个好地儿。"

赵端明白眼道："陈大哥哪里需要我帮忙，人家自己就有块刑部颁给供奉的无事牌。"

老修士埋怨道："好歹是份心意，这都不懂？亏你还是个官宦子弟，给雷劈傻了？"

赵端明哦了一声，继续耍那套自学成才的武把式，不知道能否接下鱼虹、周海镜这样的武学大宗师一拳半拳？

第二天，火神庙附近，即将开始一场声名远播的山巅问拳。

客栈老掌柜原本是想要与陈平安说一声，让他捎上自己闺女一起，免得被小毛贼或是浪荡子惦念，只是不承想自家闺女竟然一大早就跑没影了，多半是与那几个朋友约好了,先去那边逛集市,再早早占据位置,老人只得作罢。

这场问拳的消息,其实早一个月就传遍京城街巷了,所以等到靠近火神庙时,原本只需要一炷香的路程,陈平安和宁姚走了足足小半个时辰。一路上人头攒动,再加上在道路两边见缝插针的大小摊贩,使得附近几条通往火神庙后边演武场的道路都越发拥堵,时不时有女子尖叫声,或是丢了东西的惊慌失措,有那少年或是青壮脚步灵活,如游鱼一般在人流中穿梭,不管是偷了老百姓的财物,还是在妙龄女子身上揩油,一经得手,转瞬就不见了身影。

宁姚开始后悔跟着陈平安来凑热闹了,实在是太嘈杂闹腾了,就这么点路程,光是那些个试图靠近的登徒子,就被陈平安收拾了五六拨,其中一人,被陈平安笑眯眯拽住手腕,提拽得脚尖点地,立即疼得脸色惨白,陈平安松开手,一拍对方脑袋,后者一个晕头转向,立即带人识趣滚远,几次过后,就再没有人敢来占便宜,这对年轻男女,是那练家子!

路上有伙毛贼被几个官府暗桩直接拿刀鞘狠狠砸在头上,打得扑倒在地,额头鲜血直流,一个个抱头蹲地,最后乖乖交出一大堆钱袋,还有不少从女子身上摸来的香囊。其中有个上了岁数的官府衙役,似乎认识其中一个少年,将其拉到一边,瞪了一眼,训斥几句,让少年立即离开,其余几个,全部给一名属下带去了县衙。

鱼虹,白发苍苍,身材魁梧,这位旧朱荧王朝武夫,据说已经是一百五十岁的高龄,老当益壮,竟然在前些年破境跻身山巅。

按照刑部事先给出的一条指定路线,老宗师从京城南边一处拔地而起,御风落地,刹那之间就现身于火神庙后边的广场上,引来一阵阵震天响的喝彩。

至于那个西南沿海藩属小国出身的女大宗师周海镜,暂时还没有露面。

在跻身山巅境之前,周海镜寂寂无名,海边渔民出身,好像是个鱼市老板的女儿。今年五十七岁,却是二十岁出头的年轻面容,身材修长,传闻相貌极好,今儿京城的功勋公卿子弟,几乎都是奔着她来的,至于那个鱼虹有什么可看的,看老爷子的那一身腱子肉吗?

距离演武场不远的一处,巷口停有一辆马车,车厢内,有个年轻女子盘腿而坐,呼吸绵长,气态沉稳。

她手捏一块花饼,名为拂手香,在京师是极为紧俏之物,一经拂拭,整天都会手有留香。

一洲百国之物,汇聚大骊一城。

为她驾车的车夫,是个相貌极其儒雅英俊的男子,身穿一件雪白长袍,腰悬一截青竹,背长剑绿珠。

女子更换一手捏着那块花饼,隔着一张帘子,她与外边那位车夫轻声笑道:"委屈苏先生当这车夫了。"

被周海镜尊称为苏先生的驾车之人，正是东宝瓶洲中部藩属松溪国的那位青竹剑仙，苏琅。

前不久苏琅闭关结束，成功跻身了远游境，如今已经秘密担任了大骊刑部的二等供奉，而且他与周海镜早年结识在江湖中，对这个驻颜有术的女宗师，当然是有想法的，可惜一个有意，一个无心，这次周海镜要在京城与鱼虹问拳，苏琅于公于私都要尽一尽半个地主之谊。

周海镜放下那块花饼，再拿起一把梳妆镜，左看右看，极其仔细，怎么看，都是个惹人怜爱的漂亮女子，绝代佳人。

然后她流露出一抹自怨自艾的神色，自己岁数真的不小了，仍是没有心仪的男子，可惜美人妆罢，无君可问宜不宜。

苏琅说道："不知道裴钱会不会赶过来观战？"

一洲武评四大宗师，裴钱排第二，年纪最小，口碑最好。

一身鹅黄衣裙的周海镜摇摇头，一边往额头上轻轻贴花黄，一边说道："多半会来的吧，不过她可能会隐匿身形，看得出来，裴钱是个不太喜欢虚名的人。"

周海镜瞥了眼脚边的梳妆盒，微微皱眉，挣点嫁妆钱，真是不容易，还有好些得往头上填呢。没法子，机会难得，过了这村儿没这店儿，事先与京城那些绸缎脂粉、发钗首饰在内的各色店铺，林林总总十几家呢，都早早商量好了价格，要是违约，缺了任何一样，事后可是都要赔一大笔钱的。

苏琅提醒道："鱼虹到了。"

周海镜忙不迭收拾妥当，起身弯腰掀起帘子，跳下马车，满身的珠光宝气，不像是个即将要与人切磋的武夫，更像是个过惯了苦日子后骤然富贵的有钱女子，所以但凡是能够摆阔的值钱物件，都一股脑儿往身上、头上和手上穿戴。

苏琅忍住笑，看着确实很滑稽，可如果因此就觉得周海镜拳脚软绵，那就大错特错了。

周海镜没有着急长掠身形去往演武场，而是在马车旁停步，小心翼翼地扶了扶一支好似"探出悬崖"的金钗，说道："别笑啊，苏先生没挨过苦日子，不晓得挣钱有多么的不容易。"

在离着演武场距离颇远的一处酒楼屋顶上，少年赵端明伸手勒住一个男人的脖子，恼火道："曹酒鬼？！这就是你所谓的近水楼台、风水宝地！？"

早就从龙州窑务督造署返回京城升官的曹耕心，拍了拍少年的胳膊，咳嗽道："端明你一个修道之人，这么点距离，不还是毫厘之差嘛，一样看得真切分明。再说了，这儿视野开阔，你总得承认吧？松开松开，一不小心掐死朝廷命官，罪过可大了。"

赵端明反而加重手上力道，怒道："堂堂京城一部侍郎老爷，求爷爷告奶奶，结果就求来这么个位置，先前是谁跟我在那儿拍胸脯震天响的，跟我闹呢？！"

曹耕心头一歪，眼一翻，耷拉着脑袋。

赵端明赶紧松开手，曹耕心立即挺直腰杆，摘下腰间那枚摩挲得锃亮的酒葫芦，灌了一口酒，伸长脖子，望向巷口马车那边的周海镜，好个亭亭玉立。曹耕心视线稍稍往下，抹了一把嘴，眯起双眼，伸出双指，远远丈量一番，感慨道："海镜姐姐，名不虚传，腿真长啊。"

赵端明瞥了眼曹耕心，曹耕心咳嗽一声："端明啊，为人要正派些。"

赵端明嗤笑道："我听二姨说，你当年才十岁出头，就开始偷偷在意迟巷、篦儿街那边贩卖春宫图册了，呵，要是买不起，听说还可以借阅，每天翻倍一个价。"

曹耕心笑道："那你二姨有没有说过，当年她正是我屁股后头的跟屁虫之一，帮我走门串户打掩护，她可是有分红的，当年我们合伙做买卖，每次打道回府各回各家之前，就会一起坐在关府墙根底下的青砖上，各自数钱，就你二姨眼睛最亮，吐口水点银票、掂量银锭金元宝的动作，比我都要娴熟。"

赵端明目瞪口呆，不能够吧，印象中的二姨，那可是出了名的贤淑，是意迟巷屈指可数的大家闺秀，早年求亲的人得踏破门槛了。

不过赵端明也知道，其实多年来二姨心里边，始终偷偷藏着个酒鬼，然而发乎情止乎礼，有等于无。

赵端明就想不明白了，二姨她们为何不喜欢那个袁正定那个书呆子，偏偏喜欢曹耕心这个打小就"恶贯满盈，声名狼藉"的家伙？难道真是那"男人不坏，女人不爱"的糟心老话使然？少年曾经听爷爷说过，意迟巷和篦儿街早年间很多长辈，防着每天不务正业的曹家小贼，就跟防贼一样，最出名的一件事，就是比曹耕心年纪稍长几岁的袁家嫡女，也就是袁正定的亲姐姐，小时候不知怎么惹到了曹耕心，结果那会儿才五六岁的曹耕心每天就去堵门，只要她出门，曹耕心就脱裤子。

所以直到现在，还有同龄人喜欢称呼曹耕心一声曹贼。

赵端明心声问道："你就不与我问问那个陈先生的事情？"

曹耕心摇头笑道："问什么问，意义何在？遥遥交心，哪怕一言不发，都胜过面对面的寒暄客套多矣。"

赵端明点点头，问了个意迟巷和篦儿街都很好奇的问题："曹酒鬼，你年纪不小了，怎么还打光棍，我二姨她们说你可能是因为不喜欢女子，所以迟迟没有娶亲。"

曹耕心气得一拍膝盖，道："好家伙，我就说为什么我爹娘隔三岔五就与我说些古怪言语，我爹那脾气，何等君子作风，都开始暗示我可以多去去青楼喝花酒了，原来是你二姨在内的这些碎嘴婆姨，得不到我这个有情郎的身心，就背地里这么糟践我啊。我也就是年纪大了,不然非得裤子一脱,光腚儿追着她们骂。"

赵端明嬉笑道:"曹酒鬼你就算脱了裤子,咱也未必瞧得见什么啊。"

曹耕心感慨道:"如今的意迟巷和篪儿街,就没有我小时候那么有趣了。"

然后曹耕心摸了摸少年的脑袋,道:"未忘灵鹫旧姻缘,赢得今生圆转。你还小,不会懂的。"

曹耕心突然转身面朝远处,拎起酒葫芦,一座屋脊上,有青衫男子笑着提了提手中的朱红酒葫芦。

原来是陈平安发现在地面上真就别想看什么问拳切磋了,不少人都是直接从家中带着板凳、扛着椅子来的,只好无所谓会不会泄露"神仙"身份,与宁姚一闪而逝,来到了当下这处视野开阔的屋顶。

那个周海镜,身姿婀娜,不急不缓走向演武场,手中还拿着一壶山上的仙家酒酿,她边走边喝。

宁姚有些奇怪,这位即将与人问拳的女大宗师,是不是过于花枝招展了?

陈平安只觉得大开眼界,竟然还能这么挣钱?自己学都学不来。

周海镜的衣裙、发钗、脂粉、手钏、酒水……她就像一块移动的金字招牌,帮着招徕生意。

果不其然,人流当中不断有商铺大声宣扬,周大宗师身上的某某物件,来自某某铺子。

火神庙演武场,搁置了一处仙家的螺蛳道场,若是只看道场中人,对峙双方,在凡夫俗子眼中,身形小如芥子,所幸靠着长春宫在内的几座镜花水月,一道道水幕矗立在四周,纤毫毕现,有一处山上的镜花水月,故意在周海镜的发髻和衣裙上停留许久,别处的镜花水月,就有意无意对准她的妆容、耳坠。

一些个在京城酒楼混饭吃的说书先生,尤其郑重其事,不断提笔记录,之后两位武学大宗师的一招一式,可都是未来一颗颗落袋的真金白银。

周海镜将那酒壶往地上一摔,滋味真是一般,她还得装出如饮头等醇酒的模样,比干架累多了,然后她脚尖一点,摇曳生姿,落在演武场中,嫣然一笑,抱拳朗声道:"周海镜见过鱼老前辈。"

鱼虹抱拳还礼。

宁姚问道:"这场问拳,胜负如何?"

陈平安笑道:"只就目前看来,还是周海镜胜算更大,双方九境的武学底子打得差不多,但是周海镜有分生死的心气。撇开各自的杀手锏不谈,胜算大致六四开吧,鱼虹是奔着赢拳而来,周海镜是奔着杀人而去。其实到了他们这个武学高度,争来争去,就是争个心态了,拳意得其法,谁更身前无人。"

宁姚问道:"如果对上你,他们能扛几拳?"

陈平安笑着不说话,只是喝酒。

宁姚说道:"问你话呢。"

陈平安只得老老实实答道:"真要存心早点分胜负,就一拳的事情。"

抿了一口酒,陈平安看着演武场那边的对峙,又道:"不过真要对上我,哪怕事先清楚身份,他们俩都愿意试试看的,所以我还是不如曹慈,如果他们俩的对手是曹慈,哪怕他们心气再高,对自己的武学造诣、武道底子再自负,都别谈什么身前无人了,他们就跟身前杵着个山岳、城池差不多,问拳只求切磋,不敢奢望求胜。"

宁姚又问道:"如果是裴钱的九境呢?"

陈平安想了想,说道:"撇开师徒关系不谈的话,三五拳分胜负,十拳之内分生死。"

"假设宋长镜要与你问拳?"

"目前我肯定输,至于怎么个输法,没打过,就不好说。"

陈平安突然说道:"来了两个北俱芦洲的外乡人。"

都是陈平安认识他们、他们不认识陈平安的高人。

北俱芦洲,女武夫,绣娘。另外那个男修士,曾经与她在砥砺山打过一架。

宁姚看了眼那个男子,说道:"此人之前的地仙两境,贪多求全嚼不烂,杂而不精,高度有限。哪怕跻身了玉璞境,之后瓶颈还是比较大。"

陈平安双手笼袖,怀捧酒葫芦,轻声道:"野修出身,没法子的事情。只能是老天爷给什么就收什么,生怕错过半点。"

像宋续、韩昼锦那拨人,修行一途,就不是一般的幸运了,比"宗"字头的祖师堂嫡传都要夸张很多。自身资质根骨、天赋悟性,已是绝佳,每一位练气士,五行之属本命物的炼化,和几座储君之山气府的开辟,都极其讲究,契合各自命理。人人天赋异禀,且人人身怀仙家重宝,加上一众传道之人,皆是各怀神通的山巅高人,居高临下,指点迷津,修行一途,自然事半功倍。一般谱牒仙师,也不过只敢说自己少走弯路,而这拨大骊精心栽培的修道天才,却是半点弯路都没走,又有一场场凶险的战事砥砺,道心打磨得亦是趋近无瑕,无论是与人捉对厮杀,还是联手斩首杀敌,都经验丰富,故而行事老练,道心稳固。

只要他们稳扎稳打,一步步熬到了上五境,在这东宝瓶洲山上,注定人人大放异彩。

一旦补足最后一位,十二位联手,百年之内,就类似一座大骊行走的仿白玉京,说不定都有机会磨死一个飞升境大修士,不过当然是南光照之流的飞升境。而道号青秘的那种飞升境,地支一脉即便能赢,还是难杀。

陈平安的出现,先后三场交手,在某种程度上,其实更像是那个"补缺",帮助地支一脉修士修补各自道心的最后那点瑕疵。

陈平安指了指那周海镜腰间悬佩的香囊,解释道:"这个香囊,多半是她自己的物品了,跟生意没关系。因为按照她那个藩属国海边渔民的习俗,当女子悬佩一只绣燕子纹的'花信期'绢香囊时,就是嫁为人妇,以示身心皆有所属。"

宁姚点点头:"这个风俗挺有意思的。"

陈平安小声道:"我其实想着以后哪天,逛过了中土神洲和青冥天下,就亲自撰写一部类似《山海补志》的书,专门介绍各地的风土人情,事无巨细,写个几百万字,鸿篇巨制,不卖山上,专门做山下市井生意,夹杂些个道听途说而来的山水故事,估计比什么志怪小说都强,薄利多销,细水流长。"

宁姚抬起下巴,点了点那个一身脂粉气的女武夫:"你们可以合伙做买卖。"

陈平安笑道:"那就算了,我都不稀罕看这场问拳。"

陈平安挪了挪位置,别好养剑葫在腰间,后仰倒去,脑袋搁在宁姚腿上,说道:"打完了再告诉我,带你去下馆子。"

闭上眼睛,陈平安竟然真的开始打盹,就此睡去。

宋集薪离开陪都藩邸,先走了一趟仿白玉京。

之后陪都先分别飞剑传信大骊皇宫和礼部,然后宋集薪乘坐一条边军渡船,赶赴京城。

按照大骊律例,藩王入京,可不是什么随便的事,正因为宋睦在藩王当中最具权柄,对他的限制更多,何况如今的大骊陪都与京城,隐约都有了南北对峙之势。

渡船北去途中,收了一封来自大骊皇帝的回信,让宋睦率领那几条山岳渡船,一起去往蛮荒天下,与皇叔汇合。

其实这道密旨,皇帝陛下就一个意思,你宋睦不得擅自入京。

宋集薪得了这份密信后,只当没有看到,继续北去京城,藩王宋睦,不宜入京,但是当儿子的,却不得不走这一遭,就算与陈平安彻底撕破脸,宋集薪都要拦阻那个最坏的结果出现。

他身边站着婢女稚圭,她问道:"真要如此?你小心还没跟陈平安翻脸,就与那个皇帝陛下反目了。"

宋集薪点点头,眼神坚毅道:"总有些事情,让人别无选择。"

青冥天下,大玄都观。

有个头顶莲花冠的年轻道士,双手扒在外墙头,只探出颗脑袋,双脚悬空,伸长脖子往里边张望。

一个老道士凭空出现在墙内，笑呵呵道："别瞧了，捡不着屎吃，你要真想吃，倒是有热乎的，我带你去吃现成的？"

毕竟还有些刚刚修行的小道童，所以自家道观里边，茅厕还是有的，就不知道够不够这个客人吃饱了。

贵客登门，必须礼数周到。

年轻道士摇摇头，"算了吧，我这会儿不饿。"

一个大玄都观的老观主。

一个白玉京的三掌教。

双方见面聊天，一贯就是这般仙气缥缈。

孙道长问道："既然不忙正事，你来这里作甚？"

陆沉嬉皮笑脸道："你猜？"

孙道长一本正经道："我不猜。"

陆沉说道："我这不是瞧着这边动静有点大，就立马跑过来好与白也和老观主道贺嘛。"

孙道长皱眉道："你就一直没去天外天？余斗死翘翘了，这都不管？"

陆沉笑嘻嘻不说话。

孙道长捻须笑道："既然是这样，那就扯平了，玄都观和白玉京，谁都不用与谁道贺。"

作为道观看门人的女冠春晖，直到这一刻，才察觉到这位三掌教的存在，她走出道观，来到街上，沉声道："滚下来！"

陆沉转过头："偏不。"

孙道长心声示意她不用理睬这块蘸了狗屎的牛皮糖。

陆沉感慨道："只是温养出第一把飞剑，就有这等气象，万年以来独一份，不愧是白也。"

孙道长笑眯眯道："你也可以啊，咱哥俩啥交情了，只要你愿意散道，我就破例一回，觍着个脸去白玉京帮你护道，就陆沉老弟你这份资质，转世投胎当个剑修，还不是信手拈来的事情，到时候天雷滚滚，几座天下都听得着，说不定直接把那周密吓死都有可能。"

"不至于不至于。"

"试试看试试看。"

"算了算了。"

"如此不豪气？我心目中那个豪迈无双的陆沉老弟，死哪里去了？"

"呸呸呸，没死没死，无事无事。"

"春晖,来,有个王八蛋敢朝道观里吐口水,砍死他!"

"春晖姐姐,别来别来,我这就收回那口唾沫!"

依旧有一道剑光闪过,被陆沉随意收入袖中,抖了抖袖子,笑道:"都有点像是定情信物了……又来!还来……"

老道长让那女冠回了,陆沉继续趴在墙头上,笑问道:"白也那把飞剑的名字,想好了没有?要不要我帮忙?"

孙道长摇摇头:"就别没话找话了。"

今儿要不是闲着没事,反正不骂白不骂,他也不会来见这家伙。

陆沉笑问道:"孙老哥,有一事小弟始终想不明白,你当年到底咋想的,一把太白仙剑,说送就送了,你就这么不稀罕十四境?"

其实早年,二师兄余斗,都做好了离开白玉京厮杀一场的准备,极有可能是要与这位老观主各自仗剑去往天外分生死了。

孙道长嗤笑一声。

陆沉抱拳告辞。

老观主孙怀中,道家剑仙一脉的领头人,既是道士,也是一位飞升境巅峰剑修。

白也,浩然天下的人间最得意,曾经手持太白,剑开黄河洞天,事实上却不是剑修。

如今白也,终于是一位名副其实的剑修了。

剑气长城遗址。

剑修一生痴绝处,无梦到此登城头。

一向孑然一身的左右,如今身边就像多出了两个跟班,魏晋,仙人境剑修,曹峻,元婴境瓶颈剑修。

三人在城头上边,隔着一段距离,各自修行。

城头上的大小两座茅屋,早就都没了,只是好像也没谁想要恢复这个场景。

来此游历的浩然修士,越来越多。

人人都得了师门长辈的提醒,而且还是反复叮嘱的那种,所以没谁敢靠近那三位剑修,其实就是不敢靠近那个左右。

老大剑仙早年丢给了魏晋一部剑谱,好像只等魏晋重返剑气长城。

曹峻心湖当中,昔年满湖枯荷,如今万点青莲。

曹峻练剑闲暇时,就经常与坐镇此地的儒家圣贤,借取来自中土神洲的山水邸报,打发光阴。

曹峻今天与风雪庙那位大剑仙闲聊:"要是早来了这边练剑,凭我的资质,能够取得几份机缘?"

魏晋喝着酒,道:"资质是其次的,更看心性契合与否。"

在曹峻看来,堂堂大剑仙,东宝瓶洲剑道第一人,在这边得了一部剑谱,还乡后练剑,结果竟然差点把自己练出个跌境,魏晋也算个天才了。

按照左先生的说法,魏晋研习剑谱,其实就等同于一场问剑,要是换成曹峻去翻阅那部剑谱,倒是无妨,反正看不懂,学不会,因为问剑的资格都没有。

曹峻当时就有些疑惑,左先生就不顺便多学一门剑术?

左右的回答很简单,剑谱品秩很高,但是他不需要。

今天左右突然站起身,眯眼远眺。

在极其遥远的南方。

阿良拉着野修青秘,已经深入蛮荒天下的腹地,从头到尾却是一架都没打。

这一天,阿良突然说道:"冯雪涛,你可以回了。"

冯雪涛默不作声。之前是不情不愿给拽来这里的,别说走,就算是跑,只要能跑得掉,早跑回浩然天下躲起来了。

如今也没想着真要跟着阿良做出什么凿穿蛮荒的壮举,就只是没那么想走而已,只要性命无忧,尽可能往南多走几步。

哪怕跌一境,只要能够活着返回浩然,好像就都没什么。

阿良呸了一声,没浪费,将唾沫吐在了自己手心,捋过额头和鬓角,道:"不走?好家伙,蹭吃蹭喝上瘾了?滚吧,别留在这边拖我后腿。"

冯雪涛说道:"我好歹是个飞升境,自保总不难吧?"

阿良收敛神色,摇摇头:"想错了,你的敌人,不是蛮荒天下的大妖,是我,所以很难。"

冯雪涛一脸愕然。

阿良环顾四周,道:"等会儿我倾力出剑,没个轻重的,担心会误伤你,你这不是拖我后腿是什么?快点滚蛋。"

冯雪涛轻声问道:"真不用我帮忙?"

阿良笑道:"你觉得自己打得过左右了?接下来这一场架,连我阿良都需要喊个帮手,你扪心自问,能做什么?"

冯雪涛无言以对,抱拳告辞,没有说什么,瞬间远遁离去数百里。

只剩下一人在原地的阿良,双臂环胸,微笑道:"老大剑仙一走,那咱俩就更加责无旁贷了。是不是,左右?"

一把飞剑,名为饮者,远游天外多年。

一南一北,两位浩然天下的剑修。

天下剑道最高者,阿良。

天下剑术最高者,左右。

即将联手出剑。

等到那个拖后腿的家伙总算走远了,意态惫懒的阿良,打了个哈欠,渐渐收敛神色,从咫尺物当中取出四把借来的长剑,分别悬佩腰两侧,然后阿良一个屈膝微蹲,目视前方,伸手握住其中一把长剑的剑柄。

刹那之间,方圆千里之内,山河大地瞬间破碎,长剑尚未出鞘,就有一份举世无双的浩然剑意,弥漫天地间。

宁姚说道:"这个周海镜,打得挺好看。"

一会儿拳若折柳,一会儿手似持花,身形翩跹若彩云飘摇。

在宁姚看来,武夫打架,你一拳我一脚的,其实要比练气士山上斗法更精彩,至于剑修问剑,其实很无趣。

相较于出拳花俏、身姿迅捷的周海镜,鱼虹的拳脚就显得大开大合,拳意雄浑,罡气如数条蛟龙盘旋四周,几次与周海镜近身搭手,都有斩获,已经打碎女宗师的手钏和数支发钗,观战之人,尤其是那些在意迟巷和篪儿街抬不起头的公卿子弟,瞧见周海镜一记脚背凶狠砸中鱼虹肋部,势大力沉,踹得鱼虹在演武场中瞬间横移出去十数丈,一时间人人拍案叫绝,大声喝彩。

鱼虹站定身形,随手拍了拍衣衫,脸颊处出现一道血槽,缓缓渗出鲜血,是先前被周海镜一记手刀划抹而过带出的小伤,这个年轻婆姨,手真黑,先前手刀,气势如虹,看似直斩脖颈,皆是假象,杀手锏,是她那大拇指的一抠,试图将鱼虹的一颗眼珠子挖出来。鱼虹当时也无犹豫,一脚踹向周海镜的腹部,后者为了卸去劲道,免得被一脚踩穿身躯,不得不后撤一步,不然这次换手,鱼虹就等于是用一颗眼珠的代价,打杀一位山巅境武夫了。

陈平安还在闭目养神,听音辨拳,对于跻身归真一层的止境武夫而言,半点不难,与宁姚轻声解释道:"周海镜是在钓鱼,不到半炷香的工夫,故意使用了六种不同的拳理,十七拳招,都是从旁人那边学来的,胜在拳招奇巧,输在拳意浅薄,驳杂有余,厚重不足,因为都不是周海镜自己的真正拳法,她处处不与鱼虹分出气力的高低,再加上方才的那记手刀,多半是想让鱼虹心中不断加深个印象,'周海镜是一个女武夫'。我猜等到鱼虹第一次换气之时,就是周海镜与他分胜负的时候,一个不小心,就是她以重伤换鱼虹的命。"

宁姚疑惑道:"双方有仇?"

陈平安想了想,道:"不好说,有些武痴就是单纯喜欢拳分生死,以此砥砺武道。"

比如自家落魄山的那位老厨子。

周海镜手中攥住几颗宝珠，轻轻发力，咯吱作响，之前被鱼虹拳罡波及，手钏断了绳线，大半珠子散落在地。

她嫣然一笑，道："鱼老前辈的老腰，老当益壮啊，难怪开枝散叶，多子多孙，这趟来京路上，听说那个旧朱荧王朝，你们鱼姓武夫，威风八面，拳镇半国。"

看客们哄然大笑。

鱼虹微微皱眉道："武夫技击，少说废话。"

周海镜抬起手，松开拳头，几颗珠子被捏为一团齑粉，随风飘散四方。

她高高抱拳，笑道："可以视为一味药材，延年益寿，女子可以当作脂粉敷脸。"

老娘这句话，店铺得加钱。

鱼虹隐约有几分怒容："武夫切磋，不是儿戏，周海镜，你在武学一道，破境太过顺遂，以至于如此不尊重武道，今天老夫就教你如何当个纯粹武夫！"

周海镜拍了拍手掌："别教我如何当个女人就行。"

口哨声此起彼伏。

鱼虹冷笑道："口齿伶俐，还当什么纯粹武夫？！接下来老夫就不与你客气了，若是不小心打没了你的山巅境，记得别怨天尤人，是你自找的。"

宁姚笑了笑，弯曲手指，轻轻一敲某人的额头。

陈平安无奈道："我又不是马苦玄，跟人打架，尤其是问拳，极少聊天的。"

周海镜故作惊恐状，拍了拍心口，晃晃悠悠。

瞧见了这一幕风情，台下不知多少浪荡汉和登徒子嗷嗷叫。

另外那处屋顶，赵端明突然望向一处，少年大为震惊，扯了扯曹耕心的袖子，心声说道："曹酒鬼，陛下和皇后娘娘都来了，鱼虹和周姐姐好大的面子啊，足可光宗耀祖了，果然还是学拳好啊，咱们练气士打架，哪里能让陛下多看几眼。"

曹耕心看也不看少年视线所及的地方，只是目不转睛盯着螺蛳道场里边的精彩问拳，周姐姐先前站着不动的时候，腿就已经很显长，与人问拳之时，英姿飒爽，一记鞭腿，曹耕心都恨不得推开鱼老爷子，让自己去硬扛一腿，他提醒少年道："管好眼睛，不该看的，能够忍住不看，就是修心。"

赵端明收回视线，气笑道："你有本事就管好嘴，别喝酒。"

曹耕心抿了口酒水，笑眯眯道："我就是要用酒水堵住嘴巴啊，喝酒微醺视线蒙眬，雾里看花美人更美。"

一对仪态雍容的年轻夫妇，身边跟着个小姑娘，三人刚刚落座演武场外边一处酒楼的靠窗位置，桌上摆了些瓜果点心，邻近几张桌子，自然都是施展了障眼法的大骊皇室供奉，主桌三人，正是皇帝宋和、皇后余勉，地支一脉的兵家修士余瑜。身为皇子殿下的宋续反而没有现身。

酒楼并没有清场赶人。

少女岁数的余瑜,在上柱国余氏家族里边辈分不低,要比余勉高出一个辈分,所以皇后娘娘若是回家省亲,见了少女,都得喊她一声小姨。而在大骊之外的东宝瓶洲诸国,按照朝廷律例,皇后几乎是无法回家省亲的,只是大骊宋氏在这类事情上一向宽松,不管是当年南簪返回豫章郡,还是余勉两次出宫去往意迟巷,礼部都无异议。

余瑜正当着皇帝陛下的面偷酒,偷了一壶又一壶,偷完了那几壶滋味浅淡却胜在余味绵长的长春宫酒酿,少女就开始盯上隔壁桌的那几罐仙家茶叶,当差的,不能饮酒,喝的却是一等一的好茶。

宁姚说道:"你猜错了。周海镜好像没有想着与鱼虹分生死,出手还是很有分寸的,难道是她已经清楚自己会成为地支一脉最后那位修士?"

双方这场问拳,竟然打了足足两炷香,将近小半个时辰,最终周海镜拳输一招,问拳双方,谁都没有身负重伤。

鱼虹抱拳,礼敬四方。

周海镜伸手覆住脸颊,朝地面吐出一口血水,惹人怜惜。

方才她被鱼虹一拳砸中脸颊,身形踉跄时再被鱼虹一肘轻敲后背心。

若是下了狠手,周海镜不死也要跌境。

周海镜露出一个笑脸:"等我养完伤后,能否再与鱼老前辈讨教一二。"

事先砸锅卖铁,与苏琅借了不少神仙钱,押注自己会输,当然得大赚一笔!

鱼虹点头道:"随意。"

陈平安坐起身,眯起眼,看着那个对胜负浑然不在意的女武夫,与宁姚心声道:"大致可以确定了,周海镜与鱼虹有生死大仇,可能是只杀一个鱼虹,犹不解恨。"

陈平安猛然间转头望向昔年倒悬山、蛟龙沟方向,脸色微白。

宁姚问道:"蛮荒天下是有谁出手了?阿良?左右?"

因为合道剑气长城和被蛮荒天下大道压胜的双重关系,陈平安察觉到一丝端倪。

陈平安深呼吸一口气,沉声道:"两人联手。"

宁姚根本无须思量什么,直截了当说道:"你能不能大致确定战场方位?我可以仗剑开天幕,先回五彩天下,再赶去蛮荒那处战场。"

不过宁姚很清楚,自己就算赶得及,其实一样未必帮得上忙,一旦托月山的谋划早就包括了自己,说不定还会帮倒忙。

陈平安摇摇头,突然笑了起来:"我们要相信阿良和师兄。"

阿良和左右的联袂出剑。

大概就像是一场……老大剑仙陈清都的出城厮杀、倾力出剑吧。

为人间弥补一桩大遗憾。

一场蛮荒天下精心布置的围杀。

山河破碎，大地翻裂，灵气紊乱，一众伏杀隐匿者无所遁形。

率先现身的蛮荒大妖，是文海周密的开山大弟子，新王座之一的剑仙绶臣，独目，背剑匣，藏六剑，一身翠绿法袍束蕉炼。

绶臣是战事落幕后，蛮荒天下最新的两位飞升境剑修之一，另外一位，则是一举跻身天下共主的斐然。

绶臣神色凝重，哪怕自己这一方占尽天时地利人和，都没有丝毫掉以轻心，绶臣望向那个腰间悬佩四剑的阿良，这一架，谁都有可能身死道消。

紧随绶臣之后现身的，是托月山一位仙人境女大妖，化名新妆，托月山大祖的嫡传弟子，与阿良是多年旧识了，仙人境瓶颈，身为阵师，身处小天地大阵之内，她的战力完全可以视为一位飞升境修士。

两人脚下现出一座大阵，形若一黑一白阴阳两鱼互纠在一起，绶臣和新妆刚好站在阴阳鱼头顶，悬空身形，随阵旋转。

大阵极简，只是一阴一阳双鱼图，不作更多模样。但是那份大道气息，却极其幽玄浩大，好似天地间大道至简的正宗法统。

新妆幽幽叹息一声，看着那个明明最知道天高地厚，偏要一线南下深入蛮荒腹地的男人，轻声道："阿良，你不该如此挑衅一座天下的。"

在蛮荒天下和剑气长城的万年对峙中，飞升境大妖难以被斩杀，飞升境剑修更是难死。

阿良左手边，两百里之外，一只脚踩飞剑、肩扛长棍的搬山老猿，以术法神通压下脚下一座山头，使其不至于被阿良的剑意崩碎。

这只真名朱厌的旧王座大妖，狞笑道："你这狗日的，既然活腻歪了，爷爷今儿就送你一程，去与那董三更做个伴儿。可惜不是十四境，不然爷爷功劳更大。"

阿良右边数百里之外，是一只眉发、法袍皆白的飞升境大妖官巷，也是新王座之一，已经施展神通，将一条数百里江河拧转再衔接，最终拘押为一张袖珍蒲团。

官巷与那阿良朗声笑道："阿良老弟，风采不减当年啊，只是这一次好像很难再被你溜走了，不然到时可以帮我捎句话给隐官大人，之前议事我说的那件事，依旧作准。"

这是劝说那位年轻隐官转投蛮荒，娶了他家那小女娃儿，再毫无悬念地成为新王座之一，名次注定极高，官巷愿意主动让贤，让其成为一家之主。如今官巷一脉所辖山河版图，已经完全不亚于浩然天下的一洲山河，有朝一日，等到陈平安跻身了十四境剑修，说不定都能与斐然共分天下。

阿良遥遥竖起一根中指。

这个官巷老儿,比老瞎子还没眼力见儿,自己与陈平安,谁相貌更英俊,没点数?

大妖官巷抬起一手,从身边拘押了一缕剑意,萦绕指尖,竟有电闪雷鸣的异象发生。

更远处,有一骑,云中策马,披挂金甲,持枪,面覆甲,不见真实容貌,腰间悬挂两枚小巧玲珑的流星锤,一鲜红一漆黑。

道号硕人的妖族女修柔薁,站在这一骑身边,她身材修长,作道门女冠模样,头戴鱼尾冠,身穿黄紫道袍,手捧一支拂尘,身后有一轮圆月宝相。

这两位虽然都是仙人境修为,但不管是在避暑行宫还是中土文庙,都被列为必杀的对象,获此殊荣的妖族修士,连同绶臣,只有三位。

阿良环顾四周,两眼无神,憋了半天,才憋出一句郁闷言语:"惨兮兮,貌似今天的阵仗输给了白也半筹,真是教人捶胸顿足,痛心疾首。"

扶摇洲围杀白也一役,王座大妖茫茫多,一只手都数不过来,而且全部都是蛮荒天下的旧王座,没有半点水分的。

果然从十四境跌境后,就要被看不起。

当初于玄老儿"升天"之前,都专程与自己阴阳怪气一句:"阿良老弟,莫要伤心,你就当咱俩境界互换,不亏,等我合道成功,记得来天上道贺,我一定做成那年少时心心念念的壮举,炼化银河做酒酿,好酒管够。"

暂时现身战场的蛮荒顶尖战力,就只有眼中这六位了。

天下搬山之属的老祖师,朱厌,飞升境巅峰,在旧王座当中,这头搬山老祖的战力其实都算出众的。

凑合。

绶臣,新晋飞升境剑修。

还行。

毕竟还年轻,属于飞升境剑修里边资历最浅的晚辈,练剑天赋再好,依然弥补不了境界打熬不够的缺陷。

官巷,位列新王座的飞升境大妖,算是剑气长城的老仇人了。

更是阿良的老熟人了,老家伙除了嗓门大、言语风趣,其他的,好像都不太行。

托月山新妆,是一位阵师,不过拳脚功夫相当不俗,完全可以视为一位止境武夫。

至于那个云中策马的金甲骑士,其大道根脚,极其隐晦,连甲子帐都没有记录,别说大妖真名,连个化名都没有。

女冠柔薁,传闻她是旧王座黄鸾的山上道侣,实则却是黄鸾斩却三尸的大道余孽,半化外天魔之姿,若是撇开她那些层出不穷的法宝,战力不算太高,就是极其难杀。大妖黄莺被周密吃掉之后，诸多秘宝都被登天之前的周密丢给了柔荑，算是物归原主。

这三个凑一堆，战力勉强可以视为两位飞升境修士吧。

所以阿良当下眼中，大致就只有五飞升而已。

阿良轻轻以脚尖摩挲地面，拇指抵住剑柄，长剑出鞘些许，低头瞥了眼那几把借来的长剑，微笑道："不能够，放心，绝对不会委屈了你们。"

要杀阿良，尤其当他是一个正儿八经开始佩剑的剑修时，绝对不会只有这么点。

不是说纸面上的大妖数量不够，而是今天主持围杀之局的真正主心骨，绶臣？那就差了太多意思。

早年那趟独自远游蛮荒，他的屁股后头就跟着一连串的飞升境大妖。

先前阿良是故意走到了那座隐秘大阵的边缘，才停步不前，让山泽野修冯雪涛独自返回剑气长城。

一个最怕死最惜命的野修，能够跟随自己走到这一步，已经很不容易了，尤其是当冯雪涛觉得可以试着留下，阿良觉得足够了。

当然得让冯雪涛好好活着，回了浩然天下，替我阿良多多吹嘘这一场大战的惊天地泣鬼神啊。

"都别藏藏掖掖了，只是看人打架多没意思，不如亲身下场赌命。"

当阿良推剑出鞘寸余时，更大范围的方圆三千里之内，悉数山崩地裂，尘土遮天蔽日，一切流水被细密剑意搅碎，再无半点水运可言，无穷尽的碎水与灰尘搅合在一起，三千里山河版图之内，就像下了一场急促的泥浆暴雨。雨幕中剑意纵横交错，大地之上沟壑密布，再无一座山峰、一条溪涧、一株草木，皆在瞬间化作齑粉。就连搬山老祖先前护住的脚下那座山头，都已彻底崩碎。

朱厌挥动长棍，划出一圈圈弧线，驱散四周汹涌而至的剑意。

这个狗日的阿良，亏得不是十四境剑修了。

围杀白也一役，这位搬山老祖还是心有余悸。

幸亏当时的十四境白也，不是剑修。

大阵旋转，悬停在黑白两条游鱼之上的绶臣和新妆，倒是无须施展术法，自有一座阵法帮忙磨损那份剑意，大阵与剑意撞击在一起，竟是激荡起一阵阵琉璃色的光阴涟漪。

绶臣眯眼端详那份剑意的流散轨迹，片刻后摇摇头，找不出半点剑道瑕疵。

剑修最大的依仗，本是一剑破万法的极致杀力，管你什么修道之人，什么神通万千，只管一剑破之。

但是剑修，很难兼顾个人的卓绝杀力和战场的大范围杀伤，这也是为何不擅长与人厮杀的吴承恩，单凭那把被避暑行宫列为甲等的本命飞剑，仅仅是一位玉璞境剑修，却能够成为蛮荒天下大妖务必及早斩杀的首选。

世间事难以两全其美。

天生就适宜战场的剑修和本命飞剑,往往不擅长相互问剑之间的厮杀,而一位剑修在山巅战场上,即便剑气极多,剑意极重,可是事有利弊,好处是不惧包围,弊端就是一着不慎,就会被对敌的山巅修士抓住破绽,以大道推衍之术,寻出某个大道缺漏。

而阿良就是一个很大的例外。

无论是捉对厮杀,还是身陷被围杀的境地。

这个吊儿郎当的浩然剑修,一个最不像读书人的剑客,都近乎无敌手。

所谓的"近乎",还是因为之前有那老大剑仙坐镇城头,白玉京有那被誉为真无敌的道老二多了四把仙剑之一的道藏。

太白,万法,道藏,天真。

山巅公认一事,这四把曾经斩落远古大妖、神灵无数的仙剑,只要被阿良得其一,或是被阿良取得一把品秩接近的趁手佩剑,其难杀程度,便不输人间最得意的白也。

大妖官巷大笑一声,脚下那张蒲团砰然崩裂开来,撞碎剑意。

金甲骑士微微攥紧手中那杆长枪,身上所披挂的古老甲胄,熠熠光辉。

坐骑轻轻踩踏虚空,马蹄之下,一圈圈水纹向四面八方荡漾而去。

骑士以心声问道:"需要这么多人参与围杀吗?斐然是想要围点打援?"

"人?"柔蕖笑了笑,继续摇晃手中那柄拂尘,一次次打散方圆数里之内的剑意余韵,确实麻烦,方圆千里之内,处处是悄然流转的沛然剑意,己方的攻伐法宝、术法神通、缩地山河和某些遁术,施展起来都会很麻烦,而且越发容易露出蛛丝马迹。即便如此,依旧暂时没有谁愿意当那出头鸟,率先施展搬山倒海、更换小天地的大神通,将这份剑意转移到别地。

不承想一个人的剑意倾泻天地间,竟然都能按斤两算了,而且是那数百斤、千余斤?

真是半点道理都不讲了。

柔蕖身边这一骑,属于横空出世,连她都不清楚对方的大道传承,后者与阿良在战场上没有正面交锋的经历,至多是先前那场剑气长城的攻守战,远远观战,见过阿良的从天而降,以及之后与刘叉的那场气势磅礴的问剑。

她只得耐心解释道:"打赢或是击退阿良,跟留住或是斩杀阿良,是截然不同的两回事。不是谁都能与道老二相互换拳的。阿良有两件事,最让山巅修士忌惮,一件是不怕围杀,擅长单挑一群。再就是,至今为止,还没有人知道他的那把本命飞剑,到底有何神通。"

说到这里,柔蕖瞥了眼远处一个方向,轻声道:"至于托月山有无围点打援的打算,可能吧。"

阿良突然撤掉先前那个即将拔剑出鞘的姿势,一个轻轻蹦跳,金鸡独立,抖了抖腿,换腿再抖。

十指交错,横在胸前,双手腕臂如水花起伏。

金甲骑士闷声道:"这副德行,实在惹人厌。"

柔荑笑道:"习惯就好。"

等到真的打起来,就会顾不上了。

果不其然,又有两拨幕后人在遥远处,先后现出踪迹。

一个拄拐杖的消瘦老者,脸颊凹陷,这位十四境大修士是蛮荒天下英灵殿的开辟者。

这位天外来客,在之前的大战中都未现身,直到两座天下对峙议事,他才现身托月山,十分姗姗来迟了。

按照避暑行宫和文庙的秘录记载,当年道祖骑牛过关,多半就是奔着他去的,这个老家伙自然不敢与道祖切磋道法,就躲去了天外,最终放弃了跻身十五境的一线机会,等于无形中为后来的文海周密让出一条通天道路。

飞升境剑修,如今蛮荒天下名义上的主人,斐然。

斐然与师兄切韵,正是这位老者的嫡传,只不过斐然是切韵代师收徒,所以之前始终不曾见过这位师尊。

托月山大祖的离开,其实是一场散道。得到最大馈赠的,就是被周密寄予厚望的斐然、绶臣、周清高之流。

玉璞境女剑修,流白,她身穿一件名为鱼尾洞天的仙兵法袍。

另外一处,是萧瑟和好友张禄。

十四境剑修萧瑟,她盘腿悬空,双手扯住羊角辫儿,像是在看戏,大剑仙张禄正在饮酒。

这两位剑修,其实早年在剑气长城,都与阿良关系很好。

萧瑟板着脸说道:"死在别人手上,太亏,不如被我打死。"

张禄默不作声,只是喝酒。这位大剑仙如今所喝酒水,都是萧瑟从浩然天下带来的,可惜种类还是远远不够,尤其没有那中土神洲"宗"字头仙家的仙家酒酿。

料峭春风,萧瑟秋风,都能吹得酒醒。

可事实上,最能解酒的,还是人间糟心事,想醉太难醒酒易。

一个趋于十四境圆满的老不死,好像有个极其古老的道号,寓意极大,"初升"。

老家伙真是个人才,竟然会给自己取这么个响当当的道号。

一个凝聚一座天下气运的飞升境剑修,跟宁丫头差不多,都是板上钉钉的未来十四境,前提当然是今天这场架,斐然能活下来。

一个炼化了整座英灵殿的十四境剑修,你说你萧愻到底图个什么,至于这么跟老大剑仙怄气吗?身为剑修,却走一条炼化天地合道十四境的旁门左道。其实以萧愻的资质根骨,只要愿意等着,是完全无须如此的。只不过萧愻做事情,一向喜欢意气用事,不管天不管地,甚至不管死活,只求一个痛快。那么浩然天下越是太平无事,她在剑气长城就越是不痛快。如果萧愻不是被左右拖住,浩然天下可能至少要多丢掉一个洲,比如那个西北流霞洲。

一个曾是酒桌好友的剑气长城大剑仙。朋友归朋友,战场是战场,生死各自负。

至于那个玉璞境小姑娘……乖乖作壁上观就可以了。

流白其实自己也不清楚,为何会被拉来参与这场围杀,但这是那位老祖和斐然的意思。

不过今天置身战场,流白并无半点惧意,剑心稳固,对那个让蛮荒天下极为头疼的阿良,她唯有敬重。

只有某人,才会让她只是看一眼,就如临大敌,几乎要心魔作祟。

张禄怀捧空酒坛,笑道:"一直不曾亲眼见识过阿良的那把本命飞剑,当年与人合伙灌醉阿良,也没能套出飞剑的名字,这家伙每次喝完酒,只要酒桌上有女子,他都要左脚踩右脚,可偏偏次次都不吐不倒,还能与女子说些掏心窝的话,美其名曰酒后吐真言。"

萧愻点点头,双臂环胸,冷笑道:"就是奔着他那把本命飞剑来的,不然我才懒得赶过来凑热闹。"

张禄好奇道:"当年我问过阿良,打不打得过董三更,阿良只嬉皮笑脸说'打不过,怎么可能打得过董老儿'。"

萧愻犹豫了一下,说道:"除了陈清都,可能没有人知道阿良的剑道到底有多高。"

大战一触即发,阵法之中,绶臣以心声提醒道:"新妆,小心阿良第一个杀你,从头到尾就盯着你杀,所以你务必保命,最大程度拖延时间。"

修道之人,最烦哪种练气士?阵师。

狭义上的阵师,类似地支一脉的韩昼锦。归根结底,还是颠倒天时,占据地利,赢取人和。

而广义上的阵师,每一位坐镇小天地的圣人,其实都算。比如陈平安,因为飞剑笼中雀的缘故,也能算。

新妆点点头。

虽说她就是诱饵,但是就怕被阿良得手太快。

如果围杀一般的飞升境修士,哪里会有这样的担忧,需要担心诱饵被太快吃掉?

那个老者笑问道:"今天的阿良,好像跟你们说的不太一样,同样是一人单挑一群的境地,今天却没几句骚话怪话嘛。"

斐然点头道:"这样的阿良,会很可怕。"

身陷包围圈中的阿良,环顾四周,点点头,比较满意,这还差不多。

这等阵仗,这个排场,其实要胜过扶摇洲一役了。

来了两个十四境不说,今天的剑修还多啊。

不枉费自己喊来左右助阵。

哪怕是在剑气长城的战场上,阿良依旧极少与人配合出剑。

左右亦是。

亚圣一脉的阿良,文圣一脉的左右,却是最要好的那种朋友,哪怕有了那场三四之争,依然不改。

阿良瞥了眼天幕,深呼吸一口气。

天河洗甲兵,最适宜炼剑。

今天这场问剑,确实无须自己如何言语,反正剑修一切道理,只在剑上。

从蛮荒天下最北端的剑气长城遗址,拖曳出了一条长线。

剑气之盛,跨越了约莫小半座蛮荒天下的山河,这条剑光依旧凝聚不散。

就像在半座天下,架起了一座剑气长桥。

城头那边,曹峻目瞪口呆,极目远眺,穷尽眼力,还是远远看不到那条长线的尽头所在。

大概这就是……剑切天下?

曹峻直到瞪得眼睛发酸,才收回视线,揉了揉眼睛,忍不住转头问道:"魏晋,你要是跻身了飞升境,做得到吗?"

"当然做不到。"魏晋毫不犹豫说道,"左先生的剑术,已经位于顶点,未来剑术能够超越今天左先生之人,只有跻身下一境的左先生。"

魏晋突然说道:"收敛心神,方才你的剑心,其实有一丝的流散。"

曹峻愣了一下,满脸惊骇神色,如果不是魏晋出声提醒,他只会浑然不觉。曹峻迅速心神巡视小天地,仔细勘验心境,这才发现心相之中,万点青莲,有一小片莲花出现了倾斜,曹峻立即正襟危坐,将其一棵棵"扳正"。

魏晋等到曹峻归拢道心,这才出声说道:"你的练剑资质确实不错,这么快就能收回那一缕心神,一般剑修,哪怕得了旁人提醒,还是只能眼睁睁看着自己出现这份瑕疵,左先生愿意教你剑术,不是没有理由的。"

曹峻气笑道:"魏大剑仙,你就不知道早点提醒?"

魏晋摇头道:"你又不是刚刚登山修行,旁人护道不是搀扶,而是为他人指明道路,使其不至于走岔,误入歧途。"

曹峻叹了口气:"道理是这么个道理,可是听着就是让人别扭。"

魏晋笑道:"年纪比我大不少,境界比我低两个,再来听这种话,当然别扭了。"

曹峻觉得剑气长城的风气,歪了。

来此游历的练气士,以中土神洲和皑皑洲的居多,一个眼界最高,一个兜里有闲钱。

左右化虹远游蛮荒天下,连曹峻这位元婴境剑修都要瞠目结舌,这些练气士,当然只会更加心神震撼,一个个在城头上停步不前,呆若木鸡。

突然有人笑言。

"暂时还是无法与道老二分生死,果然还得继续破境。"

"左右能否跻身十四境,陆芝能否跻身飞升境,都是值得期待的事情。"

曹峻转头望去,是个出身道门的地仙修士,大言不惭得无以复加了。

中年男子,长髯道袍,头戴远游冠,脚踩一双白云履,背了一把木剑。

不过这份仙风道骨,骗骗山下俗子和下五境练气士是没问题的,在曹大爷这边,还是省省吧。

曹峻笑呵呵道:"这位道长,听你口气,能跟白玉京那位真无敌掰掰手腕子?"

那位道长抚须眯眼而笑:"那就借曹剑仙的吉言。"

曹峻同时以心声问道:"魏晋,该不会是个装模作样的世外高人吧?"

魏晋答道:"只看得出是位元婴境修士,不过你还是言语小心些,多一事不如少一事。"

曹峻就放心了,话听一半,风雪庙大剑仙,哪怕遇到个飞升境,都不至于看走眼。

除非是一种情况,就是符箓于玄、龙虎山赵天籁、趴地峰火龙真人,这几个刻意藏掖气象,但恰好这几位老飞升行走山外,都是光明正大的风格,不喜欢施展障眼法。

总不能被自己碰到个十四境?不能够!

曹峻抱拳,啧啧道:"幸会幸会。"

中年道士看了眼分坐两边的魏晋和曹峻,微笑道:"志不强毅,意不慷慨,滞于俗,困于情,如何能够求个人间安排处,想必颇难登堂入室,得份剑仙大风流啊。"

魏晋一笑置之。

自己的那道情关,反正早已路人皆知。被一个云游四方的不知名道人随口说破,也无须恼羞成怒。

曹峻气笑道:"这位道长,是在教我练剑?怎的,道长也是位剑修?"

"我算哪门子的剑修,对剑道一窍不通,只是隔岸观火,勉强看个热闹。"

中年道士笑着摇头,并未继续言语,只是挑选了两人之间的城头,轻轻跃上,盘腿而坐。

哪里哪里,只是认了两个便宜外甥,可惜俩家伙,只说读书一事,确实比陈平安差远了,故而只听得出一层言下之意,却连"志不强毅,意不慷慨"一语出自一篇《戒外甥书》都忘了。

这趟远游蛮荒,没什么大事,散散心,看看风景,再就是找那个管着剑气长城牢狱的老聋儿算账,只是他躲藏得比较好,先前自己有过一番推衍,游历了几个地方,竟然都没能将他揪出来。

没办法,毕竟不是在青冥天下,大道演化一事,障碍太多,实在不行,就走趟金翠城好了,找郑居中问问看。

这位白帝城城主,先前在中土文庙留了个口信,让自己得空,可以去金翠城做客,已是极有诚意了。

他以心声笑道:"魏大剑仙,撑死胆大的饿死胆小的。既然手握一部传自宗垣的剑谱,为何至今还未能获得那几份盘桓不去的古老剑意,如果我是宗垣,就会对你这个老大剑仙亲自帮忙选取的继承人,有点失望了。"

魏晋沉声道:"敢问前辈名讳!"

吴霜降微笑道:"不值一提,你就当我是隐官大人的舅舅好了。"

魏晋一头雾水。

青冥天下。

有个身材魁梧的汉子,盘腿坐在一片云海上,一路随云飘荡,喝过了酒,随手丢了酒壶。

汉子身边站着个双手负后的少年,美姿仪,头戴虎头帽,就有点滑稽了。

如果没有这顶帽子,姿容气度,仿佛要一人占尽"谪仙"二字。

汉子站起身,伸了伸懒腰,舒展筋骨,十指交缠,拧转身体,然后莫名其妙就是一拳,递向前方极远处。

拳撼白玉京!

打完就跑。

汉子伸手环住虎头帽少年的脖子,拖曳而走,少年双臂环胸,两脚离地,如横躺在地,气定神闲。

敢与白玉京递拳的,敢这么对待白也的,唯有挚友刘十六。

蛮荒天下,战场之上。

一场几乎分不清谁围杀谁的大战,正式开启。

在早年那把佩剑断折之后,阿良就只是一直悬佩竹刀,去了青冥天下的天外天,与道老二对敌,也不用剑。

今天阿良却是双手握住剑柄,缓缓拔剑出鞘,选择一种从未有过的双手持剑姿态对敌。

剑修与剑,不受天地拘束,皆不作鞘中囚。

这个身材矮小的汉子,一个喜欢自称剑客的男人,只是双手各持一剑,还未真正出剑,四周天地间就有无数条由剑意凝聚而成的凌厉飞剑。

就像一场气势恢宏的大道显化,方圆三千里的异乡山河,飞剑万万千。

参与围杀的蛮荒大妖,人人有份,需要各自面对一座剑阵。

无数飞剑,来去无踪,乱起乱落,纵横交错,乱斩乱杀。

阿良双膝微屈,双臂摊开,手持双剑,轻声道:"夜幕。"

原本白昼光景的山河万里,如获敕令,剑修寥寥二字,便让天地为之变色,刹那之间,天地昏暗,漆黑一片。

雷震,火起,急湍,彗星。

四份剑道所化的壮观剑光,同时骤然亮起于夜幕中。

雷电交织,雪白璀璨。火焰长龙,鲜红似血。江河滚走,碧绿幽幽。彗星拖曳,划破长空。

就像一位剑修,只因为剑道太高,仿佛能够同时以剑驾驭四尊神灵,就等于拥有一种了不可理喻的本命神通。

反杀。

第十章
共斩蛮荒

夜幕沉沉,转瞬间即不见阿良身形,唯有剑光四起,照耀天地四方。

一人出剑,就有远古战场诸多神灵手段迭出的气象。

与绶臣一起负责运转大阵的新妆,作为托月山大祖的嫡传弟子,离真的师姐,迅速环顾四周,施展了一门通幽神通,双眼熠熠,宝光流转,连那光阴长河和阴冥之路都能寻出蛛丝马迹,竟是依旧找不出那个男人的踪迹。

难怪阿良早年能够在那场险象环生的大妖围追堵截当中,溜之大吉。

绶臣已经从剑匣当中抽出一把无鞘长剑,双指夹住剑身,往剑尖处迅猛一抹,好似剥落一层仙人遗蜕。剑光化作一道雷光,与那璀璨电光撞在一起,与此同时,绶臣心声提醒道:"别找了,你我只管住持脚下阵法,安心领剑就是。"

新妆闻言立即收敛心神,祭出了一只不起眼的袋子,轻轻摇晃,云雾升腾,快速弥漫,好像与那远古风神雨师借来一场风雨,将她身形笼罩其中,云雾飘摇看似不过方丈之地,实则别有洞天,一座风雨天地广袤无边,万里之遥,宛如一种另类的芥子神通,帮助新妆隐匿于一座巨湖当中,即便阿良能够随手一剑斩开小天地的山水禁制,也砍不中她的真身。

此次围杀阿良的一众蛮荒大妖,好像要是谁手上没一两件仙兵,都没脸出门,现身此处战场。

新妆暂时处境无忧,就多打量了几眼绶臣背着的那只剑匣,论师承,一座蛮荒天下,能够与托月山比拼的,其实就只有文海周密一脉了。

只见绶臣一次次划抹剑身,不断剥下层层远古剑意,与阿良那份剑道所化的雷震气象相抗衡。

同样是飞升境剑修,差距悬殊,不单单是绶臣当下境界尚未彻底稳固,更多的还是剑道有高低。

绶臣不得不承认,想要接近阿良如今的剑道高度,就只有一种可能性,对方短命,自己长命,然后一点点靠着水磨功夫和后续机缘,才有希望。

绶臣所背剑匣,绘有一幅远古三山四海五岳十渎图,与后世广为流传的道家符箓真形图,出入极大。

因为先前被阿良剑意牵扯,剑匣障眼法已经褪去,显露出早已失传的三山真形,一览无余,分别好似神人尸坐、山野猿行、云隐龙飞。

三山职责,分别掌阴阳造化、五行之属,定生死之期、长短之事,主星象分野,兼水裔鱼龙之命。

剑匣本身就是一件大仙兵品秩的重宝阵图,传闻上古灵真至人,手持此图,过三山跨五岳,经行江河海渎,百神群灵尊奉亲迎。

虽是一件远古阵图,可惜铸造此物的炼师,不知名讳,只是习惯被山巅修士尊称为三山九侯先生,之后它又被恩师周密精心炼化为一座名为剑冢的养剑之所,被誉为世间养剑葫的集大成者,最多可以温养九把长剑,孕育出类似本命飞剑的某种神通,一旦练气士得此重宝,不是剑修胜似剑修。

山上师承就是如此重要,神仙种也讲究一个拜师如投胎,半点不假。

至于那只作为天下搬山之属老祖宗的朱厌,脚踩长剑定山,大道显化为一处山岳小天地,手持长棍,法天象地,现出千丈真身,长棍一并扩大,一棍砸下,敲中那条火龙的头颅,将其打了个稀烂,火光四溅,山河千里,火雨滂沱。

不承想那条头颅崩碎的火龙,竟然自行演化为千百条纤细火龙,一条条蜿蜒如山,形同大地龙脉,以此挑衅朱厌这位搬山老祖,喜欢搬山,那就只管搬徙。

朱厌转为双手持棍,庞然身躯,飞旋不停,放声大笑道:"狗日的阿良,你我虽是敌对阵营,不过敬你是条汉子,回头在我蛮荒山河为你立碑一块,爷爷我亲自为你撰写墓志铭,保管坟头年年堆酒如山,如何?!"

长棍再一拨,朱厌施展出一门搬山之属的本命神通,是那划江成陆的大手笔,在那满目疮痍且布满剑意的大地之上,拨开那些好似巨湖凝聚的浩然剑意。这等堪称不可理喻的分水之法,远胜后世几座天下的山上水土术法,可以将江海大水随意分开,水落石出,分割山河,漏出陆地,简直就是一种俗子肉眼可见的沧海桑田之变化。

朱厌再一个轰然落地,脚踩裸露出来的大地山根,真身蓦然暴涨五成,一棍横扫,怒喝道:"还不赶紧滚出来,乖乖给爷爷磕头认死!"

远远观战的新妆微微皱眉，实在是不喜朱厌的厮杀作风，乱吼乱叫，委实聒噪。

可新妆对其知根知底，知道这些都是障眼法，别看朱厌这位搬山老祖每次在战场上，最喜欢撂狠话，说些不着调的豪言壮语，在浩然天下两洲一路敲山碎岳，手段暴虐，横行无忌，实则朱厌每次遭遇强劲敌手，出手就极有分寸，手段阴险，与绶臣是一样的厮杀路数。要是将朱厌当作一个只有蛮力的大妖，下场会很惨。

新妆身边金甲骑士已经取出腰间一枚流星锤，手腕拧转，金光流转，疾速旋转，凝为一个道法无瑕的金色圆圈，最终迅猛抛出，砸向那颗宛如试图开天辟地的天降彗星。

他那两枚袖珍流星锤，本就是由拦截下的两颗不同寻常的天外流星，再耗费无数天材地宝精心炼化而成。万年以来，儒家文庙的陪祀圣贤，绝大多数都跟随礼圣驻守天外，与神灵经常交手，再加上早年礼圣领衔、诸子百家祖师以及龙虎山天师等山巅修士联袂远游，天外厮杀一直不曾停歇。

其间造就出颇多人间异象，比如蛮荒天下出现两处禁忌重重的天漏之地，一在地势高耸的西北，一在好似天塌地陷一般的东南地界，前者经常火雨流星坠落大地，后者终岁暴雨，连绵不绝，大雨如注倾泻，几乎一年到头不见天日。

旧王座大妖绯妃，就是在其中一处，找到了后来成为甲申帐剑修的雨四。

在阿良出手之前，萧愻就已经率先提醒道："张禄，稍后等到真正打起来，阿良不会对你收手的，不然他就是找死，所以自己小心，给人上坟敬酒，总好过被人祭酒。"

萧愻早年在剑气长城担任隐官，就是出了名的没心没肺，她交朋友，就一个要求，谁看浩然天下不顺眼，她就与谁投缘。

在这件事上，阿良又是个例外。

大概是因为这个身为文庙圣人后裔的儒家子弟，实在太不像个读书人的缘故。

再加上阿良的剑修身份，以及他竟然能够在剑气长城一待就是百年，萧愻其实与他关系极好。

遥想当年城头，每逢大雪时节，就会有个邋里邋遢的汉子，双手提着小姑娘的两根羊角辫，美其名曰"提笔写字"。

可能这就像阿良自己说的，每个结局伤感的故事，都有个温暖的开头，每年的大雪隆冬，都是从春暖花开中走来。

张禄起身笑道："我又不是孩子了，知道轻重。今天的战场只有剑修，不谈朋友。"

这位曾经在剑气长城沦为看门人的大剑仙，拥有两把本命飞剑，一为倒影，一为支离。

萧愻站起身，一个跳跃，并未施展出金身法相，以真身迎向那份剑意，她跃入那条剑道显化的碧绿江河之中，抡起两条纤细胳膊，肆意出拳，搅碎剑意。

除了与左右那场从浩然天下打到天外的厮杀，萧愻在担任剑气长城隐官的岁月里,不但从未祭出本命飞剑,甚至都没有一把趁手的长剑,每次赶赴战场,连那剑坊的制式长剑都懒得用。

不过,今天不会,因为左右肯定会赶来战场。

老祖初升示意斐然不着急出手,老修士手持拐杖,数次轻轻戳地,每一次拐杖拄地,就是一种无上神通的施展,大道造化,随心所欲,壶天,禁气,魇祷……

流白幽幽叹息一声,身陷这样一个完全可杀十四境修士的包围圈,就算你是阿良,当真能够支撑到左右赶来?

下一刻,不见踪迹的阿良终于在战场现身,先有剑光才见人。

不是去找新妆,剑光直奔朱厌后脑勺道:"你他奶奶的,喜欢满嘴喷粪是吧,今天非教你吹牛如何打草稿!"

朱厌来不及撤去真身,便祭出一道秘法,以法相替代真身,哪怕脚踩山根,仍是再不敢真身示人,刹那之间缩回地面。

只见朱厌那颗法相头颅被一剑当场斩落,刚刚弹起些许,就又被下一道剑光当空斩碎。

新妆瞪大眼睛,绥臣沉声道:"找你来了!"

果不其然,一条剑光,并非笔直一线,而是刚好契合阴阳鱼阵图的那条曲线,一剑破阵。

阿良仗剑一步跨出,闯入云雾天地之中,一身剑意如铁骑凿阵,根本无视新妆第二道阵法禁制。

所幸新妆方才没有托大,立即运转大阵,阴阳颠倒,与绥臣更换小天地,互换位置。

绥臣背后剑匣自行脱落,化作一座远古阵图,这位飞升境剑修出现一尊三头六臂的金身法相,各持一剑。

手中只有双剑的阿良,也无半点剑术可言,就只是乱砍。

相较于绥臣的法相,阿良那一粒完全可以忽略不计的芥子身形,一次次递剑,剑光画弧,眼花缭乱,纵横交错,砍得绥臣的法相一次次领剑即后退。

最后一次出剑,阿良身形一闪而逝,直奔新妆而去。新妆刚刚再次运转阵法,绥臣便叹息一声,来不及提醒了。阿良重返原地,一剑直落,新妆心神震撼,毫无还手之力,只得以身上一件法袍替死,法袍蓦然大如云海,最终碎若散花,却不见新妆。

阿良面无表情,手腕拧转,倒持一把即将崩碎的长剑,剑尖往大地虚空随便一戳,那把长剑如仙人蹈虚,消逝不见。

下一刻,长剑就从新妆后背心处捅穿,将其身躯倾斜挑起,与此同时,一把长剑恰好崩碎,新妆的人身小天地当中,就像下了一场飞剑暴雨。

与剑修厮杀,就是如此,从不拖泥带水,往往是转眼间,就连胜负同生死一并分了。

阿良是跟山巅大修士打了无数交道，见多了乱七八糟的术法神通，在一剑伤及新妆大道根本之后，几乎同时，就震碎手中第二把长剑。碎剑无数，剑气冲天，在新妆那边聚拢，等于临时布起一座剑阵，困住新妆四周天地，你们谁有那本事，逆转光阴长河，随意，反正无法让新妆沿河倒流而走就是了。

所幸有那老祖初升掌心抵住拐杖，心声默念，不知祭出何法，护住了新妆性命不说，还让新妆能够暂时维持仙人境界，同时打散阿良的剑气残余，顺利缝补上了那座已经无法聚拢的阴阳鱼阵图。

阿良对此早有预料，早就习以为常，一人围殴一群人，自己吃点亏没什么。

双手按住腰间两把佩剑的剑柄，阿良再次从原地消失。

流白看得触目惊心，这就是真正放开手脚与人厮杀的阿良？

蛮荒天下的一处天幕，漩涡翻转，风起云涌，最终一股令人窒息的大道气息，缓缓降落人间。

不见飞剑踪迹，却是毋庸置疑的一把本命飞剑。

而蛮荒天下的北方，犹有一道剑光以匪夷所思的速度南下。

阿良左右，一竖一横，剑道剑术，共斩蛮荒。

京城火神庙，老宗师鱼虹不再看那个年轻女子，强行咽下一口鲜血后，这位终于坐稳武评第三的老人，大步走出螺蛳道场，原本渺小的身形渐大，在众人视野中恢复正常身高，老人最终站定，再次抱拳礼敬四方，顿时赢得无数喝彩。

这位大骊刑部一等供奉，哪怕不靠那一身名动京城的巅峰武学，只靠这个供奉身份，都足以在一洲山河横着走。经此一战，鱼虹在山上和江湖的威望，更是百尺竿头更进一步。

人群之中，有人默默抱拳，或是悄然作揖，礼送鱼虹。

他们都是旧朱荧王朝的遗民出身，后来或在大骊朝廷就职为官，或在京城讨生活，与那中岳山君晋青是差不多的处境。

今天他们来这自然要比一般看客多出一份复杂心思，朱荧王朝作为曾经东宝瓶洲中部国力最强的存在，和那些山河版图好似豆腐块大小的诸多大骊藩属不同，故而朱荧独孤氏是注定复国无望了。

至于此举会不会犯忌，这些人倒是都无所谓，大骊宋氏朝廷这点肚量还是有的，而支撑这份气度的，归根结底，自然还是国力。当年大骊铁骑一路从北往南，势如破竹，马蹄声响彻于南海之滨，各国山河皆成故乡，令人胆寒，深感畏惧，最终大骊王朝护住了一洲山河不至于陆沉破碎，又赢得了一份敬重。

同样是山巅境武夫的周海镜，暂时就没有这类官身，她先前曾与青竹剑仙开玩笑，让苏琅帮忙在礼、刑两部那边引荐一二,牵线搭桥,与那董湖、赵繇两位大骊中枢重臣说上几句好话。

不过苏琅心知肚明,这只是周海镜一贯的言语风格,当不得真。这场问拳过后,周海镜只是略输一筹,那么一个头等供奉身份,肯定是她的囊中之物了,说不定不等周海镜回到京城下榻处,兵部武选司或是礼部祠祭清吏司就会主动找到周海镜。

一想到周海镜选的地方,据说是她到了京城,一路随缘而走挑中的风水宝地,苏琅便倍感无奈。委实是过于寒酸了些,苏琅都无法想象,原来大骊京城也有那么遍地鸡屎狗粪,甚至路边就是猪圈的地方。先前去找周海镜,苏琅甚至是这辈子第一次走过暗娼窑子的门口,反正一条光线阴暗的狭窄巷弄,两边都是,躲都无法躲。当时苏琅找到周海镜后,她大笑不已,第一句话就是得赔偿青竹剑仙一双靴子。

此刻苏琅轻声问道:"周姑娘,你还好吧?"

"不太好,老匹夫下手贼重。"

周海镜伸手绕到后背心,揉了揉被鱼虹一肘砸伤处,哀怨不已:"半点不知道怜香惜玉。"

问拳一场,她那一脸精致妆容,已经都花了,至于那些早先堆积成山的发饰,都给鱼虹拳罡打得七零八落,可惜了,都是钱啊,要是能留下几件,就又能小赚一笔。

她恼火道:"下次问拳定要找回场子,等没这么多人观战了,看老娘我直奔下三路,到时候请你吃蛋炒饭。"

苏琅听得哑口无言,这位年龄相近却高出自己一个境界的女大宗师,多年不见,言语……风趣依旧。

周海镜钻进了车厢,掏出帕巾,呕出一大口淤血,收入袖中,她浑然不在意这点伤势,手指蘸了蘸口水,捻动几张票据,都是她先前在京城几大赌庄的押注。

屋顶那边,陈平安问道:"我去见个老朋友,要不要一起?"

宁姚瞥了眼远处街巷的那辆马车,道:"那个车夫?"

陈平安点点头,解释道:"叫苏琅,有个'青竹剑仙'的绰号,松溪国的江湖人,算是宋老前辈的半个邻居。"

苏琅如今既然有了个官身,又跻身了远游境,即便最后无法跻身山巅境,可只要苏琅没个大灾殃,至少还有百来年的寿命,所以将来肯定还是要跟那座山神祠,与宋凤山柳倩夫妇长久打交道的。

当年苏琅刚刚破境跻身七境武夫,正值宋雨烧金盆洗手退出江湖,作为一个晚辈的苏琅,其实已经赢了名声,却还是咄咄逼人,陈平安就给了苏琅一拳,将其打退回小镇,不过后来还是配合主动登门的苏琅,演了一场戏,给了对方一个台阶下,白送给苏琅偌大一份"山下剑术不输山上剑仙"的江湖名声。

老一辈的江湖规矩和人情往来，多半如此。

同在江湖，只要没结死仇，酒桌上就多说几句甘人之语。同路窄处，留一步与人行，将独木桥走成一条阳关大道。

宁姚看着陈平安。

陈平安立即心领神会，摇头笑道："我哪有那么多的怪话，就只是找苏琅平常叙旧。"

就像行走江湖，出门不露黄白。一般情况，陈平安不会轻易打开箩筐，泄露那份"家底"，通俗一点的说法，就是打人不打脸。

宁姚说道："那我就不去了。"

陈平安笑道："那我回去路上，买几样京师吃食。"

宁姚点点头，一闪而逝，凭空不见，悄无声息。

她其实知道陈平安还是挂心那场战事，就想要找点事情做做，分心就是散心。

所以就让他单独去见所谓的江湖朋友。

在官府各色衙役胥吏的虎视眈眈之中，众人有序离场，在一条僻静巷弄，马车缓缓停下，苏琅微微皱眉，眼前有一僧一道，堵住了去路，年轻道士，少年僧人，都是生面孔。

年轻道士自报名号，掏出了一块象征身份的道正院谱牒司玉牌，道："京师道录葛岭，有事找周姑娘商量，恳请周姑娘先下马车，再随贫道去往道观一叙。"

小和尚双手合十，道："小僧是译经局小沙弥。"

苏琅眯起眼，大骊崇虚局辖下的一名道官？

京城道正之下，分谱牒、词讼、青词、掌印、地理、清规六司，这个自称葛岭的年轻道士，掌管谱牒一司。

道录的上司，是京师道正，掌理京城道士的谱牒颁发、升迁贬谪，却管不着自己这位纯粹武夫，要是道正亲临，苏琅说不定还愿意礼让几分，虽说道正官品不高，到底还算手握实权，至于仅是一司主官的道录，芝麻官不说，与刑部衙门还有井水河水之分，真当自己那个刑部颁发的二等供奉身份，是个摆设虚衔？

苏琅腰别一截青竹，以彩线系挂一枚无事牌，二等，不低了。纯粹武夫，只有山巅境，才有机会悬佩一等无事牌。

大骊二等供奉，多是金丹境剑修、远游境武夫、元婴境练气士这三种人。除非军功极大，非剑修身份的金丹境练气士，都只能列为三等。

苏琅淡然道："有事说事，无事让开。"

葛岭笑道："是松溪国的青竹剑仙吧，贫道久仰大名，只是今天找周姑娘有事相商，不宜外人旁听，苏剑仙见谅个。"

小和尚轻声问道："剑仙？"

现在小和尚一听到什么剑仙,就一颗光头两个大。

这才几天啊,自己就已经给佛祖捐了两次香油钱。

这次邀请周海镜议事,是宋续的意思,问拳结束,就要正式邀请她进入地支一脉。

其实之前袁化境找过她一次,只是双方没谈拢,一来袁化境没有泄露身份,再者礼部、刑部的意思,也想借鱼虹试一试周海镜的武道斤两,看其到底有无资格补缺。

至于这个风流倜傥的赶车武夫,小和尚还真不认识,只认得那块无事牌。再说了,再英俊你能英俊得过陈先生?

地支一脉修士,十一位练气士,人人都是东宝瓶洲应运而生、取势而起的天之骄子,大半修士都不是大骊本土人氏,大骊朝廷对他们寄予厚望,向他们倾斜了无数财力物力,还耗费了不少山巅香火情。最大的依仗,除了各自的修士境界和天赋神通,还有冥冥之中的一洲气运,而唯一的缺陷,就是厮杀一事太过依赖人数的完整。

这次与周海镜碰头,不只是小和尚惴惴不安,女鬼改艳、苦手他们几个都是如出一辙的忧心忡忡,最后还是余瑜帮忙说出所有人的心声:"能够补足最后一人,实力暴涨不假,可是老话说得好,事不过三,咱们不会再去找隐官大人的麻烦了吧?"

宋续当时玩笑道:"我和袁化境肯定都没有这个想法了,你们要是气不过,心有不甘,一定要再打过一场,我可以硬着头皮去说服袁化境。"

这会儿苏琅神色不悦道:"我不管你们什么崇虚局、译经局,给我让路!"

仗着有点官府身份,就敢在自己这边装神弄鬼?

葛岭有些为难,其实最适合来这边邀请周海镜的人,是宋续,毕竟有个二皇子殿下的身份,不然就是境界最高的袁化境,可惜后者开始闭关了。

周海镜听见了外边的动静,运转一口纯粹真气,使得自己脸色惨白几分,她这才掀开帘子一角,笑容妩媚道:"你们是那位袁剑仙的同僚?怎么回事,都喜欢鬼鬼祟祟的,你们的身份就这么见不得光吗?不就是刑部秘密供奉,做些台面底下的腌臜活计,我晓得啊,像是江湖上收钱杀人、替人消灾的刺客嘛,这有什么没脸见人的,我刚入江湖那会儿,就在这一行当里边,混得风生水起。"

周海镜自顾自说道:"可惜我这点武夫境界,难入山上高人的法眼,不敢奢望什么大骊头等供奉,可要说二等供奉,还是有点机会的。再说了,我可信不过你们,万一是那拐卖良家女子的江湖惯犯,回头我吃了个天大的闷亏,你们个个地头蛇,我一个无依无靠的外乡女子,能找谁诉苦去?"

苏琅等到周海镜说完,就要继续驾车,既然不让路,有本事就拦着。

反正江湖历练,神仙道侣,就缺一场患难与共,今天机会难得。

何况在这京城之地,苏琅还真不怕与这些三教中人的练气士起冲突,他最大的依仗,甚至都不是刑部无事牌,而是大骊随军修士的身份。

葛岭叹了口气，看来只能多喊几个人过来，才能请得动这位周姑娘的大驾了。

小沙弥语重心长道："陈先生说过，凡事恭谦有礼，不可盛气凌人。"

一个温醇嗓音在小和尚身后响起："不，我没有说过。"

小沙弥立即侧身，双手合十，低头道："陈先生最擅长给人赠送吉言良语，暂时没说过，以后会说的。"

葛岭转身，与来者打了个道门稽首，神色恭谨，道："见过陈先生。"

陈平安抱拳还礼，笑道："我这趟来是找朋友叙旧，你们忙正事便是。"

然后补了一句："回头我可能会去译经局和道观做客，希望不要耽误你们修行。"

小沙弥一边点头，一边琢磨着又得去找座寺庙捐香油钱了。

出家人，心疼钱做啥嘛。

葛岭诚心笑道："欢迎之至。"

到时候可以与陈剑仙虚心讨教几手符箓之法。

苏琅立即停下马车，再不敢往前冲去。

因为他认出了对方身份。

周海镜刚要放下帘子，这时也停下动作，一双水润的桃花眸子，瞬间眯成一线，望向那个站在小光头身边的青衫男子，约莫是小和尚个头太矮，显得那男人身材尤其修长。

女子加上山巅武夫的双重直觉，让她意识到眼前这个从小巷高处飘然而落的不速之客，绝对不好惹。

大骊武神宋长镜，风雪庙大剑仙魏晋，真境宗上任宗主韦滢……都不对。

奇了怪哉，何方神圣，竟然能够让自己感觉完全打不过、干不翻？

陈平安暗自点头，这位周宗师果然是同道中人，勤俭持家，都不舍得在镜花水月一事上有开销。

苏琅神色微变，心情复杂至极，迅速收敛心神，聚音成线，与周海镜出声提醒道："周姑娘，小心此人，他就是那个问剑正阳山的陈平安！"

那场声势浩大的正阳山庆典，苏琅当然没有错过，通过镜花水月欣赏过那场观礼和问剑，也第一时间就认出了那位多年未见的青衫剑仙。

所以苏琅跟朦胧山是同样的尴尬处境，只是相较于后者，这位青竹剑仙略好几分，当年那场剑水山庄附近的风波，双方虽然不算什么好聚好散，可到底没有就此结仇。

周海镜听到"陈平安"这个名字后，神采奕奕，忍不住多打量了几眼那位如今东宝瓶洲最负盛名的年轻剑仙，极有可能还是浩然天下最年轻的一宗之主，惹不起惹不起，一个能让袁真页出拳在身如挠痒的剑修，招惹他作甚，只会亏钱的。

她立即放下帘子，将车厢里边的大小物件打包，斜挎个大包裹，低头弯腰走出车厢,就要跳下马车:"那我就随葛真人走一趟,苏先生,劳烦你帮忙看顾马车了啊。"

江湖水深,淹死胆大的;山上风大,吹散神仙风流啊。

葛岭笑道:"我来帮忙驾车就是了。"

苏琅犹豫了一下,下了马车。

陈平安侧过身,站在墙根那边,给马车让路。

周海镜坐回原位,然后掀开车壁一旁的窗帘,笑问道:"陈剑仙,容我多嘴问一句啊,咱俩没啥七拐八拐的怨怼吧?"

陈平安笑着点头道:"素未谋面,无冤无仇。倒是先前遥遥观战,与周先生学了几手拳招,受益匪浅。"

周海镜眯眼而笑,天然妩媚,抬起手臂,轻轻擦拭脸颊上边的残余脂粉,道:"就是这会儿我的模样丑了点,让陈剑仙见笑了。"

陈平安摇头说道:"不会。"

周海镜心中狐疑,先生?自己可是个娘们,如此称呼一个婆姨,不合适吧。

这些个山上修士,真是怪得很。

只是不能露怯,老娘是小地方出身,没读过书怎么了,奈何模样好看,就算自己是一本书,男子也只会抢着翻书。

她认定那个年轻剑仙,多半是大骊豪阀世族的出身了。呵,甲族子弟,看着就烦,白瞎了那份皮囊和气度。

马车缓缓驶出巷弄,车辖辘声响渐渐远去。

陈平安转身笑道:"恭喜苏剑仙破境。"

苏琅立即抱拳道:"大骊供奉苏琅,有幸重逢陈宗主。"

听着苏琅的自我介绍,陈平安哑然失笑,自己又没眼瞎,那么大一块刑部牌子,还是瞧得见的。

苏琅当然紧张万分,只是这些年自己与宋雨烧再无瓜葛,照理说,陈平安不该找自己的麻烦。只是这类偶尔下山、嬉戏人间的剑仙,实在性情难测,仙迹缥缈,每次出手,只凭心情,不问是非,往往就是剑光直落,头颅滚滚。

不幸中的万幸,就是如今的东宝瓶洲,对这些个目无法纪、傲视王侯的修道之人约束极多。而且苏琅在被大骊刑部招徕之后,做过几桩秘密行事,针对的就是几拨自以为行事隐蔽的犯禁修士。

不过这会儿最伤人的,还是周海镜就这样将自己一人晾在这边,女人啊。

陈平安从袖中摸出一块无事牌,道:"巧了,与苏剑仙是半个同行。"

苏琅瞥了眼那块无事牌,竟是一枚三等供奉无事牌……只比候补供奉稍高一等。

苏琅难免有些臊得慌。

陈平安倒是没想要借机调侃苏琅，不过是让他别多想，别学九真仙馆那位仙人云杪。

两人一起并肩走在巷中，陈平安笑问道："我这些年远游异乡，久不在东宝瓶洲，刚刚回，宋老前辈的剑水山庄如何了？"

苏琅小心翼翼地打腹稿，字斟句酌道："当年一别，我就再不曾去过宋前辈的山庄，只听说他让出了祖业山庄，搬去了梳水国边境。如果不是参加了几场大渎战事，后来又闭关，之后就来了京城，我其实应该去为柳夫人的那座山神祠道贺的。听江湖朋友说过，宋前辈这些年身子骨还硬朗，走过几趟江湖，经常外出散心，这是好事，等到闲下来，下次返乡，理当补上那份贺礼。"

陈平安始终神色和悦，就像是两个江湖老友的久别重逢，只差各自一壶好酒了，他点头笑道："是该如此，苏剑仙有心了。江湖故人，别来无恙，怎么都是好事。"

苏琅原本紧绷的心弦松弛几分。

"对了，松溪国离着梳水国和彩衣国都近，苏剑仙有无听说过彩衣国胭脂郡出身的刘家？"

"陈宗主是说那位刘老尚书，还是刘高华刘高馨兄妹二人？"

刘高馨本是神诰宗嫡传弟子，只是运道不济，在那场大战中受伤极重，大道无望了，之后就没有返回宗门，只是居家修行。刘高华虽是凡夫俗子，在苏琅眼中，却更加不容小觑，因为他有个大骊陪都的官员身份。

陈平安说道："都是故交好友。"

苏琅立即懂了。

好像记起一事，陈平安拿出一壶百花酿，递给苏琅："劳烦苏剑仙，帮忙将此物转交给刘仙师，我就不与苏剑仙说什么道谢的客气话了。"

苏琅双手接过那壶从未见过的山上仙酿，笑道："小事一桩，举手之劳，陈宗主无须道谢。"

苏琅早已心中有数，将来自己衣锦还乡之际，就顺路拜访梳水国宋雨烧、彩衣国刘家。再以后，也简单，不用频繁往来，只需对双方暗中照拂几分即可。

陈平安与苏琅走到巷口那边，率先停步，说道："就此别过。"

苏琅抱拳告辞，突然一个没忍住，问道："敢问陈宗主如今是多大岁数？"

陈平安笑道："不到一百。"

苏琅感叹道："陈宗主真是剑道一途的天纵奇才，在晚辈看来，丝毫不输风雪庙魏大剑仙。"

陈平安笑着没说话，这位青竹剑仙，难怪能跟周海镜凑一堆去，一个不看镜花水月，一个不看山水邸报。

马车那边,周海镜隔着帘子,打趣道:"葛道录,你们该不会是宫中供奉吧,难不成是陛下想要见一见民女?"

侧坐葛岭身边的小沙弥双腿悬空,赶紧佛唱一声。

一车厢的脂粉香气,从那挂紫竹帘子浅浅渗出,熏得小和尚都快晕头转向了。

葛岭驾车娴熟,父辈是逻将出身,年少时就熟谙弓马,微笑道:"周宗师说笑了。"

小沙弥羡慕不已:"周宗师与陈先生今儿萍水相逢,就能够被陈先生敬称一声先生,真是让小僧羡慕得很。"

周海镜打趣道:"一个和尚,也会计较这类虚名?"

小沙弥立即使劲摇头道:"可当不起'和尚'称呼,小僧尚未受戒圆具呢。"

宁姚回了客栈,结果看到了两个意料之外的人,笑问道:"你们怎么来了?"

裴钱,手持行山杖。曹晴朗,一袭儒衫。

裴钱笑道:"先前得了师父的飞剑传信,说要在这边逗留约莫半月光阴,小师兄就让曹晴朗来这边参加个婚宴,说师父不合适露面,曹晴朗的身份比较适合,我就跟着来这见师父师娘。"

曹晴朗作揖道:"学生曹晴朗,见过师娘。"

他偷偷松了口气,裴钱总算没有二话不说就是一个跪地磕头砰砰砰。

直起身,曹晴朗解释道:"裴钱此行陪我入京,是小师兄为了防止意外。再就是我要与翰林院,正式辞官卸任。"

离开东宝瓶洲,南下桐叶洲选址下宗。

本来按照小师兄的意思,是保留翰林修撰身份,反正小师兄自有手段。

不过曹晴朗没答应,光领俸禄不做事,衙门点卯都不去,终究于礼不合。欲正其心,先诚其意。作为文圣一脉的读书人,需要以"意诚"二字作为行事准绳。

宁姚点头:"你们师父要见个江湖朋友,等会儿才能回来。"

她与老掌柜借了两条长凳,坐下后,宁姚随即问道:"火神庙那场问拳,你们怎么没去看看?"

裴钱赧颜答道:"还是在这等着师父要紧。"

曹晴朗坐在另外那条长凳上,一直没有说话。

街上来了个蹦蹦跳跳的少女,临近客栈,立即稳重了几分。

少女不与宁师父客气,她一屁股坐在宁姚身边,疑惑问道:"宁师父,没去火神庙看人打架吗?过瘾过瘾,打得确实比意迟巷和篦儿街两边毛孩子的拍砖、挠脸好看多了。"

宁姚笑道:"去了,就是人太多,加上去得晚了,没能占个好地儿,看不真切。"

少女愧疚道:"怪我怪我,一大早就出门了,担心被我爹拦着,就没喊宁师父。我跟几个江湖朋友占了个大好地盘!"

她坐在宁姚身边,叽叽喳喳个不停。

"那个周女侠,可漂亮了!

"鱼老神仙,真是名不虚传,简直就是书上那种随便送出秘籍或是一甲子内功的绝世高人,宁师父先前瞧见了吧,从天上一路飞过来,随便往擂台那儿一站,那高手气势,那宗师风范,简直了!

"真不知道排名比他们还要高的裴钱,裴大女侠,是怎么个厉害,肯定一瞪眼,就能让与她对敌之人,当场肝胆欲裂,吓出内伤!

"我听说裴女侠年纪不大的,是百年不遇的练武奇才,拳脚功夫早已出神入化,一身正气。宁师父,你也是闯荡江湖的女侠,有没有那个荣幸,远远看过裴女侠一眼?"

宁姚忍住笑:"你觉得呢?"

少女想了想,安慰道:"没事没事,我也没见过。"

裴钱面无表情地坐在宁姚另外一边,听得脑壳儿疼。

幸好师父不在。

也幸好兼职耳报神和传话筒的小米粒没跟着来京城,不然回了落魄山,还不得被老厨子、陈灵均他们笑话死。

曹晴朗始终端坐在另外一条长凳上,双手握拳轻放膝盖,目视前方。

笑容和煦,谦谦君子,气态沉稳,不过如此。

宁姚转头对裴钱笑道:"你师父先前想收刘姑娘为弟子,刘姑娘没答应。"

裴钱身体前倾,对那个少女微微一笑。

少女眨了眨眼睛,瞥了眼裴钱手边那把斜靠长凳的兵器,信心十足,可以一战!

干吗,替你师父打抱不平?那咱俩按照江湖规矩,请宁师父让出座,就咱俩坐这儿搭搭手,事先说好,点到即止啊,不许伤人,谁离开长凳就算谁输。

裴钱微笑不语,好像只说了两个字:"不敢。"

你听得懂我说话?

不懂。

双方就这样用眼神交流,而且双方都看得明白。

裴钱有些好奇,哪来的憨憨?想了想,她就迅速瞥了眼少女的心境。愣了片刻,裴钱立即收起打量的眼神。

少女心境中的那个小女孩,与表面上开朗活泼的少女完全不同。

陈平安与苏琅分别后,很快就回到客栈,看见了开山大弟子和得意学生,也很意外。

裴钱和曹晴朗同时起身。

陈平安快步走来,笑着朝两人摆摆手。

这一幕看得少女暗自点头,多半是个正儿八经的江湖门派,有点规矩的,这个叫陈平安的外乡人,在自家门派里头,好像还挺有威望,就是不知道他们的掌门是谁,年纪大不大,拳法高不高,打不打得过附近那几家武馆的馆主。

而且看那个年轻人,很有书生气,都赶上意迟巷那些读书种子了。

她更加笃定,宁师父所在门派,不是那种野路子。

陈平安坐在曹晴朗身边,问道:"你们怎么来了?"

裴钱抿起嘴,没敢笑。

师父与师娘是一模一样的开场白。

曹晴朗就又给先生解释了一遍。

陈平安想了想,问道:"先前崔东山有没有说过,为什么建议你保留翰林院编修官的身份。"

曹晴朗摇头道:"小师兄没说,约莫是见我执意辞官,就收回言语了。"

陈平安转头说道:"那就先不着急辞官,裴钱,再飞剑传信一封,与崔东山问一下详细缘由。"

曹晴朗听出了言下之意,轻声问道:"先生是与小师兄一样,也希望我保留大骊官身?"

陈平安双手笼袖,笑呵呵道:"废话,我们文圣一脉,虽说如今赵繇在朝廷里边的官身最高,当了个刑部侍郎,可他不是清流出身啊,路子不正,属于朝廷不拘一格拔擢人才。你不一样,你是最名正言顺的一甲三名出身,你要是辞了官,以后先生跟人吹嘘,就要失去一半功力。"

曹晴朗无言以对。

陈平安伸出一只手,一拍曹晴朗肩膀,道:"没来京城的时候,还不觉得有什么,结果真到了这边,尤其是逛过了南薰坊那边的衙署,才发现你没有考中状元,未能大魁天下,先生还是有点失落的。"

林君璧那小子如今都当上邵元王朝的国师了。

没事,自己的学生,很快就是浩然九洲年纪最轻的一宗之主了,后无来者不好说,注定前无古人。

先前陈平安与先生专门聊过此事,都觉得破例行事不太妥当,因为曹晴朗离跻身玉璞境还早,那就给个落魄山下宗的代宗主身份。

曹晴朗越发无奈:"学生也不能再考一次啊。而且会试名次可能还好说,但是殿试,没谁敢说一定能够夺魁。"

陈平安笑道:"我见过那个苟趣了,你们俩交朋友的眼光都不错。"

曹晴朗有些担忧,只是很快就放心了。

第十章 共斩蛮荒

担忧的是荀趣会被卷入大骊朝廷的官场是非,只是先生做事情,有什么可担心的,哪怕是件坏事,都可以变成好事。

宁姚以心声问道:"还是不放心蛮荒天下?"

陈平安嗯了一声,双手笼袖,身形佝偻起来,神色无奈道:"很难放心啊。"

宁姚问道:"那我们走一趟剑气长城?"

陈平安疑惑道:"京城这边?"

其实他去了剑气长城也帮不上什么忙,真要掺和,只会帮倒忙。

但是哪怕就近看一眼也好,不管是剑气长城遗址,还是被文庙命名为天目、黥迹、神乡和日坠的四处归墟,或者是浩然天下打造出来的秉烛、走马和地脉三座渡口,都随便。

宁姚说道:"想这么多做什么?你与那个矮冬瓜约定一句,大不了让裴钱给皇宫捎句话,就说你不在京城的日子,不计入那一旬光阴就行了。就算她不答应,关你屁事。"

陈平安眼睛一亮,可行啊。

不料宁姚刚起身,就重新落座,道:"算了,你赶路太慢,说不定你还在半路上,山水邸报就有结果了。"

陈平安目瞪口呆,揉了揉下巴,难不成等先生回来,再让先生求一求礼圣?自己求,不妥当,还是得让先生出马。

蓦然间,客栈门口出现了两位读书人的身形,都是从文庙跨洲远道而来,一个年老,一个中年,后者微笑道:"赶路太慢?倒也未必。说吧,想要去哪里。"

从中土文庙返回的先生,果真带了礼圣一起赶来东宝瓶洲。

陈平安他们几个都立即起身,曹晴朗与先生一起作揖行礼,裴钱看到了师娘抱拳致礼,就有样学样,不然给人作揖,挺别扭。

唯独客栈少女有点尴尬,只得跟着起身,左看右看,最后选择跟宁师父一起抱拳,都是不拘小节的江湖儿女嘛。

方才她正纳闷着呢,这都什么武林门派啊,说话没声的,难道是江湖上失传已久的传音入密?

少女再顺藤摸瓜那么一琢磨,莫非宁师父的这个帮派,其实是一窝的绝顶高手?

不承想这会儿又跑出个读书人,她一下子就又心里没谱了,宁师父到底是不是出身某个躲在犄角旮旯的江湖门派?

宁姚摸了摸少女的脑袋,笑道:"你先回客栈,保证不会偷你家的长凳。"

少女嗯了一声,留这儿也没啥意思,她独自跨过门槛,进了客栈就趴在柜台那边,与爹小声说道:"爹,外边新来了个不认识的读书人,个儿蛮高,瞧着还挺有书卷气,说不得就是个当大官的进士老爷呢。"

老掌柜正在小菜就酒翻书看,都懒得转头看一眼门外,笑道:"意迟巷的读书人还少了?"

客栈门外,礼圣对曹晴朗笑道:"难得。"

曹晴朗再次作揖。

老秀才与关门弟子,都只当没有听出礼圣的言外之意。

除了曹晴朗是难得的读书种子之外,文圣一脉难得出了位不像文圣一脉的读书人。

礼圣转头望向裴钱,说道:"看一看无妨。"

裴钱摇摇头,她哪敢随便看礼圣的心境气象。

礼圣最后对宁姚说道:"只要你还是五彩天下的第一人,那么有些不成文的规矩,至少在浩然天下这边,你就必须遵守。等你回了五彩天下,哪怕天塌下来,我都不管,因为我和文庙,一样需要遵守某些规矩。宁姚,切记任何一位山巅强者的任何一次随心所欲,不管出发点是好是坏,对我们所处的这个世道,都存在着一种巨大的冲击,很多无形中的影响,可能会持续千百年。"

没有语重心长,没有疾言厉色,甚至没有敲打的意思,礼圣就只是以平常语气,说个平常道理。

宁姚默不作声。

老秀才轻轻咳嗽一声,陈平安立即开口问道:"礼圣先生,不如去我师兄宅子那边坐会儿?"

礼圣点头道:"好的。"

一行人去往那条小巷,礼圣一路打量着大骊京城的街道,确实是多年不曾踏足东宝瓶洲了。

陈平安问道:"礼圣先生,能不能不送我和宁姚去往蛮荒天下,只帮我和宁姚从某地返回浩然天下即可。"

同样是只让礼圣出手一次。

"某地?不就是托月山吗?"

礼圣笑道:"靠那三山符,跨越两座天下,亏你想得出来,伤势本就没有痊愈,如此作为,只会雪上加霜,是打算在托月山先睡几天,让宁姚跟托月山看守山门的大妖打个商量,等你休息好了,再由着你和宁姚一起拆人家的祖师堂?真有这样的好事,我自己去托月山就行了,都不用让他们等个两三天,给我半炷香工夫就成。"

陈平安点点头,毫不犹豫就放弃了这个念头:"明白了。"

关于此事,陈平安之前在宁姚提议走一趟剑气长城的时候,就已经在心中迅速有过一场估算,如今看来误差极大,问题还是出在自己低估了三山符跨越两座天下的后遗症，以及托月山禁制。既然礼圣给出了这个最终结果，陈平安就可以倒推三山符的效果，甚至可以粗略计算两座天下如今通过那道大门的难度，以及四处归墟通道的衔接程度。

礼圣在街上缓缓而行，继续说道："不要病急乱投医，退一万步说，就算托月山真被你打烂了，阿良所处战场还是该如何就如何，你不要小觑了蛮荒天下那拨山巅大妖的心智才略。

"我不是否认你担任隐官的功劳，只不过就事论事，当年你主持避暑行宫一切事务，隐官一脉的发号施令能够那么畅通无阻，很大程度上是因为你得了老大剑仙无处不在的庇护。老大剑仙将他万年以来的道理，都给了你这位末代隐官。换成是山下朝堂，哪怕是在文庙，不管谁为你撑腰，你都绝对无法复刻此事。

"除此之外，你有没有想过，托月山说不定真正在等的人，除了阿良，还有你，甚至还有宁姚？"

陈平安只是一字不漏听着。

老秀才抚须而笑。

礼圣从来不是那种吝啬言辞的人，事实上只要礼圣与人说理，话都不少的，但是咱们礼圣一般不轻易开口啊。

老秀才与宁姚心声说道："宁丫头，别生气，犯不着，礼圣为人处世，一直如此，死板得很。用某人的话说，何谓自由，就是我们下雨天出门，手里边有把伞，唯一的不自由，就是得撑着伞，别走出伞之外。"

宁姚嗯了一声。

至于某人是谁，不用猜。

礼圣说道："停水镜一事，我们到了宅子里边再说。"

到了小巷口，老修士刘袈和少年赵端明，这对师徒立即现身。

陈平安指了指裴钱和曹晴朗，解释道："我的弟子学生，都不是外人。"

刘袈横移两步，挡在小巷中间，指了指那个中年儒士，与陈平安问道："等会儿，这位呢？"

你小子跟我装蒜，想捣糨糊？想要蒙混过关，没门。

陈平安有些尴尬，师兄真是可以，找了这么个铁面无私的看门人，当真半点官场规矩、人情世故都不懂吗？

自己带头先行领路，先生陪着礼圣并排走在后边，再后边才是宁姚、裴钱和曹晴朗。

都这架势了，你刘袈还是看不出个轻重深浅？

礼圣倒是毫不介意，微笑着自我介绍道："我叫余客，来自中土文庙。"

刘袈想了想，摇头道："没听过。不管你是谁，别怪我不近人情，要是觉得我狗眼看人低，随你，反正我这边规矩摆着，除了崔先生这条文脉的读书人，或是大骊朝廷里边办正事儿的人，两者之外，谁都别想进这条巷子。"

中土文庙了不起啊，没几只好鸟。

早年崔国师黯然返乡，重归家乡东宝瓶洲，最终担任大骊国师，归根结底，不就是给你们文庙逼的？

陈平安倍感无力，其实是故意给这位刘老仙师一个与礼圣攀近乎的机会，随便问个话，客套几句，刘袈倒好，拦人拦上瘾了？

少年赵端明靠着墙壁，嗑花生看热闹。

结果发现自己的陈大哥在朝自己使劲使眼色，偷偷伸手指了指那个儒衫男子，再指了指文圣老先生。

赵端明不愧是天水赵氏子弟，立即回过神，牙齿打战，与自己师父以心声道："师父，他好像是……礼圣。文庙礼圣！"

要是没有文圣老先生在场，再有陈大哥的暗示，少年打死都认不出来。谁敢相信，礼圣真的会走到自己眼前？自己要是这就跑回自家府上，信誓旦旦说自己见着了礼圣，爷爷还不得笑呵呵来一句，傻小子又给雷劈啦？

作为一位上柱国姓氏子弟，尤其是男子，大小文庙都没少敬香，认不出文圣老爷很正常，实在是真人容貌与挂像差得有点远了，再者文圣的神位、挂像还被撤掉了百余年，但是礼圣不一样啊，一年又一年地挂在各个文庙里，就那么陪着至圣先师。

老修士绷着脸，大手一挥，横移数步，让出道路。

等到一行人步入小巷，都快走到宅子门口那边了，少年才舍得转头收回视线，发现自己师父一直面朝街道，眼神呆滞，那叫一个汗如雨下。

最后师徒二人一起蹲在巷口，老修士甚至破例主动给了少年一壶酒，然后一起默默喝酒。

"师父。"

"干啥？"

"真别说，你老人家真是一条汉子，以前总觉得你吹牛，不是年少英俊，仰慕你的女侠仙子无数，就是为人硬气，能让国师都要高看一眼，这会儿我看八成都是真的了，以后你再唠叨那些老皇历，我肯定不会当作耳旁风了。"

"闭嘴，喝你的酒。"

"师父，我觉得吧，照目前这个情形发展下去，下次咱俩拦的人，得是至圣先师了吧？"

"滚一边去！"

"师父你跟我急眼作啥啊,亏得我提醒你这是礼圣。"

"来点盐水花生。"

人云亦云楼外边的庭院,小院幽静,寻常材质的青石板,院子两边角落,分别栽有几丛翠绿欲滴的芭蕉,一棵孤零零的老瘦梅树,不曲不欹,直而无姿。

四人围坐石桌,辈分最小的曹晴朗和裴钱就站着。

曹晴朗站在自己先生身后,裴钱则站在师娘身边。

陈平安取出了一坛百花酿和四只花神杯。

礼圣笑道:"竟然是百花酿,好多年没喝上了。"

老秀才起身道:"平安,你坐着,坐着就好了,我来为礼圣倒酒。"

"先生,这种事情我来做就行了。"

"不用不用,你好不容易回了家乡,还是每天殚精竭虑,半点没个闲,替太平山看守山门,跟人起了冲突,连仙人都招惹了,多吃力不讨好的事儿,还要帮着正阳山清理门户,换一换风气。一趟文庙之行,都不说别的,只是打了个照面,就入了郦老夫子的法眼,那老古董是怎么个眼高于顶,怎么个说话带刺,说实话,连我都怵他。如今你又来这大骊京城,帮忙梳理脉络,力所能及地查漏补缺,结果倒好,给恩将仇报了不是,就没个片刻省心的时候,先生瞧着心疼,要是再不为你做点鸡毛蒜皮的小事,先生心里边,不得劲!"

礼圣看着争执不下的两位,微笑道:"不如我来倒酒?"

至于老秀才的阴阳怪气和含沙射影,习惯就好。早年文庙议事,老秀才可没少说,反正一条文脉就他一人在场,随便喷唾沫,都没个误伤的顾虑。

老秀才悻悻然坐回位置,由着关门弟子倒酒,依次是客人礼圣,自家先生,宁丫头,陈平安自己。

喝酒之前,礼圣说道:"稍等片刻,回去两趟。"

老秀才急匆匆道:"礼圣何必如此。"

只是电光火石之间,老秀才就只有一声叹息,再不言语什么。

阻拦个屁啊,就只是这么个眨眼工夫,礼圣其实"回去"皆已做成,最终回到了"当下"。

逆流光阴长河,推本追源,溯洄从之,道阻且长,是谓"回"。

沿着光阴长河,同一方向,顺水远游,快过流水,是为"去"。

礼圣微笑道:"并无遗患,你很小心。"

既然说的是那个粹然神性的陈平安,当然就是说眼前这个陈平安了,其实并无两样。

陈平安起身作揖致谢道:"辛苦礼圣先生了。"

老秀才小心翼翼问道:"礼圣,方才去了多远?"

这可不是什么小事!

礼圣说道:"不用担心,不算远。"

老秀才开始施展一门连关门弟子都未学走的成名绝学——耍无赖:"别跟我整这些虚的,说,到底走了多远!"

礼圣转头望向陈平安,以眼神询问,好像答案就在陈平安那边。

陈平安又无法装傻,只得硬着头皮给出心中答案:"禅宗有言,说似一物即不中。"

就像陈平安家乡那边有句老话,与菩萨许愿不能对外人说,说了就会不灵验,心诚则灵,有求必应。

老秀才双手举起酒杯,满脸笑意:"那我先提一个,礼圣,一个人喝酒没啥意思,不如咱哥俩先走一个,你随意,我连走三个都没事。"

好好一顿原本谁都不会劝酒的酒,愣是给老秀才折腾出了一股子江湖草莽气。

礼圣真就随意了,只是举杯抿了一口酒,老秀才伸长脖子,等了等,算了算了,礼圣酒量不行,自己就别瞎客气了,跟着抿了口酒,这可是自己关门弟子好不容易挣来的酒,悠着点喝,回头自己那几壶百花酿,得送出手才行。

陈平安问了一个天大的问题:"先前在客栈那边,他是不是已经见过礼圣了?"

礼圣点了点头。

陈平安彻底无语。

这种事情,还怎么算那先后顺序?

按照那位许夫子的说文解字,上下四方谓之宇,往古来今谓之宙。佛家则有那十方无量无边世界的说法。

道祖曾言有物混成,先天地生,不可描述,强字之曰道。陆沉那家伙就直接说道在蝼蚁、杂草、屎溺中。

礼圣喝了口酒后,冷不丁说道:"如果想要跻身十五境,就需要彻底超脱一切因文字而起的大禁锢。"

老秀才一口酒水喷出来。

陈平安越发怔怔无言。

宁姚若有所思。

曹晴朗和裴钱对视一眼,一个满脸忧虑,一个神色自豪,前者轻轻摇头,后者瞪了他一眼。

礼圣准备起身离开东宝瓶洲,顺便护送陈平安和宁姚去往剑气长城遗址。

蛮荒大祖的那场"兵解"散道,后遗症太大,需要他一点一点抽丝剥茧。

老秀才赶紧擦嘴,拉住对方的胳膊,道:"才喝了一杯酒就走,不给面儿?再聊聊,只是多聊几句,耽误不了什么,再说了,我的嫡传再传都在呢,多少给我留点面子。"

陈平安立即给礼圣倒了一杯酒,因为心中还有不少疑惑,想要借机问一问礼圣。

宁姚、裴钱和曹晴朗,都默然。

一般人真要面子,都不会这么开口吧。

礼圣只得重新落座。

陈平安心声问道:"先生,礼圣的真名,姓余,是恪守的恪,还是客人的客?"

关于礼圣的名字,书上是没有任何记载的,陈平安之前也从没听人提起过。

礼圣说道:"是后者。"

陈平安有些赧颜。在礼圣这边,心声不心声的,确实意义不大。

礼圣笑道:"恪守规矩?其实不算,我只是负责制定礼仪。"

陈平安喝了口酒。

类似言语,大概就像阿良说我吹牛,宁姚说剑需要练吗,火龙真人说自己道法一事,略懂一二,老大剑仙说自己在剑气长城,说什么都不作数的。

给先生倒过了一杯酒水,陈平安问道:"那只飞升境鬼物在海中打造的墓穴,是不是古书上记载的'悬冢'?"

这种陵墓往往独属于远古帝王,里边机关重重,既不羽化飞升,又不入黄泉幽冥,就像一种另类的"不死",既得到了长生不朽,又不受任何大道约束。只是在浩然天下,历来只见文字记载,已经数千年不曾出现过实物,以至于连山上修士都只当作是一种神怪志异的无稽之谈。

礼圣点头道:"确是如此。"

陈平安抬头看了眼天幕。

那个文海周密,就是这般阴魂不散。

被宁姚寻出踪迹的这只飞升境鬼物,肯定是蛮荒天下一颗埋藏极深的棋子了,比如在浩然天下大举攻伐蛮荒天下之际,蓦然打碎某条归墟航道,除了修士、渡船和兵马折损之外,这对于浩然天下的人心,本身就是一个近乎致命的重创,换成任何一位练气士,都会内心惴惴。

到了蛮荒天下战场的山上修士和各大王朝的山下将士,都要担心退路,尚未赶赴战场的,更要忧心安危,能不能活着见着蛮荒天下的风貌,好像都说不准了。

只是更可怕的,还是周密"万一"早就算到了这个结果,至于最可怕的,自然就是文海周密的故意为之,不惜挥霍掉一只飞升境鬼物的性命,也要让从浩然天下去往蛮荒天下,走得更加安全、安稳、安心,觉得再无半点顾忌和隐忧。

陈平安在宁姚这一向有话说话,所以这份忧虑是与宁姚直说了的。

宁姚的答案再简单不过,我只负责对不顺眼的人事出剑,后边的事,我管不着,你愿意想就多想想,不愿意想,就跟文庙打声招呼,让他们想去。

陈平安当时笑着答应下来,说力所能及想一想,再多,也就不想了。

大概也是因为只有这样的宁姚,才会让陈平安说起心思、心事,从无忌讳。

天底下所有的心思,不能只收不放,不然每个人间多思多虑、思虑周全之人,可能都是一张张苦瓜脸。

陈平安问道:"文庙有类似的安排吗?"

礼圣笑道:"当然,来而不往非礼也。"

最后陈平安问了一个深藏心底多年的问题:"当年剑气长城那场十三之争,中土阴阳家陆氏,到底有没有包藏祸心?"

当时蛮荒天下和剑气长城各自派出十三人,捉对厮杀。

萧愻,陆芝,宁姚父母,岳青,米祜,张禄,姚冲道,李退密……

双方名单都是固定且挑明的,双方的纸面实力,大致相当,关键就看次序。

在位次安排一事上,最后证明是极其不利于剑气长城的剑修的,简直就是步步落入蛮荒天下的圈套。

比如宁姚父母合出阵,还有大剑仙张禄输给绶臣,如果不是阿良垫底出战,剑斩一只飞升境大妖,剑气长城就会满盘皆输。

陆氏一位老祖,曾经专门推衍天机,为此赔上了一身大道修为,而且他不是对外宣称的仙人境,而是一位货真价实的飞升境大修士。

礼圣摇头道:"是对方技高一筹。文庙事后才知道,是隐匿天外的蛮荒初升,也就是上次议事,与萧愻一起现身托月山的那位老者,联手数位远古神灵,暗中一同施展移星换斗的手段,算计了阴阳家陆氏。如果没有意外,初升如此作为,是得了周密的暗中授意,凭此一举数得。"

让浩然天下失去一位飞升境的阴阳家大修士。

折损剑气长城的一部分顶尖战力。

在浩然天下的寻常修士眼中,一城剑修就可以赢得战争,这样的蛮荒天下,就算打到了浩然天下,又能折腾出什么风浪。

既然不谙兵略阵法,只会蛮力厮杀,顶尖战力还如此不济事,到了浩然,也只是落个被关门打狗的下场。

所以完全可以说,那场十三之争,幕后的周密根本就没有想过让蛮荒天下那些所谓的大妖赢下来。

礼圣问道:"如果不是这个答案,你会怎么做?"

一直站着的曹晴朗屏气凝神,双手握拳。

裴钱细眯起眼。

老秀才反而老神在在。

陈平安如实回答:"阴阳家陆氏,就会是下一个正阳山,可能更惨。"

礼圣笑道:"山上恩怨我还是见过一些的。"

老秀才帮忙补了一句:"不也没管?"

陈平安欲言又止。

礼圣举了个例子:"人和蚂蚱。"

一个都没问什么,一个就给了个莫名其妙的答案。

陈平安却点点头,懂了。

宁姚是懒得多想,终于开始举杯喝酒。曹晴朗是百思不得其解,裴钱是一脸茫然,满头雾水。

蚂蚱断了条腿,还能活蹦乱跳。而作为有灵众生之长的人,撇开修道之人不谈的话,反而无法拥有这种强大的生命力。

陈平安一听到这个比喻,就立即联想到了仙家渡船,在陈平安早先的想象中,一条穿梭云海的渡船,照理来说,是环环相扣、极其精密的,但是一条仙家渡船的构建组成,除了那些秘不示人的关键阵法中枢,其余一切,其实要远远比陈平安想象的……粗糙。

那么同理,整个人间和世道,是需要一定程度的间隙和距离的,自己先生提出的天地君亲师,一样也是如此,并不是一味亲近就是好事。

如果礼圣对浩然天下处处事事管束严苛,那么浩然天下就一定不会是今天的浩然天下,至于是会更好,还是会更糟糕,除了礼圣自己,谁都不知道那个结果。最终的事实,就是礼圣还是对很多事情,选择睁一只眼闭一只眼。为何?是有意一样米养百样人?是对某些错误宽容对待,还是觉得犯错本身,就是一种人性,是在与神性保持距离,人之所以为人,恰恰在此?

崔东山曾经抛出一个极其古怪的论点,有人成为功德圆满的儒家圣人,或是成佛,或是成为白玉京的无垢真人,其实都是天大好事,那么假设有朝一日,人人果真皆是无错无过的圣人呢?假设人人都是文圣,是亚圣,又是如何场景?千万亿万人如一?到底是天大的幸事,还是会让我们这些修心不够的凡夫俗子,在今天就觉得有点心有余悸?

陈平安越想越远,自己浑然不觉,等到拿起了酒杯,喝过了一口酒水,这才回过神来,立即收敛那些神游万里的繁杂念头。

礼圣说道:"想好了要去哪里?"

陈平安说道:"剑气长城。"

老秀才鬼鬼祟祟,朝一旁礼圣开始挤眉弄眼。

礼圣摇摇头，毫无意义的事情，已经证实你这个关门弟子再无半点塑造出阴神和阳神身外身的可能了。

老秀才犹不死心，再试试看。

礼圣还是摇头。

老秀才抬起下巴，朝仿白玉京那个方向撇了撇，我好歹吵架一场，还吵赢了那位死活看不顺眼文庙的老夫子。

礼圣没理睬，站起身，老秀才已经提前屁颠屁颠来到礼圣身边，伸出双手。

礼圣无可奈何，只得对陈平安说道："此行远游剑气长城，你的情形会跟文庙那边差不多，类似阴神出窍远游。"

陈平安点头，然后伸出一手，将那把长剑夜游握在手中。

如此正好，京城刚好有件可大可小的事情，让陈平安比较留心，如果真能借他山之石以攻玉，就可以验证某个心中所想，说不定就能回答学生崔东山当年提出的那个问题，就算最后答案还是不对，但好歹是先生对学生的一个答复。

下一刻，只有宁姚凭空消失，而留下来的陈平安，唯独手中少了那把夜游剑。

礼圣走向院门，老秀才和陈平安都跟上。

陈平安转头对两位学生弟子笑道："你们可以去书楼里边找书，有相中的就自己拿，不用客气。"

曹晴朗和裴钱进了书楼，裴钱没打算借书，却看到曹晴朗跟个匪寇差不多，都不是什么贼不贼的了，眨眼工夫，就拿了好几本。

裴钱没好气道："你差不多就得了。"

曹晴朗没理睬她，很快就从手里拿书变成了怀捧一堆书，看架势，是有借无还的那种。

裴钱拿他没辙，要还是小时候的自己，早就一脚踹过去了。

曹晴朗没来由说道："你是不是有本册子，专门记录先生的栗暴？"

裴钱怒道："你怎么知道的?!"

这件事，可是暖树姐姐跟小米粒都不知道的。

她确实秘密珍藏有一本册子，比所有账簿都要深藏不露，被她偷偷命名为《栗暴集》……

师父每次敲过的栗暴，时间地点，具体缘由，都有详细记载。

曹晴朗转头，一脸讶异道："还真有啊？不行，我得告诉先生去。"

他真是随便猜的。

裴钱呵呵一笑，十指交错，你这家伙要告状是吧，那就别怪我不念同门之谊了。

曹晴朗笑道："开玩笑的。对了，你知不知道，其实先生如今很担心你走江湖时太像他。"

裴钱愣了一下，皱眉道："我学师父走江湖，但是总也学不像啊，再说了，如果哪天学得像了，也是我自己走的路。"

沉默片刻，裴钱好像喃喃自语："师父不用担心这件事的。"

曹晴朗问道："这些话，你自己对师父说去。"

裴钱坐在门槛那边，背对着那么多的书，闷闷道："我不敢。"

曹晴朗面朝书架，背对着门口那边，自顾自说道："这有什么敢不敢的，你要是一直不说，师父就会一直担心你，只有你说了，师父才会真的放心，觉得你是真的长大了。"

裴钱久久没有说话。

曹晴朗一直在找书和拿书，然后说道："那我也与你说句心里话好了，小时候的那个裴钱，我是一直不会原谅的，可能以后都不会原谅，之前在剑气长城，我是为了让先生和小师兄宽心，所以我撒谎了。但是现在的大师姐，我觉得很好。"

背对着曹晴朗的裴钱，一下子就红了眼睛。

因为她其实知道，那一次曹晴朗根本没有撒谎，真正撒谎的，是今天这一次。

裴钱坐在门槛上，低头弯腰，双手抱住膝盖。

曹晴朗转头问道："裴钱，书拿得太多了，借我一件方寸物？"

裴钱闷声道："滚。"

曹晴朗笑道："算利息的。"

看裴钱始终没反应，曹晴朗只得作罢。

临近宅子大门那边，陈平安就突然停下了脚步，转头看着人云亦云楼。

当年自己撑伞与曹晴朗走出雨巷，有个黑炭小丫头，孤孤单单一个人，久久站在门口。

礼圣和老秀才继续前行，一直走到了门口才停步。

陈平安深呼吸一口气，转过头，快步前行走向门口。

文庙，或者说就是这位礼圣，很多时候，其实与师父崔瀺是一样的困顿处境。

当年崔瀺造访落魄山，与陈平安曾经有过一番开诚布公的对话。

我说了，就有人信吗？即便有些人信了，就一定有好事发生吗？

陈平安听过之后，当然想得明白其中的无奈。

说不定早早知道真相了，反而有更多的人选择开门迎客，蛮荒天下的推进反而变得更加顺利，彻底打烂扶摇洲和桐叶洲，以最快速度拿下东宝瓶洲，之后金甲洲、流霞洲、皑皑洲，三洲不少势力，直接不战而降，最后只有北俱芦洲和南婆娑洲，会陪着中土神洲负隅顽抗，然后相继失守……

在陈平安看来，人间万年以来，最辛苦的三个人，是合道浩然天地规矩的礼圣，是合道剑气长城的老大剑仙,是药铺后院那个常年吞云吐雾的老人。

三人都在画地为牢,而且是整整一万年。

在陈平安眼里,不管杨爷爷对自己有无长远的算计,哪怕之后知道了老人的身份,反正在他眼中,杨爷爷一直都是人,不是什么管着一座飞升台的青童天君。

礼圣说道:"与宁姚说一声,她还是需要走一趟文庙的。"

陈平安答应下来。

不是礼圣和文庙在摆架子,而是文庙对宁姚身份的认可。

陈平安作揖,久久没有起身。

老秀才轻轻拍了拍关门弟子的胳膊,陈平安这才起身。

看着年轻人的那双清澈眼睛,礼圣笑道:"没什么。"

很多好道理为何会空,因为说理之人与听理之人并未悲欢相通,无法真的将心比心。

就像早年在彩衣国胭脂郡内,小女孩赵鸾遭受劫难之时,唯独会对陈平安这个陌生人,天然心生亲近。

因为一样苦过。

人之灵秀,皆在双眸。某一刻的不言不语,反而胜过千言万语。

陈平安不过是合道剑气长城那么些年而已,就差点疯了,所以他才会更清楚老大剑仙和礼圣的付出。一样的道理,所以礼圣才会回答一句没什么。

礼圣离去之前,微笑道:"只说传道授业解惑一事,与你先生一样,很不错。"

老秀才一跺脚,埋怨道:"礼圣,这种诚心言语,留着在文庙议事的时候再说,不是更好吗?!"

礼圣斜瞥一眼老秀才。

老秀才立即见风使舵,爽朗笑道:"现在说来那也是极好的,好话不用太多耳朵听。"

礼圣跨出门槛后,就瞬间重返中土。

老秀才带着陈平安走在巷子里,道:"好好珍惜宁丫头,除了你,就没人能让她这么拗着心性。"

陈平安一头雾水,不知道为何先生会这么说。

老秀才难得在这个关门弟子面前想要生气一遭,下意识抬起手,就立即收回手,差点当成左右和傻大个了,最后只是气笑道:"臭小子,这次竟然不是装傻,是真傻!该傻的时候偏偏不去装傻扮痴,不该傻的时候偏偏不开窍,你就没发现,宁丫头这趟浩然之行,她在你这是不是经常主动挑起话头,只是为了让你多说几句?"

陈平安挠挠头,好像真是这么回事。

老秀才抚须而笑,男女情爱一道,自己这个当先生的,果然还是有点学问可以传授弟子。

陈平安说道:"先生,先后顺序不能乱,不然后边某些再好的学问,没有前边的基础,都是空中楼阁。"

老秀才想了想,既无奈又欣慰,抚须点头道:"是也是也。"

突然哎哟喂一声,老秀才说道:"有点想念白也老弟了,听礼圣的意思,他已经有第一把本命飞剑了,就是不晓得我早先帮忙取的那几十个名字,选了哪个。"

陈平安震惊道:"白先生已经是剑修了?"

老秀才点点头:"可不是。"

老秀才摸了摸自己脑袋:"真是绝配。"

陈平安疑惑道:"先生,有啥说法?"

老秀才哦了一声:"白也老弟不是变成个孩子了嘛,他就非要给自己找顶虎头帽戴,先生我是怎么劝都拦不住啊。"

陈平安想了想,附和道:"那跟我拦不住刘景龙喝酒差不多。"

陋巷之中,这俩先生学生,对视一眼,会心一笑。

那辆马车停在一座道观门口,小沙弥说道:"周姑娘,我们到了。"

周海镜下了马车,看着那门脸儿,够小的,跟瓜子脸的女子差不多,啧啧道:"葛道录,难道你们那位道正大人,就在这么小的道观里边修习长生法?还是说入门后,是一处别有洞天的仙家府邸,占地奇大无比,仙禽走兽一大堆?"

葛岭笑着解释道:"没有周姑娘说的那么玄妙,里边也不大,就只是个寻常的四进院落,常年住在此地的道士,道院六司,一司分摊三四人,拢共才二十来号道士,半数都住不上单间。"

周海镜笑道:"麻雀虽小,五脏俱全。"

周海镜转头与那个小光头问道:"你一个小和尚来道观,不会犯忌讳?"

小沙弥双手合十,摇头道:"十方世界,皆是净土,去得来得。"

周海镜觉得这个小光头说话挺有意思的,回道:"我在江湖上晃荡的时候,亲眼见到一些被誉为佛门龙象的僧人,竟然有胆子呵佛骂祖,你敢吗?"

小沙弥摇头如拨浪鼓:"不敢不敢,小沙弥如今对佛法是七窍通了六窍,哪敢对佛祖不敬。"

周海镜随口问道:"那我所见的僧人,算不算那啥……谤佛?"

小沙弥耐心解释道:"佛法高低,又不看打架本事好坏的喽,与他们是不是练气士,关系不大。那些得道高僧,自称超佛越祖,是大有禅机所在的,并非胡说八道。只是他们可以这么说,小沙弥如今却不可这么学,不然就会如坠魔窟……"

唉,还是与陈先生聊天好,省心省力。

听着小和尚没完没了的念叨,周海镜都后悔提这一茬了。

所幸道观就这么点大,葛岭已经带着他们来到一处偏屋,算是他这位道录大人的谱牒司衙署所在了,一张椅子,一条待客的长凳。葛岭将椅子搬给了周海镜,小沙弥坐在长凳上,葛岭再给周海镜和小沙弥倒了两碗水,周海镜摆摆手,笑眯眯道:"我怕你偷偷下了蒙汗药,出门在外,尤其是女子,还是小心为妙。"

葛岭只得自己留下那碗水,不承想周海镜伸出手,笑道:"葛道录也太开不起玩笑了。"

小沙弥不着急喝水,低头看了眼碗中水,细细打量起来。

佛观一钵水,四万八千虫。

周海镜眼角余光瞧见小光头这一幕,顿时愣住,他娘的,难不成这个瞧着挺正派的葛道录,真做得出那种下作勾当?

葛岭真不知道这位武评大宗师,到底走了一条什么样的江湖路。

宋续很快赶来,周海镜故意等到脚步声邻近屋门,才抬头望去。

哟,正主儿来了。

宋续跨过门槛,看没有落座的地儿了,示意葛岭和小沙弥都不用让出座位,与周海镜抱拳,开门见山道:"我姓宋名续,断断续续的续,出身滑县韦乡宋氏,如今是一名剑修,正式邀请周宗师加入我们地支一脉。"

周海镜当场一口水喷出来。

她再出身偏隅之地,再孤陋寡闻,好歹还是知道大骊宋氏皇族的龙兴之地到底在哪里。

怎么,老娘这张嘴巴开过光啊,就算没有被皇帝陛下看中姿色,也给一位皇族子弟瞧上眼了,真准备金屋藏娇啊?

宋续不明就里,转头望向葛岭。

葛岭笑道:"来的路上,周姑娘开玩笑说,会不会被陛下看中,选入宫中。"

宋续一笑置之:"周宗师多虑了,不用担心此事。陛下不会如此作为,我亦无如此不敬的念头。"

周海镜一本正经道:"别啊,怎么就不敬了,葛真人,能不能给我个单独的屋子,容我先化个妆。"

宋续跟葛岭面面相觑,小沙弥单手持碗,低头面朝一碗水,默念阿弥陀佛。

葛岭详细介绍道:"宋续是我们大骊王朝的二皇子殿下。"

周海镜叹了口气,可惜是位剑修。

宋续没有任何多余的客套寒暄,与周海镜大致解释了地支一脉的渊源,以及成为其中一员之后的利弊。

其实所谓的弊端坏处,还真没有什么,至多就是不可依仗身份,滥杀无辜,只要不与人挑明身份,不过多损害大骊王朝的利益,礼部和刑部甚至都不会管任何的私人恩怨。然后就是需要他们出手厮杀的机会,不会太多,极有可能在整个百年之内,一场都没有,可只要轮到他们出马,面对的对手,肯定都是仙人境起步了,宋续说得百无禁忌,极有诚意,直接报出了一连串的假想敌,一洲五岳山君魏檗、晋青之流,神诰宗祁真,云林姜氏家主……可能在百年光阴之后,地支一脉的修士,各自破境,届时他们需要面对的敌人,袁化境最终负责出剑斩杀之人,就会是某位不守规矩的本洲或是路过东宝瓶洲的外乡飞升境大修士。

周海镜从头到尾都没有插话,等到宋续说完,她才笑着摇头道:"我不信天底下有这样的好事,所以我拒绝。"

宋续给自己倒了一碗水,一口气喝完后,点头说道:"还真有这样的好事。"

周海镜笑问道:"我不答应的话,你们会不会强买强卖?"

宋续点头道:"会。"

周海镜翻了个白眼,好嘛,一个不小心,误入贼窝了,那老娘就更不能误上贼船了。

宋续说道:"我们既然选中了你,你就无法拒绝。"

武学大宗师,哪怕是放眼东宝瓶洲一洲山河,依然凤毛麟角,早先的名单之上,就那么几个人。鱼虹受限于武学资质,又上了年纪,已经注定无望止境。而北俱芦洲那个同样是山巅境女武夫的绣娘,大骊刑部这边已经有过接触,给出的建议,是放弃。

至于更合适的那个裴钱……就算了,如今谁都不愿意跟那位隐官打交道。

周海镜摇晃水碗,道:"如果我一定要拒绝呢?是不是就走不出京城了?"

宋续点头道:"运气不好,是这样的。如果运气好的话,能够凭本事逃离京城,那就此生不许踏入大骊版图一步,一经发现斩立决。"

周海镜啧啧道:"哟,这话说得,我终于相信你是大骊宋氏的二皇子殿下了。"

宋续笑道:"我就说这么多。"

周海镜将那水碗随便丢到桌上,伸出大拇指,抹过嘴唇,缓缓道:"对了,什么叫过多损害大骊利益?谁帮忙解释一下?"

葛岭主动说道:"比如身负大骊武运之人,或者是大骊境内某位上五境修士,野修除外。"

周海镜哦了一声,沉默片刻,试探性问道:"就不能痛快些,毫无约束,无法无天,想杀谁就杀谁?你们大骊边军,不是都有战功一说吗,拿来换人头?"

宋续摇头道:"不行。"

葛岭补充了一句："如果我们真与这两种人结仇，可以事先报备，只要刑部、礼部两位侍郎都通过了，还是可以出手的，而且保证没有任何后顾之忧。"

周海镜笑道："我一个渔民村姑出身的娘们，只敢在山下走一走江湖，可没本事去招惹飘来飘去的山上神仙。"

无人搭话，她只得继续说道："听你们的口气，就算是礼部和刑部的官老爷，也使唤不动你们，那么还在乎那点规矩做什么？这算不算群龙无首？既然如此，你们干吗不自己选出个带头大哥，我看二皇子殿下就很不错啊，相貌堂堂，为人和气，耐心好境界高，比那个喜欢臭着一张脸的袁剑仙强多了。"

葛岭说道："国师订立过几条雷打不动的规矩，必须遵守。"

周海镜撇撇嘴："可是亲手创建地支一脉的国师大人，都已经不在了嘛。"

宋续摇头道："真正的规矩，在无人处。"

周海镜皱了皱眉头，好像她不觉得这种话会出自一位大骊皇子的嘴里。

葛岭笑道："周姑娘，这种话在这里说是没关系的，只是千万千万，别被先前那位陈先生听了去。"

小沙弥伸手挡在嘴边，小声道："说不定已经听见啦。"

葛岭点点头，深以为然，瞥了眼门外，不觉得自家道观的那点山水禁制，拦得住陈平安的飞剑潜入，这位隐官大人陈剑仙，做事情多……老到。

总之他们是切身领教过的，还不止一次，代价一次比一次惨痛。

宋续揉了揉眉心，看着那个好像还不信邪的武评大宗师，其实他并不担心她会拒绝此事，反而开始担心她加入地支一脉后，会牵连其余十一人。

周海镜起身说道："那辆马车是我租来的，你们能不能帮我归还？"

宋续笑着点头："当然没问题。"

周海镜愤懑不已："你们是不是不但知道是哪座铺子，连我具体花了多少钱，都查得一清二楚？"

宋续说道："只要周宗师答应成为我们地支一脉成员，这些隐私，刑部就都不会探查了，这点好处，即刻生效。"

周海镜笑道："我再想想，这么大的事，得考虑周全了再给你们答复。对了，能不能先借我一块无事牌耍耍？你们嘴上说得天花乱坠，万一都是骗子呢。唯独无事牌这玩意儿，做不得假，谁也不敢作伪。"

宋续从袖子里摸出一块早已备好的头等无事牌，轻轻丢给周海镜。

周海镜走向门口，道："都别送啊，我又不会跑。"

结果还真没人送她出门了，把她气了个半死。

周海镜在离开道观大门后，覆了一张面皮，立即变成一副寻常女子姿容，然后一路闲逛，步行返回京城住处。

与苏琅所说的随缘而走、选中地方，不算假话，她刚到京城那会儿，逛庙会的时候，虽说一样覆了一张面皮，可是她那身段，藏不住啊，胸脯鼓鼓、腰肢细细的，哪个男人见了不眼馋几分？

很快给俩少年岁数的小毛贼盯上了，胆大包天，一个毛手毛脚要揩油，另外一个更过分，竟然想偷钱。

想揩油的那个，瞧着还挺眉清目秀，就给她捏住脸颊，一个拧转，疼得少年满脸泪水，好像半张脸皮都给她一把扯掉了。

至于那个竟敢偷钱的小王八蛋，直接双手脱臼不说，还被她一脚踹翻在地，疼得满地打滚，只觉得一颗苦胆都快碎了，再被她踩中侧脸，用一只绣花鞋反复碾动。

之后她就让俩少年带路，说帮忙找个地儿落脚，就一个条件，不用她花钱。

然后就找到了当下的那个住处，除了确实不花钱之外，到底是怎么个好法，那位青竹剑仙是最清楚不过了。

大骊京城之内，既有意迟巷、篦儿街这样的豪门林立，也有井底之蛙的江湖恩怨，更有一些遍地鸡鸣狗盗、马瘦毛长之地。

走过一处路边猪圈，周海镜朝里瞥了眼，还是有点瘦啊，就算大半夜偷跑到自己家，好像也没几斤肉可炖的。

年关难过，最难熬过年关的是什么？

是没钱的穷人吗？哈哈，错，其实是猪。

周海镜自顾自大笑起来，有趣有趣，自己确实很风趣。以后谁祖坟冒青烟，有幸娶了自己，肯定每天都不会闷的，床上床下都是嘛。

她走在一条阴暗巷弄中，突然停下脚步，冷笑道："陈剑仙，身为一宗之主，如此鬼祟行事，是不是不够厚道？"

片刻之后，周海镜松了口气，要么是自己多想了，要么是没诈出来。

其实这一路走来，她都在小心翼翼探查周围气机，只是始终没有找到半点蛛丝马迹。

周海镜吐了口唾沫在地上，这些个仙气缥缈、人模狗样的修道之人，相较于山下的凡夫俗子，就是名副其实的山上神仙，气力之大，超乎寻常，做事情又比江湖人更不讲规矩，更见不得光，那么除了以武犯禁，还能做什么。

一路上，路过那些劣质脂粉香味的几条巷子，与一些早已熟悉的姐姐妹妹们，闲聊调侃几句，就有妇人劝她，拉她入伙，说挣钱容易，周海镜就回一句，是不是挣钱还快哩。好几位妇人一同笑得花枝招展，就是越发难掩她们眼角的皱纹了。

周海镜回了住处，是个僻静寒酸的小院子，门口蹲着俩少年。

周海镜一脚踢开一个,笑着说了句,像你们这样眉清目秀的少年郎,出门得小心。

她掏出钥匙开了门,也懒得关门,就去晾衣竿那边收衣服,她踮起脚尖,停滞腰肢,伸长双臂,门外坐着的俩少年,就一起歪着脖子使劲看那个身姿婀娜的……泼妇。

周海镜头也不转,继续收取竹竿上边的衣服,笑骂道:"小心老娘一个屁崩死你们。"

离着院子不远的小巷处,有人咳嗽一声。

周海镜恼羞成怒:"好个陈剑仙,真有脸来啊,你咋个不直接坐竹竿上边等我啊?!"

陈平安走到门口这边,停步后抱拳歉意道:"不请自来,多有得罪。有事……"

周海镜直接丢出一件衣物:"赔罪是吧,那就死去!"

陈平安如临大敌,瞬间侧身躲过:"那我下次再来。"

剑气长城遗址的城头上,凭空出现两道身影,刚好就在崖畔。

陈平安望向对面,此前多年,他也是站在对面崖畔,看这边的那一袭灰袍,至多加上个离真。

收回视线后,陈平安带着宁姚去找魏晋和曹峻,一掠而去,最后站在两位剑修之间的城头地带。

魏晋说道:"左先生已经南下了。"

陈平安点点头,虽然已经猜到了,但是听到这个答案,还是揪心。

坐在城头边缘,眺望远方。

宁姚站在一旁。

陈平安犹豫了一下,还是忍不住以心声询问两人:"我师兄有没有让你们帮忙捎话给谁?"

魏晋淡然道:"不曾。"

曹峻嬉皮笑脸不说话,只是看着那个脸色逐渐阴沉起来的家伙,吃错药了?不能够吧,一场正阳山问礼,何等剑仙风流,人比人气死人,想自己在东宝瓶洲和桐叶洲打生打死,出剑无数,也没捞着啥名气。

结果曹峻被宁姚瞥了一眼。

曹峻只得说道:"在这边,除了传授剑术,左先生一向懒得跟我废话半个字。"

陈平安好说话,这娘们可不一样。

只是说到这里,曹峻就气不打一处来,怒道:"陈平安!是谁说左先生请我来这边练剑的?"

陈平安笑眯眯反问道:"是我,咋的?"

只要师兄没有让人帮忙捎话,哪怕此行南下,依旧风险极大,可好歹不是陈平安先前那个最坏的设想了。

曹峻瞥了眼宁姚,忍了。

陈平安沉默不言,只是望向远方。

宁姚坐在一旁。

曹峻想起一事,说道:"陈大剑仙,如今有不少来这儿游玩的神仙老爷,大大小小的,一个个每天吃饱了撑着没事做,就捡取城墙碎石带回去,反正也没个人管,估摸着这会儿就有。"

不承想陈平安就跟个聋子一样,曹峻就不再多说什么。

过了半天,陈平安才回过神,转头问道:"方才说了什么?"

曹峻哭笑不得,懒洋洋抬手抱住后脑勺,道:"没事。"

陈平安这一次没有望向远方,而是视线低敛,就看着脚下边的广袤大地。

万年以来,多少剑修,家乡异乡,就在这里,来如风雨,去似微尘。

图书在版编目(CIP)数据

剑来32：登高拖虚舟/烽火戏诸侯著.—杭州：
浙江文艺出版社，2022.6(2023.12重印)
ISBN 978-7-5339-6820-5

Ⅰ.①剑… Ⅱ.①烽… Ⅲ.①长篇小说—中国—当代
Ⅳ.①I247.5

中国版本图书馆CIP数据核字（2022）第053405号

选题策划	柳明晔
责任编辑	张　可
营销编辑	宋佳音
封面绘图	温十澈
责任印制	张丽敏

剑来32：登高拖虚舟

烽火戏诸侯　著

出版	浙江文艺出版社
地址	杭州市体育场路347号
邮编	310006
电话	0571-85176953（总编办）
	0571-85152727（市场部）
制版	浙江新华图文制作有限公司
印刷	杭州杭新印务有限公司
开本	710毫米×1000毫米　1/16
字数	337千字
印张	16.75
插页	2
版次	2022年6月第1版
印次	2023年12月第2次印刷
书号	ISBN 978-7-5339-6820-5
定价	48.00元

版权所有　侵权必究
（如有印装质量问题，影响阅读，请与市场部联系调换）